HARLAN COBEN

# Nichts ruht für immer



GOLDMANN

*Buch*

Vor drei Jahren hielt der Sportagent und Privatermittler Myron Bolitar die Trauerrede bei der Beerdigung seines ehemaligen Freundes und Klienten, dem bekannten Basketballspieler Greg Downing. Deshalb hält es Myron für einen schlechten Scherz, als plötzlich zwei FBI-Agenten bei ihm im Büro stehen und wissen wollen, wo sich Greg aufhält. In New York versetzt ein grausamer Doppelmord die Menschen in Aufruhr. Und am Tatort wurden Gregs DNA-Spuren sichergestellt. Doch wie kann ein Mann, der vor drei Jahren starb, ein Mörder sein? Von Gregs Unschuld überzeugt, begibt sich Myron auf die gefährliche Suche nach der Wahrheit. Ohne zu ahnen, dass er damit sein eigenes Leben aufs Spiel setzt …

Harlan Coben

# Nichts ruht für immer

Thriller

Aus dem Amerikanischen
von Gunnar Kwisinski

GOLDMANN

Die englische Originalausgabe erschien 2024
unter dem Titel »Think Twice«
bei Grand Central Publishing, New York/Boston.



FSC
www.fsc.org
MIX
Papier | Fördert gute Waldnutzung
FSC® C014496

Penguin Random House Verlagsgruppe FSC® N001967

1. Auflage
Taschenbuchausgabe September 2025


Umschlaggestaltung: UNO Werbeagentur, München
Umschlagmotive: © Miguel Sobreira / Trevillion Images
Redaktion: Waltraud Horbas
ES · Herstellung: ik
Satz: GGP Media GmbH, Pößneck
Druck und Bindung: GGP Media GmbH, Pößneck
Printed in Germany
ISBN: 978-3-442-49631-0

www.goldmann-verlag.de

*In Gedenken an Juan »Johnny« Irizarry –*
*ich vermisse das Lächeln und die Fistbumps*

# PROLOG

So zerstörst du ein Leben.

Du stellst dich neben sein Bett und siehst ihm beim Schlafen zu. Er schläft sehr tief. Das weißt du, denn du beobachtest ihn schon seit sechs Wochen. Du gehst kein Risiko ein. Du bist gut vorbereitet. Das ist die geheime Zutat. Es besteht kein Grund zur Eile. Vorfreude ist wichtig im Leben. »Der Weg ist das Ziel«, hat der Festredner bei deiner Uni-Abschlussfeier gesagt. Es ist ein alter und abgedroschener Spruch, ein Klischee, aber du hast ihn dir gemerkt. Er entspricht nicht ganz der Wahrheit, eigentlich absolut nicht, aber in diesen langen, einsamen Nächten erinnert es dich daran, dass man sein Glück sowohl im Warten als auch in der Langeweile suchen kann und muss.

Weil du gut vorbereitet bist, weißt du, dass er vor dem Zubettgehen gern einen Cognac trinkt. Nicht jeden Abend, aber fast jeden. Wenn er heute keinen getrunken hätte, hättest du es verschoben. Lass dich nicht hetzen. Geh kein Risiko ein. Wenn du Geduld hast, wirst du dein Ziel mit geringem oder ganz ohne Risiko erreichen.

Vorbereitung und Geduld sind hier entscheidend.

Weil du ihn beobachtet hast, weißt du, dass er einen Ersatzschlüssel in einer dieser schrecklichen, grauen Steinattrappen versteckt hat. Mit diesem Schlüssel hast du dir heute Morgen Zugang zum Haus verschafft und ein Betäubungsmittel in seinen Cognac getan. Und auch heute Nacht bist du damit hereingekommen.

Er wird noch eine ganze Weile nicht aufwachen.

In einem Waffenkoffer in der obersten Nachttischschublade hat er eine Pistole, eine Glock 19, deponiert. Der Koffer hat kein Zahlenschloss. Er lässt sich mit einem biometrischen Fingerabdrucksensor öffnen. Der Mann, der vor dir im Bett liegt, ist völlig weggetreten, also ergreifst du seine Hand und drückst den Daumen auf den Sensor. Das Schloss surrt, und der Koffer springt auf.

Du nimmst die Pistole heraus.

Du trägst Handschuhe. Er natürlich nicht. Behutsam legst du seine Hand um den Pistolengriff, sodass er an den richtigen Stellen seine Fingerabdrücke hinterlässt. Dann steckst du die Waffe vorsichtig in deinen Rucksack. Du hast Papiertaschentücher und Plastiktüten dabei. Die trägst du immer bei dir, für alle Fälle. Du tupfst ihm mit einem Taschentuch den Mund ab und achtest darauf, dass etwas von seinem Speichel darauf hängen bleibt. Dann steckst du es in eine Plastiktüte und legst die Tüte in den Rucksack zur Pistole. Vielleicht brauchst du es gar nicht. Vielleicht ist es ein Overkill. Aber Overkill scheint prima zu funktionieren.

Er bleibt weiter schnarchend auf dem Rücken liegen.

Du kannst dir ein Lächeln nicht verkneifen.

Du genießt das. Dieser Teil berauscht dich viel mehr als der eigentliche Mord. Ein Mord kann ziemlich banal sein und ist normalerweise schnell erledigt.

Aber dies, dieses Setup, ist ein wahres Kunstwerk.

Sein Handy liegt auf dem Nachttisch. Du stellst es auf Lautlos und steckst es zu den anderen Dingen in deinen Rucksack. Dann verlässt du sein Schlafzimmer. Der Schlüssel für seinen Audi hängt an einem Haken neben der Hintertür. Er ist da sehr gewissenhaft. Wenn er nach Hause kommt, hängt er den Autoschlüssel an den Haken. Immer. Du schnappst ihn dir. Als Zugabe nimmst du eine seiner Baseballkappen von der Garderobe und setzt sie auf. Sie passt einigermaßen. Dann setzt du noch eine Sonnenbrille auf. Dir ist bewusst, dass du den Kopf gesenkt halten musst.

Du setzt dich in den Audi und machst dich auf den Weg zu ihr.

Sie wohnt in einem Airbnb-Haus an einem ruhigen See in Marshfield. Er weiß nicht, dass sie da ist. Du weißt es, weil du dich vorbereitet hast. Als du gesehen hast, dass sie dorthin gefahren ist – dass sie sich vor ihm verstecken und es niemandem erzählen wollte –, wusstest du, dass es an der Zeit war. Du ziehst sein Handy aus dem Rucksack und tippst die Adresse des Airbnb-Hauses ein, damit man es in seinem Routenplaner findet.

Sie ist schon seit einer Woche in diesem kleinen Häuschen im Cape-Cod-Stil. Du begreifst, warum sie sich zu diesem Schritt entschlossen hat, es konnte für sie aber sowieso nur eine vorübergehende Lösung sein. Du parkst am Straßenrand. Es ist spät, zwei Uhr nachts. Aber du weißt, dass sie noch wach ist. Also parkst du vor einem leeren Ferienhaus ein Stück die Straße hinunter.

Du ziehst die Waffe aus dem Rucksack.

In der Küche des Airbnb-Hauses brennt Licht. Da wird sie sein.

Du gehst seitlich am Haus entlang auf das Licht zu und blickst durch die Glasscheibe der Küchentür.

Da ist sie.

Sie sitzt mit einer Tasse Tee am Tisch und liest konzentriert in einem Buch. Sie ist hübsch. Die dunkelblonden Haare hat sie offenbar hastig zurückgebunden. Sie hat die Beine hochgezogen und sitzt auf ihren Füßen. Dünn wirkt sie, was aber wahrscheinlich am Stress liegt. Sie trägt ein übergroßes

Herrenhemd. Du fragst dich, ob es seins ist. Das wäre grotesk und unheimlich, aber das gilt für viele Aspekte des Lebens.

Während du sie weiter durchs Fenster beobachtest, versuchst du, langsam und vorsichtig den Türknauf zu drehen.

Du willst kein Geräusch machen. Du willst sie nicht erschrecken.

Die Tür ist verschlossen.

Du blickst auf den Knauf hinab. Er ist alt. Das Schloss wirkt zerbrechlich. Wenn du Werkzeug hättest, könntest du es schnell öffnen. Aber wahrscheinlich ist es so besser. Wieder siehst du sie durchs Fenster an. Und als du das tust, hebt sie den Blick und entdeckt dich.

Ihre Augen weiten sich überrascht.

Gleich wird sie schreien, und das willst du nicht.

Du warst leichtsinnig. Schon wieder. Trotz all deiner Planung hast du beim letzten Mal einen Fehler gemacht. Einen weiteren kannst du dir nicht erlauben.

Also zögerst du nicht.

Du hebst das Bein und trittst direkt unter den Türknauf. Die alte Tür springt sofort auf. Du gehst in die Küche.

»Bitte.« Sie steht auf und streckt dir die Hände entgegen, in einer hält sie noch das Buch. »Bitte tun Sie mir nichts.«

Du schießt ihr zweimal in die Brust.

Sie fällt zu Boden. Du eilst hinüber und siehst nach.

Sie ist tot.

Du nimmst das Taschentuch aus der Plastiktüte in deinem Rucksack und lässt es auf den Boden fallen. Jurys lieben DNA. Alle Geschworenen sind mit Fernsehsendungen aufgewachsen, die den Nutzen dieser Technologie vollkommen übertrieben darstellen. Sie erwarten das in einem Mordprozess. Wenn es keine DNA-Spuren gibt, zweifeln die Geschworenen an der Schuld.

Keine fünfzehn Sekunden später hast du das Haus wieder verlassen.

Die Schüsse waren natürlich laut, keine Frage. Aber die meisten Menschen nehmen einfach an, dass irgendwo ein Feuerwerk ist, ein Motor eine Fehlzündung hatte oder etwas ähnlich Unschuldiges passiert ist. Trotzdem solltest du nicht unnötig lange hierbleiben. Du eilst zurück zum Auto, ohne dir Sorgen zu machen, dass dich jemand rennen sieht. Und falls doch, sehen sie nur einen Mann mit Baseballkappe, der zu einem Audi zurückläuft, der auf ihn zugelassen ist, nicht auf dich.

Im Zweifel wäre das eher hilfreich.

Du fährst los. Was den Mord betrifft, hast du ein seltsames Gefühl. Das Morden berauscht einen, deinen Schatz mehr als dich, du fühlst dich direkt danach aber oft eigenartig leer. Ein bisschen wie beim Sex, oder? Es klingt vielleicht etwas emotionslos, aber der Stimmungsabfall ist ähnlich wie der nach einem Orgasmus, der Moment, den die Franzosen *la petite mort* – den kleinen Tod – nennen. So fühlst du dich in diesem Moment. So fühlst du dich auf den ersten Kilometern der Rückfahrt, während du die Schießerei im Kopf noch einmal durchgehst, dir vorstellst, wie ihr Körper zu Boden fällt. Es ist aufregend und doch ein wenig …

Leer?

Ein Blick auf die Uhr: Er müsste noch drei Stunden schlafen. Das ist viel Zeit. Du fährst zu seinem Haus zurück und parkst den Audi dort, wo er stand.

Du lächelst. Das, dieser Teil, versetzt dich in einen Rausch.

Der Audi hat eine Art Ortungssystem, sodass die Polizei sehen kann, welche Strecke er heute gefahren ist. Du trittst in sein Haus, hängst die Schlüssel auf. Die Baseballkappe nimmst du mit – es könnten ein paar Haare von dir daran hängen geblieben sein. Dieses Risiko kannst du vermeiden. Falls die Polizei merkt, dass sie fehlt, wird sie annehmen, dass er sie nach der Schießerei weggeworfen hat.

Du gehst die Treppe hinauf in sein Schlafzimmer und legst sein Handy auf den Nachttisch. Sogar das Kabel des Ladegeräts steckst du wieder hinein. Wie beim Audi wird die Polizei sich auch beim Handy einen Gerichtsbeschluss zur Ortung besorgen, der »beweisen« wird, dass er zur Mordzeit zu diesem Airbnb-Haus gefahren ist.

Mit seinem Daumen öffnest du den Waffenkoffer. Du legst die Waffe zurück. Du erwägst, den Koffer einfach neben seinem Bett zu lassen, das erscheint dir dann aber doch etwas zu plump. Im Garten hinter dem Haus steht ein Schuppen. Du nimmst den Waffenkoffer mit der Pistole und versteckst ihn unter den Torfsäcken. Die Polizei wird wissen, dass eine Glock 19 auf seinen Namen registriert ist. Sie werden das gesamte Grundstück absuchen und die Waffe im Schuppen finden.

Die ballistische Untersuchung wird bestätigen, dass seine Glock 19 die Mordwaffe war.

Der Audi. Das Handy. Die DNA. Die Waffe.

Zwei der vier Punkte würden reichen, um ihn zu überführen.

Für sie ist der Horror vorbei.

Für ihn hat er gerade erst begonnen.

# EINS

Myron Bolitar telefonierte gerade mit seinem achtzigjährigen Vater, als die beiden FBI-Agenten kamen, um ihn wegen des Mordes zu vernehmen.

»Deine Mutter und ich …«, sagte sein Vater gerade in seinem Alterswohnsitz in Boca Raton, »… haben *Edibles* für uns entdeckt.«

Myron blinzelte. »Halt, was?«

Er saß in seinem neuen Penthouse-Büro ganz oben in Wins Wolkenkratzer an der Ecke 47th Street und Park Avenue. Jetzt drehte er seinen Stuhl, um aus den raumhohen Fenstern zu sehen. Es war eine ziemlich fantastische Aussicht auf den Big Apple.

»Cannabis-Fruchtgummis, Myron. Deine Tante Miriam und Onkel Irv haben sie uns empfohlen – Irv meinte, sie hätten bei seiner Gicht geholfen –, also haben deine Mutter und ich uns gedacht, wieso nicht, probieren wir sie mal aus. Kann doch nicht schaden, oder? Hast du schon mal *Edibles* probiert?«

»Nein.«

»Das ist sein Problem.« Das war Myrons Mutter, die im Hintergrund halb krächzte, halb schrie. So machten sie das immer – ein Elternteil am Telefon, das andere als Co-Kommentator. »Gib mir das Telefon, Al.« Und dann: »Myron?«

»Hi, Mom.«

»Du solltest *high* werden.«

»Wenn du das sagst.«

»Probier es mit der Stevia-Variante.«

Dad: »Sativa.«

»Was?«

»Sie heißt Sativa. Stevia ist ein Süßstoff.«

»Oho, sieh nur, wie dein Vater auf einmal mit seinem Haschischwissen rumprahlt. Mr Hippie persönlich!« Dann wieder zu Myron: »Ich meinte Sativa. Probier das mal.«

»Okay«, sagte Myron.

»Die Indica-Variante macht einen müde.«

»Ich werd's im Hinterkopf behalten.«

»Weißt du, wie ich mir merke, was was ist?«, fragte Mom.

»Ich wette, du wirst es mir gleich erzählen.«

»Indica wirft dich *In-die-Couch*. Das ist die einschläfernde Sorte. Klar?«

»Klar.«

»Sei nicht so spießig. Dein Vater und ich mögen sie. Sie machen uns … ich weiß nicht … fröhlicher. Aufmerksamer. Vielleicht auch Zen-artiger und gelassener. Und, Myron?«

»Ja, Mom?«

»Frag nicht, was sie für unser Sexualleben getan haben.«

»Werd ich nicht«, sagte Myron. »Keine Sorge.«

»Mich machen sie ganz aufgedreht. Aber dein Vater erst, der wird zu einem wilden Tier.«

»Ich hab nicht gefragt, schon vergessen?« Myron sah zu dem FBI-Agenten und der Agentin, die ihn durch die Glaswand finster musterten. »Ich muss auflegen, Mom.«

»Ganz ehrlich, der Mann kann seine Finger nicht von mir lassen.«

»Ich hab immer noch nicht gefragt. Macht's gut.«

Myron legte auf, als Big Cyndi, seine langjährige Rezeptionistin, die Bundesbeamten schweigend in den Konferenzraum geleitete. Die beiden starrten zu Big Cyndi hinauf, weit hinauf. Sie war das gewohnt. Myron ebenfalls. Big Cyndi zog leicht die Aufmerksamkeit auf sich. Die FBI-Agenten ließen ihre Dienstmarken aufblitzen. Special Agent Monica Hawes, die Höherrangige, war eine schwarze Mittfünfzigerin. Sie stellte sich und ihren Kollegen kurz vor. Ihr mürrischer Juniorpartner war ein bleichgesichtiger Jüngling mit einer so markanten Stirn, dass er einem Belugawal ähnelte. Vielleicht hatte Hawes auch seinen Namen genannt, die Stirn hatte Myron allerdings zu sehr abgelenkt, sodass er ihn nicht behielt.

»Bitte«, sagte Myron und deutete auf die Stühle, von denen aus man auf die raumhohen Fenster mit der fantastischen Aussicht blickte.

Die Agenten setzten sich, wirkten aber alles andere als entspannt.

Big Cyndi fragte in einem aufgesetzten, falschen britischen Akzent: »Wäre das alles, Mr Bolitar? Vielleicht noch ein Tässchen Tee?«

Myron widerstand dem Drang, die Augen zu verdrehen. »Nein, ich denke, wir haben alles. Danke.«

Big Cyndi verneigte sich und ging.

Myron setzte sich auch wieder und wartete, dass die beiden etwas sagten. Bisher wusste er nur, dass das FBI sowohl mit ihm als auch mit Win über die aufsehenerregenden Callister-Morde sprechen wollte. Er hatte keine Ahnung warum – abgesehen von dem, was sie den Nachrichten entnommen hatten, wussten weder er noch Win etwas über die Callisters oder die Morde – man hatte ihnen jedoch versichert, dass sie weder verdächtigt wurden noch von polizeilichem Interesse in Verbindung mit dem Fall waren.

»Wo ist Mr Lockwood?«, fragte Agentin Hawes.

»Anwesend«, sagte Win in diesem hochmütigen Privatschulen-Tonfall, als er – um den Anfang des Carly-Simon-Songs »You're So Vain« zu zitieren, der Wins allgemeine Ausstrahlung perfekt skizzierte – »walked into the party like he was walking onto a yacht«. Win alias Mr Lockwood schlenderte um Myrons neuen Konferenztisch und setzte sich neben ihn. Ein wahres Muster an Eleganz.

Myron breitete die Hände aus und schenkte den FBI-Agenten sein freundlichstes Lächeln. »Wie ich hörte, haben Sie ein paar Fragen an uns?«

»Das ist richtig«, sagte Hawes. Dann ließ sie ohne Vorrede die Bombe platzen: »Wo ist Greg Downing?«

Die Frage war ein Kracher. Anders konnte man es nicht ausdrücken. Ein Kracher. Myron fiel die Kinnlade herunter. Er sah Win an. Wins Miene verriet – wie immer – nichts. Win war gut darin, sich nichts anmerken zu lassen.

Myrons Überraschung war leicht erklärt: Greg Downing war seit drei Jahren tot.

»Ich dachte, Sie wären wegen der Callister-Morde hier«, sagte Myron.

»Das sind wir auch«, erwiderte Special Agent Hawes. Dann wiederholte sie die Frage: »Wo ist Greg Downing?«

»Soll das ein Witz sein?«, fragte Myron.

»Sehe ich aus, als würde ich Witze machen?«

Das tat sie nicht. Sie sah eher aus, als würde sie *nie* Witze machen.

Wieder sah Myron zu Win hinüber, um seine Reaktion abzuschätzen. Der wirkte etwas gelangweilt.

»Greg Downing«, sagte Myron, »ist tot.«

»Ist das Ihre Version der Geschichte?«

Myron runzelte die Stirn. »Meine *Version*?«

Der junge Agent, der wie ein Belugawal aussah, beugte sich ein wenig vor und sah Win an. Er sagte zum ersten Mal etwas, und zwar mit tieferer Stimme, als Myron erwartet hatte – aber vielleicht hatte Myron einen hohen, quiekenden Wal-Schrei erwartet: »Ist das auch Ihre Version der Geschichte?«

Win hätte fast gegähnt. »Kein Kommentar.«

»Sie sind Greg Downings Finanzberater«, fuhr der junge Beluga fort und versuchte immer noch erfolglos, Win niederzustarren. »Ist das richtig?«

»Kein Kommentar.«

»Wir können Ihre Unterlagen beschlagnahmen.«

»Himmel, jetzt krieg ich's aber mit der Angst. Lassen Sie mich kurz überlegen.« Win legte die Fingerspitzen aneinander, senkte den Kopf und sinnierte einen Moment lang. Dann: »Wollen wir es zusammen sagen? Kein Kommentar.«

Die Blicke von Hawes und dem jungen Beluga verfinsterten sich noch etwas weiter. »Und Sie?«, knurrte Hawes Myron an. Myron nahm an, dass Hawes für ihn und der junge Beluga für Win zuständig war. »Sie sind Downings … was? Agent? Manager?«

»Ich korrigiere«, sagte Myron. »Ich *war* sein Agent und Manager.«

»Wann haben Sie aufgehört?«

»Vor drei Jahren. Als Greg – Sie wissen schon – gestorben ist.«

»Sie waren beide auf seiner Beerdigung.«

Win schwieg, also sagte Myron: »Ja, waren wir.«

»Sie haben sogar eine Rede gehalten, Mr Bolitar. Nach all dem bösen Blut, das es zwischen Ihnen beiden gab, haben Sie, wie ich hörte, eine wunderbare Trauerrede gehalten.«

Wieder sah Myron Win an. »Äh, danke.«

»Und Sie bleiben bei Ihrer Version?«

Schon wieder. Myron hob die Hände. »Was meinen Sie mit *Version*?«

Der junge Beluga schüttelte seinen massigen, weißen Kopf, als würde ihn Myrons Antwort schwer enttäuschen, was sie wohl auch tat.

»Was denken Sie, wo er jetzt ist?«, fragte Hawes.

»Greg?«

»Hören Sie auf, uns zu verarschen, Sie Wichser«, schnauzte der junge Beluga. »Wo ist er?«

Langsam, aber sicher hatte Myron die Nase voll. »In einem Mausoleum auf dem Cedar Lawn Friedhof in Paterson.«

»Das ist gelogen«, entgegnete Hawes. »Haben Sie ihm geholfen?«

Myron lehnte sich zurück. Der Ton der FBI-Agentin wurde immer feindseliger, aber es lag auch unverkennbar ein Hauch von Verzweiflung – und damit Wahrheit – in der Luft. Myron hatte keine Ahnung, was eigentlich los war. Er neigte dazu, in solchen Situationen zu viel zu reden. Daher beschloss er, erst einmal tief durchzuatmen, bevor er weitersprach.

»Ich versteh das nicht«, fuhr Myron dann fort. »Was hat Greg Downing mit den Callister-Morden zu tun? Hat die Polizei nicht schon den Ehemann festgenommen?«

Jetzt sahen sich die beiden Special Agents an. »Mr Himble wurde heute Morgen aus der Untersuchungshaft entlassen.«

»Warum?«

Keine Antwort.

Myron wusste Folgendes über die Morde: Cecelia Callister, zweiundfünfzig Jahre alt, Beinah-Supermodel der Neunziger, und ihr dreißigjähriger Sohn Clay waren in der Villa, in der Cecelia mit ihrem vierten Ehemann Lou Himble lebte, ermordet aufgefunden worden. Gegen Himble war kürzlich im Zusammenhang mit seinem Kryptowährungs-Start-up wegen Betrugs Anklage erhoben worden.

»Ich dachte, die Beweislage wäre eindeutig«, fuhr Myron

fort. »Der Ehemann hatte eine Affäre, sie hat es herausbekommen, wollte ihm die Staatsanwaltschaft auf den Hals hetzen, daher musste er sie zum Schweigen bringen. Der Sohn ist dann zufällig hereingeplatzt. Oder so ähnlich.«

FBI-Agentin Monica Hawes und Agent Junger-Belugawal sahen sich wieder an. Dann wiederholte Hawes betont langsam: »So ähnlich.«

»Also?«

Myron wartete. Win wartete.

»Wir haben Grund zu der Annahme«, sagte Hawes, immer noch langsam, »dass Greg Downing noch am Leben ist. Des Weiteren haben wir Grund zu der Annahme, dass Ihr ehemaliger Klient in die Morde verwickelt ist.«

Die beiden beugten sich vor, um Myrons und Wins Reaktionen zu beobachten. Myron enttäuschte sie nicht. Obwohl diese Anschuldigung nach dem bisherigen Gesprächsverlauf eigentlich zu erwarten gewesen war, blieb Myron die Luft weg, als Hawes sie aussprach.

Greg. Am Leben.

Wie sollte er damit umgehen? Nach all den Jahren – ihrer Rivalität auf den Highschool- und Uni-Basketballplätzen, nachdem Greg Myron seine erste Liebe ausgespannt hatte, nach Myrons schrecklicher Rache dafür, für die Greg daraufhin noch übler Rache genommen hatte, nach der folgenden, jahrelangen Versöhnung – und nach Jeremy, dem süßen, wunderbaren Jeremy …

Es ergab keinen Sinn. Myrons Miene zeigte seine absolute Verblüffung.

Und Wins Reaktion? Er sah auf seiner Vintage-Blancpain-Armbanduhr nach, wie spät es war.

»Ich muss mich entschuldigen«, sagte Win. »Ich habe einen dringenden Termin. War mir eine Freude, Sie kennenzulernen.«

Win stand auf.

»Sie setzen sich wieder«, forderte Hawes ihn auf.

»Das glaube ich nicht.«

»Wir sind noch nicht fertig.«

»Ach nein?« Win bedachte beide mit seinem gewinnendsten Lächeln. Es war ein schönes Lächeln, sogar schöner als Myrons kooperatives. »Ich hingegen schon. Ich wünsche Ihnen einen angenehmen Nachmittag.«

Ohne sich noch einmal umzudrehen, schlenderte Win aus dem Büro. Alle, auch Myron, starrten auf die Tür, als Win aus dem Blickfeld verschwand.

Wins vollständiger Name ist Windsor Horne Lockwood III. Der Wolkenkratzer, in dem sie sich gerade befanden, hieß *Lock-Horne* Building. Die Kursivschrift sollte deutlich machen, dass das Gebäude nach Wins Familie benannt, also viel Geld im Spiel war. Viele Jahre lang war Myrons Sportagentur *MB Reps* (M für Myron, B für Bolitar, Reps, weil sie Personen des öffentlichen Lebens *repräsentierten* – Myron hatte sich den Namen selbst ausgedacht, blieb aber bescheiden) im vierten Stock des Gebäudes untergebracht. Vor ein paar Jahren hatte Myron seine Agentur idiotischerweise verkauft und war ausgezogen. Inzwischen befand sich eine Anwaltskanzlei in diesen Räumen. Als Myron vor zwei Monaten beschloss, wieder aktiv zu werden, war nur in der obersten Etage Platz.

Nicht, dass Myron sich beschweren würde. Im Gegensatz zu FBI-Agenten zeigten sich die meisten Klienten von der fantastischen Aussicht beeindruckt.

In den letzten zwei Monaten hatte Myron intensiv daran gearbeitet, einige seiner alten Klienten zurückzugewinnen. Greg Downing hatte er dabei vernachlässigt, weil, na ja, da war diese Sache mit dem Tod. Tote Klienten verdienen schlecht. Also bringen sie nicht viel ein.

Die beiden FBI-Agenten starrten immer noch zur Tür. Als sie schließlich akzeptierten, dass Win nicht zurückkehren würde, richtete Hawes ihren Blick wieder auf Myron. »Haben Sie verstanden, was ich gesagt habe, Mr Bolitar?«

Myron nickte und sammelte sich. »Sie behaupten, dass ein Mann, der an einem Herzinfarkt gestorben ist – ein Mann, dessen Tod mit einer Anzeige und einer Beerdigung öffentlich gemacht wurde und für den ich, wie Sie richtig feststellten, eine Trauerrede gehalten habe –, in Wahrheit noch am Leben ist.«

»Richtig.«

Myron sah wieder zur Tür, durch die Win gerade verschwunden war. Ja, Win liebte es, den unnahbaren, elitären, über alles erhabenen Snob zu geben – vor allem auch, weil er genau das war –, trotzdem fand Myron es immer noch schwer vorstellbar, dass Win einfach so ohne Grund ging. Diese Reaktion veranlasste Myron dazu, sich zusammenzureißen und Vorsicht walten zu lassen.

»Wollen Sie mir davon erzählen?«, fragte Myron.

Das gefiel dem jungen Beluga gar nicht. »Was sind Sie, ein Seelenklempner?«

»Der war gut.«

»Wer?«

»Der Seelenklempner-Spruch«, sagte Myron. »Sehr witzig.«

Die schmalen Augenschlitze des jungen Beluga zogen sich noch weiter zusammen. »Wollen Sie mich verscheißern?«

Myron antwortete nicht sofort. Gedanken über Gregs Familie schossen ihm durch den Kopf. Es fiel ihm schwer, sie im Zaum zu halten. Gregs Frau Emily. Gregs … verdammt, es war schwer, das auch nur zu denken … *sein* Sohn Jeremy. Da steckte so viel Vergangenheit drin. So viel Geschichte. So viel

Freud und Leid. Wir treffen Menschen, die den Lauf der Dinge für immer verändern. Bei einigen ist das offensichtlich – Verwandte und Partner –, aber wenn Myron seinen Lebensweg betrachtete, hatte ihn niemand stärker verändert als Greg Downing.

Zum Guten oder zum Schlechten?

»Hören Sie mich, Sie Klugscheißer?«

»Laut und deutlich«, erwiderte Myron und versuchte, sich zu konzentrieren. »Können Sie beweisen, dass Ihre Behauptung wahr ist?«

»Welche Behauptung?«

»Dass Greg lebt. Können Sie das beweisen?«

Die beiden Special Agents zögerten, tauschten einen weiteren Blick aus. Dann sagte Hawes: »Greg Downings DNA wurde am Callister-Tatort gefunden.«

»Was für DNA?«

Der junge Beluga sagte genüsslich: »Hautzellen. Die DNA Ihres, äh, ›toten‹ Klienten wurde unter den Fingernägeln des Opfers gefunden.« Er setzte sich ein wenig aufrechter und senkte die Stimme zu einem verschwörerischen Flüstern. »Kennen Sie das, wenn ein hilfloses Opfer verzweifelt um sich schlägt und kratzt, um sein Leben zu retten? Genau so.«

In Myrons Kopf drehte sich alles. Das ergab keinen Sinn. Der junge Beluga entblößte beim Lächeln seine Zähne, die zu klein für seinen Mund waren, was sein gesamtes Erscheinungsbild als Beluga noch verstärkte.

»Unter den Fingernägeln welchen Opfers?«, fragte Myron.

»Das geht Sie nichts an«, schaltete sich Hawes wieder ein. »Sie kennen Greg Downing schon lange, stimmt's? Sie beide sind seit Ewigkeiten Basketball-Rivalen. In der Highschool. Auf der Uni. Sie wurden beide in der ersten Runde von der NBA gedraftet. Downing hat dann eine großartige Profikarriere hingelegt. Danach wurde er ein beliebter und erfolgreicher Trainer.« Hawes setzte einen sarkastischen, mitleidigen Gesichtsausdruck auf. »Sie hingegen …«

»… haben ein verdammt cooles Büro mit einer fantastischen Aussicht?«

Kurze Vorgeschichte: Nicht lange nach dem Draft, in Myrons erstem Saisonvorbereitungsspiel als einundzwanzigjähriger Neuling bei den Boston Celtics, war ein gegnerischer Spieler namens Big Burt Wesson so heftig mit Myron zusammengeprallt, dass Myrons Knie auf eine Art verdreht wurde, auf die kein Gelenk je verdreht werden durfte.

Bye, bye, Basketball.

Hawes und Beluga glaubten, dass diese Geschichte Myron immer noch zu schaffen machte und sie ihn mit der Erwähnung auf die Palme bringen könnten.

Doch da kamen sie zwanzig Jahre zu spät.

Hawes' Blick traf Myrons. »Hören wir auf mit den Spielchen, Mr Bolitar. Wo ist Greg Downing?«

»Ich muss Sie bitten, jetzt zu gehen.«

»Sie wollen nicht kooperieren?«

»Wenn das, was Sie erzählen, die Wahrheit ist …«

»Das ist es.«

»Wenn es die Wahrheit ist …«, setzte Myron noch einmal an, »… wenn Greg noch lebt – darf ich nichts sagen.«

»Warum nicht?«

»Anwaltsgeheimnis.«

»Ich dachte, Sie waren sein Agent.«

»Das auch.«

»Ich kann Ihnen nicht folgen.«

Als der junge Myron erkannt hatte, dass sein Knie nie wieder richtig heilen würde, als ihm klar geworden war, dass seine Zeit als Sportler vorbei war, hatte er sich ganz darauf konzentriert, sein Leben in eine neue Richtung zu lenken. Auf der Duke University war er ein guter Student gewesen. Er hatte die Energie, die er vorher fürs Basketballspiel aufgebracht hatte, in die Vorbereitung auf den LSAT-Test für das Jurastudium gesteckt, diesen mit Höchstpunktezahl bestanden, war an der Harvard Law School angenommen worden und hatte dort seinen Abschluss mit Auszeichnung gemacht. Nachdem er die Anwaltsprüfung bestanden hatte, hatte er MB Reps gegründet (damals noch MB *Sports*Reps genannt, weil er – wie die kursive Schrift zeigt – anfangs nur Sportler oder Menschen aus dem Sportbereich repräsentiert hatte). Als zugelassener Anwalt hatte Myron seinen Klienten auch in juristischen Belangen bestmöglichen Schutz und Beratung bieten können.

Was besonders dann hilfreich war, wenn ein Klient juristische Probleme hatte.

Wie wohl auch jetzt.

»Uns wurde gesagt, Sie würden kooperieren, Mr Bolitar.«

»Das war, bevor ich wusste, worum es geht«, sagte Myron. »Ich muss Sie bitten zu gehen. Sofort.«

Sie nahmen ihre Akten vom Tisch und standen auf.

»Eins noch«, sagte Myron. »Wenn Sie Mr Downing finden, möchte ich, dass er ausschließlich in meiner Anwesenheit verhört wird.«

Der junge Beluga schnalzte spöttisch. Hawes schwieg.

Myron blieb sitzen, während sie um den Tisch zur Tür gingen. *Greg. Am Leben. Vergiss die Morde erst einmal. Wie zum Teufel konnte Greg noch am Leben sein?*

Der junge Beluga blieb stehen und beugte sich zu Myron herunter. »Die Sache ist noch nicht ausgestanden, Arschloch.«

Er konnte nicht ahnen, wie recht er damit hatte.

# ZWEI

Wins Büro war im Stockwerk unter Myrons.

Als Myron aus dem Fahrstuhl stieg, erwartete er immer noch den Trubel und die Lautstärke der Händler, die Kauf- und Verkaufsaufträge für Aktien und Anleihen und Investitionen und … äh … lauter solchen Finanzkram, durch den Raum schrien. Myron kannte sich mit Geldinstrumenten und dergleichen nicht aus, und das störte ihn auch nicht. Win kümmerte sich um sämtliche Geldangelegenheiten seiner Klienten. Myron übernahm die eigentlichen Aufgaben des Sportagenten – Jobvermittlung, Verhandlungen mit Team-Eignern und Managern, Abschluss von Werbeverträgen, die Social-Media-Arbeit seiner Klienten, Aufbau ihrer Markenidentität, öffentliche Auftritte und die dafür anfallenden Honorare, die Erledigung von Alltagsaufgaben für die Klienten und so weiter.

Kurz gesagt: die Maximierung des Verdienstpotenzials.

Myrons Aufgabe bestand darin, das Geld heranzuholen, Win war dafür zuständig, es fruchtbar anzulegen und zu mehren.

Die frühere Kakophonie in diesem Großraumbüro war verschwunden, weil die Geschäfte heutzutage online oder per Computer abgewickelt wurden. Gelegentlich stieß noch jemand einen Schrei aus, aber die meisten Händler hatten die Köpfe gesenkt und blickten auf einen oder mehrere Bildschirme. Es war unheimlich.

Wie nicht anders zu erwarten, hatte Win das größte Büro in der Ecke Richtung Park Avenue und Uptown. Sein Büro hatte aber nicht nur eine fantastische Aussicht, sondern außerdem eine dunkle Holzvertäfelung, Original-Kunstwerke an den Wänden und die Ausstrahlung eines düsteren Herren-Clubs aus dem neunzehnten Jahrhundert im Zentrum Londons.

»Du weißt irgendetwas«, sagte Myron.

»Ich weiß vieles.«

»Du gibst dich kokett. Das tust du sonst nie.«

»Manchmal verhalte ich mich den Ladys gegenüber kokett«, sagte Win. Und dann: »Nein, warte, ich meine keck, also ich kokettiere mit ihnen.«

»Wusstest du, dass Greg noch lebt?«

Win überlegte. Er drehte sich zum Fenster und betrachtete die Aussicht. Auch das tat er fast nie. Dann sagte Win: »Ein Kolumbarium.«

»Was?«

»Du hast zu den FBI-Agenten gesagt, dass Greg Downing in einem Mausoleum liegt.«

»Richtig.«

»Ein Mausoleum ist ein Gebäude für einen Leichnam«, sagte Win. »Ein Kolumbarium beherbergt kremierte Überreste von Menschen.«

»Da lag ich wohl falsch. Danke für das Vokabelseminar.«

Win breitete die Hände aus. »Ich helfe, wo ich kann.«

»Das stimmt. Willst du also darauf hinaus, dass Greg eingeäschert wurde?«

»Korrekt.«

»Was es einfacher macht, einen Tod vorzutäuschen?«

»Gehen wir doch kurz die Zeitachse durch, okay?«

Myron nickte, damit Win fortfuhr.

»Vor fünf Jahren wurde Greg Downing als Cheftrainer der Milwaukee Bucks entlassen. Zu diesem Zeitpunkt war er sehr beliebt und hatte mit drei verschiedenen NBA-Clubs Erfolge gefeiert. Man kann sagen, dass er damals noch immer ein sehr gefragter Mann war, richtig?«

Myron nickte. »Die New York Knicks und die Miami Heat hatten ihn zu Vorstellungsgesprächen eingeladen.«

»Statt auf diese Angebote einzugehen, hat Greg, der damals noch ein junger Mann war …«

»So alt wie wir«, warf Myron ein.

»Also ein sehr junger Mann.« Win lächelte knapp. »Stattdessen hat er angegeben, an einem Burn-out zu leiden, und behauptet, er wolle raus aus der Tretmühle. Hast du ihm das abgekauft?«

Myron zuckte die Achseln. »Er wäre nicht der Erste, der das tut.«

»Wer kokettiert denn jetzt herum?«

»Das passte nicht zu ihm«, räumte Myron ein. »Greg war immer sehr ehrgeizig.«

»Man kennt sich«, sagte Win.

»Soll heißen?«

»Ihr wart so lange Rivalen, weil ihr beide extrem ehrgeizig seid. Daraus resultierten große Kämpfe auf dem Spielfeld. Und große Katastrophen abseits des Platzes.«

Darauf fiel Myron keine Antwort ein.

»Hast du damals mit Greg über seine Entscheidung gesprochen?«, fragte Win.

»Nein. Das weißt du doch.«

»Ich rekapituliere nur die Fakten. Greg ist einfach abgehauen. Verschwunden. Untergetaucht. Er hat dir gerade einmal eine E-Mail geschickt.«

»Richtig.«

»Weißt du noch, was in der E-Mail stand?«

»Wenn du willst, kann ich sie heraussuchen, aber da stand nur so was wie, dass er eine Veränderung in seinem Leben bräuchte und ein neues Kapitel beginnen will. Er sagte, er wolle allein reisen und zu sich selbst finden.«

»›Zu sich selbst finden‹«, wiederholte Win mit einem angewiderten Kopfschütteln. »Herrje, ich hoffe, das hat er nicht so ausgedrückt.«

»Doch, hat er«, sagte Myron. »Angefangen hat er jedenfalls in einem Kloster in Laos.«

»Und woher wissen wir das?«

»Er hat es mir erzählt.« Myron überlegte. »Warum hätte er lügen sollen?«

Win antwortete nicht. »Wann hast du dann das nächste Mal von Greg gehört?«

»Das weiß ich nicht mehr genau. Ich dachte, er müsse seinen Akku aufladen und wäre bald wieder zurück. Aber aus einer Woche wurden erst ein, dann zwei Monate. Ab und zu hat er eine Nachricht geschickt. Erst aus Laos, dann aus Thailand oder Nepal, das weiß ich nicht mehr genau. Dann …«

»So vergehen zwei Jahre, bis wir erfahren, dass er tot ist.«

»Genau«, sagte Myron. Dann: »Was verschweigst du mir, Win?«

Wieder ignorierte Win die Frage. »Wie schwer wäre es da gewesen, seinen eigenen Tod vorzutäuschen? Sagen wir, du bist Greg. Du schreibst deinen eigenen Nachruf und setzt ihn in eine Zeitung. Du schreibst, du wärst an einem Herzinfarkt gestorben. Du verschickst Asche in einer Urne – da könnte alles Mögliche verbrannt worden sein. Es gibt eine Trauerfeier. Wir gehen hin.« Win drehte seine Handflächen nach oben und hob die Arme leicht. »Voilà, du bist tot.«

Myron runzelte die Stirn. »Und wie geht's weiter? Du kommst heimlich wieder zurück ins Land und ermordest Cecelia Callister und ihren Sohn?«

Win starrte weiterhin aus dem Fenster. Einen Moment später verstand Myron, was los war.

»Greg hätte Geld gebraucht«, sagte Myron.

Win regte sich nicht.

»All die Jahre, die er weg war. Ganz egal, wie sparsam er war. Irgendwann hätte er Zugriff auf eins seiner Bankkonten haben müssen. Hast du dich mit ihm getroffen?«

Win starrte weiter.

»Win?«

»Wir haben hier ein Dilemma.«

»Und das wäre?«

»Die Schweigepflicht.«

»Du bist kein Anwalt.«

»Mein Wort soll also keine Bedeutung haben?« Win wandte sich vom Fenster ab. »Wenn ein Klient um Vertraulichkeit gebeten hat, kann ich dann trotzdem frei sprechen?«

»Nein«, sagte Myron und suchte nach einem Ausweg aus der Sackgasse, »aber im besonderen Fall von Greg Downing bin ich sein Agent, sein Manager und sein Anwalt. Was auch immer er dir erzählt hat, darf ich auch erfahren.«

»Es sei denn«, sagte Win und hob einen Finger, »der Klient hätte mich angewiesen, es niemandem zu sagen, auch und besonders dir nicht.«

Myron trat einen Schritt zurück. »Wow.«

»Eben.«

»Willst du damit sagen, du hättest gewusst, dass Greg am Leben ist?«

»Nein, ich will nichts dergleichen sagen.«

»Ich spüre ein *Aber* kommen.«

»Aber wenn ich die finanziellen Regelungen, die er getroffen hat, aus dieser neuen Perspektive betrachte, könnte ich womöglich zu dem Schluss kommen, dass dies für mich kein solcher Schock ist wie für dich.«

Win brauchte es nicht weiter auszuführen – Myron hatte das Wesentliche verstanden.

»Also, mal rein hypothetisch«, sagte Myron, »hat Greg, bevor er ins Ausland abgehauen ist, um, äh, zu sich selbst zu finden, eventuell ein paar finanzielle Transaktionen in Auftrag gegeben, Konten im Ausland eröffnet oder Vermögen in schwer rückverfolgbare Anlagen übertragen, oder etwas in der Art.«

»Wenn er das getan hätte«, sagte Win, »würde das zu den Dingen gehören, die vertraulich bleiben.«

»Also hat Greg das geplant.«

»Möglich.«

Stille.

Dann sagte Myron: »Greg hat uns nicht gefeuert.«

Win schloss die Augen.

»Wenn er noch lebt, ist er weiterhin unser Klient.«

Win rieb sich die geschlossenen Augen.

»Du verstehst, worauf ich hinaus will?«, fragte Myron.

»Es wäre schwer, das nicht zu verstehen, sofern man nicht kurz zuvor ein Hirntrauma erlitten hat«, sagte Win. »Du willst ihm helfen.«

»Um Wollen geht es hier nicht«, sagte Myron. »Wenn Greg noch lebt, sind wir verpflichtet, ihm zu helfen.«

»Ist das die Stelle, an der ich sage: ›Selbst wenn er ein Mörder ist?‹«

»Worauf ich weise nicke und erwidere: ›Selbst dann.‹ Oder vielleicht: ›Kommt Zeit, kommt Rat.‹«

»›Selbst dann‹ ist nicht ganz so abgedroschen«, sagte Win

mit einem Seufzer. »Muss ich dich darauf hinweisen, dass das viele alte, emotionale Wunden bei dir aufreißen wird?«

»Eigentlich nicht.«

»Oder dass du nicht gut mit alten, emotionalen Wunden umgehen kannst.«

»Dessen bin ich mir bewusst.«

»Deine destruktive Ex. Die Verletzung, die deine Karriere beendet hat. Dein leiblicher Sohn.«

»Ich hab's verstanden, Win.«

»Nein, mein lieber Freund, das hast du nicht. Das tust du nie.« Win seufzte erneut, zuckte die Achseln und schlug die Hände auf den Tisch. »Okay, gut, dann machen wir es so. Der Lone Ranger und Tonto reiten wieder.«

»Eher Batman und Robin.«

»Sherlock und Watson.«

»Green Hornet und Kato.«

»Starsky und Hutch.«

»Cagney und Lacy.«

»McMillan & Wife.«

»The Scarecrow and Mrs King.«

»Simon und Simon.«

»Scott und Huutsch.«

Win schnappte nach Luft. »Das hättest du wohl gern?« Dann schnippte er mit den Fingern. »Tango und Cash.«

»Hey, der war gut.« Und dann: »Michael Knight und K.I.T.T.«

»K.I.T.T., das sprechende Auto?«

»Ja«, sagte Myron. »Und Michael muss von *The Hoff* gespielt werden. Keins dieser beschissenen Reboots.«

»Michael und K.I.T.T.«, wiederholte Win. »Und wer von uns ist wer?«

»Spielt das eine Rolle?«

»Nein, tut es nicht«, sagte Win. »Also, wie fangen wir an?«

»Folge der Spur des Geldes von den Auslandskonten.«

»Negativ«, sagte Win.

»Warum nicht?«

»Wir werden es nicht schaffen, die Spur des Geldes zu verfolgen«, sagte Win. »Dafür bin ich zu gut.«

»Dann sollten wir uns vielleicht die Callister-Morde ansehen.«

»Ich bin schon dran. Und du? Was hast du vor?«

Myron überlegte. »Ich geh meine destruktive Ex besuchen.«

# DREI

Emily Downing, die destruktive Ex, öffnete die Tür ihrer Wohnung in der 5th Avenue mit einem breiten Lächeln. »Sieh an, sieh an. Wenn das mal nicht der Gute ist, den ich mir habe entgehen lassen.«

»Den Spruch bringst du immer, wenn du mich siehst.«

»Es ist eben das, was mir in solchen Momenten durch den Kopf geht. Wann haben wir uns das letzte Mal gesehen, Myron?«

»Vor drei Jahren. Bei Gregs Trauerfeier.«

Natürlich wusste Emily das. Einen Moment lang standen sie sich einfach gegenüber und ließen sich von ihren Erinnerungen davontragen. Sie versuchten nicht, die Gedanken zu unterdrücken oder sich nichts anmerken zu lassen. Sie hatten sich gleich im ersten Monat ihres ersten Studienjahres in der Perkins Library der Duke University kennengelernt. Emily hatte mitgekriegt, dass Myron sie ansah, und ihm über den Bibliothekstisch hinweg ein schräges Lächeln geschenkt, durch das die Altersfreigabe eines Spielfilms eine Stufe hochgesetzt worden wäre. Peng, Myron war hin und weg. Sie waren beide achtzehn, beide zum ersten Mal von zu Hause weg, beide unerfahren in den Dingen, in denen Teenager vorgeben, es nicht zu sein.

Sie verliebten sich ineinander.

Zumindest hatte er sich in sie verliebt.

Jetzt, nach all diesen Jahren, stand Emily vor ihm und fragte: »Du glaubst doch nicht, dass Greg noch lebt, oder?«

»Glaubst du es?«

Sie nagte an ihrer Unterlippe, und wieder traf es Myron wie ein Schlag, als er an die kühlen Herbstnächte in ihrem Zimmer im Studentenwohnheim dachte, an das gedämpfte Licht und den Mond im Fenster auf der anderen Seite des Universitäts-Squares. Nachdem sie auf der Uni fast vier Jahre zusammen gewesen waren, hatte Myron gegen Ende ihres letzten Studienjahrs das Thema Hochzeit angesprochen.

Emilys Antwort?

Sie hatte Myrons Hände ergriffen, ihm direkt in die Augen gesehen und gesagt: »Ich bin nicht sicher, ob ich dich liebe.«

Noch mal Peng. Wenn auch ganz anders geartet.

»Greg soll am Leben sein«, sagte Emily verwundert. Eine Haarsträhne fiel über ihr Auge. Fast hätte Myron die Hand ausgestreckt und sie zur Seite geschoben. »Das ist doch völlig absurd.«

»Findest du?«

Wieder schenkte sie ihm dieses schräge Lächeln. Diesmal traf es ihn nicht wie ein Schlag. Es versetzte ihm kaum einen nostalgischen Stich. »Immer noch der sarkastische Klugscheißer.«

»Ich muss mir doch treu bleiben.«

»Schon klar. Aber das Ganze war wirklich bizarr. Es fing schon damit an, dass du Greg als Klienten angenommen hast.«

»Greg war eine solide Einnahmequelle.«

»Wieder Sarkasmus?«

»Nein.«

»Ich hab's nicht verstanden«, sagte Emily. »Warum hast du für ihn gearbeitet? Und erzähl mir nicht, dass es nur ums Geld ging.«

Myron beschloss, die Wahrheit zu sagen. »Greg hatte mir wehgetan. Ich hatte ihm wehgetan.«

»Also wart ihr quitt?«

»Lass uns einfach sagen, wir wollten das Ganze hinter uns lassen.«

»Greg mochte dich, Myron.«

Er schwieg.

»Deshalb habe ich dich gebeten, die Trauerrede zu halten. Ich glaube, Greg hätte es so gewollt.«

Die Basketball-Rivalität zwischen Myron und Greg hatte in der sechsten Klasse begonnen, sich, als sie dreizehn wurden, über die *Amateur Athletic Union*, den Highschool-Sport und die *American Coast Conference* im Unisport entwickelt, in der Myrons Duke University gegen Gregs University of North Carolina antrat. Es hatte Gerüchte gegeben, dass zwischen den beiden Superstars böses Blut herrschte, aber das war übertrieben. Auf dem Platz bekämpften sich beide mit einem Eifer, den nur extrem motivierte Wettkämpfer nachvollziehen konnten. Abseits des Platzes kannten sie sich kaum.

Bis Emily kam.

»Hast du es …«, Myron atmete tief durch, »… Jeremy erzählt?«

Es wurde still im Raum, als er den Namen aussprach.

»Ich meine, dass Greg noch lebt …«

»Tu das nicht«, sagte sie.

»Was soll ich nicht tun?«

»Jeremy ist immer noch in Übersee stationiert.«

»Ich weiß.«

»Es gibt keinen Grund, ihm das zu erzählen.«

»Du findest nicht, dass er ein Recht darauf hat zu erfahren, dass …«, Myron wusste nicht, welche Bezeichnung er verwenden sollte, also entschied er sich für die, die Jeremy benutzt hätte, »… dass sein Vater noch am Leben sein könnte?«

»Jeremys Arbeit ist gefährlich. Er muss voll bei der Sache sein. Das hat Zeit, bis wir Gewissheit haben.«

Guter Einwand. Und es war wirklich nicht Myrons Angelegenheit, das hatte Jeremy ganz deutlich gemacht. Diese Sache wäre eine Ablenkung – und keine angenehme. Myron neigte dazu abzuschweifen. Win hatte ihn gewarnt. Seine Vergangenheit grätschte immer wieder dazwischen.

»Übrigens«, fuhr Emily fort und holte ihn zurück in die Gegenwart, »hat Greg Cecelia Callister gekannt. Der Polizei hab ich das aber nicht gesagt.«

Myron horchte auf. »Moment mal. Was?«

»Nicht besonders gut. Er ist Cecelia wahrscheinlich zwei- oder dreimal begegnet. Wir haben früher viel zusammen gemacht. Cecelia und ich, meine ich. Wir waren Freundinnen und haben ein paar Sommer zusammen in den Hamptons verbracht, direkt nachdem wir beide geheiratet hatten. Ich weiß noch, dass wir einmal zu viert ausgegangen sind – Greg und ich und Cecelia und ihr erster Mann, ein netter Kerl namens Ben Staples. Oder war Ben schon ihr zweiter Mann? Ich erinnere mich nicht mehr. Ist ja auch tausend Jahre her.«

Myron überlegte, was das bedeutete. »Könnte da mehr passiert sein?«

»Du meinst, ob sie eine Affäre hatten?«

»Ich meine einfach irgendwas.«

»Greg und Cecelia«, sinnierte Emily. »Wer weiß?«

Myron versuchte es anders. »Wann hast du das letzte Mal etwas von Greg gehört?«

»Als er nach Kambodscha oder so abgehauen ist.«

»Nach Laos. Das war vor fünf Jahren.«

»So in etwa.«

»Danach nichts mehr?«

»Nein«, sagte sie leise. »Kein Wort.«

Es war nicht erkennbar, ob sie das störte oder nicht.

»Hör zu, Myron, Greg und ich … das war eine seltsame Beziehung. Wir haben uns vor Jahren scheiden lassen, nachdem, na ja …«, sie gestikulierte mit ihrer Hand in Myrons Richtung, »… du weißt schon.«

Das tat er.

»Aber Jeremy war immer noch ein krankes Kind, auch nach der Transplantation, und was auch immer Greg für Probleme hatte … hat … verdammt, ist ja auch egal! Jedenfalls hat er den Jungen geliebt, auch nachdem …«

Und da war es.

Nach Myrons tollpatschigem Heiratsantrag im letzten Unijahr hatte Emily Myron für, Sie haben es erraten, Greg Downing verlassen. Myrons Liebesqual steigerte sich ins Unermessliche, als sie und Greg so verliebt waren, dass sie sich vier Monate später verlobten.

Ab da wurde es dann unschön.

Um es kurz zu machen, Emily hatte Myron am Abend vor der Hochzeit gebeten, zu ihr zu kommen. Er ging hin. Sie hatten Sex. Das Ergebnis – auch wenn Myron das erst vierzehn Jahre später erfahren sollte – war sein Sohn Jeremy, den Greg unwissentlich als seinen Sohn aufzog.

Ja, unschön.

Myron hatte immer Emily die Schuld gegeben. Er war gerade dabei, den Schmerz über ihren Verlust zu überwinden, als sie ihn an jenem Abend angerufen hatte. Sie hatte Alkohol besorgt, ihn erst zum Trinken und dann auch anderweitig verführt. Sie hatte eine Art Plan geschmiedet, destruktiv bis zum Gehtnichtmehr, in dem er nur ein Spielball war. Jedenfalls hatte er sich das jahrelang eingeredet. Aber jetzt, in der Rückschau – mit mehr Abstand und klarerem Blick – erkannte Myron, dass das eine sehr altmodische Sichtweise war. Er wollte sich selbst als den Guten und letztlich als das Opfer hinstellen. Eine klassische Rechtfertigungsstrategie.

Wenn man es drauf anlegte, konnte man alles rechtfertigen.

»Myron?«

Es war Emily. Die Emily der Gegenwart. Herrje, Win hatte ihn doch davor gewarnt, dass die alten Wunden wieder aufreißen könnten.

»Ihr habt euch also scheiden lassen«, sagte Myron und schob die Vergangenheit beiseite. »Aber dann seid ihr Jahre später wieder zusammengekommen, stimmt's? Ihr habt sogar noch mal geheiratet.«

Emily antwortete nicht.

»Und was dann? Dann ist Greg einfach ohne jede Erklärung ins Ausland verschwunden?«

»Es steckt mehr dahinter.«

»Ich bin ganz Ohr, Emily.«

Sie nagte wieder an ihrer Unterlippe. »Der Polizei habe ich das nicht erzählt. Nur damit du Bescheid weißt. Ich wollte nichts verbergen. Es geht sie einfach nichts an. Nichts von alledem.«

»Okay.«

»Dich geht es auch nichts an.«

»Okay.«

»Greg und ich hatten eine Abmachung.«

Myron wartete darauf, dass sie weitersprach. Als sie das nicht tat, fragte er: »Was für eine Abmachung?«

»Eine geschäftliche.«

Myron wusste, dass das für die meisten Abmachungen galt, statt das aber auszusprechen, sagte er wieder: »Okay.«

»Greg war reich.«

»Stimmt.«

»Du weißt das besser als jeder andere.«

»Okay.«

»Hör auf, dauernd *okay* zu sagen«, blaffte sie. »Jedenfalls hat er versprochen, sich um mich zu kümmern.«

»Finanziell?«, fragte Myron.

»Ja. Nur deshalb kann ich es mir leisten, hier zu wohnen. Greg hat ein großzügiges Treuhandkonto für mich eingerichtet. Für Jeremy natürlich auch. Win hat ihm dabei geholfen.«

»Klingt wie ein normaler Vorgang«, sagte Myron.

»Das war es aber nicht. Ich meine, unsere Beziehung ...«

Emily brach ab.

»Willst du damit sagen, dass das keine echte Ehe war?«

»Ja. Na ja, nein. Wir waren offiziell verheiratet. Aber, na ja, was ist überhaupt eine Ehe? Greg war sein Leben lang in Sachen Basketball unterwegs. Schon immer. In der spielfreien Zeit hing er meistens in South Beach herum. Er wohnte nur bei mir, wenn er in New York war, also, was weiß ich, vielleicht einen Monat oder sechs Wochen im Jahr.«

»Und wenn er da war, habt ihr beiden ...«

Myron führte seine Hände wie bei einem Akkordeon zusammen und auseinander, wusste aber gar nicht genau, warum er eine solche Frage überhaupt stellte. Spielte das eine Rolle?

»Wir hatten getrennte Schlafzimmer«, sagte Emily, »aber manchmal hatten wir auch Sex. Du weißt ja, wie das ist. Wir sind auf eine Dinnerparty oder einen Wohltätigkeitsball gegangen. Wir hatten uns schick gemacht, ein bisschen was getrunken, sind nach Hause gekommen, haben uns daran erinnert, wie es früher war, es war schon spät und schwer, jemand anders zu suchen ...«

Sie sah Myron in die Augen. Myron sagte: »Schon verstanden. Erzähl weiter.«

»Was soll ich denn noch erzählen?«

»Zum einen, warum wolltest du diese Abmachung?«

»Wegen der finanziellen Sicherheit.«

»Und was wollte Greg?«

Emily wandte sich ab und ging zu einem gläsernen Barwagen. »Einen Drink?«

»Nein, danke.« Sie näherten sich dem Kern der ganzen Sache. »Wessen Idee war dieses Arrangement?«

»Gregs«, sagte sie und griff nach einem Glas und einer Flasche Asbury Park Gin. »Das ist jetzt etwas schwieriger zu erklären.«

»Lass dir Zeit.«

»Ich weiß auch nicht, ob es überhaupt relevant ist.«

»Dein ›toter‹ Ehemann wird eines Doppelmordes bezichtigt«, sagte Myron. »Also ist es relevant. Wozu diente diese Vereinbarung, Emily?«

Sie starrte die Flasche an, schenkte sich aber nichts ein. »Anfangs wusste ich es selbst nicht genau. Natürlich hatten Greg und ich noch Jeremy zusammen. Selbst als er erwachsen war und zum Militär ging. Jeremy ist stark, mutig, heldenhaft und so weiter, aber er ist auch ... unser Sohn hat etwas Zerbrechliches an sich.« Sie drehte sich um und sah zu Myron hinauf. Unser Sohn. Das hatte sie gesagt. Unser Sohn. Und das konnte man auf zwei verschiedene Arten verstehen. Emily schenkte sich den Gin ein. »Eigentlich interessierten Greg und ich uns nicht mehr füreinander. Das war alles lange vorbei. Aber nachdem sich sein Zorn verflüchtigt hatte, du weißt schon, wegen dem, was wir ihm angetan hatten ...«

Myron spürte, wie sich seine Brust zusammenzog.

»... da war noch etwas anderes. Ich weiß nicht, wie man es bezeichnen soll. Freundschaft trifft es nicht richtig. Wir haben kaum miteinander gesprochen und hatten auch sonst wenig gemeinsam. Aber wir haben uns gegenseitig vertraut. Und wir hatten etwas, das uns verband.«

Sie trank einen Schluck. Myron beendete ihren Gedankengang. »Jeremy.«

»Ja, ich denke schon. Irgendwie erzähl ich das auch nicht richtig. Jedenfalls, eines Tages ist Greg zu mir gekommen und hat vorgeschlagen, dass wir noch mal heiraten. Dazu hat er mir ein großzügiges Finanzpaket angeboten. Ich habe es angenommen.«

»Hat er dir nie erzählt, warum er das getan hat?«

»Er sagte, es ginge um den äußeren Anschein. Es sollte so aussehen, als wäre er mit einer Frau zusammen, außerdem wäre es gut für Jeremy.«

Myron überlegte. »Fandest du das plausibel?«

»Nein. Ich dachte, Greg wäre irgendwie in Schwierigkeiten geraten.«

»Was für Schwierigkeiten?«

»Die Art Schwierigkeiten, bei denen es besser aussieht, wenn man verheiratet ist und Familie hat. Was genau, wusste ich nicht, aber Gregs Impulskontrolle war nie besonders gut. Ich hab gedacht, dass er vielleicht eine Minderjährige in einem Club kennengelernt hat. Oder er hat womöglich wieder einmal die Ehefrau von irgendjemandem gevögelt. Ja, eine Ironie der Geschichte, oder? Greg stand darauf. Er schlief gern mit verheirateten Frauen. Und häufig. Ich hab das meinem Psychiater erzählt. Er war davon überzeugt, dass Gregs Trauma ein Nebenprodukt dessen war, was wir ihm angetan haben.«

Myron schwieg.

»Keine Antwort?«, fragte sie.

»Nein«, sagte Myron. »Keine Antwort.«

»Jedenfalls hat Greg nur gesagt, dass er verheiratet sein müsse. Wir würden zusammen zu Veranstaltungen gehen und für die Medien die Rolle des glücklichen Paars spielen. Die große Versöhnungsgeschichte eben. Im Gegenzug würde er die Treuhandkonten einrichten. Mir gefiel das in vielerlei Hinsicht. Natürlich wegen des Geldes, aber auch gesellschaftlich. Wenn du Single bist, laden Freunde dich oft nicht ein. Und mich schon gar nicht. Du hast mal gesagt, dass ich eine sexuelle Ausstrahlung hätte.«

»Emily, ich war jung und …«

»Oh, ich fühl mich nicht angegriffen. Meine Güte. Die Leute reagieren heutzutage immer gleich so empfindlich. Ich weiß, dass ich diese Ausstrahlung habe. Hatte ich schon immer, das ist mir klar. Und Verheiratete – zumindest die Ehefrauen – wollen niemanden mit dieser Ausstrahlung in der Nähe ihrer Ehemänner haben. Jedenfalls keine alleinstehende Frau, selbst wenn, äh, von meiner Seite aus absolut kein Interesse besteht. Es hat dann auch funktioniert. Greg und ich, zweiter Teil. Er hat sein Ding gemacht, ich meins.«

Emilys Blick wanderte im Raum umher, nur ihn sah sie nicht an. Das war nicht ihre Art. Myron sagte: »Du verheimlichst mir irgendetwas.«

»Ich nähere mich langsam an. Eigentlich war es Gregs Privatsache. Mir ist nicht danach, es an die große Glocke zu hängen.«

»Du hängst es nicht ›an die große Glocke‹. Du sagst es nur mir.«

»Das macht's nicht besser. Was dir doch hoffentlich bewusst ist, oder? Aber wenn Greg tot ist, was macht das jetzt noch aus? Und wenn er nicht tot ist, wenn er tatsächlich noch lebt …« Emily überlegte eine Weile. Myron ließ ihr Zeit. »Ich zeig dir was.«

Emily zog ihr Handy heraus. Ihre Finger tanzten über den Bildschirm.

»Je älter Greg wurde, desto seltsamer wurde er. Ich weiß nicht, wie ich es sonst ausdrücken soll. Er zog sich immer mehr zurück. War mehr online.«

»Greg?«

»Ja, schon klar. Sieht ihm eigentlich gar nicht ähnlich. Jedenfalls hat er mal sein Handy auf dem Küchentisch liegen lassen. Er war den ganzen Vormittag nonstop damit zugange gewesen, und ich kannte sein Password – er hat immer für alles das gleiche benutzt. Du kannst dir also denken, was ich getan habe.«

»Du bist in seine Privatsphäre eingedrungen.«

»Ganz genau. Jedenfalls hab ich so festgestellt, dass er auf Instagram ist. Das fand ich sehr seltsam. Greg! Kannst du dir das vorstellen? Dass Greg einen Instagram-Account hat?«

»Den haben wir für ihn eingerichtet«, sagte Myron. »Hilft bei der Werbung und der Pflege des Markenkerns.«

»Nein, den offiziellen Account meine ich nicht. Den kenn ich. Da ist er nie draufgegangen. Den betreut Esperanza für dich, oder?«

Myron antwortete nicht.

»Das ist ein anderer Account. Greg hatte ihn unter einem Pseudonym angemeldet. Hier. Sieh ihn dir an.«

Da Emily ihm das Handy nicht reichte, trat Myron hinter sie und sah ihr über die Schulter. Eigenartig, dass sich die Sinne oft besser erinnern als wir, besonders der Geruchssinn. Er fragte sich, ob sie immer noch das gleiche Shampoo benutzte, denn für einen Moment hatte er wieder das Gefühl, in ihrem Zimmer im Studentenwohnheim zu sein, wo sie sich nach dem Duschen abtrocknete und den alten Bademantel anzog, den er von zu Hause mitgebracht hatte. Es hatte nichts zu bedeuten. Er wollte nichts von ihr. Aber der Flashback war nicht zu leugnen.

Das Instagram-Profilbild zeigte das Logo der University of North Carolina. Gregs alte Uni. Der Name des Accounts lautete: UNCHoopsterFan7. UNCHoopsterFan7 folgte dreihundertneunzig Personen – und zwölf Personen folgten ihm.

»Wahrscheinlich ist das ein Sockenpuppen-Account«, sagte Myron.

»Was heißt das?«

»Ein Fake-Account. Leute geben vor, jemand anderes zu sein. Manchmal machen sie es aus Marketinggründen. Restaurantbesitzer könnten zum Beispiel so tun, als wären sie Kunden, und von der Küche ihres Lokals schwärmen. Oder politische Knallchargen, die behaupten, wer weiß wie ›unabhängig‹ zu sein, und dann sämtliche Fehltritte ihres jeweiligen Kandidaten verteidigen.«

»Darum geht's bei diesem Account nicht. Greg hat nichts gepostet oder kommentiert.«

»Okay. Vielleicht brauchte er nur eine Möglichkeit, sich andere Accounts anzusehen, ohne dass jemand merkt, wer er ist.«

»Er hat mit jemandem per Direct Message kommuniziert, Myron.«

Emily tippte mit dem Daumen auf den Account einer sehr durchtrainierten, sehr muskulösen, sehr eingeölten männlichen »Person des öffentlichen Lebens« und »Fitness-Models« namens Bo Storm.

Myrons Augen verengten sich.

Bo Storm hatte über sechstausend Follower und folgte neunhundert Accounts. Emily sah Myron über ihre Schulter an. Sie wollte seine Reaktion sehen. Bo präsentierte sich auf fast jedem Bild mit freiem Oberkörper in diversen Pin-up-Posen. Seine Bauchmuskulatur wellte sich zu einem Sixpack, und seine Haut zeigte die Glattheit regelmäßiger Waxing-

Behandlungen. Der Dreitagebart war perfekt gepflegt. Die langen Haare hatte man einem intensiven Hair-Frosting unterzogen. Auf dem oben angehefteten Foto tanzte Bo Storm nur mit einem Tanga bekleidet auf einer Bühne, die sich in einem Nachtclub zu befinden schien.

Sein Profilmotto lautete: »Den Regenbogentraum in Vegas leben. Jungs, meldet euch bei meinem OnlyFans-Account an, um mehr zu sehen.«

Myron hatte keine Ahnung, was er davon halten sollte.

»Auf wie alt schätzt du ihn?«, fragte Emily.

»Um die fünfundzwanzig?«

»Ja. Viel jünger als Greg.«

Myron nickte und versuchte zu begreifen, worauf Emily hinauswollte. »Dieser Bo und Greg haben sich also Nachrichten geschickt?«

»Ja.«

»Hast du sie gelesen?«

»Greg ist ins Zimmer zurückgekommen, aber ich habe genug gesehen. Herz-Emojis. Zukunftspläne. Intimes Zeug.«

Myron sagte nichts.

Emily fragte: »Überrascht?«

»Wen interessiert, ob ich überrascht bin?«

»Sollte wohl keine Rolle spielen, oder? Ich meine, ich verstehe es. Oder ich versuche, es zu verstehen. Die Welt verändert sich rasend schnell, und unsere Generation hechelt immer verzweifelt hinterher. Und vielleicht waren Gregs ewige Frauengeschichten ja auch eine Art Kompensation oder ein Ventil – er ist bi-, pan- oder omnisexuell oder sonst irgendwas. Ich weiß es wirklich nicht.«

»Es spielt keine Rolle«, sagte Myron.

»Ja, das können wir jetzt wie ein Mantra ein ums andere Mal wiederholen, ein Schock ist es aber trotzdem, oder?«

Myron sagte nichts.

»Und du hast recht, es spielt keine Rolle. Für sich genommen nicht. Aber es wird noch seltsamer. Guck dir das letzte Datum an, an dem dieser Junge – ich weiß, dass dieser Bo Storm kein Junge ist, aber mein Gott, er ist noch so jung – das letzte Mal gepostet hat.«

Myron nahm ihr das Handy aus der Hand und scrollte. Das jüngste Foto zeigte Bo am Strand in einer engen Badehose und einer schwarzen Smokingjacke ohne Hemd darunter. Die Bildunterschrift lautete »Formelle Strandbekleidung für Larrys und Craigs Hochzeit«, gefolgt von verschiedenen Emojis mit Herzen, Flammen und Regenbögen.

Myron sah sich das Datum an. »Er hat seit fünf Jahren nichts mehr gepostet.«

»Er hat zwei Wochen bevor Greg nach Asien gefahren ist, aufgehört. Und guck dir das davor an. Dieser Bo hat sich nie länger als zwei bis drei Tage nicht gemeldet. Also ich fasse zusammen: Greg flirtet mit diesem jungen, heißen Typen auf Instagram. Plötzlich beschließt Greg abzuhauen, und der junge, heiße Typ hört auf zu posten. Jetzt sag du mir, was passiert ist.«

Die logische Folgerung lag auf der Hand.

»Nachdem du die Messages gelesen hast«, fing Myron an, »hast du Greg da zur Rede gestellt?«

»Nein. Damals … wie soll ich es sagen? Ich war natürlich überrascht. Und in gewisser Hinsicht auch verzweifelt. Aber ein Teil von mir … Ich habe Greg geliebt. Hab ich wirklich. Aber stell dir vor, wie schwer er es gehabt haben muss zu verbergen, wer er wirklich war, damit er sein Leben im Profisport fortsetzen konnte, Myron.«

»Wir schreiben das Jahr 2024«, sagte Myron.

»Echt jetzt? Dann verrat mir doch eben, wie viele männliche Trainer im Profisport sich schon geoutet haben?«

Myron nickte. »Guter Einwand. Du bist also davon ausgegangen, dass Greg mit diesem Bo durchgebrannt ist?«

»Was würdest du unter solchen Umständen vermuten? Hast du ihm die Geschichte mit dem Kloster in Laos wirklich abgenommen?«

»Nicht so recht.«

»Und irgendwie hab ich mich auch für ihn gefreut. Greg war nie mit sich selbst im Reinen. Sein ganzes Leben nicht. Irgendetwas brodelte immer in ihm. Ich habe mit ihm zusammengelebt und kannte ihn besser als sonst irgendjemand, und trotzdem habe ich immer diese Distanz gespürt. Also habe ich das Ganze auf sich beruhen lassen. Ich hatte das Geld. Ich hatte die Vorzüge einer Ehe, und ich hatte mich längst daran gewöhnt, ihn nicht mehr in meiner Nähe zu haben. Es war alles in Ordnung – bis er starb. Jeremy war am Boden zerstört.«

Myron erinnerte sich. Da hatte er seinen leiblichen Sohn das letzte Mal gesehen – bei Gregs Beerdigung, als er den Tod seines »richtigen« Vaters beweinte.

»Uns fehlt noch einiges«, sagte Myron.

»Ich weiß.«

»Nehmen wir an, Greg hat sich zu Bo hingezogen gefühlt. Nehmen wir an, die beiden sind zusammen durchgebrannt. Wie erklären wir dann, dass Greg seinen eigenen Tod vorgetäuscht hat?«

»Keine Ahnung.«

»Und was weiter? Er hat dann ein paar Jahre gewartet und Cecelia Callister und ihren Sohn umgebracht?«

»Also«, sagte Emily, »Cecelia entsprach schon dem, was ich für seinen Typ *gehalten* hatte – sie war schön und verheiratet. Aber ich weiß überhaupt nicht mehr, was ich davon halten soll. War Greg schwul? Stand er auf verheiratete Frauen? Beides?

Weder noch? Und jetzt glaubt das FBI, dass er am Leben ist und zwei Menschen ermordet hat. Ich kann es mir nicht vorstellen, aber die Menschen sind voller Geheimnisse, Myron. Du weißt das.«

# VIER

Nach Myrons Rückkehr aus seiner zu langen Auszeit hatte er, wenn er in den Fahrstuhl trat, ständig aus alter Gewohnheit den Knopf für den vierten Stock gedrückt, in dem sich sein altes Büro befand. Heute drückte er diesen Knopf absichtlich. Diese Räume beherbergten jetzt FFD – Fisher, Friedman und Diaz, eine hyperaggressive, von Frauen geführte Anwaltskanzlei für Opfer von Gewaltverbrechen. FFD war von der charismatischen und mediengewandten Sadie Fisher gegründet worden, setzte sich für missbrauchte, misshandelte und schikanierte Menschen ein und versuchte dabei, Einfluss auf die Legislative zu nehmen, damit sie die Gesetze an die neue, digitale Ära anpassten, um Opfern effektiveren Schutz zu bieten.

Auf der Startseite ihrer Website stand:

***Wir helfen Ihnen, den Vergewaltigern, den Stalkern, den Mistkerlen, den Trollen, den Perverslingen und den Psychos direkt in die Eier zu treten.***

Die neue Top-Kanzlei hatte – leider – viel zu tun, weil unsichere und gewalttätige Männer (die Wortwahl ist rein sachlich motiviert, politische Korrektheit und Sexismus spielen hier keine Rolle – die überwiegende Mehrheit der Stalker und Missbraucher sind nun einmal Männer, die überwiegende Mehrheit ihrer Opfer Frauen) Hochsaison hatten. Oder, wie

Win es ausdrückte, als er in FFD investierte: »Verunsicherte, wütende Männer sind eine Wachstumssparte.«

Die Rezeption war nicht besetzt, also klopfte Myron an die Bürotür.

Eine vertraute Stimme sagte: »Herein.«

Als Myron die Tür öffnete, wandte ihm Esperanza Diaz den Rücken zu. Sie telefonierte, während sie aus demselben Fenster im selben Büro blickte, aus dem sie auch geblickt hatte, als dies noch MB Reps war. Esperanza hatte als Myrons Rezeptionistin und Assistentin angefangen. Als sie die Agentur dann viele Jahre später verkauften, hatte Esperanza ihr Jurastudium abgeschlossen, die Anwaltsprüfung bestanden und war zur vollwertigen Teilhaberin geworden. Vor acht Monaten, kurz bevor Myron beschloss, sein Comeback als Sport- und Unterhaltungsagent in die Wege zu leiten, hatte Win Esperanza der Gründerin der Anwaltskanzlei, Sadie Fisher, vorgestellt. Die beiden hatten sich gut verstanden, worauf Fisher und Friedman den Namen der Kanzlei um Diaz ergänzten. Jetzt hatte Esperanza, die Leuten wohl besser Arschtritte verpassen konnte als jede andere Person, die Myron kannte, ein ganz neues Betätigungsfeld für diese Fähigkeit.

Sie legte auf und drehte sich zu ihm um. »Hey, Myron.«

»Hey.«

Esperanza kam auf ihn zu. Sie trug Perlen und kräftige Farben. Bluse und Rock waren super eng. Alle Teilhaberinnen von FFD trugen solche Outfits. Es war Sadie Fishers Idee gewesen. Als Sadie anfing, Frauen zu vertreten, die sexuell belästigt oder missbraucht worden waren, hatte man ihr geraten, sich optisch zurückzunehmen und eher eintönige und unförmige Kleidung zu tragen. Sadie hasste das. Sie sah darin eine Täter-Opfer-Umkehr und wollte diese Form des Victim Blamings nicht hinnehmen.

Daher machten die Anwältinnen in dieser Kanzlei das Gegenteil.

»Arbeitest du an einem Fall?«, fragte Myron.

»Unsere Mandantin ist Jurastudentin im zweiten Jahr an der Columbia University.«

»Gute Uni.«

»Stimmt. Ihr Stalker, ein abscheulicher Typ, der mehr als einmal gedroht hat, sie umzubringen, wurde von derselben juristischen Fakultät angenommen und besteht darauf, sein Studium dort anzutreten. Ich habe ein gerichtliches Kontaktverbot beantragt.«

»Glaubst du, du bekommst es?«

Sie zuckte die Achseln. »Ein ganz normaler Fall bei FFD. Lass uns über weniger normale Fälle reden: Lebt Greg Downing wirklich noch?«

»Wäre möglich, ja.«

»Ich mochte ihn nie«, sagte Esperanza.

»Ich weiß.«

»Du hast ihm verziehen. Ich nicht.«

»Hör zu, ich hab ihm wehgetan.«

»Und er dir. Ich weiß. Du hast das schon mal gesagt. Es ist Quatsch. Du hast ihn als Klienten angenommen, weil du allen zeigen wolltest, wie großmütig du bist.«

»Du brauchst nichts zu beschönigen, Esperanza. Lass deinen Gefühlen freien Lauf.«

»Greg hat deinen Traum zerstört …«

»Er konnte nicht wissen, wie schwer ich verletzt werden würde.«

»… und jetzt hat er seinen eigenen Tod vorgetäuscht und jemanden ermordet.«

»Äh, das ist vielleicht etwas voreilig.«

»Jedenfalls will ich nichts damit zu tun haben.«

»Oh«, sagte Myron. »Okay.«

»Mach nicht so ein Gesicht. Ich hasse es, wenn du dieses Gesicht machst.«

»Was für ein Gesicht?«

»Dieses hilflose Bambi-Gesicht.«

Myron blinzelte und zog einen Schmollmund, um noch einen draufzusetzen.

»Igitt«, sagte sie. »Hör zu, ich hab deine Nachricht bekommen und mir diesen Bo Storm mal genauer angesehen.« Esperanza setzte sich an ihren Schreibtisch und tippte etwas in den Laptop. »Übrigens, wie ist dein Treffen mit Emily gelaufen?«

»Was denkst du?«

»Wahrscheinlich nicht so schlimm wie sonst. Schließlich bist du jetzt glücklich verheiratet. Da ist das doch alles Vergangenheit.«

»Stimmt. Mit einer Ausnahme.«

»Ja. Jeremy. Ich versteh schon.« Esperanza tippte weiter. »Erstens: Bo Storm ist nicht sein echter Name.«

Myron legte die Hand auf sein Herz. »Was du nicht sagst! Die Überraschung haut mich um.«

»Tja, ich dachte, ich fang mal mit dem Offensichtlichen an, danach wird es nämlich ziemlich seltsam.«

»Inwiefern?«

»Bo Storm ist seit fünf Jahren nicht mehr auf dem Radar. Und damit meine ich, er ist komplett verschwunden.«

»Seit Greg angeblich ins Ausland abgehauen ist.«

»Richtig. Er hat alles dichtgemacht. Nicht nur seinen Instagram-Account. Bo hatte eine ziemlich große Fangemeinde bei *OnlyFans*. Ein ordentlicher Abonnentenstamm, was vielleicht auch daran lag, dass die Seite sehr günstig war.«

»Wenn du OnlyFans und Abonnentenstamm sagst …«

Sie sah ihn an. »Du weißt nicht, wovon ich rede?«

»Nein, weiß ich nicht.«

»Man zahlt dafür, dass man ihn nackt sehen darf.«

»Oh.«

»Und in Sexszenen mit anderen Männern.«

»Oh.«

»Wusstest du das wirklich nicht?«

Myron schüttelte den Kopf. »Und wenn du sagst ›die Seite war günstig …‹«

»Die Gebühr für ein Monatsabo betrug nur 1,99 Dollar – aber ich glaube, er hat *OnlyFans* lediglich als Werbeplattform für seine Ware benutzt.«

»Ware?«

»Prostitution. Da sind nicht nur wir Frauen aktiv. Wenn ich das richtig verstanden habe, hat Bo in einer schwulen Sportbar gearbeitet, namens …«, sie sah Myron in die Augen, »… Man United.«

Myron erwiderte ihren Blick. Sie wartete.

»Der Name ist eigentlich ziemlich witzig«, sagte Myron.

»Das ist wahr«, sagte Esperanza.

»Hast du Bos richtigen Namen herausbekommen?«

»Noch nicht, aber hör zu: Ich nutze diese neue Gesichtserkennungs-Bildersuche. Du weißt, wovon ich spreche, oder?«

»Tu einfach mal so, als wüsste ich es nicht.«

»Ich kopiere ein Foto von einem Gesicht hinein. Das Programm durchforstet das gesamte Internet auf der Suche nach anderen Fotos, auf denen diese Person zu sehen ist.«

»Igitt. Das nenne ich mal Überwachung.«

»Das ist keine neue Technologie, Myron. Die gibt es seit Jahren.«

»Okay, also was hast du gefunden?«

»Bo ist auf einer Menge Fotos aus den Clubs. Von Partys und Ähnlichem, was Touristen gepostet haben. Bisher hab ich zwei Punkte in Erfahrung gebracht, die für dich interessant sind. Erstens: Es gibt keine aktuellen Fotos von ihm. Nicht ein einziges aus den letzten fünf Jahren.«

»Also«, sagte Myron, »seit er selbst nicht mehr im Internet aktiv ist …«

»Niemand hat irgendwo ein Foto von ihm gepostet. So ist es. Und das ist selten. Man muss sich wirklich Mühe geben, um so vollständig vom Radar zu verschwinden.«

»Und der zweite Punkt?«, hakte Myron nach.

»Es gibt eine Massenszene mit Bo, die du sehr interessant finden wirst.«

»Massenszene?«

»Das bedeutet, dass er in einer Menschenmasse zu sehen ist. Wie zum Beispiel als Zuschauer bei einer Sportveranstaltung. Dein Freund Bo hat ein Basketballspiel der NBA besucht.«

Myron erstarrte. »Womöglich ein Spiel eines Teams, das von Greg Downing trainiert wurde?«

Esperanza nickte. »Gregs Milwaukee Bucks haben in Phoenix gegen die Suns gespielt. Vor sechs Jahren. Ich habe den Ausschnitt für dich vergrößert und ausgedruckt.«

Sie reichte ihm ein Foto. Ja, ein Foto von Zuschauern. Bo saß direkt hinter der Auswechselbank der Bucks neben einer extrem gebräunten, überblondierten, in ein enges Tanktop gezwängten Frau.

»Das kann kein Zufall sein«, sagte Myron.

»Mann, du bist echt gut.«

Er lächelte. Er freute sich, dass Esperanza in ihrem neuen Job so zufrieden war, vermisste aber die tägliche Arbeit mit ihr. Ohne Esperanza war MB Reps einfach nicht MB Reps.

»Und wie finden wir Bo Storm nach all den Jahren?«, fragte Myron. »Vielleicht hatte Man United ihn unter seinem richtigen Namen auf der Gehaltsliste?«

»Das hab ich schon probiert. Der Club hat einen neuen Besitzer, und die alten Unterlagen sind nicht auffindbar.«

Myron hatte eine Idee. »Erzähl mir doch mal genauer, wie das mit dieser Gesichtserkennung läuft, die du gemacht hast.«

»Das erklärt sich eigentlich von selbst.«

»Wenn du also ein Foto von mir hättest …«

»Dann könnte ich es durch die Suchmaschine laufen lassen, die dann, zumindest theoretisch, jedes Foto mit dir darauf im Internet finden müsste.«

»Geh doch mal eben auf Bos inaktive Instagram-Seite.«

Esperanza öffnete sie. Myron scrollte herunter. Dann stoppte er und deutete auf den Monitor. »Der Typ da«, sagte Myron, »ist auf mindestens einem Dutzend von Bos Fotos zu sehen.«

Sie las die Bildunterschriften laut vor: »›*Jord und ich machen unser Ding*‹. ›*Jord und ich im Club*‹. Hmm, das sind beides heiße Typen. Diese schwulen Jungs halten sich immer so toll in Schuss. Da sind jede Menge Fotos von ihnen mit freien Oberkörpern aus dem Club.«

»Schon richtig, aber bei dem ist das anders.« Myron scrollte weiter. »Hier ist eins von Bo und Jord beim Grillen in einem Garten.«

»Wieder mit freiem Oberkörper.«

»Und hier: ›*Die Jungs zu Besuch zum Super Bowl*‹.«

»Und schon wieder mit freiem Oberkörper.« Esperanza verzog das Gesicht. »Wer sieht sich denn den Super Bowl mit freiem Oberkörper an?«

»Können wir diesen Jord durch deine Suchmaschine schicken?«

Esperanza nickte. »Keine schlechte Idee.«

»Blindes Huhn …«

»Gib mir eine Stunde, okay?«

»Okay.«

Myron starrte sie nur an.

Esperanza fragte: »Habe ich etwas zwischen den Zähnen?«

»Nein.«

»Was ist dann?«

»Mir fehlt das. Dir nicht?«

Sie sagte nichts.

Er beugte sich vor. »Komm zu MB Reps zurück.«

Sie sagte immer noch nichts.

»Ich setz auch deine Initialen in den Firmennamen.«

Esperanza zog eine Augenbraue hoch. »MBED Reps?«

»Klar.«

»Schrecklicher Name«, sagte sie. »Andererseits ist MB Reps auch nicht viel besser.«

»Stimmt.«

»Meine Arbeit hier ist wichtig.«

»Ich weiß.«

»Sadie ist fantastisch.«

»Auch das weiß ich. Also mach beides. Eine halbe Stelle hier mit Sadie, die andere Hälfte bei mir.«

»Gutes und Schlechtes tun«, sagte sie.

»Ganz nach Lust und Laune.«

Sie schüttelte den Kopf.

»Was ist?«

»Ich liebe dich«, sagte sie. »Das weißt du, oder?«

»Ich liebe dich auch.«

»Du bist mein bester Freund. Du wirst immer mein bester Freund sein.«

»Das gilt auch umgekehrt.«

»Zusammen mit Win. Schon klar.«

»Worauf willst du hinaus?«

»Du magst keine Veränderungen, Myron.«

Jetzt sagte Myron nichts.

»Wo ist Terese?«, fragte Esperanza.

Terese war Myrons Frau.

»In Atlanta.«

»Sie arbeitet da.«

»Ja.«

»Wohingegen du in New York bist.«

»Sie kommt mich besuchen.«

Stille.

»Es wird schon gut gehen«, sagte Myron.

»Wirklich?«

»Ich liebe Terese«, sagte Myron.

»Ich weiß, dass du sie liebst«, sagte Esperanza, aber in ihren Worten lag ein Hauch Traurigkeit. »Erst mal müssen wir Greg finden, okay? Dann können wir alles Weitere besprechen.«

***

Eine Stunde später rief Esperanza Myron an. »Ich hab was über Bos Internet-Kumpel Jord«, sagte sie.

»Und was?«

»Ich komm hoch und zeig's dir.«

Zwei Minuten später hörte Myron Big Cyndi quieken, ein Geräusch, bei dem Kinder zusammenzucken und die Katze sich unter der Couch versteckt. Dabei war es, wie Myron wusste, ein freudiges Quieken. Er schloss daraus, dass Esperanza angekommen war. Als Myron ins Foyer trat, schlang Big Cyndi ihre gewaltigen Arme um Esperanza. Der Begriff »Umarmung« beschrieb nur unzureichend, was Big Cyndi den Menschen, die sie liebte, zuteilwerden ließ. Es waren allumfassende, überwältigende Erfahrungen, die sich für das Gegenüber anfühlten, als wäre der ganze Körper in feuchte Dachbodenisolierung eingewickelt.

Myron sah zu und lächelte. Vor Jahren waren Big Cyndi und Esperanza ein äußerst populäres Wrestling-*Tag-Team* in der berühmten FLOW-Liga gewesen, was für die *Fabulous Ladies of Wrestling* stand. (Ursprünglich hießen sie *Beautiful Ladies of Wrestling*, aber die Fernsehsender hatten ein Problem mit der Abkürzung.) Sie waren unter den Namen *Big Chief Mama* (Big Cyndi) und *Little Pocahontas, die Indianerprinzessin* (Esperanza) angetreten. Beide Frauen waren lateinamerikanischer Herkunft und keine amerikanischen Ureinwohnerinnen, aber das schien damals niemanden zu stören. Ja, es waren andere Zeiten. Der Größenunterschied zwischen den Partnerinnen – Big Cyndi war einen Meter achtundneunzig groß und knapp einhundertfünfzig Kilo schwer, während Esperanza vielleicht einen Meter fünfundfünfzig groß war und einen winzigen fransenbesetzten Wildlederbikini trug – gab ein komisches und dramatisches Bild ab. Beim Profi-Wrestling geht es nicht um den Kampf. Es geht um die Handlung und die Charaktere. Es ist ein Moralstück, das auf fast biblische Weise erzählt wird. Little Pocahontas war immer auf bestem Wege, ihren Kampf durch Geschick auf ehrliche Art und Weise zu gewinnen, bis ihre bösen Gegnerinnen etwas Illegales und Anstößiges taten – den gefürchteten fremden Gegenstand einsetzen, ihr Sand in die Augen werfen oder was auch immer –, worauf das Publikum schrie, kreischte, buhte und sich um Little Pocahontas sorgte, weil sie plötzlich in großer Bedrängnis war und gnadenlos verprügelt wurde, bis Big Chief Mama wieder in den Ring sprang, einen Wutanfall bekam, die bösen Gegnerinnen von Little Pocahontas wegschleuderte, worauf die beiden dann wieder durch ihre Kreativität und ihr Geschick das Match dominierten und auf wundersame Weise den Sieg errangen.

Irgendwie war das extrem unterhaltsam.

Als Esperanza schließlich aus dem Wrestling aussteigen wollte, hatte sie als Myrons Assistentin bei MB SportsReps angefangen und sich – wie schon erwähnt – zur Teilhaberin hochgearbeitet. Als die beiden eine dritte Kraft für die Rezeption brauchten, hatten sie Big Cyndi eingestellt.

Big Cyndi hielt Esperanza immer noch in den Armen und fing an zu schluchzen. Sie war sehr grell geschminkt, und wenn sie so weinte, zerfloss ihr Make-up, sodass ihr Gesicht schließlich aussah wie eine Schachtel Wachsmalstifte, die man auf dem Asphalt in der prallen Sonne liegen gelassen hatte. Das war Big Cyndi. Sie umschlang ihr farbenfrohes Leben mit beiden Armen. Dass sie Blicke auf sich zog, ließ sich nicht vermeiden, aber Myron erinnerte sich noch daran, wie Big Cyndi ihm vor Jahren, als er ihre Lebenseinstellung noch nicht ganz verstanden hatte, erklärte: »Ich blicke lieber in erschrockene Mienen als in mitleidige, Mr Bolitar. Und sie sollen mich lieber für dreist oder abscheulich halten als für verschüchtert, verängstigt oder traurig.«

»Schon gut«, sagte Esperanza beruhigend und streichelte Big Cyndi den Rücken. »Wir haben uns erst heute Morgen gesehen, weißt du noch?«

»Aber das war da *unten*«, erwiderte Big Cyndi. Sie betonte das Wort *unten*, als wäre es verflucht. »Und jetzt bist du *hier*, bei uns, wieder da, wo du hingehörst …«

Myron wurde klar, dass das zutraf. Esperanza sah ihre neuen Räumlichkeiten zum ersten Mal. Wahrscheinlich hatte sie sich absichtlich ferngehalten.

»Schön, dich *hier* zu sehen«, legte Myron nach.

Esperanza verzog das Gesicht. Dann sagte sie: »Bos Freund Jord hieß mit vollem Namen Jordan Kravat.«

»Du hast ihn also gefunden.«

»Gewissermaßen. Er ist tot.«

»Holla.«

»Ermordet.«

»Noch mal Holla.« Myron versuchte, die Information zu verarbeiten. »Wann?«

»Rate mal.«

»Vor fünf Jahren.«

»Du bist gut.«

»Vor oder nach Bos Verschwinden?«

»Ungefähr zur selben Zeit.«

»Bos Freund Jordan wurde also ermordet …«

»Ich glaube, Bo und Jordan waren mehr als nur Freunde.«

»Oh. Okay. Na ja, jedenfalls wird Jordan ermordet und Bo verschwindet.«

»Und Greg beschließt, unterzutauchen«, ergänzte Esperanza.

»Da stellt sich eine Frage: War Bo ein Verdächtiger?«

»Verurteilt wurde jemand anders. Ein lokaler Boss des organisierten Verbrechens ist dafür eingefahren.«

Myron überlegte. »Trotzdem. Das Timing kann kein Zufall sein.«

»Es geht noch weiter.«

»Ich bin ganz Ohr.«

»Du weißt doch noch, dass Bo in einer schwulen Sportbar gearbeitet hat?«

»Im Man United«, sagte Myron.

»Genau. Die Bar gehörte Donna Kravat, Jordan Kravats Mutter.«

Myron verspürte dieses Kribbeln, das entstand, wenn die ersten Puzzleteile auf den Tisch fielen. Er hatte keine Ahnung, wie sie zusammenpassten. Absolut keine. Aber jetzt lagen sie auf dem Tisch, sie waren offenbar bedeutsam, und damit war der Anfang gemacht. Man schüttelte die Schachtel. Die ersten Teile landeten auf dem Tisch. Dann konnte man anfangen, sie zusammenzusetzen.

»Haben wir die Adresse der Mutter?«

»Ja, haben wir. Sie wohnt noch in Vegas.«

»Dann sollte ich wohl mal rüberfliegen.«

»Ich habe auf dem Weg nach oben bei Win reingeschaut.«

»Hast du Vegas erwähnt?«

»Hab ich. Er hat den Jet schon auftanken und startklar machen lassen.«

# FÜNF

Zwei Stunden später rollte Wins Privatjet mit Myron und Win auf die Startbahn des Teterboro Airport im Norden New Jerseys. Die Flugbegleiterin, eine Frau namens Mia, reichte Win einen Cognac und Myron eine Dose mit einem Schoko-Drink namens *Yoo Hoo*. Myron hatte die meiste Zeit seines Lebens viel und gerne Yoo Hoo getrunken, aber in den letzten Jahren war ihm die Lust auf den Softdrink, der nach Schokoladenmilch schmeckte, abhandengekommen. Trotzdem brachte Mia ihm immer eine, und er trank sie, weil er es nicht übers Herz brachte, ihr – oder sich selbst – einzugestehen, dass er womöglich aus seinem einstigen Lieblingsgetränk herausgewachsen war.

»Ich habe kürzlich einen Artikel gelesen«, sagte Win, »in dem stand, dass Yoo Hoo mit Absinth ein beliebter neuer Longdrink ist.«

»Widerlich«, sagte Myron.

»Ich weiß nicht recht. Man sagt doch ›Absinth, Absinth, das himmlische Kind‹.«

Myron sah Win an. Win sah Myron an.

Schließlich sagte Win: »Ich hab die Akte, aber erzähl erst mal.«

Das tat Myron. Win hörte schweigend zu. Als Myron fertig war, sagte Win: »Erinnerst du dich an die Band *Huey Lewis and the News*?«

Die unpassende Frage hätte Myron eigentlich nicht überraschen dürfen, irgendwie tat sie es aber doch. »Natürlich. Du hasst sie.«

»Hass ist so passé, Myron. Die Leute hassen Bands, um cool zu wirken. Besonders Bands wie *Creed* oder *Nickelback*. Lass die Menschen zufrieden, ihnen gefällt, was ihnen gefällt.«

»Ich war dabei, als du eine Pistole auf eine Band gerichtet hast, die auf einer Hochzeit ›The Heart of Rock and Roll‹ gespielt hat.«

»Ach komm. Wenn jemand ›beating‹ auf ›Cleveland‹ reimt …«

»Ist ja okay, ich hab's kapiert.«

»Und jetzt bleib auch mal fair«, fuhr Win fort. »Wer engagiert denn eine jiddische Huey-Lewis-Tribute-Band?«

»Mit einer Sängerin«, ergänzte Myron.

»Wie nannten die sich noch mal?«

»Judy Lewis and the Jews.« Dann: »Gibt es einen Grund dafür, dass wir dieses Gespräch führen?«

»Nur den, dass ich kürzlich erfahren habe, dass die Band ursprünglich *Huey Lewis and the American Express* hieß. Sie haben den zweiten Teil ihres Namens zu *The News* geändert, weil sie fürchteten, die Kreditkartenfirma könnte sie verklagen.«

Myron nickte. »Es gibt also keinen Grund dafür.«

»Absolut nicht. Kommen wir also wieder zur Sache, okay?«

Win hatte den Luxusjet von einem Rapper gekauft, der ebenfalls Absolvent der Duke University war. An Bord befanden sich Schlafräume und eine Dusche. Der Teppich war Golfplatz-grün und hatte hinten rechts in der Ecke ein Putting-Loch.

»Erzähl«, sagte Myron.

Win setzte seine Lesebrille auf. Damit sah er älter aus. Seine geliebten blonden Locken waren inzwischen angegraut, besonders an den Schläfen. Wenn er den Mund schloss, hingen die Wangen etwas weiter herunter als vor ein paar Jahren. Myron wurde klar, dass sie alterten. Besser als die meisten Menschen, aber niemand kam ungeschoren davon. »Greg Downing lernt diesen gut aussehenden, für ihn viel zu jungen Tänzer-Schrägstrich-Sexarbeiter namens Bo Storm kennen. Gehen wir davon aus, dass es online oder persönlich war?«

»Das wissen wir nicht genau«, sagte Myron. »Wir wissen aber, dass Bo bei einem NBA-Heimspiel der Phoenix Suns war, die Greg trainiert hat.«

»Und dass er hinter der Bank saß.«

»Richtig.«

»Das wissen wir also. Und wir wissen, dass Greg und Bo sich über Instagram Direct Messages geschickt haben.«

»Richtig.«

»Irgendwann erscheint dieser Jordan Kravat auf der Bildfläche, Bos Freund – wir vermuten, dass es romantische Verstrickungen gab, oder?«

»Wieso nicht?«

»Jedenfalls wird Jordan Kravat ermordet. Anschließend verschwindet Bo, Greg erklärt sich zum Einsiedler und verzieht sich ins Ausland – und für eine Weile gibt es von den beiden kein Lebenszeichen. Zwei Jahre später stirbt Greg angeblich, und wir bestatten seine Asche. Und jetzt wird Gregs DNA am Tatort eines Mords gefunden. Hab ich das alles korrekt zusammengefasst?«

»Sieht so aus.«

Win runzelte die Stirn. »Ich sehe da immer noch nicht viel.«

»Soll heißen?«

»Was ist da deiner Ansicht nach passiert? Greg und Bo haben sich verliebt und … tja … Jordan Kravat ermordet, bevor sie abgehauen sind – nur um dann Gregs Tod vorzutäuschen, heimlich wieder ins Land zurückzukehren und ein halbwegs bekanntes, ehemaliges Supermodel zu ermorden.«

»Lass uns nicht vorgreifen«, sagte Myron. »Vorher wurde noch jemand wegen Jordan Kravats Ermordung verhaftet.«

»Ein Berufs-Mafioso namens Joseph Turant.« Win zog ein Blatt Papier aus der Akte. »Wird von allen nur Joey the Toe genannt.«

Myron runzelte die Stirn. »Joey the Toe?«

»Ein ziemlich schlecht konstruierter Spitzname«, stimmte Win zu.

»Ich meine: Joey the Toe? Wenn man einen Kerl ›The Toe‹ nennt, warum nimmt man dann nicht den Binnenreim?«

»Genau. Joe the Toe.«

»Ich finde, das klingt viel besser«, sagte Myron. »Joe the Toe statt Joey the Toe. Und was für ein Spitzname ist ›the Toe‹ überhaupt? Wie kommt man auf so was?«

Win sagte: »Joey schneidet gern Zehen ab.«

»Oh. Dann macht der Name ja irgendwie Sinn.«

»So ist es«, sagte Win.

»Ist vielleicht etwas zu direkt.«

»Stimmt. Und es ist nur der kleine Zeh. Joey bewahrt sie als Souvenir auf. Bei seiner Verhaftung haben sie in seiner Gefriertruhe sechzehn Stück gefunden.«

»Sechzehn kleine Zehen?«

»Ja.«

»Wenn man das auf einer Party erzählt, bricht das bestimmt schnell das Eis«, sagte Myron.

»Drei der Zehen waren weiblich, dreizehn männlich.«

»War Jordan Kravats Zeh dabei?«

»Ja.«

»Was für ein Fall.« Myron schüttelte nur den Kopf. »Wissen

wir sonst noch irgendetwas über unseren podophilen Freund Joey the Toe?«

»Podophil«, wiederholte Win. »Gutes Wort.«

»Du bist hier nicht der Einzige, der Vokabelseminare geben kann.«

Win seufzte. »Lass uns weitermachen, ja? Joey the Toe war Boss der Turants, einer Verbrecherfamilie. Laut dieser Akte hat er ein ziemlich umfangreiches Strafregister – das übliche Potpourri aus Erpressung, Korruption, Mord, Körperverletzung, Kreditwucher und organisierter Kriminalität.«

»Organisierte Kriminalität ist ein schöner, allumfassender Begriff«, sagte Myron.

»Unbedingt. Jedenfalls wurde Joey the Toe verhaftet und für den Mord an Jordan Kravat verurteilt. Er verbüßt eine lebenslange Haftstrafe im Ely State Prison in Nevada.«

»Interessant«, sagte Myron.

»Ich weiß wirklich nicht, was wir von der Mutter des Opfers zu erfahren hoffen.«

»Du weißt doch, wie das läuft, Win. Wir klopfen an Türen, mischen die Dinge auf und hoffen, dass irgendetwas nach oben gespült wird.«

»Wir folgen also unserem üblichen, sorgfältig ausgearbeiteten Plan.«

»Genau.«

»Kommt mir wie Zeitverschwendung vor.«

»Ich hätte auch allein hinfliegen können.«

»Nach Vegas?« Win zog eine Augenbraue hoch. »Du weißt, dass ich mir eine Reise nach Vegas nie entgehen lasse.«

»Große Pläne, Win?«

»Golf und sexuelle Ausschweifungen, ja.«

»Ich dachte, das machst du nicht mehr.«

»Was, Golf spielen?«

»Haha. Ich dachte, du hättest das mit den Prostituierten aufgegeben.«

»Habe ich auch. So ziemlich. Und du musst aufhören, Sexarbeiterinnen herabzuwürdigen. ›Die Unterstützung von Sexarbeiterinnen‹ ist für mich nicht nur so ein leerer, progressiver Spruch.«

»Ja, du bist da sehr fortschrittlich.«

»Abgesehen davon bin ich viel vorsichtiger als früher.«

»Inwiefern?«

»Ich vergewissere mich, dass kein Missbrauch, keine Nötigung und kein Menschenhandel im Spiel sind.«

»Wie machst du das?«

»Ich möchte nicht ins Detail gehen. Aber ich weiß Bescheid.« Er legte die Fingerspitzen seiner Hände aufeinander. »Das war für mich schon immer eine zwiespältige Angelegenheit: Ich will keine emotionale Bindung beim Sex, weil ich der Ansicht bin, dass das dem körperlichen Vergnügen im Wege steht – andererseits will ich auch nicht, dass er kalt oder unpersönlich ist. Eine rein finanzielle Transaktion funktioniert für mich nicht. Ich muss den Eindruck haben, dass die Beteiligte – die glückliche Beteiligte, wie ich hinzufügen möchte – sich zu mir hingezogen fühlt. Dass sie mich begehrt.«

Win blickte auf und wartete.

»Wow«, sagte Myron.

»Ich bin extrem vielschichtig«, erklärte Win.

»Dir ist schon klar, dass das, was du gesagt hast, vor inneren Widersprüchen nur so strotzt, oder?«

»Wir strotzen alle vor inneren Widersprüchen, Myron. Wir sind alle Scheinheilige. Wir wollen die Welt in Schwarz und Weiß sehen. Dabei ist sie grau.«

Mia, die Flugbegleiterin, kam herüber. »Wir haben ein paar Leckerbissen, falls jemand Hunger hat.«

»Danke, Mia. Ich nehme etwas Kaviar.«

Sie sah Myron an. »Das Gleiche bitte«, sagte der.

Als sie wieder ging, spürte Win, dass Myron ihn ansah. »Nie mehr mit Angestellten«, erklärte er daher. »Niemals. Ich glaube, deshalb hat Dia gekündigt.«

»Weil du mit ihr geschlafen hast?«

»Was? Nein. Im Gegenteil.«

Früher hatte Win ein Verhältnis mit seinen beiden Flugbegleiterinnen Mia und Dia, was zum Teil schreckliche Wortspiele zur Folge hatte, wie zum Beispiel, wenn Myron Win fragte, wo er sei, antwortete Win: »Zwischen Dia und Mia.«

»Willst du sagen, dass Dia gekündigt hat, weil du keinen Sex mehr mit ihr haben wolltest?«

»Möglich.«

»Ich dachte, es läge daran, dass sie in Santa Fe eine erfolgreiche Immobilienagentur eröffnet hat.«

»Gönne mir meine Illusionen, Myron.« Win rutschte in seinem Sitz nach hinten. »Und wie ist es mit deiner Ex gelaufen?«

Myron erzählte ihm alles über das Gespräch mit Emily. Am Ende ergänzte er: »Oh, und einen Punkt fand ich interessant. Emily war früher mit Cecelia Callister befreundet.«

»Das war ich auch«, sagte Win.

»Was? Moment mal, wann war das?«

»Ist lange her. Wir hatten ein gemeinsames Wochenende.«

Myron schüttelte nur den Kopf.

»Es war herrlich, wenn du es unbedingt wissen musst.«

»Nein, muss ich nicht.«

»Insgesamt hat sie vielleicht ein bisschen zu sehr eine Show abgezogen. Ich habe den Eindruck, dass schöne Frauen oft eine Show abziehen. Siehst du das auch so, Myron?«

»Nein.«

»Sie müssen verliebt sein, um sich wirklich gehen zu lassen.«

»Das ist bei den meisten Frauen so. Bei Männern auch.«

Win legte den Kopf schief. »Das glaubst du doch selbst nicht.«

»Du hast mir nie von dir und Cecelia Callister erzählt.«

»Ein Gentleman genießt und schweigt.«

»Du plauderst doch immer alles aus.«

»Ich bin ja auch kein Gentleman.«

## SECHS

Ein paar Stunden später kam die vertraute Kulisse des Las Vegas Strip in Sicht, als Wins Jet auf dem Flughafen landete, der jetzt *Harry Reid International Airport* hieß. Die Landung verlief so sanft, als hätten die *Four Tops* die Choreografie einstudiert. Sie rollten zum Standplatz. Zwei schwarze Mercedes-Maybach-GLS-SUVs warteten auf dem Rollfeld. Der eine würde Win und seine Golfschläger zum Shadow-Creek-Golfplatz bringen. Win war ein Scratch-Golfer, Mitglied von *Merion*, *Pine Valley*, *Seminole*, *Winged Foot* und *Adiona Island*. Wer sich auskennt, weiß, was das heißt. Win stammte aus einer alten Golf-Dynastie. Als seine Vorfahren von Bord der *Mayflower* gingen, hatten sie eine erstklassige Golfausrüstung dabei, und die begehrtesten Abschlagzeiten waren für sie reserviert.

Der andere SUV würde Myron zu Donna Kravats Wohnsitz bringen.

»Wo übernachten wir?«, fragte Myron.

»Im Wynn. Weißt du, wieso?«

»Weil es ein gutes Hotel mitten im Strip ist?«

»Schon, aber auch wegen der Alliteration. Win im Wynn.«

»Oh Mann.«

Myrons Fahrt zur Wohnsiedlung am Kyle Canyon dauerte eine halbe Stunde. Er rief nicht vorher an, weil Win einem lokalen Privatdetektiv den Auftrag erteilt hatte zu prüfen, ob Jordan Kravats Mutter Donna zu Hause war.

Laut Auskunft des Detektivs entspannte Donna sich gerade in einem pinkfarbenen Bikini in einem Liegestuhl auf der tiefen Seite des Pools der Wohnanlage. Myrons Voreingenommenheit verriet ihm, dass jemand mit einem erwachsenen Kind schon ein gewisses Alter erreicht haben musste. Ja, das war sexistisch. Donna Kravat war wohl ungefähr in Myrons Alter, vielleicht ein paar Jahre älter, und sah fantastisch aus. Zweifelsohne hatte sie, wie Myrons Mutter dergleichen euphemistisch nannte, »was machen lassen«, aber was soll's? In diesen Zeiten – und vor allem an diesem Pool – war das völlig normal. Rund die Hälfte seiner Klassenkameraden und -kameradinnen aus der Highschool in Livingston hatte sich inzwischen die Nase richten lassen. Manche Leute färbten sich die Haare. Manche ließen irgendetwas anderes machen. Lasst es einfach gut sein. Macht, was ihr wollt. Myron selbst hatte sich vor ein paar Jahren die Zähne verblenden lassen. Es war nicht an ihm, andere wegen so etwas zu verurteilen.

Abgesehen davon war es wirklich gut »gemacht«. Donna Kravats Kurven waren ein kleines bisschen zu ausladend, aber wen störte das?

»Donna Kravat?«

Sie schob ihre Sonnenbrille herunter. »Ich kenne Sie.«

»Ich glaube nicht, dass wir uns schon begegnet sind. Ich heiße …«

»Myron Bolitar«, sagte sie. »Sie haben für die Duke Basketball gespielt.«

Es war selten, dass sich Menschen an ihn noch als Spieler erinnerten. »Hat Ihnen jemand gesagt, dass ich komme?«

»Nein«, sagte Donna. »Ich war im letzten Jahr auf der Wake Forest, als Sie auf der Duke angefangen haben. Ich habe damals für das Frauenteam gespielt – oder ehrlich gesagt vor allem die Bank gewärmt.« Sie schenkte ihm ein breites Lächeln. Ja, ihre Zähne waren auch verblendet. »Sie waren ein toller Spieler.«

»Danke.«

Die Strahlkraft ihres Lächelns nahm ab. »Als Sie sich das Knie verletzt haben, ich meine, gleich zu Beginn Ihrer Karriere …«

»Ist lange her«, sagte Myron.

»Trotzdem«, sagte sie, nahm die Sonnenbrille ab und setzte sich auf. »Okay, ich bin super neugierig. Was will Myron Bolitar von mir?«

Jetzt war es so weit. Myron war im Kopf verschiedene Möglichkeiten zur Gesprächseröffnung durchgegangen, aber wie trat man aus dem Nichts auf eine Mutter zu und erkundigte sich nach ihrem ermordeten Sohn?

Donna Kravat merkte es und nickte. »Es geht um Jordan.«

»Ja. Wenn Sie das lieber an einem anderen Ort besprechen möchten, an dem wir ungestört sind …«

»Oh, ich würde gern mit Ihnen an einen Ort gehen, an dem wir ungestört sind«, ließ sie sich zu einer leichten Anzüglichkeit hinreißen, um etwas zu verbergen, das sie nicht verbergen konnte. »Aber wir können uns auch hier unterhalten. Mein Sohn ist immer bei mir. Er weicht mir nicht eine Sekunde lang von der Seite. Seine Ermordung ist mir ein ständiger Begleiter. Wenn ich versuche, ihn beiseitezuschieben, zieht er sich kurz zurück und springt in einem Moment heraus, in dem man es absolut nicht erwartet. Jordan ist also immer genau hier, direkt neben mir.«

»Das tut mir leid«, sagte Myron.

Sie ergriff ihr Handy. Vielleicht, um eine Nachricht zu beantworten. Vielleicht, um sich eine kleine Pause zu verschaffen. Sie tippte bedächtig. Myron wartete schweigend. Donna

Kravat blickte immer noch auf ihr Handy, als sie fragte: »Kannten Sie meinen Sohn?«

»Nein. Es geht um einen Freund von ihm.«

Sie nickte. »Bo.«

»Ja. Woher wissen Sie das?«

»Da braucht es keine brillante Schlussfolgerung meinerseits. Er ist der einzige Freund, der nach Jordans Ermordung verschwunden ist. Wissen Sie, wo er ist?«

»Ich hatte gehofft, dass Sie mir das sagen können.«

»Ich habe ihn nicht mehr gesehen, seit er gegen Jordans Mörder ausgesagt hat. Weshalb suchen Sie ihn?«

Myron überlegte, was er darauf antworten sollte, und entschied sich für: »Ist eine lange Geschichte.«

»Muss ich jetzt antworten, dass ich alle Zeit der Welt habe?«

»Nach meiner Knieverletzung bin ich Anwalt und Sportagent geworden.«

»Das hab ich irgendwo gelesen. Sie waren auf dem Cover der *Sports Illustrated*, nachdem Sie sich verletzt hatten. Da war das Knie im Gips oder so. Die gingen noch davon aus, dass Sie ein Comeback geben könnten.«

»Hat nicht geklappt. Jedenfalls geht es um einen meiner Klienten, daher muss ich es vertraulich behandeln.«

»Anwaltsgeheimnis«, sagte sie.

»Ja. Wenn Sie nichts dagegen haben.« Myron versuchte, das Gespräch in Gang zu halten. »Standen Bo und Ihr Sohn sich nahe?«

»Sie waren ein Paar, wenn das Ihre Frage ist. Sie haben sich auch durch mich kennengelernt. Ich hatte damals eine Bar.«

»Das war dann wohl das *Man United*?«

»Guter Name, oder?«

»Großartig.«

»Ich habe in meinem dritten Unijahr an der Wake Forest ein Semester in England verbracht. Da bin ich ein großer Manchester-United-Fan geworden. Daher der Name. Haben Sie das in Duke auch gemacht?«

»Ein Auslandssemester?«

»Ja.«

»Ging nicht. Basketball.«

»Klar, natürlich nicht. Ich war, wie schon gesagt, eher eine Bankdrückerin. Jedenfalls hat mein Sohn mir mit fünfzehn erzählt, dass er schwul ist. Das war da allerdings schon keine große Überraschung mehr. Ich wollte ihn dabei unterstützen, dazu zu stehen, und hab auch gehofft, mit dem Club Gewinn machen zu können. Leider hab ich mich in beiden Punkten geirrt.«

»Wieso das?«

»Am Anfang lief es fantastisch. Das *Man United* war ein Volltreffer. Und es hat auch Spaß gemacht. Wirklich. Ich hab versucht, es sauber zu halten. Natürlich haben ein paar Tänzer private Geschäfte gemacht. Haben sich nebenbei etwas dazuverdient. Das ließ sich nicht ganz vermeiden.«

»Sie meinen Prostitution?«

»Richtig, das auch. Aber dann kam die Mafia ins Spiel. Die haben sich mit Macht reingedrängt. Wollten ihren Anteil an allem. Sie haben die Jungs gedrängt, mehr zu tun. Wir haben versucht, uns dagegen zu wehren, aber …«

»Und Joey Turant war einer dieser Mafiosi?«

»Er und seine Familie, ja.« Sie schüttelte den Kopf und sah zur Seite. »Jordan hat nicht verstanden, wie gefährlich die Turants waren. Ich habe ihm gesagt, dass er sich zurückhalten soll. Aber das war nicht seine Art.«

»Das tut mir leid.«

Sie nickte, nahm das zur Kenntnis und ließ sich einen Moment Zeit. »Wollen Sie wissen, wo Bo meiner Ansicht nach ist?«

»Ja, natürlich.«

»Ich glaube, seine Leiche liegt hier irgendwo in der Wüste vergraben. Ich glaube, dass sie ihn umgebracht haben.«

Myron dachte darüber nach.

Donna musterte sein Gesicht. »Sie sind anderer Meinung«, sagte sie.

»Ich weiß es nicht.«

»Aber?«

»Aber ich glaube, dass Bo noch lebt.«

»Warum?«

Myron antwortete nicht.

»Schon wieder das Anwaltsgeheimnis?«

»Kennen Sie Bos richtigen Namen?«, fragte Myron.

Jetzt blieb Donna Kravat stumm.

»Donna?«

»Sie scheinen ein netter Kerl zu sein«, sagte sie. »Aber ich kenne Sie eigentlich nicht. Ich weiß nicht, warum Sie hier sind.«

»Das habe ich Ihnen doch gesagt.«

»Sie haben etwas über Bo erfahren, und jetzt suchen Sie ihn. Wie ich schon sagte, ich glaube, dass seine Leiche irgendwo in der Wüste vergraben ist. Wenn das aber nicht stimmt, wenn er auf der Flucht ist, dann könnte ein Typ wie Sie der Grund dafür sein.«

»Das bin ich nicht. Ich will helfen.«

Ihre Miene verfinsterte sich. Sie setzte die Sonnenbrille wieder auf und lehnte sich zurück. Myron musste sie dazu bringen, wieder mit ihm zu sprechen.

»Sie sind Basketballfan«, sagte er.

Sie antwortete nicht.

»Sie erinnern sich doch sicher an Greg Downing.«

Das weckte ihre Aufmerksamkeit. Sie schob die Sonnenbrille nach unten und sah ihn über den Rand an. »Ja, selbstverständlich. Ich hab Sie und ihn sogar mal in einem Spiel Ihrer Universitätsteams als direkte Gegenspieler gesehen. Ich war traurig, als ich gehört habe, dass er so jung gestorben ist. Ich war ein Fan von ihm.«

»Haben Sie ihn je kennengelernt?«

»Greg Downing? Nein.«

»Hat Ihr Sohn ihn mal erwähnt?«

»Nein, nie.« Sie setzte sich wieder ganz aufrecht hin. »Wie hätte Jordan mit Greg Downing in Kontakt kommen können?«

»Bo könnte mit Greg befreundet gewesen sein.«

»Was? Wann?«

Sie sah Myron in die Augen. Myron nickte nur.

»Das versteh ich nicht. Glauben Sie, dass Bo und Greg Downing …«

»Ich weiß es nicht. Deshalb bin ich hier. Ich muss Bo finden. Bitte, Donna. Wie ist Bos richtiger Name?«

»Nein, tut mir leid, so funktioniert das nicht«, sagte sie. »Sie stehen urplötzlich unangemeldet vor mir. Sie stellen Fragen nach meinem ermordeten Sohn. Was verschweigen Sie mir?«

»Im Moment weiß ich nicht mehr«, sagte Myron. »Wenn ich etwas erfahre, verspreche ich, es Ihnen zu sagen. Bitte.«

Sie stand auf, warf sich ein Strandkleid über, stemmte die Hände in die Hüften und seufzte tief. »Er hat behauptet, sein richtiger Name wäre Brian Connors.«

»Behauptet?«

»Er hat mir weder eine Sozialversicherungsnummer noch sonst irgendetwas gegeben. Das lief alles inoffiziell. Ich weiß also nicht, ob der Name echt ist oder nicht.«

»Hat er gesagt, woher er kommt?«

»Irgendwo aus Oklahoma.«

»Wissen Sie, ob er Familie hat?«

»Er hatte ziemlich engen Kontakt zu seiner Mutter. Sie heißt Grace.«

»Der Vater? Geschwister?«

»Die Eltern hatten sich schon vor langer Zeit scheiden lassen. Der Vater ist tot. Vielleicht hat er noch einen Bruder, das weiß ich nicht genau. Bo hat nie etwas über seine Vergangenheit erzählt. Warum, weiß ich nicht.« Sie rückte näher an ihn heran. »Wie lange sind Sie in der Stadt?«

»Wahrscheinlich nur über Nacht.«

»Wollen Sie mit mir essen gehen?«

Myron zögerte. Sie sah ihm weiter in die Augen, und Junge, das wirkte, als wollte sie ihn anmachen, ganz sicher war er sich aber nicht. Er hob die linke Hand leicht, deutete auf seinen Ring und sagte kleinlaut: »Ich bin verheiratet.«

»Ich auch.«

Worauf Myron in seiner üblichen gewandten Art erwiderte: »Oh.«

»Aber Sie wissen ja, was man sagt: Was in Vegas passiert, bleibt in Vegas.«

»Okay«, sagte Myron. Und dann: »Das ist eigentlich nicht mein Stil.«

»Und wenn wir einfach als zwei ehemalige ACC-Basketballer miteinander essen gehen? Ich finde, wir haben schon noch ein bisschen was zu bereden. Im Moment kann ich aber nicht. In welchem Hotel sind Sie?«

»Im Wynn.«

»Ich erwarte Sie im Mizumi. Heute Abend. Um acht.«

## SIEBEN

Auf dem Rückweg zum Mercedes-SUV rief Myron Esperanza an.

»Es gibt sicher jede Menge Leute mit dem Namen Brian Connors.«

»Die Mutter heißt Grace.« Mit dem Handy am Ohr stieg Myron hinten in den Wagen. Der Fahrer startete den Motor. »Und er könnte aus Oklahoma stammen.«

»Ich kümmer mich darum.«

»Danke.« Myron beendete das Telefonat und lehnte sich zurück.

Sie waren etwa zwei Blocks weit gefahren, als Myron merkte, dass etwas nicht stimmte.

»Entschuldigen Sie«, sagte er zum Fahrer. »Wo ist Harold?«

»Er musste los. Ich bin sein Ersatz.«

»Wie heißen Sie?«

»Sal.«

»Sal, ich bin Myron.«

»Schön, Sie kennenzulernen, Myron.«

»Ebenso. Harold hat vorhin erzählt, dass seine Frau krank ist.«

»Ja, deshalb musste er auch weg. Entschuldigen Sie die Unannehmlichkeiten.«

»Kein Problem«, sagte Myron.

Myron versuchte heimlich die Autotür zu öffnen. Verriegelt. Nicht unerwartet. Er checkte sein Handy, um sicherzustellen, dass die Ortungsfunktion eingeschaltet war. Das war sie. Das war sie immer. Win und er wussten ständig, wo der andere war.

Für alle Fälle.

Für genau solche Fälle wie diesen. Myron drückte den Knopf für den stillen Alarm auf seinem Handy. So erfuhr Win, dass sich Ärger zusammenbraute.

Als der Wagen dann vor einer Ampel hielt, beugte sich Myron vor, schlang seinen Arm um Sals Hals und drückte ihn fest gegen die Kehle des Mannes.

Sal stieß ein gurgelndes Geräusch aus.

Myron drückte fester zu und schnitt ihm die Luftzufuhr ab. Sals Hände fuhren hoch, krallten sich hilflos in Myrons Ellenbeuge und versuchten, den Griff so zu lockern.

Myron drückte weiter.

Den Mund ganz nah an Sals Ohr flüsterte Myron: »Mein Fahrer hieß Fred. Und er ist Single.«

Myron spannte den Bizeps an, um noch mehr Druck auf die Luftröhre auszuüben.

Sals Körper zuckte.

Myron sah die Schlüsselkarte des Wagens auf der Konsole zwischen den Sitzen. Es war schwierig, da heranzukommen – den rechten Arm um Sals Hals geschlungen, griff er mit dem linken über ihn hinweg – und streckte sich wie als Kind beim *Twister* spielen über ihn. Als er den Schlüssel in der Hand hatte, überlegte er, was er weiter tun konnte: Im Auto bleiben und Sal zum Reden bringen? Oder einfach aussteigen und fliehen?

Für all diese Abwägungen brauchte er nur Nanosekunden. Höchstwahrscheinlich hatte Sal, der Fahrer, diese Sache nicht allein durchgezogen. Irgendjemand hatte Fred aus dem Weg geschafft, entweder durch einen Trick oder durch Gewalt, und wenn Gewalt im Spiel war, musste man das herausbekommen und Fred so schnell wie möglich ausfindig machen.

Außerdem galt immer noch Regel Nummer eins von Myron Bolitars Verhaltensregeln: Bring dich in Sicherheit. Den Widersacher konnten sie später noch stellen.

Das übernahm Win dann auch wohl gerne. Er würde es genießen, Sal fertigzumachen.

Myron eher nicht.

Die Ampel wurde grün.

Myron entriegelte die Türen mit der Schlüsselkarte. Er fürchtete, dass Sal Gas geben würde, wenn er den Griff um seinen Hals löste, um auszusteigen. Das durfte er nicht riskieren. Konnte er mit der Schlüsselkarte den Motor ausschalten? Er wusste nicht, ob oder wie das ging, also probierte er etwas Einfacheres.

Er ließ los, holte aus und schlug Sal von der Seite hart gegen den Kopf – so hart, dass der Schlag, wie Myron aus Erfahrung wusste, Sal kurz betäuben würde und er das Auto sicher verlassen konnte.

Aber es kam anders.

Nachdem er Sal geschlagen hatte, aber noch bevor er das Auto verlassen konnte, wurden beide Hintertüren des SUVs aufgerissen.

Zwei Männer stiegen ein, auf jeder Seite einer. Beide waren bewaffnet.

Das war nicht gut.

Myron zögerte keinen Moment. Bevor der Mann links von ihm die Tür schließen konnte, rammte Myron ihm seinen Ellbogen auf die Nase. Myron spürte, wie das Nasenbein sich erst spreizte und dann nachgab.

Myron versetzte dem Mann einen kräftigen Stoß und wollte aussteigen.

»Keine Bewegung!«

Das war der Mann, der rechts ins Fahrzeug einstieg. Myron stoppte und überlegte, was er tun könnte. Würde der Mann auf ihn schießen? Eher nicht. Wenn sie ihn umbringen wollten, hätten sie es längst getan. Wahrscheinlich. Sie wollten ihn entführen. Wer waren sie? Was wollten sie von ihm? Er hatte keine Ahnung.

Er wusste nur, dass es am besten wäre, so schnell wie möglich aus dem SUV herauszukommen.

Andererseits hatte er bereits einen stummen Alarm ausgelöst und seinen Standort gesendet.

Win war unterwegs.

Dann war es vielleicht am besten, Zeit zu schinden?

Nein.

Myron hob die Hände leicht, als wollte er sich ergeben. Eins ist dazu anzumerken. Myron war ein guter Kämpfer. Er war gut ausgebildet. Darüber hinaus hatte er die Reflexe und die Reaktionsgeschwindigkeit eines Profisportlers. Nein, schneller als eine Pistolenkugel war das nicht. Aber ja, er nutzte den Überraschungsmoment, seine Größe, seine Kraft und seine genetische Veranlagung, führte die Hand dann langsamer weiter nach oben, während er seinen Angriff plante. Als der richtige Zeitpunkt gekommen war, als er spürte, dass der Mann mit der Pistole sich etwas zu sicher fühlte, seine Konzentration ganz leicht abnahm, sah er seine Chance gekommen.

*Jetzt*, sagte er sich.

Die Finger von Myrons rechter Hand formten eine Speerspitze. Wie eine Kobra schoss sie auf den Kehlkopf seines Gegenübers. Die Augen des Pistolenmanns weiteten sich vor Schmerz. Myrons linke Faust folgte, landete direkt auf dem Kiefer und brachte den Mann ins Taumeln. Myron stieß ihn durch die noch leicht geöffnete Tür aus dem Auto.

»Okay, Schluss jetzt!«

Die Stimme kam von vorne. Sein Kumpel Sal, der Fahrer. Der hatte jetzt auch eine Waffe in der Hand, und da der Mercedes Maybach hinten recht geräumig war, war er so weit entfernt, dass Myron keine Chance hatte ihn zu erreichen. Sal richtete die Waffe auf ihn. In seinen geweiteten Augen lag Wut.

Er wollte abdrücken.

Myron zögerte. Und das reichte schon.

Der Mann links von ihm, dem er die Nase gebrochen hatte, schlug Myron den Pistolengriff seitlich gegen den Kopf. Myron sah Sterne. Ein weiterer Schlag traf ihn – woher, wusste er nicht genau –, dann noch einer.

Dann war alles schwarz.

# ACHT

Myron saß an einen Stuhl gefesselt mitten im Raum. Man hatte ihm den linken Schuh und die linke Socke ausgezogen.

Neben seinem nackten Fuß lag eine Rosenschere.

Der Fuß stand auf einer Plastikfolie.

Oh, das war nicht gut.

Außer ihm waren vier Männer im Raum. Einer davon war Sal. Dazu kamen die beiden, die von rechts und links ins Auto gestiegen waren. Und vor ihm stand ein weiterer Mann, bei dem es sich offensichtlich um den Anführer handelte.

»Ich hab gesehen, dass du deinem Freund deinen Standort gesendet hast«, sagte der Anführer. »Sal hat dein Handy auf die Ladefläche eines Transporters geworfen, der nach Westen fährt. Dein Freund folgt dem Handy wahrscheinlich gerade Richtung Kalifornien.«

Das Erscheinungsbild des Anführers entsprach ganz dem eines Gangsters alter Schule. Er hatte seine Haare gegelt und nach hinten gekämmt, trug einen schmierigen Zweitagebart und ein weit aufgeknöpftes Hemd. In seiner Brustbehaarung hingen Goldketten, außerdem hatte er einen Zahnstocher zwischen den Zähnen.

»Du sollst ja mal ein toller Basketballspieler gewesen sein«, sagte der Anführer. »Ich hab allerdings noch nie von dir gehört.«

»Wow«, sagte Myron. »Jetzt haben Sie meine Gefühle verletzt.«

Der Anführer lächelte und kaute kräftig auf dem Zahnstocher herum. »Wir haben es hier mit einem Komiker zu tun, Jungs.«

»Ich bin auch ein begnadeter Sänger«, sagte Myron. »Soll ich Ihnen meine Interpretation von ›Volare‹ vortragen?«

»Ach, ich werd schon hören, wie du singst.«

Wieder lächelte er. Myron wandte den Blick nicht ab. Die zweite von Myron Bolitars Verhaltensregeln: Zeige niemals Angst. Niemals. Das hatte er gelernt. Solche Typen nähren sich von Angst. Es erregt sie. Es gibt ihnen Kraft.

Die Situation erfassen. Myron wusste, dass er das jetzt tun musste. So viele Informationen aufnehmen, wie nur möglich. Myron sah sich den Raum schnell an. Betonwände. An einer Wand stand eine Pumpe für Autoreifen. Und eine Schaufel. Außerdem hingen dort Werkzeuge.

Könnte eine Autowerkstatt sein.

Draußen rauschte der Verkehr vorüber, gelegentlich hörte er auch ein lautes Autoradio. Der Anführer trat auf ihn zu. Er kaute weiter auf dem Zahnstocher.

»Wo ist Bo?«

»Der Zahnstocher«, sagte Myron. »Finden Sie nicht, dass das ein bisschen zu viel des Guten ist?«

»Was?«

»Der Gangster, der auf einem Zahnstocher herumkaut«, fuhr Myron fort. »Das gab's schon. Und zwar nicht zu knapp.«

Das entlockte dem Anführer ein Lächeln. »Gutes Argument.« Er spuckte den Zahnstocher aus und kam näher. »Ich verrat dir jetzt, wie das Ganze abläuft, okay? Siehst du deinen Fuß da unten? Den ohne Socke und Schuh?«

»Das tue ich, ja.«

»Das geht jetzt folgendermaßen, Kumpel. Wir werden dir den kleinen Zeh abschneiden. Das steht nicht zur Diskussion, das ist das Ding von unserem Boss. So was wie sein Slogan oder so.«

»Sein M.O.«, korrigierte Sal.

Der Anführer nickte. »Ja, das passt wohl besser, danke. Sein M.O.« Und weiter: »Wofür steht eigentlich M.O.?«

»Operative Methode, glaube ich.«

»Dann wäre es doch O.M.«

»Stimmt«, sagte Sal. »Warte, ich glaube, es heißt Method of Operation?«

»Das wäre doch M.O.O.«

»Muh«, sagte Sal. »Wie eine Kuh.«

»Genau. Und das wäre auch einfacher auszusprechen, oder? Wir könnten sagen ›einen Zeh abschneiden ist seine Muh‹. Muh hat nur eine Silbe, das ist einfacher auszusprechen. Wer würde etwas so abkürzen, dass es schwieriger auszusprechen ist? Das kann also nicht sein.«

»Wir können M.O. googeln, Jazz«, sagte Sal.

»Gute Idee. Mach mal.«

Dann sagte Myron: »Modus Operandi.«

»Hä?«

»Dafür steht M.O. Für Modus Operandi. Ist Latein.«

Das gefiel Jazz. »Guck dir den Einstein da drüben an, den Sänger-Komiker«, sagte er.

Sal ergänzte: »Einstein ohne kleinen Zeh.«

»Na ja, *einen* kleinen Zeh behält er ja, wenn er kooperiert.«

»Einstein mit einem statt zwei kleinen Zehen.«

»Das ist ein bisschen lang, Sal.« Der Anführer – Jazz – wandte sich wieder an Myron. »Das ist also der Deal, mein Freund. Du verlierst den kleinen Zeh. Ganz egal, was passiert.

Auch wenn du singst wie ein Kanarienvogel. Wenn du aber nicht noch weitere Extremitäten verlieren willst …«

»Gutes Wort, Jazz.«

»Was, Extremitäten?«

»Ja.«

»Danke, Sal. Ich mach bei diesem Wort-des-Tages-Ding im Internet mit.« Wieder Myron zugewandt. »Wenn du nicht noch weitere *Extremitäten* verlieren willst …«, er sah Sal an und zwinkerte ihm zu, »… solltest du uns sagen, was wir wissen wollen. Wo ist Bo?«

»Woher wissen Sie, dass ich ihn suche?«, fragte Myron.

»Tja, das ist eigentlich nicht weiter wichtig.«

»Doch, Jazz – darf ich Sie Jazz nennen? Doch, Jazz, das ist es.«

»Wieso?«

»Also, wenn Sie wissen, dass ich Bo suche, wissen Sie ja auch, dass ich nicht weiß, wo er ist. Wenn ich es wüsste, würde ich ihn ja nicht suchen, oder?«

Jazz nahm das zur Kenntnis. Er sah Sal an.

Sal sagte: »Das macht irgendwie Sinn, Jazz.«

Die beiden anderen Schläger nickten zustimmend.

»Aber du suchst ihn doch, oder?«, fragte Jazz.

»Ja.«

»Warum?«

Myron überlegte, wie er vorgehen sollte, und beschloss, es so direkt wie möglich zu machen. »Er könnte mit einer anderen vermissten Person in Verbindung stehen.«

»Wer?«

»Was wer?«

»Wer ist die andere vermisste Person?«

»Oh«, sagte Myron, um ihn hinzuhalten. »Wissen Sie, was interessant ist?«

»Ich kann's kaum erwarten, das zu hören.«

»Wir scheinen in dieser Sache beide auf derselben Seite zu stehen.«

Jazz rieb sich das Kinn. »Wie kommst du darauf?«

»Wir sind beide auf der Suche nach Bo Storm. Wenn wir unsere Informationen zusammenlegen, könnten wir uns gegenseitig unterstützen.«

»Oh Mann, das wäre ja wundervoll, Myron. Ich würde dir echt gern helfen. Ich lebe praktisch dafür.«

Sal schüttelte den Kopf. »Der Kerl hält uns hin.«

»Sag bloß, Sherlock. Lass uns ihm den Zeh abschneiden und die Sache voranbringen. Jerry?«

Einer der Schläger sagte: »Was?«

»Hast du die Kühlbox mit dem Eis?«

Schläger Jerry holte eine kleine Coleman Kühlbox, passend für einen Sixpack, und stellte sie neben Myrons Fuß. Dann sah er Jazz an.

»Mach schon, Jerry. Erweise ihm die Ehre.«

Jerry war von der Idee offensichtlich nicht begeistert. »Ich hab's letztes Mal schon gemacht.«

»Na und? Du machst das gut.«

Sal sagte: »Ich mach das. Ich bin immer noch wütend, weil er mich gewürgt hat.«

Das war nicht gut.

Myron testete, wie fest die Fesseln saßen. Sie gaben keinen Millimeter nach. Sal schlenderte auf ihn zu. Draußen hörte Myron immer noch den Verkehr vorbeirauschen, die Liedfetzen aus den Autoradios. Sal bückte sich und ergriff die Rosenschere. Er fuchtelte vor Myrons Augen damit herum, drückte die Griffe langsam zusammen und ließ sie wieder los, um Myron zu zeigen, dass die Schere auch funktionierte.

Myron versuchte, zu bocken, um sich zu treten oder sich irgendwie zu bewegen. Aber die Seile gaben nicht nach.

Sal kniete sich neben Myrons nackten Fuß.

»Moment noch«, sagte Myron und versuchte, nicht allzu panisch zu klingen. »Lassen Sie uns über die Sache reden.«

»Das werden wir, Myron«, sagte Jazz. »Keine Sorge. Aber zuerst muss der Zeh weg.«

Sal öffnete die Schere. Er zeigte Myron die gebogene Klinge. Myron begann verzweifelt, mit dem Fuß zu wackeln, versuchte, sich zu winden, zu buckeln oder sonst irgendetwas.

Alles, was den Zeh in Bewegung hielt.

»Passen Sie auf, Jazz, Sal, Jerry, oder wer auch immer – warten Sie einfach noch eben, okay? Ich will ja kooperieren. Sagen Sie mir, warum Joey Turant Bo sucht.«

Sal hielt inne. »Wer sagt denn, dass wir für Joey the Toe arbeiten?«

»Äh …«

War das sein Ernst?

»Die Sache ist die«, sagte Myron. »Als Nächstes wollte ich Joey besuchen.«

»Im Gefängnis?«

»Genau. Ihm meinen Respekt erweisen. Ihm sagen, dass ich ihm helfen will.«

»Hübsche Hinhaltetaktik.« Jazz lächelte. »Du hast absolut keinen Schimmer, oder?«

In diesem Moment hörte Myron ein vertrautes Lied aus einem nahen Autoradio.

»The Heart of Rock and Roll« von Huey Lewis and the American Express/News.

»Du redest zu viel«, sagte Jazz. »Schneid ihm den verdammten Zeh ab, Sal. Ohne den ist er bestimmt viel kooperativer.«

Sal drückte den Fuß auf den Boden. Myron bockte weiter.

Sal sagte: »Jerry, fass mal mit an.«

Jerry kam zu ihnen. Er hielt den Fuß mit beiden Händen fest. Sal öffnete die Schere. Es blieb nicht viel Zeit. Das Lied lief immer noch. Huey sang: »… and from what I've seen I believe 'em«, als die Musik abrupt stoppte.

Myron hörte auf, sich zu winden. »Sal?«

Sal blickte zu ihm auf.

»Hören Sie sofort auf, oder Sie werden sterben.«

»Yeah, klar doch.«

Myron schloss die Augen und wartete.

Mit der ersten Kugel verschwand Sals Hinterkopf.

Warmes Blut und Hirnmasse spritzten auf Myrons nackten Fuß.

Myron brüllte: »Du musst doch nicht …«

Aber es war zwecklos. Win trat in den Raum. Während er leise sang: »… now the old boy may be barely breathing«, jagte er Jerry eine weitere Kugel in den Kopf. Dann schaltete er den zweiten Schläger aus, als er den Refrain sang: »… the heart of rock and roll, the heart of rock and roll, is still beating.«

Alle drei mit Kopfschüssen. Alle drei mausetot.

Jazz hob die Hände. Win richtete die Waffe auch auf ihn. Mittlerweile war er bei »… in Cleveland … Detroit!« angekommen.

»Bitte nicht«, sagte Jazz.

# NEUN

Drei Stunden später, pünktlich um acht Uhr abends, kam Donna Kravat in einem verführerischen schwarzen Kleid und hochhackigen Schuhen ins *Mizumi*, das Sushi-Restaurant im Wynn Hotel. Der frisch geduschte und geschrubbte Myron stand auf und wurde mit einem kurzen Wangenkuss begrüßt. Donna roch großartig. Als sie sich setzte, fragte Myron: »Warum haben Sie ihnen einen Tipp gegeben?«

»Ich weiß nicht, wovon Sie sprechen.«

Ohne Vorwarnung riss Myron ihr die Handtasche aus der Hand.

»Was zum Teufel …?«

Er durchwühlte sie, entdeckte ihr Handy und zog es heraus.

»Was machen Sie da?«

Er hielt ihr das Handy vor die Nase. Es entsperrte sich.

»Myron?«

Myron tippte auf *iMessage* und scrollte nach unten. »Sie haben ihnen einen Tipp gegeben. Gleich nach meiner Ankunft. Das haben Sie da eingetippt.«

»Myron …«

»Haben Sie gewusst, was die mit mir vorhatten?«

»Ändert es etwas, wenn ich sage, dass ich es nicht wusste?«

»Eigentlich nicht, nein.«

»Ich bin überrascht«, sagte sie. »Sie haben Ihren kleinen Zeh noch.«

»Ich hab ein paar Tricks auf Lager.«

»Das kann ich mir vorstellen.«

Myron legte das Handy auf den Tisch. »Warum helfen Sie dem Mörder Ihres Sohns?«

»Weil ich nicht glaube«, sagte Donna, »dass Joey es getan hat.«

»Wieso nicht? Es gibt doch jede Menge Beweise?«

»Ein paar zu viele, finden Sie nicht?« Donna setzte sich hin. Er tat es ihr nach. Sie streckte die Hand aus und forderte ihn mit einer Geste auf, ihr das Handy zurückzugeben. Er tat es. »Überlegen Sie doch mal. Die Fingerabdrücke. Die DNA. Die Waffe. Der *Zeh*.«

»Äh, Joey the Toe sammelt Zehen. Sagt doch schon der Name.«

»Aber nicht, wenn er jemanden umbringt. Er will damit eine Botschaft übermitteln – seine Rivalen einschüchtern. Aber mal im Ernst, welcher Idiot würde den Zeh eines toten Mannes aufbewahren, damit die Polizei ihn findet? Welcher Idiot würde so viele Hinweise hinterlassen?«

»Das Gefängnis ist randvoll mit solchen Idioten.«

»Joey Turant war ein hochrangiges Mitglied einer großen Verbrecherfamilie. Welches Motiv hätte er haben sollen, meinen Jungen zu töten?«

»So etwas kann man nicht wissen. Vielleicht war Joey schwul und Jordan wollte ihn outen. Vielleicht hat Jordan ihn übergangen, ihn mal falsch angeguckt oder nichts getan, um …«

»Sie standen auf der gleichen Seite.«

Myron verstand sie nicht. »Auf der gleichen Seite von wem oder was?«

»Ich werde das nicht weiter ausführen«, sagte sie.

»Doch, Donna, ich denke, das werden Sie. Ihretwegen hätte man mir fast den Zeh abgeschnitten.«

»Sie denken also, ich wäre Ihnen was schuldig?«

»Ich begreif das nicht. Warum haben Sie diese Schläger auf mich gehetzt?«

»Mein Sohn und Bo«, sagte sie.

»Was ist mit ihnen?«

»Am Ende war es zwischen ihnen etwas angespannt. Sie wissen ja, wie das ist. Zwei junge, echt heiße Typen wollen in einer Stadt eine Beziehung eingehen, in der alles darauf ausgerichtet ist, Bindungen abzulehnen.«

»Ist einer der beiden fremdgegangen?«

»Ich weiß es nicht. Wahrscheinlich. Wahrscheinlich beide. Aber das spielt hier keine Rolle. Eine Frage. Lassen Sie Ihre vorgefasste Meinung über diesen Fall mal beiseite, okay? Also, wer ist bei einem Mord *immer* der Hauptverdächtige?«

Myron erkannte, worauf sie hinauswollte. »Der Partner.«

»Genau.«

»Sie glauben also, dass Bo etwas mit Jordans Ermordung zu tun hat?«

Sie sparte sich die Antwort.

»Hat die Polizei sich Bo näher angesehen?«

Sie gluckste nur. »Soll das ein Witz sein? Bei all den Beweisen gegen Joey? Die waren schon ewig hinter *The Toe* her – und jetzt wurde er ihnen in einem Mordfall auf dem Silbertablett serviert. Wahrscheinlich war ihnen sogar egal, ob Joey es getan hat oder nicht. Aber eins war klar – sie würden die Sache nicht verkomplizieren, indem sie nach weiteren Verdächtigen suchen.«

Das ergab Sinn.

»Seit Bo seine Aussage gemacht hat, haben die Turants den ganzen Planeten nach ihm abgesucht. Und sie haben absolut nichts gefunden. Bo ist spurlos verschwunden, ohne dass jemand der Sache nachgegangen ist, ohne einen einzigen Hinweis. Ich hatte längst aufgegeben. Und dann, nach all den Jahren, tauchen Sie plötzlich auf …«

»Das heißt aber alles nicht, dass Bo etwas mit der Ermordung Ihres Sohns zu tun hat. Vielleicht ist Bo auch tot. Wie Sie schon sagten – vielleicht hat Joey sich gerächt, und …«

»Nein. Wenn Joey Bo ermordet hätte, warum sollte er ihn dann mit einer solchen Besessenheit suchen? Dann wüsste er ja, wo er ist.«

Gutes Argument.

»Vielleicht war es so, wie Sie vorhin sagten«, versuchte es Myron anders. »Bo war verängstigt. Sein Freund wurde ermordet. Er hat gegen den Mörder ausgesagt. Vielleicht dachte Bo, dass er als Nächster an der Reihe ist.«

»Vielleicht. Okay, warum nicht. Ich bezweifle es, aber wer weiß? Wäre möglich. Und wenn wir ihn finden, kann Bo uns das alles erklären. Aber ganz abgesehen davon haben Sie, Myron, uns den ersten wichtigen Hinweis seit Langem gegeben.«

»Und der wäre?«

»Greg Downing.«

»Ich kann Ihnen nicht folgen.«

»Bo ist ein gut aussehender Junge. Er war eine Zeit lang mein bester Tänzer. Höllisch sexy. Aber – wie soll ich es ausdrücken – Bo hatte den Gürtel nicht durch alle Schlaufen gezogen, wenn ich eine alte Redensart mal abwandeln darf. Er ist nicht übermäßig schlau oder einfallsreich, jedenfalls nicht so schlau, dass es reichen würde, meinen Sohn zu ermorden und die Tat jemandem wie Joey the Toe anzuhängen.« Sie beugte sich vor. »Aber wenn jemand wie Greg Downing ins Spiel kommt, wenn Greg sich in dieses Sixpack auf seinem Bauch und den knackigen, kleinen Hintern verliebt hätte …«

***

Win saß im ansonsten leeren Besuchsraum des Gefängnisses Joey the Toe gegenüber.

»Jazz ist Ihr Cousin«, sagte Win zu ihm. »Deshalb habe ich ihn am Leben gelassen.«

Joey saß mit verschränkten Armen da. Er trug keine Handschellen oder sonstige Fesseln. Zwischen ihnen war keine Barriere. Die Besuchszeit war auch längst vorbei, aber das spielte bei Joey the Toe keine Rolle. Er hatte hier das Sagen.

»Sie haben ihn also am Leben gelassen«, sagte Joey und zuckte die Achseln. »Soll das heißen, dass ich Ihnen einen Gefallen schulde?«

»Das soll es nicht. Sie hatten ein paar Ihrer Männer auf meinen Freund angesetzt.«

»Offensichtlich nicht meine besten Männer.«

»Das will ich hoffen.«

»Ich hätte mehr auf ihn ansetzen müssen.«

»Ich glaube nicht, dass das etwas am Ergebnis geändert hätte«, sagte Win.

»Nein, wahrscheinlich nicht. Sie hatten einen Peilsender in Bolitars Handy.«

»So ist es.«

»Aber sein Handy haben wir doch weggeschafft.«

»In seiner Uhr ist noch einer.«

Joey the Toe schüttelte den Kopf. »Wie konnten meine Trottel das übersehen?«

»Dann war da noch das Auto.«

»Was ist damit?«

»Ihre Jungs haben meinen Freund im SUV des Limousinen-Services chauffiert. Der Limousinen-Service kontrolliert ständig die Aufenthaltsorte seiner Fahrzeuge.«

»Um sicherzugehen, dass keiner seiner Fahrer sich nebenbei ein bisschen was dazuverdient«, ergänzte Joey und nickte verständnisvoll. »Clever. Also, was wollen Sie?«

Win lehnte sich zurück und legte die Fingerspitzen beider Hände aufeinander. »Sie suchen Bo Storm.«

»Sieh an.«

»Ich kann Ihnen wehtun. Sie können mir wehtun. Aber wir beide brauchen den Stress nicht unbedingt. Lassen Sie mich die Situation kurz erläutern: Wir werden Bo Storm finden. Und wenn wir ihn gefunden haben, werden wir Sie darüber in Kenntnis setzen.«

Joey the Toe musterte ihn finster. »Mich in Kenntnis setzen.«

Win antwortete nicht.

»Warum suchen Sie ihn?«, fragte Joey.

»Er könnte mit einem weiteren Mord in Verbindung stehen.«

»Wirklich?« Joey the Toe schien das amüsant zu finden. »Interessant, oder? Dann ist dieser Jordan Kravat wohl nicht der Einzige, den Bo ermordet hat? Wollen Sie das damit sagen?«

»Das weiß ich noch nicht.«

Joey the Toe lehnte sich zurück und strich sich über den Bart. »Bei diesem anderen Mord«, sagte er dann, »haben die Cops da jemand anders als Bo in Verdacht?«

Mit der Frage hatte Win nicht gerechnet. Er überlegte, wie er darauf antworten sollte, und entschied sich für die Wahrheit. »Ja. Wie kommen Sie darauf?«

»Und ich nehme jetzt einfach mal an, dass jemand, den Sie kennen – vielleicht ein Freund –, dieser Verdächtige ist.«

»Eher ein Klient als ein Freund«, sagte Win. »Aber ja, im Prinzip haben Sie recht.«

Joey lächelte.

»Woher haben Sie das gewusst?«

»Ich habe Jordan Kravat nicht ermordet. Ja, ja, ich weiß, das hören Sie ständig, aber ich hab schließlich keinen Grund, Sie zu belügen, oder?«

»Nein, den haben Sie nicht.«

»Man hat mir das in die Schuhe geschoben. Dieser andere Mord, von dem Sie sprechen, da hat man Ihrem Klienten, Freund oder was auch immer die Tat auch in die Schuhe geschoben. Genau wie bei mir. Was für Beweise haben sie gegen ihn? DNA? Fingerabdrücke?«

»DNA.«

Joey schüttelte den Kopf und grinste. »Verdammt. Er hat's wieder getan.«

# ZEHN

Wins Penthouse-Suite im Wynn war nicht so imposant, wie man vielleicht erwarten sollte. Oh, sie war ziemlich fantastisch mit dem Spiegel an der Decke und all dem, aber die größten Suites waren etwas abseits stehende Häuser in der Nähe des hoteleigenen Golfplatzes, und das mochte Win nicht. Er wollte mittendrin sein, da, wo die Action war.

»Ich habe eine Spur«, sagte er zu Myron.

»Oh?«

»Korrektur: Esperanza hat die Spur gefunden. Und ich hatte eine geniale Idee, was man daraus machen kann.«

»Teamwork ist Dreamwork.«

Win stöhnte. »Sag das nie wieder.«

»Sorry, mein Fehler. Die Spur?«

»Über deinen Brian Connors hat Esperanza nichts in Erfahrung bringen können.«

»Das soll die Spur sein?«

»Klingt das nach einer Spur? Wie du weißt, hat sie für die vergangenen fünf Jahre eine Bildersuche nach unserem Freund Bo Storm, auch bekannt als Brian Connors, durchgeführt.«

»Und dabei nichts herausbekommen.«

»Also hat sie in die andere Richtung gesucht.«

»Noch weiter zurück in der Zeit?«

»Ja.«

»Auf der Suche nach mehr als fünf Jahre alten Fotos.«

»Bei diesem sind es mehr als zehn. Hier.«

Win reichte Myron ein 20x25 cm großes Hochglanzfoto. Myron betrachtete es. Er spürte, wie sein Puls in die Höhe schnellte.

»Holla.«

»Du hast es einfach mit den Worten.«

Das Foto zeigte zwei Personen. Eine davon war der sehr junge Bo Storm. Myron schätzte ihn auf sechzehn oder siebzehn. Er trug ein Tanktop. Er war schon muskulös, die Muskeln waren aber noch nicht so definiert, wie sie es später sein würden. Bo war groß, soweit Myron das beurteilen konnte, um die eins zweiundneunzig.

Neben dem anderen Mann auf dem Foto wirkte Bo allerdings klein.

Der andere Mann war riesig – irgendwo zwischen zwei Meter fünf und zwei Meter zehn groß und mindestens hundertzwanzig Kilo schwer. Er trug ein Basketballtrikot der Oklahoma State University. Myron erinnerte sich an ihn. Guter Rebounder, guter Verteidiger mit einem guten Drei-Punkte-Jumpshot für seine Größe.

»Spark Konners«, sagte Myron. »Mit K geschrieben.«

»Korrekt.«

Myron sah Win an. »Spark war Gregs Assistenztrainer in Milwaukee.«

»Auch das ist korrekt. Was weißt du sonst noch über ihn?«

»Er hat's nicht bis in die NBA geschafft – ich meine, Spark hätte ein oder zwei Jahre in Italien oder Spanien gespielt –, ich erinnere mich aber, dass Greg mal gesagt hat, Spark wäre ein kluger Bursche und hätte eine große Zukunft als Trainer vor sich. Also ist Bo …«

»Brian Konners«, sagte Win. »Sparks kleiner Bruder. Esperanza hat einen Background-Check gemacht. Von Bo respektive Brian sind in den letzten fünf Jahren keine Daten zu finden – keine Kreditkarten, keine Bankkonten, nichts.«

»Was zum Teufel ist da los, Win?«

»Es ist verwirrend.«

»Also haben Bo und Greg sich womöglich nicht zufällig im Internet kennengelernt.«

»Das erscheint jetzt eher unwahrscheinlich.«

»Sie haben sich über Gregs Assistenztrainer Spark Konners kennengelernt.« Myron hob den Blick. »Ich frage mich, ob Spark seinen Bruder zum Spiel in Phoenix eingeladen hat. Wahrscheinlich haben sich Bo-Brian und Greg dort kennengelernt.«

»Gut möglich.«

»Wir müssen mit Spark reden.«

»Das müssen wir tatsächlich.«

Myron überlegte. »Nachdem Greg als Trainer aufgehört hat, hat Milwaukee reinen Tisch gemacht. Ich bin daher ziemlich sicher, dass Spark nicht mehr dort arbeitet.«

»Esperanza hat ihn schon ausfindig gemacht. Spark Konners ist jetzt Assistenztrainer am Amherst College.«

»Ein ziemlicher Abstieg.« Myron verzog das Gesicht. »Spielt Amherst nicht in der 3. Division?«

»Es ist schwierig, sich ganz oben zu halten.«

»Wir müssen ihn ausfindig machen.«

Win lächelte. »Du weißt sicher noch, dass ich gesagt habe, Esperanza hätte eine Spur gefunden.«

»Und dass du eine geniale Idee dazu hattest. Natürlich.«

»Spark Konners ist gerade in der Lobby angekommen. Er ist auf dem Weg nach oben.«

»Er ist hier? Warte, wieso?«

»Ich habe ihm ein Flugzeug geschickt.«

»Und er ist einfach so eingestiegen?«

»Irgendwie hat er wohl den Eindruck bekommen, die NBA würde in Las Vegas ein Franchise gründen, für das er als möglicher Trainerkandidat im Gespräch ist.«

Myron starrte Win an. »Wow.«

»Nicht wahr? Also hat der impulsive Eigner dieses neuen Franchise ihm ein Flugzeug geschickt.«

»Du bist dieser Eigner?«

»Dieser *impulsive* Eigner«, korrigierte Win. Dann fuhr er fort: »Ich wollte schon immer ein Basketball-Franchise besitzen.«

»Du magst Profi-Basketball nicht.«

»Zu viele Fouls«, sagte Win. »Zu viele Auszeiten. Nach einer Weile wird das unglaublich langweilig. Weißt du, was das Spiel spannender machen würde?«

»Wenn du einer der impulsiven Eigner eines Teams wärst?«

»Das natürlich auch …«, es klingelte. »Da ist er. Ich erzähl dir später von meinen Ideen.«

»Kann es kaum erwarten.«

Win rief: »Ladys.«

Aus dem Nebenraum kamen drei junge Frauen herein. Sie sahen aus wie Models – alle im gleichen Look mit glänzenden, glatten, tiefschwarzen Haaren, die perfekt über ihre glänzenden, glatten, tiefschwarzen Kleider fielen. Die Gesichter zu Schmollmündern gezogen, stolzierten sie selbstbewusst in perfektem Einklang herein, als hätten sie das geprobt.

»Was machen die hier?«, fragte Myron.

»Den äußeren Schein wahren.«

»Ich kann dir nicht folgen.«

»Das sind drei heiße Social-Media-Influencerinnen mit riesigen Fangemeinden. Und weißt du, wer mit angesagten

Social-Media-Influencerinnen mit riesigen Followerzahlen abhängen würde?«

Myron erkannte, worauf das hinauslief. »Ein impulsiver Eigner?«

Win lächelte. »Jetzt hast du's kapiert.«

Als Win die Tür öffnete, füllte Spark den Türrahmen wie eine Sonnenfinsternis. Der riesige Mann musste sich bücken, um in den Raum zu treten. Er begrüßte Win mit einem festen Händedruck.

»Okay, Ladys, Zeit zu gehen«, sagte Win. »Die Jungs brauchen Platz zum Reden.«

Die Influencerinnen kicherten, winkten Spark Konners kurz zu und verließen den Raum. Spark winkte etwas unsicher lächelnd zurück. Er trug einen schlecht sitzenden, dunkelblauen Anzug mit einer dunkelblauen Krawatte, die ihm etwas zu kurz war.

Win stellte sich dem großen Mann vor. Spark nickte, lächelte und rieb sich nervös die Hände. Er hatte Schweißperlen auf der Stirn.

»Danke, dass Sie so schnell gekommen sind«, sagte Win zu ihm.

»Danke, dass Sie das Flugzeug geschickt haben. Das war wirklich fantastisch.«

»War an Bord alles nach Ihrem Geschmack?«

»Es war großartig, ja. Ich bin noch nie in einer Privatmaschine geflogen. Nochmals vielen Dank.«

»War mir ein Vergnügen«, sagte Win. Mit einer weit ausholenden Geste deutete er auf Myron. »Kennen Sie Myron Bolitar?«

Spark ging auf Myron zu. »Wir sind uns nie begegnet, aber mein alter Chef hat Sie sehr bewundert, Mr Bolitar.«

»Nennen Sie mich Myron.«

Myron schüttelte Sparks riesige Hand. Es war, als würde man Dekokissen schütteln. »Und Greg hat Sie auch sehr angepriesen«, sagte Myron.

»Deshalb sind Sie hier«, erklärte Win. »Ich möchte Ihnen noch kurz ein paar Hintergrundinformationen geben, bevor ich Sie beide allein lasse. Die NBA hofft, in Las Vegas ein Franchise zu gründen. Ich werde der Mehrheitseigner sein. Myron wird Präsident und General Manager des Teams. Wir sind gerade dabei, mögliche Kandidaten für den Trainerposten zu interviewen.« Win sah Myron an. »Habe ich etwas vergessen?«

»Nicht, dass ich wüsste«, sagte Myron.

»Dann überlasse ich euch beiden das Feld. Ich habe den Influencerinnen versprochen, mit ihnen durch die Clubs zu ziehen.«

Als Win den Raum verließ, standen Myron und Spark leicht verunsichert da. Ohne Win schien der Raum plötzlich still und leer zu sein. Win gehörte in Räume wie diesen. Myron und Spark nicht.

»Nehmen Sie Platz«, sagte Myron.

Beide setzten sich. Myron ergriff den Ordner mit dem Foto, den Win auf den Tisch gelegt hatte. Myron öffnete ihn und sah andere Zettel. »Ihr Lebenslauf ist beeindruckend«, sagte er.

Sparks sonst so blassroter Teint wurde aus Verlegenheit etwas dunkler. Er versuchte, es sich auf dem Sofa bequem zu machen, war aber so groß, dass alles um ihn herum zu klein wirkte. »Darf ich noch etwas sagen, bevor wir anfangen?«

»Natürlich.«

»Ich will nicht wie ein Arschkriecher rüberkommen, aber ich erinnere mich noch daran, wie Sie in Ihrem letzten Jahr das *Final-Four*-Turnier bei der College-Meisterschaft dominiert haben. Ich war damals noch klein und hatte gerade erst angefangen, Basketball zu spielen. Sie waren einer der coolsten Spieler, die ich je gesehen habe.«

Myron wusste nicht, was er darauf erwidern sollte, also sagte er einfach »Danke«. Dann kam er zum eigentlichen Thema: »Hier steht, dass Sie drei Jahre unter Greg Downing gearbeitet haben.«

»Das ist richtig. Alle drei in Milwaukee.«

»Wie war das denn so?«

»Mit Coach Downing zu arbeiten? Ich habe eine Menge gelernt. Niemand hat besser geplant, war besser auf den Gegner eingestellt und hat ein besseres Konzept gehabt als Coach Downing. Er war immer akribisch vorbereitet. Hat auf jedes Detail geachtet.«

Myron nickte und dachte daran, dass Greg auf dem Platz früher genau so war – der cleverste und am besten vorbereitete Spieler, den er je gesehen hatte. Er konnte jeden Spielzug vorhersehen, jeden Pass, jede Verteidigungsaktion, jeden Angriff. Er kannte die Stärken und Schwächen seiner Gegner und konnte sie auch nutzen.

»Aber …«, fuhr Spark fort, »… er wusste auch ganz genau, welche Knöpfe er drücken musste, um aus jedem Spieler das Maximum herauszuholen. Einige mussten gehätschelt werden, andere musste man in Ruhe lassen, wieder andere brauchten eine gewisse Strenge. Coach Downing hat das verstanden.«

*Okay*, dachte Myron, *jetzt beende diese unangenehme Situation.*

»Macht es Ihnen etwas aus, wenn wir mit ein paar Grundlagen beginnen?«, fragte Myron.

»Schießen Sie los.«

»Wie ist Ihre Familiensituation?«

»Ich bin verheiratet. Meine Frau Kendra habe ich an der Oklahoma State University kennengelernt. Sie ist Zahnhygienikerin. Wir haben zwei Jungs, Liam und Joshua. Liam ist acht, Joshua sechs. Im Moment leben wir am Stadtrand von Boston. Aber ich habe bereits mit Kendra gesprochen, und wir wären mehr als bereit, hierherzuziehen. Das ist eine faszinierende Chance für mich. Sie unterstützt das.«

Myron sah die Hoffnung in den Augen des Mannes und fand es niederschmetternd. Es war Wins Idee gewesen. Myron versuchte, sich damit zu trösten, es kam ihm aber wie eine Ausrede vor. Schließlich spielte er mit, oder? Er führte das Vorstellungsgespräch. Er hielt das Lügengebilde aufrecht.

Es wurde Zeit, die Sache voranzubringen.

»Haben Sie noch weitere Verwandte?«

Das kurze Blinzeln verriet ihn. Spark lächelte weiter, das Lächeln erreichte aber seine Augen nicht mehr. »Verwandte?«

»Mutter, Vater, Geschwister?«

Er räusperte sich. »Mein Vater ist vor ein paar Jahren gestorben.«

»Das tut mir leid.«

»Wir standen uns nicht sehr nahe. Meine Mutter lebt noch.«

»Wo wohnt sie?«

Er stockte kurz. »Sie reist viel. Ich glaube, im Moment ist sie in Rom, vielleicht auch in Paris.«

Sie kamen der Sache schon näher. »Haben Sie noch Geschwister?«

»Nein.«

Einfach so. Schnell. Ohne jedes Zögern. Er hatte inzwischen mit der Frage gerechnet und die Antwort parat.

Myron tat so, als würde er die Akte durchsehen. »Hier steht, dass Sie einen jüngeren Bruder haben. Brian.«

»Er ist …«

Myron wartete.

»Das spielt hier keine Rolle. Er ist schon lange nicht mehr Teil meines Lebens.«

»Das tut mir leid. Wo wohnt er denn?«

»Ich würde lieber nicht darüber reden, wenn es Ihnen nichts ausmacht.«

»Also, die Entscheidung liegt ehrlich gesagt nicht bei mir. Dies ist ein neues Franchise. Und zwar in, seien wir ehrlich, der Stadt der Sünde. Es wird alles auf Herz und Nieren geprüft werden, auch weil die Liga offensichtlich ziemlich nervös ist. Wir müssen sämtliche Mitarbeiter gründlich checken. Wenn es auch nur den Hauch eines Skandals gibt …«

»Den gibt es nicht.«

»Also, wo ist Ihr Bruder, Spark?«

Das Lächeln verschwand.

»Er hat unter dem Namen Bo Storm in dieser Stadt gelebt«, sagte Myron und legte die Maske ab. »Das wissen Sie. Sein Freund wurde ermordet. Seitdem hat ihn niemand mehr gesehen.«

»Verdammt.« Spark starrte Myron an und stieß langsam die Luft aus. »Ich hätte es wissen müssen.«

Myron sagte nichts.

»In Vegas wird kein Franchise eingerichtet, stimmt's?«

»Nein«, sagte Myron. »Wird es nicht.«

Spark schüttelte den Kopf. »Miese Tour.«

Dem konnte Myron nicht widersprechen.

Spark stützte die Hände auf die Knie und wuchtete sich hoch. Der Mann nahm eine Menge Platz ein. »Bringt Ihr Freund mich zurück? Ich habe Liams Spiel dafür sausen lassen. Ich bin auch sein Trainer bei der Amateur Athletic Union.«

»Ich will Ihrem Bruder nichts Böses.«

Dem großen Mann stiegen Tränen in die Augen. »Ich würde jetzt gerne gehen.«

»Ich muss wirklich mit ihm reden.«

»Sie hätten einfach anrufen und fragen können. Sie hätten mich nicht durchs ganze Land schleifen und mir solche Hoffnung machen müssen.«

»Es tut mir leid. Das tut es wirklich.«

»Ich hätte es Ihnen am Telefon sagen können: Ich hab ihn seit Jahren nicht gesehen. Keine Ahnung, wo er ist.«

»Sie wissen wirklich gar nichts?«

»Ich muss jetzt los. Bringen Sie mich nach Hause, oder muss ich einen Flug buchen?«

»Win wird Sie zurückfliegen lassen. Das ist kein Problem. Wann haben Sie das letzte Mal etwas von Ihrem Bruder gehört?«

»Wie schon gesagt, standen wir uns schon seit Langem nicht mehr nahe. Soll ich Ihnen die Wahrheit sagen? Ich glaube, er ist tot.«

»Was ist mit Ihrer Mutter?«

»Was soll mit meiner Mutter sein?«

»Wo ist sie? Kann ich mit ihr sprechen?«

Als Myron Sparks Mutter erwähnte, erhob der sich, kam zu ihm herüber und baute sich vor ihm auf. Er sah mit zornigem Blick auf Myron herab. »Meine Mutter weiß nichts. Sie halten sich von ihr fern. Haben Sie verstanden?«

Myron sagte mit fester Stimme: »Gehen Sie einen Schritt zurück, Spark.«

»Ich habe gesagt, Sie sollen sie in Ruhe lassen.«

»Was ist mit Greg Downing?«

Die Frage verwirrte ihn. »Was soll mit ihm sein?«

»Wissen Sie, wo er ist?«

»Er ist tot. Aber das wissen Sie doch. Ich geh jetzt.«

Myron sah ihm weiter in die Augen. Er überließ es Spark, den Augenkontakt zu unterbrechen. Spark ging zur Tür. Als er sie erreichte, rief Myron: »Spark?«

Er drehte sich um.

»Es tut mir leid. Wirklich. Andererseits glaube ich, dass Sie mich belügen.«

# ELF

Win hatte in der Lobby auf Myron gewartet. Sie stiegen in den SUV und fuhren zum Flughafen, und Myron erzählte Win von seinem Gespräch mit Spark Konners. Win hörte schweigend zu. Als Myron erwähnte, dass er sich wegen des Tricks mit dem Franchise-Coach schlecht fühlte, runzelte Win die Stirn, tat so, als würde er etwas unter sein Kinn schieben, schloss die Augen und spielte sanft auf seiner Luftgeige.

»Wie witzig«, sagte Myron.

»Glaubst du, dass Spark dich belügt?«

»Ich glaube, dass er alles andere als entgegenkommend ist.«

»Das glaube ich auch.«

»Wir können nicht viel dagegen tun.«

»Oh, in diesem Punkt irrst du dich«, sagte Win.

Der Wagen fuhr den Las Vegas Strip entlang und dann durch das Tor zur Rollbahn für die Privatflugzeuge. Rechts von ihnen stand Wins Wagen. Im Innenraum brannte Licht.

»Wo ist Spark?«, fragte Myron.

»Da kommt er.«

Ein weiterer SUV fuhr durchs Tor.

»Wie kommt es, dass wir vor ihm hier sind?«

»Er ist im Stau stecken geblieben.«

»Wir sind die gleiche Strecke gefahren«, sagte Myron.

»Komm. Verabschieden wir uns von unserem Gast, ja? Wir können uns sogar entschuldigen, wenn du willst.«

Myron sah Win an. »Du hast etwas anderes vor, stimmt's?«

»Ich orientiere mich an einer deiner Verhaltensregeln«, sagte Win.

»Soll heißen?«

Win stieg aus, ohne zu antworten. Myron gefiel die Richtung nicht, die das Ganze zu nehmen schien, er wusste aber auch, dass es manchmal das Beste war, aus dem Weg zu gehen, wenn das »WinMobil« unkontrolliert über die Straße schlitterte.

Win ging auf den SUV zu, in dem Spark saß. Spark stieg aus, und wieder war Myron von seiner schieren Größe überrascht. Es ging nicht nur um die Länge. Seine Brust war so breit, dass man darauf ein Padel-Tennis-Match hätte abhalten können. Myron beobachtete, wie Win auf den großen Mann zuging und seine Hand zum Händedruck ausstreckte.

»Tut mir leid, dass es nichts geworden ist«, sagte Win.

Spark sah aus, als stünde er kurz davor, die Nerven zu verlieren. »Ich will einfach nur nach Hause.«

»Das versteh ich.«

Auch Win war ein guter Sportler. Er war zwar nie Profi gewesen wie Myron, aber er machte das durch ständiges Training und seine Coolness wett, die schon fast als genial zu bezeichnen war. Er hatte Selbstverteidigung, Kraft, Schnellkraft, Strategie, Körperkoordination, Würfe, Techniken, Schläge und den Umgang mit Waffen von den buchstäblich besten Lehrern der Welt gelernt. Er agierte schnell. Er erkannte die Hebel. Er nutzte kalt und erbarmungslos jeden Schwachpunkt.

Außerdem waren seine Hände extrem schnell.

Spark hatte sein Smartphone in der Hand. Die eine Sekunde hielt er es noch, im nächsten Moment hatte Win es ihm entrissen.

»Hey! Was zum …«

Win blickte aufs Display. »Wie befürchtet, ist das Handy gesperrt. Gesichtserkennung und so.«

»Wollen Sie mich verarschen?« Spark hatte eindeutig die Nase voll. »Geben Sie mir mein verdammtes Handy zurück, oder ich schlag Sie zu Brei.«

Win grinste den sehr viel größeren Mann an. Myron sah den Ausdruck in Wins Miene. Er gefiel ihm nicht.

Myron sagte: »Win.«

Spark trat näher an Win heran. Den Gegner zu bedrängen, ist immer ein Fehler. Selbst wenn man größer ist. Man glaubt, man würde ihn dadurch einschüchtern. Manchmal mochte das klappen. Aber diejenigen, die zu kämpfen verstanden, schüchterte man dadurch nicht ein.

Ganz im Gegenteil.

»Es ist mir scheißegal, wie reich Sie sind«, sagte Spark. »Gib mir mein Handy zurück, Arschloch. Sofort.«

Win wich kein Stück zurück. Er bog den Kopf zurück, sah nach oben und sagte: »Ich will aber nicht.«

Myron sagte noch einmal: »Win.«

Spark Konners lief vor Wut rot an. Aus seinen Händen formten sich zwei Fäuste, die an Vorschlaghämmer erinnerten. Myron wusste, dass Win das wollte. Wut machte einen dumm. Spark hatte die Nase voll. Der kleine, reiche Typ, der vor ihm stand, hatte ihn beleidigt und gedemütigt. Der kleine, reiche Typ hatte eine Grenze überschritten. Verdammt, mehr als nur eine Grenze.

»Spark«, sagte Myron. »Nicht.«

Aber Spark war nicht mehr erreichbar. Er holte zu einem großen Roundhouse-Schwinger aus, der, wenn er traf, wahrscheinlich einen Wolkenkratzer zum Einsturz hätte bringen können. Er traf natürlich nicht. Win sah ihn schon kilometerweit kommen. Er wich zur Seite aus, wartete auf den Moment, in dem Spark aus dem Gleichgewicht war, dann trat er ihm das Bein weg.

Spark knallte auf den Asphalt.

Win reagierte sofort. Er packte Spark an den Haaren, zog den Kopf hoch, hielt das Handy vor sein Gesicht, ließ die Haare wieder los und trat einen Schritt zurück.

Das Telefon war entsperrt.

In blinder Wut ging Spark auf Hände und Knie, erhob sich und stürzte sich auf Win. Win wartete bis zur letzten Sekunde, trat etwas nach links und stellte Spark ein Bein.

Wieder knallte der große Mann auf den Boden.

Myron ging auf Konners zu, versuchte, sich zwischen die beiden Männer zu stellen, um weitere körperliche Auseinandersetzungen zu verhindern. Win hatte sich bisher nur verteidigt. Wenn Spark es noch einmal versuchte, könnte sich das ändern.

Win scrollte durch Sparks Telefon. »Sieht aus, als hätten Sie einen Anruf getätigt, seit Sie die Hotelsuite verlassen haben, mein Bester. Vorwahl vier-null-sechs. Wen haben Sie da angerufen?«

»Das geht Sie einen Scheißdreck an.«

»Moment.« Er tippte weiter auf dem Display herum. »Vier-null-sechs … das ist in Montana.«

Spark kam erneut auf seine Hände und Knie und begann sich zu erheben. Er wollte einen neuen Angriff starten. Win starrte weiter aufs Handy, zog dabei aber eine große Pistole und richtete sie auf Spark.

»Ich bin ein ziemlich guter Schütze«, sagte Win. »Aber wenn Sie wollen, können Sie es auf einen Versuch ankommen lassen.«

Myron versuchte es noch einmal. »Win.«

Win seufzte. »Deine Warnungen sind wie ein Blinddarm – bestenfalls überflüssig, sonst schädlich.«

Myron runzelte die Stirn. »Echt jetzt?«

»Zugegebenermaßen nicht meine beste Analogie.« Win las immer noch im Handy: »Ich verfolge die Nummer jetzt. Hm. Ich hab's. Die Triangulation der Sendemasten zeigt, dass sich das angerufene Handy derzeit in einem *Budget Inn* in einem Ort namens Havre, Montana, befindet.« Win sah Myron an. »Steig ins Flugzeug. Der Flug nach Havre dauert etwas über zwei Stunden. Ich schick dir die Standortdaten des Handys.«

# ZWÖLF

Du parkst vor Walter Stones Haus.

Es ist zwei Uhr nachts. Das Haus ist dunkel, abgesehen von dem schwachen Schein eines Computermonitors, der aus dem Arbeitszimmer im Erdgeschoss nach draußen dringt. Walter ist siebenundfünfzig Jahre alt. Er lebt in einem Fünfzimmerhaus im Cape-Cod-Stil mit Aluminiumverkleidung und verblassten Ziegeln am Grunauer Place in Fair Lawn. Er hat zwei Söhne, beide in den Zwanzigern, von denen einer gerade Vater geworden ist und Walter so seinen ersten Enkel geschenkt hat. Walter tippt noch fleißig. Er wurde letzten April entlassen. Der *Foodtown* Supermarkt, in dem er dreißig Jahre lang beschäftigt war, hat seine Pforten geschlossen, und für einen älteren weißen Mann gibt es hier keine Arbeit, ganz egal wie gut er ist. Das erzählt er den Leuten. Er hält es für die Wahrheit. Seine Frau heißt Doris. Sie spielt dreimal in der Woche Pickleball und versucht auch sonst, möglichst selten zu Hause zu sein. Im Moment schläft sie oben. Doris geht nach dem Abendessen immer nach oben. Die Treppe hoch. Walter bleibt unten. Damit kommen beide gut klar.

Du sitzt draußen im Ford Fusion. Du trägst Handschuhe und eine Sturmhaube und hast eine Waffe auf dem Schoß.

Du gehst davon aus, dass Walter immer noch munter weiter tippt.

Er fühlt sich in der Anonymität des Internets sicher.

Mit den sozialen Medien hat Walter angefangen wie die meisten Menschen seines Alters – er hatte sich über sie lustig gemacht, meinte, damit würden faule Jugendliche die Zeit totschlagen. Er hasst die neuen Generationen – Generation X, Y oder Z, die Alphas und was sonst noch alles –, hält sie alle für verwöhnt und verweichlicht und glaubt, dass sie lieber an der Titte des Staats nuckeln und von seinen Steuern leben, als auch nur einen Tag lang ehrliche Arbeit zu leisten. Walters jüngster Sohn Kevin ist ein bisschen so. Steht auf Computer, Videospiele und all das Zeug. Totale Zeitverschwendung, wenn Sie Walt fragen. Trotzdem hat Kevin seinem Vater irgendwann einmal einen Twitter-Account eingerichtet. Warum, weiß niemand mehr genau. Vermutlich, damit Walt sich mal angucken konnte, was es damit überhaupt auf sich hat. Vielleicht als kostenlose Nachrichtenquelle oder so. Walter wollte verdammt sein, bevor er Geld für die Lokalzeitung ausgab oder sich die ganzen Lügen im Fernsehen anguckte. Als er dann die Seite testete, also, vielleicht lag es daran, dass Kevin den Account eingerichtet hatte, vielleicht kam es aber auch durch einen eigenartigen Algorithmus, füllte sich Walters Twitter-Feed mit einem Tweet nach dem anderen mit dem dümmsten, gemeinsten, naivsten Mist, den man sich nur vorstellen kann. Wie waren die Menschen so dumm geworden? Keiner von diesen Idioten, die den ganzen Tag posten, hat auch nur die geringste Ahnung davon, was in der richtigen Welt so abgeht. Die Scheiße, die sie im Kopf haben, wird nur noch von ihrem Hochmut übertroffen. Mann, die halten sich alle für die Allergrößten, oder? Unendlich herablassend und dozierend, und ja, Walter wusste, was dieses Wort bedeutete. Ganz zu schweigen von den hirntoten Frauen mit dem Stock im Arsch. Herrje, sucht euch einen Freund oder so. Sie fingen jedes Mal sofort an rumzuheulen, wenn ein Kerl

»Buh« zu ihnen sagte oder sie auch nur mit dem Ellbogen berührte. Mann, so was bringt Walter auf die Palme. Sie regen sich einfach über alles auf, was ein Mann heutzutage tut. Verdammt, schon wenn man sie nur anspricht, ist das ein »Gewaltakt«. Oh, und wenn man nicht mit ihnen spricht – sie einfach ignoriert? Das ist unhöflich und sexistisch. Als Walter jung war, hat sich eine junge Frau gefreut, wenn man ihr zugezwinkert oder zugenickt hat. Das waren Komplimente. Wenn man das jetzt versucht, blasen sie direkt vor deiner Nase in eine Trillerpfeife, weil sie angeblich vergewaltigt werden. Ich meine, reißt euch zusammen, Mädels. Das seid ihr doch gar nicht wert.

So ähnlich war es auch bei Foodtown gelaufen.

Als diese ausländische Braut, Katiana, angefangen hatte, an der Feinkosttheke zu arbeiten – Katiana, die Walter gleich an ihrem ersten Tag angelächelt, seinen Arm berührt und eindeutig mit ihm geflirtet hatte, obwohl er gut sichtbar einen Ehering trug – jedenfalls, seit sie sich bei der Personalabteilung beschwert hatte, war das Ganze für ihn gelaufen. So ist das nun mal. Niemand interessiert sich für die andere Seite. Wenn sich eine Frau über dich beschwert, bist du erledigt. Dabei hatte Walt nur versucht, nett zu sein. Katiana war frisch geschieden (kluger Kerl, ihr Ex, diese hinterfotzige Schlampe abzuservieren), und so hatte Walt gedacht, dass es ihr guttun würde, wenn er ihr Komplimente über ihre Figur machte und Ähnliches. Schließlich trug sie nicht ohne Grund enge Kleidung, oder? Aber plötzlich, *puff*, hatte sich seine Versetzung in den Laden in Pompton Lakes in Luft aufgelöst. Oh, er wurde nicht gefeuert. Er durfte bleiben, bis der Laden schloss. Drei Wochenlöhne Abfindung nach dreißig Jahren im Betrieb. Ein Wochenlohn pro Jahrzehnt. Mistkerle. Und jetzt, Monate später, geben all diese selbstgefälligen Online-Schlampen wie Katiana hier an diesem gottverdammten Computer diese hirnverbrannten Regeln darüber aus, wie Männer sich – allen Naturgesetzen zum Trotz – verhalten müssten, als gäbe es die Welt erst seit gestern. Jesus. Eine Schlampe, die sich »Fit Amy« nennt, was ja schon an sich unglaublich ist, schreibt ständig, dass sie Angst hat, mit einem Mann allein in einen Fahrstuhl zu steigen, und dass – man muss sich das nur mal anhören – der Mann warten und den nächsten Fahrstuhl nehmen soll, wenn er sieht, dass eine Frau allein in einem ist. Wirklich? Und so will Walt ihr mal den Marsch blasen. Ist ja keine große Sache, oder? Er richtet sich einen zweiten Account ein, denn wenn man in dieser Welt einfach nur die Wahrheit sagt, sind sie sofort hinter dir her. So ist das nun mal. Scheiß auf die Redefreiheit. Du willst online gehen und dieser männerhassenden Fahrstuhlfahrerin sagen: »Du bist so hässlich, dass du dankbar wärst, wenn ein Mann dich im Fahrstuhl vergewaltigen würde.« Tja, die Wahrheit tut weh, nicht wahr, Schätzchen?

Walt, ein kluger Mann, der schnell lernt, richtete sich also einen Fake-Account unter dem Namen Rotten Swale ein. Nicht, weil er Angst hatte, seine Meinung zu sagen. Walt doch nicht. Er will, dass alles öffentlich erörtert wird, dass Ideen frei ausgetauscht werden, sodass dumme Feminazis von einer Lawine aus Logik überrollt werden. Aber so funktioniert das nicht mehr. Nicht in der heutigen weichgekochten Welt. Wenn sie herausbekommen, wer er ist, werden sie ihn »doxen«, wie sie das nennen – sie werden *Stop-N-Shop* oder dem neuen *Green Grocery*, der in Ridgewood eröffnet, schreiben und drohen, sie zu boykottieren, zu verklagen oder was auch immer, wenn Walter dort einen Job bekommt. Ja, liebe Mitbürgerinnen und Mitbürger, so durchgeknallt sind diese Menschen. Also, na ja, er richtet das anonyme Konto aus einer Laune heraus ein. Als würde er es eigentlich gar nicht nutzen wollen. Das denkt Walter so lange, bis der Wunsch – nein, das *Bedürfnis* –, diesen Schlampen die Meinung zu geigen, zu stark wird, um ihm zu widerstehen. Also tut er es. Oder sollte er sagen, Rotten Swale tut es. Rotten Swale schmiert ihnen die Wahrheit aufs Butterbrot. Möglicherweise hören sie nicht zu, aber sie kriegen es gesagt. Und dieser einen Tussi, die sich Fit Amy nennt mit ihrem »Meine-Scheiße-stinkt-nicht«-Profil und ihrer verdammten Biografie, in der sie von Black Lives Matter und Regenbogenflaggen labert, dieser Tussi mit ihren riesigen Titten und dem weit offenen Hemd, die sich bei ihren Tiraden immer zur Kamera vorbeugt und Männer dadurch einlädt, ihr in die Bluse zu starren, dieser Tussi schreibt Rotten Swale also in ihre Kommentarspalte: a) »Niemand würde dir zuschauen, wenn du nicht so einen großen Vorbau hättest«, b) »Du bist eine dumme, verlogene Hure, die an der Fernfahrer-Raststätte Schwänze lutscht« und dann c) »Deine siebenjährige Tochter verdient es, mit Gewalt genommen und in den Arsch gefickt zu werden«, was Walter, tja, zwar eigentlich nicht glaubt, aber irgendwas muss man ja sagen, das ihre Aufmerksamkeit erregt, und Junge, diese Tussi braucht einen guten, soliden Fick von jemandem wie Walter, von einem echten Mann, der sie festhält und ihr zeigt, wo es langgeht.

Das läuft ein Jahr lang so.

Walt postet immer mehr. Es wird schlimmer. Der Rotten-Swale-Account wird nach einer Weile gesperrt, aber – kein Problem – Walter schafft sich einfach eine andere Identität. Late Towners. Und dann noch eine. Seattle Worn. Es geht immer weiter. Er bleibt anonym.

Das glaubt er jedenfalls.

Aber du sitzt im Dunkeln mit der Pistole in der Hand vor seinem Haus – du hast Rotten Swale gefunden.

Es hat zwar eine Weile gedauert, bis du seine wahre Identität entdeckt hast, aber nicht so lange, wie die Leute vielleicht glauben. Auf den Rotten-Swale-Account konnte man immer noch zugreifen. Du checkst alle Beiträge. Viele Hinweise gibt es nicht – Walter hat gelernt, vorsichtig zu sein –, aber einmal hat er ein Foto gepostet, das er durch die Windschutzscheibe aufgenommen hat, als er an einem Sexshop vorbeifuhr, von dem er behauptete, dass er »unser Viertel ruiniert«. Dumm. Eine kurze Google-Suche hat gezeigt, dass der Laden an der Route 17 in Paramus, New Jersey, liegt. Okay, damit hattest du eine ungefähre Idee davon, wo er wohnt.

Nächster Schritt: Geh ans Ende seiner Follower-Liste. Da findet man die ersten Profile, denen jemand gefolgt ist. Man kann da viel erfahren, weil es sich oft um Personen handelt, die die Leute im realen Leben kennen. Walter war diesen Leuten gefolgt, weil er sich bei der Einrichtung des Accounts vorgemacht hatte, dass er kein Spinner und dieser Account auf eine gewisse Art legal sei.

Bei angehenden Stalkern war das ein ziemlich gängiges Vorgehen.

Wenn man sich die ersten Follower von Rotten Swale ansieht und diese Profile mit Rotten Swales Aktivitäten abgleicht, dann ist das ein Volltreffer. Rotten Swale hat den *Gefällt-mir*-Button bei mehreren Instagram-Beiträgen von Frauen gedrückt, denen er folgt. Zu diesen Frauen gehören Kathy Corbera und Jess Taylor, die beide in der Gegend von Paramus, NJ, leben – eine in River Vale, eine in Midland Park. Du suchst etwas weiter und findest eine Verbindung. Die Frauen folgen sich gegenseitig und einer Website mit dem Titel »Glen Rock High School, Abschlussklasse 1980«. Okay, cool. Du gehst auf diese Seite. Jetzt suchst du nach den Männern, die sowohl dieser Seite als auch Kathy Corbera und Jess Taylor folgen.

Drei Männer erfüllen dieses Kriterium.

Du kommst ihm näher.

Jetzt hast du nur noch drei Männer. Einer, Peter Thomas, lebt in New York City. Einer, Walter Stone, lebt in Fair Lawn, in der Nähe von Paramus. Einer, Brian Martin, lebt noch immer in Glen Rock, also auch in der Nähe von Paramus.

Jetzt gehst du einen Schritt zurück.

Warum hat dieser Typ den Namen Rotten Swale gewählt?

So etwas ist nie reiner Zufall. Irgendeinen Grund gibt es immer. Und in diesem Fall war der Grund leicht zu erkennen, nachdem du die Anzahl der Verdächtigen auf drei reduziert hattest. Rotten Swale, Late Towners, Seattle Worn.

Alles Anagramme von Walter Stone.

Wie clever.

Spiel, Satz und Sieg.

Dir stellt sich also ein ganz einfaches Problem. Walter Stone, der Stalker, den du umbringen willst, lebt in Fair Lawn, New Jersey. Amy Howell, die Gestalkte, der du das in die Schuhe schieben willst, lebt in Salem, Oregon.

Wie kannst du ihr den Mord an Stone anhängen?

Hier kommt dir das Glück zu Hilfe. Amy Howells Bruder Edward Pascoe wohnt in Woodcliff Lakes, New Jersey – zwanzig Autominuten von dem Ort entfernt, an dem du gerade parkst.

Das gefällt dir. Der Einen-Schritt-entfernte-Killer. Mal ein bisschen was anderes. Etwas, das neue Fähigkeiten erfordert.

Edward Pascoe hat eine ziemlich ausgefeilte Alarmanlage in seinem Haus. Du überlegst, ob du noch warten sollst, um nach einer Möglichkeit zu suchen, wie du in sein Haus einbrechen kannst, um DNA zu sammeln und sein Auto zu benutzen – das ist so halbwegs dein Modus Operandi –, aber dir fällt etwas ein, das genauso gut funktionieren wird. Er fährt einen weißen 2022er Ford Fusion. Das ist ein sehr gängiges Modell, also mietest du dir einen mit einem gefälschten Ausweis. Der Wagen steht in seiner Einfahrt, die nicht so gut gesichert ist wie das Haus. Du hast dich vor einer Stunde in diese Einfahrt geschlichen und seine Nummernschilder gegen die deines Mietwagens ausgetauscht. Wenn die Sache vorüber ist, fährst du wieder zu seinem Haus und tauschst sie zurück. Niemand wird etwas merken. Dein weißer Ford Fusion mit Pascoes Nummernschildern wird auf der Fahrt von mehreren Straßenkameras erfasst und aufgezeichnet.

Ganz schön clever, oder?

Du hast auch Ausdrucke deiner Recherchen dabei, in denen du zeigst, wie du herausgefunden hast, dass Rotten Swale, der Troll, der Pascoes Schwester Gewalt angedroht hat, Walter Stone ist. Die Polizei wird diese Unterlagen hinter Pascoes Garage versteckt finden. Und schließlich die Krönung: Bevor du die Nummernschilder zurücktauschst, fährst du mit dem Ford Fusion zum Woodcliff Lake Stausee, achtest darauf, dass das Kennzeichen von der Überwachungskamera erfasst wird, parkst dort und wirfst die Mordwaffe ins Wasser.

Das müsste reichen. Doch im Gegensatz zu dem, was man häufig im Fernsehen sieht, ist die Polizei nicht allwissend. Falls es also nicht ausreichen sollte, um Edward Pascoe als Verdächtigen einzustufen, und ein paar Tage vergehen, ohne dass etwas passiert, wirst du dafür sorgen, dass die Polizei einen anonymen Hinweis erhält, einen kleinen Schubs bekommt. Tatsächlich hoffst du fast, dass es so läuft. Dann wärst du noch weiter beteiligt.

Und das magst du.

Du lässt die Autotür unverschlossen und gehst zum Fenster. Walter Stone sitzt vor seinem Computer. Das Licht ist aus, aber im blauen Schein des Monitors leuchtet sein Gesicht wie eine geisterhafte Maske. Du drückst den Lauf ans Fenster. Er lächelt und sieht beim Tippen wie ein groteskes Monster aus. Du klopfst an die Scheibe. Er blickt auf.

In diesem Moment stirbt er.

Für Walter Stone ist der Horror vorbei.

Für Edward Pascoe hat er gerade erst begonnen.

# DREIZEHN

Als Wins Flugzeug die Höhe von dreitausend Metern erreichte, schaltete sich das WLAN ein. Myron rief einen ehemaligen Klienten und Basketballstar namens Chaz Landreaux an. Chaz ging nicht ran. Myron schickte eine Nachricht, er solle sich bei ihm melden, wenn er Zeit hätte, dann checkte er die Nachrichten auf seinem Handy.

Terese hatte ihre gemeinsamen Standard-Emojis geschickt: ein Telefon und ein Herz. Man musste kein Genie sein, um den komplexen Code des Ehepaars zu entschlüsseln. Das Telefon sagte: »Willst du reden?« Das Herz dazu: »Ich liebe dich.« Sie schickten sich diese Emojis oft, bevor sie sich anriefen, denn erstens, bestenfalls war der andere womöglich beschäftigt, in einer Besprechung oder auf andere Weise nicht allein und konnte nicht reden, und zweitens, im schlechteren Fall, führten sie beide Leben, in denen schnell mal etwas schiefgehen konnte, und ein unvermittelter Anruf könnte ein paar Sekunden unnötiger Besorgnis hervorrufen.

Myron öffnete die Favoritenliste seines Handys und klickte auf den vierten Eintrag. An erster Stelle stand Myrons Vater, Mom an zweiter, das Festnetztelefon seiner Eltern – ja, sie hatten noch eins – an dritter. Win war an vierter Stelle und Esperanza an fünfter gewesen, aber beide wurden eine Stelle zurückgestuft, als Myron und Terese den Bund der Ehe schlossen.

Terese meldete sich nach dem zweiten Klingeln und fragte: »Wie war dein Tag?«

»Gut.« Dann ergänzte Myron: »Fast hätte ich meinen kleinen Zeh verloren.«

»Am linken oder am rechten Fuß?«

»Rechts.«

»Pfui. Das ist mein Lieblingszeh. Was ist passiert?«

»Ein böser Mann wollte ihn mit einer Rosenschere abschneiden.«

»Und was ist mit dem bösen Mann passiert?«

»Win ist ihm passiert.«

»Ist es okay, wenn ich das okay finde?«

»Ja, ist es.«

»Myron?«

»Ja.«

»Ich scherze bloß so locker darüber, um meine Panik zu unterdrücken.«

»Ich weiß«, sagte Myron. »Ich auch. Aber es ist okay.«

»Erzählst du mir, was los ist?«

»Später vielleicht. Im Moment will ich nur deine Stimme hören.«

»Ist das ein Code für Telefonsex?«, fragte sie.

»Ich bin in Wins Flugzeug.«

»Das klingt nach einem Ja.«

Myron lächelte und spürte, wie sich Wärme in ihm ausbreitete. »Ich liebe dich, das weißt du.«

»Ich liebe dich auch. Hast du Dienstag Zeit?«

»Ich kann es einrichten.«

»Ich werde in der Stadt sein und den Generalstaatsanwalt von Manhattan interviewen.«

»Oh wow, toll.«

Das Handy piepte. Im Display sah Myron, dass Chaz zurückrief. Am anderen Ende der Leitung sagte Terese: »Ein weiterer Anruf?«

»Ja. Kann ich dich in ein paar Minuten zurückrufen?«

»Ich schlaf schon fast. Lass uns morgen früh reden, okay?«

Terese war die am wenigsten bedürftige Person, die er kannte, weit weniger bedürftig als Myron. Trotzdem erklärte er, dass das in Ordnung wäre, worauf beide noch einmal »Ich liebe dich« sagten, dann klickte Myron zu dem anderen Anruf hinüber. Mia brachte ihm ein Yoo Hoo, schon geschüttelt und eingeschenkt. Myron hoffte, dass sie keinen Absinth daruntergemischt hatte.

»Myron!«, sagte Chaz mit der aufrichtigen Begeisterung, die ihn zu einem so beliebten Spieler, Sportmoderator und jetzt Trainer gemacht hatte. »Dass ich das noch erleben darf.«

»Danke, dass du so schnell zurückgerufen hast.«

»Bei dir doch immer.«

Vor vielen Jahren hatte Chaz Landreaux, ein sogenannter »Junge von der Straße« aus der South Ward in Newark, NJ, Probleme mit einer Sportagentur mit Mafiabeteiligung bekommen. Myron und Win hatten ihm geholfen, aus dem Schlamassel herauszukommen, worauf Chaz einer von Myrons ersten Klienten geworden war. Als Myron beschloss, MB Reps zu schließen und sich aus dem Geschäft zurückzuziehen, war Chaz zu einer neuen Agentur mit schwarzen Neueinsteigern in diesem Geschäft gewechselt. Als Myron wieder zurückkehrte, blieb Chaz bei ihnen. Chaz war loyal. Er hätte Myron niemals von sich aus verlassen. Aber Myron hatte sich entschlossen auszusteigen, daraufhin hatte Chaz sich eine andere Agentur gesucht, und die hatte gute Arbeit gemacht. Es wäre nicht fair, zu dir zurückzukehren, hatte Chaz erklärt. Myron verstand das.

»Herzlichen Glückwunsch zum neuen Job«, sagte Myron.

Chaz war gerade als neuer Basketballtrainer der University of Kentucky eingestellt worden.

»Danke«, sagte Chaz. »Aber du hast mich schon dazu beglückwünscht.«

»Ja, ich weiß.«

»Du hast sogar einen Geschenkkorb mit Fressalien geschickt.«

»War er gut?«

»Geschenkkörbe mit Fressalien sind nie gut.«

»Das ist wahr«, sagte Myron. Dann: »Du musst mir einen Gefallen tun, Chaz.«

»Okay.«

»Ich hoffe, dass ich dir damit letztlich auch einen Gefallen tue.«

»Oh Mann, was für ein Spruch«, sagte Chaz. »Als Verkäufer bist du einfach unschlagbar.«

Die Welt ist voller Klugscheißer.

»Ich habe gehört, dass du einen Assistenztrainer suchst.«

»Ach so. Du willst einen Klienten anpreisen?«

»Kein Klient«, sagte Myron. »Aber kannst du Spark Konners zum Vorstellungsgespräch einladen?«

»Komisch.«

»Was?«

»Ich hab seinen Lebenslauf hier auf dem Schreibtisch liegen. Andererseits hab ich hier fast tausend Lebensläufe liegen. Woher kennst du ihn? Oh, warte. Greg Downing, stimmt's?«

»Ja, ich glaub schon.«

»Du glaubst es?«

»Greg hat ihn sehr geschätzt. Das weiß ich sicher. Aber wenn ich ehrlich bin, kann ich sonst nicht viel über seine Qualifikation sagen.«

»Mhm«, sagte Chaz.

Myron nippte an seinem Yoo Hoo. Vor Jahren hatte er gedacht, dass er dem Geschmack entwachsen wäre. Vielleicht war es nur Nostalgie, vielleicht war es die Angst vor dem Alter, vielleicht lag es daran, dass er beinahe Tereses Lieblingszeh verloren hätte, aber er fand Trost in dem alten Lebenselixier.

»Du weißt also nicht, ob er etwas taugt«, fuhr Chaz fort.

»Nein, das weiß ich nicht.«

»Warum rufst du dann an?«

»Ich bin ihm was schuldig«, sagte Myron.

»Einen Gefallen?«

»Schlimmer«, sagte Myron. »Ich hab ihm übel mitgespielt.«

»Wie?«

»Das ist eine lange Geschichte, die ich dir nicht erzählen kann. Ich hab ihm einfach Schmerzen zugefügt.«

»Und jetzt versuchst du, das wiedergutzumachen?«

»Das wird es nicht wiedergutmachen. Aber es ist vielleicht besser als nichts.«

Chaz schwieg ein paar Sekunden lang. Dann sagte er: »Ich kenn dich, Myron. Du tust Menschen nicht grundlos weh.«

»Es gab einen Grund. Aber Spark konnte nichts dafür. Er ist da unschuldig hineingeraten.«

»Okay«, sagte Chaz. »Sein Lebenslauf sieht sowieso ziemlich gut aus. Ich werde ihn zu einem Vorstellungsgespräch einladen.«

»Danke.«

»Und ich werde es öffentlich machen. Selbst wenn er die Stelle nicht bekommt, bringt ihn das wieder ins Gespräch.«

Myron bedankte sich bei Chaz. Nachdem sie das Telefonat beendet hatten, lehnte er sich zurück.

Das Flugzeug ging in den Sinkflug, und Myron blickte aus dem Fenster. Montana. Jede Menge schönes Nichts. Das war keine Wertung. Wenn man an der Ostküste lebte, war es einfach anders. Montana war zwanzigmal so groß wie Myrons

Heimatstaat New Jersey. Zwanzigmal so groß. In Montana lebten rund eine Million Menschen, in New Jersey lebten über neun Millionen. Ohne zu mathematisch zu werden, aber das bedeutete, dass in New Jersey etwa 487 Menschen pro Quadratkilometer lebten. Und in Montana? Da lebten etwa 2,8 Menschen pro Quadratkilometer.

Anders.

Myron checkte die App. Das Handy, dessen Standort er trackte – er ging weiterhin davon aus, dass es das von Sparks Bruder Bo/Brian war –, befand sich immer noch im Budget Inn. Am Flughafen wartete ein Mietwagen auf Myron. Er gab das Budget Inn in Google Maps ein. Die App sagte ihm, dass es eine neunminütige Fahrt sein würde.

Von einem Laden namens *Budget Inn* erwartete man nicht viel – und mehr bekam man auch nicht. Niemand hatte das Wort *Absteige* an die Seitenwand gesprüht, aber vielleicht hätte das jemand tun sollen. Myron parkte und ging auf das Schild zu, auf dem *MOTEL OFFICE* stand. Eins kam Myron sofort seltsam vor. Auf dem Parkplatz standen ungefähr zwanzig Fahrzeuge, es gab aber nur acht Zimmer, vier oben und vier unten. In keinem brannte Licht. Nicht in einem. Das Büro war verschlossen. Auf einem handgeschriebenen Schild an der gesprungenen Glastür stand DAUERHAFT GESCHLOSSEN.

Wieder checkte Myron sein Handy. Wie die meisten Tracking-Apps zeigte auch diese den Standort nur grob an. Als er jetzt noch einmal genauer darauf sah, schien der Punkt irgendwo in der Ecke des Parkplatzes zu sein. Auf dem Rückweg zu seinem Wagen entdeckte Myron dann eine rote Hütte mit einem gelben Schild, auf dem stand THE SHANTY LOUNGE.

Früher – in einer anderen Ära – war *The Shanty* wahrscheinlich die Bar des Budget Inn gewesen, aber obwohl die Zimmer nicht mehr vermietet wurden, war die Lounge gut besucht.

Zwei eindeutig betrunkene Männer kamen aus der Tür getorkelt. Einer sprang in einen riesigen SUV, ließ den Motor aufheulen und verschwand über den Bordstein. Der andere kotzte auf einen Ford Taurus, bevor er sich zu Fuß auf den Weg machte. Wieder checkte Myron die Standort-App. Jetzt war es eindeutig.

Die Person, die Spark angerufen hatte, befand sich in der Shanty Lounge.

Myron ging zur Saloontür. Er wusste nicht recht, wie er vorgehen sollte oder was er hier zu finden erwartete. Hatte Spark vielleicht Greg Downing angerufen? War der womöglich in dieser Bar? Was machte er dann? Und wenn Bo hier war und nicht Greg, was sollte Myron dann tun? Ihn vernehmen? Ihn im Auge behalten und zu seinem Wohnort folgen?

Er stand vor der Tür. Von draußen hörte es sich an, als herrschte in der Bar lebhaftes Treiben. Christopher Cross' alter Jacht-Rock-Klassiker *Sailing* lief, vielleicht in einer Jukebox, vielleicht als Karaoke-Song. Mehrere Gäste sangen »sailing takes me away to where I always heard it could be«. Okay. Myron zögerte. Wenn Greg da drinnen war – und Myron erkannte –, würde er dann abhauen? Das Ganze ergab immer noch überhaupt keinen Sinn. Angenommen, Greg wäre hier. Angenommen, Greg und sein Liebhaber Bo wären vor Joey the Toe geflohen und hätten beschlossen, in Montana unterzutauchen.

Warum sollte Greg dann nach New York reisen und ein Ex-Model umbringen, das er kaum kannte?

Das ergab keinen Sinn.

Irgendetwas hatte Myron übersehen. Das war nicht ungewöhnlich. In solchen Situationen übersah man eigentlich immer etwas. Sein übliches Vorgehen bestand darin, die Schachtel mit den Puzzlestücken so lange zu schütteln, bis weitere Teile herausfielen. Aber irgendwie schienen die Teile, die er schon hatte, absolut nicht zu passen, sodass er das Gefühl hatte, die falsche Schachtel zu schütteln.

Also stieß Myron die Tür auf und trat ein. Spark hatte jemanden angerufen. Vielleicht Greg, vielleicht auch Bo. Wen auch immer – vielleicht war er auf der Hut. Vielleicht hatte Spark sie gewarnt, dass sie gesucht wurden. Vielleicht waren sie vorbereitet.

Er musste vorsichtig sein.

Als Myron in die Bar trat, rechnete er fast damit, dass alle verstummen und sich zu ihm umdrehen würden, so wie man das aus alten Western kannte. Doch nichts dergleichen geschah. Das *Shanty* war eine klassische Kleinstadtkneipe. Das war als Kompliment gemeint. Jede Menge Neon-Bierwerbungen beleuchteten die dunkle Holzvertäfelung. *Coors Light* dominierte, aber auch *Budweiser* war gut vertreten. An den Wänden hingen Hirschgeweihe, und hinter der Bar befand sich ein langer Spiegel. Auf einer weißen Tafel standen die Kneipen-*Specials*. Im kleinen Shanty war gut was los. Vier Männer mit Cowboyhüten spielten Darts. Zwei Typen mit Truckermützen begutachteten einen Stapel riesiger Jenga-Blöcke. Eine kräftig gebaute Frau lehnte an der Jukebox in der Ecke und sang »fantasy, it gets the best of me«, und drei Jungs stimmten ein, als sie anmerkte, dass es ihr so erginge »when I'm sailing«. Shanty Lounge & *the Pips*. Sie trugen zwar unterschiedliche Oberteile – T-Shirt, Flanellhemd, Poloshirt –, aber immerhin alle Blue Jeans. Myron entdeckte drei Hunde – zwei Golden Retriever lagen wie Wolldecken auf dem Boden, und eine Französische Bulldogge lümmelte auf einem Hocker am Tresen herum.

Die Jukebox in der Ecke wechselte von Christopher Cross zu einem alten Doobie-Brothers-Stück. Kurz darauf sang die kräftig gebaute Frau in Vertretung des Sängers der Band, Michael McDonald, »Takin' It to the Streets«, aber niemand schien in der Stimmung zu sein, auch nur irgendwas auf die Straßen zu bringen. Die Gäste wirkten alle ziemlich zufrieden mit ihren Drinks, den Darts und dem Billardtisch.

Myron sah sich die Menge an. Kein Greg. Kein Bo/Brian.

Moment. Oder?

Ein Barkeeper zapfte ein Bier der Carter's Brewery in ein Miller-Lite-Glas.

Myron kniff die Augen zusammen. Die langen Locken hatten einem hierher passenden, militärisch anmutenden Bürstenhaarschnitt Platz gemacht. Die aufwendig gepflegte Gesichtsbehaarung war durch eine altmodische, schlichte Rasur ersetzt worden. Er trug eine Drahtgestellbrille, und während die Outfits auf seiner Instagram-Seite extravagant und farbenprächtig waren, zeigte dieser Barkeeper sich in der üblichen Dienstkleidung des Shanty, bestehend aus einem schwarzen T-Shirt und Blue Jeans.

Das war eine ziemlich gute Verkleidung. Raffiniert. Wenn man ihn nicht suchte und ganz genau hinsah, würde man ihn nicht zufällig erkennen und sagen: »Hey, sind Sie nicht Bo Storm?«

Aber es war Bo. Ohne jeden Zweifel.

Wieder überlegte Myron, wie er vorgehen sollte – abwarten, beobachten, was auch immer –, der direkte Weg schien ihm aber der beste zu sein. Er wollte nicht, dass Win Spark länger als unbedingt nötig »hinhielt«. Sie hatten dem Mann schon genug angetan.

Neben der Französischen Bulldogge war ein Hocker frei. Myron setzte sich. Er war der Einzige, der keine Jeans trug, sondern immer noch die schicke Hose und das blaue Hemd vom Dinner mit Bos Mom. Seine Bekleidung schien niemanden zu interessieren, obwohl die Bulldogge, mit dem Namensschild *FIREBALL ROBERTS*, ihn verächtlich musterte. Myron nickte dem Hund zu und lächelte. Der Hund wandte sich ab und sah zum Tresen.

Man kann es nicht jedem recht machen.

Barkeeper Bo kam zu Myron herüber und lächelte. Das Lächeln verriet ein bisschen was. Nicht zu klischeehaft, aber seine Zähne zeigten noch immer das strahlende Weiß der Verblendungen aus Las Vegas und passten nicht richtig in die Shanty Lounge.

»Was darf ich Ihnen geben?«, fragte Bo.

»Was haben Sie denn Gutes vom Fass?«

»Ich mag das Carter's.«

»Klingt gut«, sagte Myron. »Aber können Sie mir vorher noch einen Gefallen tun?«

»Und der wäre?«

»Keine Panik. Nicht wegrennen. Am besten reagieren Sie gar nicht. Ich habe vorne und hinten Leute platziert. Hier sind Sie sicher, das verspreche ich Ihnen. Ich will Ihnen nichts tun. Sie können hier einen Riesenkrawall machen und zu fliehen versuchen, das erregt aber nur Aufmerksamkeit, und dann wird Joey the Toe davon hören. Das wäre schlecht für Sie. Ich will Ihnen nichts Böses. Er schon.«

Einen Moment lang starrte Bo ihn nur an. Die Rädchen in seinem Kopf drehten sich. Myron sah Bo ununterbrochen an. Besänftigend. Ruhig. Entschlossen. Bo könnte um Hilfe schreien. Er war ein Einheimischer. Diese Leute würden ihm helfen, daran hatte Myron keinen Zweifel.

»Yo, Stevie?«

Das kam vom anderen Ende des Tresens. Bo sagte: »Eine Sekunde.«

Er wirkte verloren.

»Zapfen Sie mir mein Bier, Stevie«, sagte Myron.

Bo nickte und drehte sich zum Zapfhahn um. Myron blickte nach rechts. Fireball Roberts musterte ihn finster. Beinahe hätte Myron ihm gesagt, dass er sich um seine eigenen Angelegenheiten kümmern solle, aber Fireball hatte zuerst hier gesessen, und außerdem wollte Myron sich nicht mit einer Französischen Bulldogge anlegen.

Das Bier hatte eine perfekte Blume. Bo stellte es vor Myron und fragte: »Arbeiten Sie mit den Typen zusammen, die Spark schikaniert haben?«

»Ich bin der Typ, der Spark schikaniert hat.«

»Niemals. Sie könnten niemals …«

»Privatflugzeug, Bo. Das ist ein wirklich großes Ding. Vielleicht sollten Sie mir zuhören.«

»Ich mag mein Leben hier.«

»Daran zweifle ich nicht.«

»Ich habe mit den Drogen aufgehört. Ich bin jetzt seit vier Jahren clean. Mir gefällt der Job. Ich habe Freunde. Kumpel.«

»Und ich will nichts davon zerstören.«

»Was wollen Sie dann?«

»Ich muss nur mit Greg sprechen.«

Bo schwieg.

Gast eins: »Hey, Stevie? Bist du schwerhörig?«

Gast zwei: »Wir haben Durst, Stevie. Der Mensch ist kein Kamel, weißt du.«

»Immer hübsch langsam, Darren«, rief Bo/Stevie. Dann zu Myron: »Ich bin gleich wieder da.«

Hinter dem Tresen befand sich noch eine weitere Person, eine Mittfünfzigerin mit zerzausten Haaren, die sowohl straffe Unterarme als auch ein üppiges Dekolletee präsentierte. Sie stand am anderen Ende der Bar und tat so, als sähe sie Myron nicht. Sie machte das aber so auffällig, dass Myron wusste, dass sie sich Sorgen machte. Myron riskierte es, noch einmal zu Fireball Roberts hinüberzusehen. Ja. Böser Blick.

»Ich will ihm nichts tun«, sagte Myron zur Bulldogge.

Die Bulldogge blieb ungerührt.

Myron konzentrierte sich wieder auf die Bardame. Sie starrte so angestrengt auf einen Billardspieler mit Cowboyhut, dass der Mann ihren Blick gespürt haben musste. Cowboy drehte sich mit dem Queue in der Hand um und sah sie fragend an. Die Bardame sah erst Cowboy, dann Myron an, dann sah Cowboy Myron an, dann sah Cowboy einen anderen Kerl an, dessen Bart so lang war, dass er ihn mit Haargummis gebändigt hatte, und dann setzten sich Cowboy und Barthaargummis in seine Richtung in Bewegung.

Ach, verdammt.

Cowboy kam näher und stellte sich rechts hinter Myron. Barthaargummis übernahm die linke Seite. Fireball Roberts wandte sich ab, als wollte er keinen Ärger. Bo kam zu Myron zurück und fragte: »Okay, also was wollen Sie?«

»Soll ich wirklich vor Ihren Freunden hier reden?«

Cowboy sagte mit einem tiefen, vollen Bariton: »Ich bin mehr als nur ein Freund.«

Myron sah ihn wieder an. »Oh.«

»Wir haben keine Geheimnisse voreinander«, ergänzte Bo.

Noch einmal sagte Myron: »Oh.«

»Also, was wollen Sie?«

»Das hab ich doch schon gesagt. Ich muss mit Greg sprechen. Wenn er danach im Verborgenen bleiben will, ist das okay. Aber ich muss mich vergewissern, dass es ihm gut geht. Sagen Sie Greg, dass Myron ihn sprechen will. Er kennt mich. Er kann Ihnen bestätigen, dass ich mein Wort halte.«

»Sie heißen Myron«, sagte Bo.

»Ja. Myron Bolitar.«

»Myron, ich habe keine Ahnung, wovon zum Teufel Sie reden.«

Myron seufzte, sah Cowboy und Barthaargummis an und sagte: »Ich weiß von Ihnen und Greg Downing.«

Seine Augen weiteten sich. »Greg Downing?«

»Ja.«

»Sie wollen mich doch verarschen. Greg Downing? Das ist der Greg, von dem Sie sprechen?«

»Hören Sie zu, Bo, ich habe die Messages gesehen.«

»Messages?«

»Die romantischen Direct Messages auf Ihrem alten Instagram-Account.«

Und dann machte Bo etwas, womit Myron nicht gerechnet hatte. Er fing an zu lachen.

»Moment mal. Sie glauben, Greg und ich …« Bo lachte weiter und schüttelte den Kopf. Er lächelte Cowboy an. »Wow, Mann, dieser Typ muss den schlechtesten Schwulenradar aller Zeiten haben.«

Myron sagte: »Jemand hat Ihre Direct Messages gesehen …«

»Greg hat nicht mit mir gechattet.«

»Wie bitte?«

»Das war meine Mutter«, sagte Bo. »Greg hat mit meiner Mutter gechattet.«

Myron blinzelte. Er sah die Puzzleteile vor seinem geistigen Auge. Dann sah er sich, wie er sämtliche Teile mit dem Arm vom Tisch auf den Boden fegte. Seine eigene Stimme klang in seinen eigenen Ohren sehr distanziert. »Aber es war Ihre Instagram-Seite.«

»Ja und? Meine Mutter hat sich um meinen ganzen Social-Media-Kram gekümmert – Instagram, OnlyFans und auch sonst alles andere. Als die Milwaukee Bucks in die

Stadt kamen, hat Spark uns zu einem Spiel eingeladen. Meine Mutter, na ja, klingt vielleicht ein bisschen seltsam, wenn der Sohn so was sagt, aber sie ist ziemlich heiß. Ne echte Granate. Nach dem Spiel hat Spark Mom dann Greg vorgestellt …«

»Dieses Spiel«, unterbrach Myron und dachte an die kurvige Blondine auf dem Foto, die neben Bo saß. »War das in Phoenix?«

»Ja, gegen die Suns. Das ist unsere Heimatstadt. Spark und ich sind in Scottsdale aufgewachsen.«

»Sie und Greg sind also kein …«

»Ist das Ihr Ernst?« Bo sah Cowboy an. »Alles okay, Cal. Ich melde mich, wenn ich dich brauche.« Zu Myron sagte er: »Trinken Sie einen Schluck Bier. Dann geht's Ihnen besser.«

Myron tat das und dachte über alles nach.

»Darf ich Sie was fragen?«, sagte Bo.

Myron nickte.

»Bin ich wirklich sicher, wenn ich hierbleibe? Falls nicht, können Cal und ich auch weiterziehen.«

»Ich werde es niemandem erzählen.«

»Und Joey hat auch nicht die Möglichkeit, uns aufzuspüren?«

»Ich wüsste nicht wie«, sagte Myron. »Haben Sie Jordan Kravat umgebracht?«

»Wow, Sie reden aber auch nicht lange um den heißen Brei herum. Glauben Sie, ich würde es Ihnen sagen, wenn ich es getan hätte?«

»Würde eine Menge Zeit sparen«, sagte Myron.

»Nein, ich habe Jordan nicht umgebracht. Ich habe ihn geliebt.«

»Jordans Mutter glaubt, dass Sie etwas damit zu tun haben.«

»Donna? Nein, das glaubt sie nicht. Das hat sie Ihnen vielleicht erzählt, aber nur, weil sie der Wahrheit nicht ins Gesicht sehen will.«

»Und die wäre?«

»Sie hat Joey in unser Leben geholt. Sie hat ihn regelrecht eingeladen. Donna reichte das Geld nicht, das der Nachtclub eingebracht hat. Also hat sie sich mit Joey zusammengetan. Und der hat dann Druck gemacht. Wollte da immer mehr Geld rauspressen. Das ist irgendwann außer Kontrolle geraten. Jordan ist dazwischengegangen und dabei umgekommen.«

»Donna sagte, die Beziehung zwischen Ihnen und ihrem Sohn wäre aufs Ende zugesteuert.«

Er überlegte einen Moment. »Das ist sie wohl auch. Aber wir waren auch noch jung. Das war alles noch im Fluss. Wir sind beide nicht davon ausgegangen, dass wir für den Rest unseres Lebens zusammenbleiben.«

»Haben Sie ihn umgebracht?«, fragte Myron noch einmal.

»Nein.«

»Was ist mit Greg?«

»Was soll mit ihm sein?«

»Ich denke an das Timing«, sagte Myron. »Greg hat angefangen, mit Ihrer Mutter zu chatten. Er fährt nach Vegas. Dann wird Jordan ermordet, und Greg verschwindet.«

»Greg ist nicht verschwunden«, sagte Bo. »Mom und er waren furchtbar verknallt. Sie haben beschlossen, gemeinsam die Welt zu bereisen. Sie war am Boden zerstört, als er gestorben ist.«

»Ich glaube nicht, dass Greg tot ist.«

»Doch, natürlich ist er tot. Sie sagten, dass Sie Gregs Manager waren oder so etwas?«

»Sein Agent. Wir kannten uns schon seit unserer Jugend.«

»Dann standen Sie sich aber wohl nicht sehr nahe«, sagte Bo.

»Wie kommen Sie darauf?«

Bo fing an, den Tresen mit einem Lappen abzuwischen. »Was glauben Sie, warum Greg seinen Job gekündigt hat und abgehauen ist?«

»Er hat gesagt, er wolle raus aus der Tretmühle.«

Bo schüttelte den Kopf. »Nein, Mann. Greg war krank.«

Myron schwieg.

»Er hat eine üble Diagnose bekommen. Krebs. Deshalb hat er den Trainerjob gekündigt. Deshalb ist er mit Mom abgehauen. Weil er nicht mehr viel Zeit hatte.«

# VIERZEHN

Der nächste Schritt war klar: Sie mussten Bos Mutter finden.

Und das taten sie. Sehr schnell sogar.

Am nächsten Tag war Myron in Pine Bush, New York. Win hatte angeboten mitzukommen, aber Myron beschloss, es allein in die Hand zu nehmen. Pine Bush wurde als Ortschaft, nicht als Stadt eingestuft, und obwohl die Definition etwas unklar blieb, bedeutete es eigentlich nur, dass es wirklich verdammt klein war.

Bo/Brian hatte eine überzeugende Vorstellung abgeliefert, aber irgendetwas ließ Myron trotzdem keine Ruhe. Der Junge hatte gelogen. Nicht in jedem Punkt. Aber als Myron erkannte, dass ein gewisses Maß an Irreführung im Spiel war, hatte er nicht weiter versucht, ihm mehr Informationen zu entlocken. Er hatte Bo reden lassen. Er hatte immer wieder genickt, als würde er ihm jedes Wort glauben, und sich hinterher für seine Fehleinschätzung entschuldigt. Er erzählte Bo nicht, warum er Greg suchte. Er fragte ihn auch nicht, wo Bos Mutter denn jetzt nach Gregs Tod lebte – obwohl er das wirklich verdammt gern getan hätte. Denn er ging davon aus, dass Bo ihn entweder belügen oder ihr einen Tipp geben würde – oder höchstwahrscheinlich sogar beides.

Er wollte Bos Mutter unvorbereitet zu fassen kriegen.

Sie – Myron, Win und Esperanza – fanden schnell Hinweise. Bos und Sparks Mutter hieß Grace Konners. Vor fünf

Jahren, ungefähr zu der Zeit, als sie und Greg angeblich ins Ausland verschwunden waren, hatte sie ihren Nachnamen in Conte geändert. Den Vornamen Grace hatte sie behalten. Das war nicht unüblich. Es ist schwer, den Vornamen zu ändern, weil man dann lernen müsste, nicht zu reagieren, wenn man seinen Namen hört, und normal zu reagieren, wenn man den Namen hört, der eigentlich nicht der eigene ist. So etwas kann einen leicht ins Stolpern bringen.

Mit der Änderung ihres Nachnamens verschwand Grace vom »Radar«. Keine Kreditkarten. Keine Hypotheken. Keine Arbeitszeugnisse. Keine Accounts in den sozialen Medien. Grace Konners stellte sämtliche Aktivitäten ein, und Grace Conte ersetzte sie nicht.

Das passte.

Aber vor Kurzem, wahrscheinlich weil einige Jahre vergangen waren und sie sich halbwegs sicher fühlte, hatte Grace Conte es riskiert, ihre Sozialversicherungsnummer zu benutzen, um ein Girokonto bei der *Bank of America* zu eröffnen. Sie war immer noch ziemlich vorsichtig. Sie hatte das Konto online eröffnet und als Adresse ein Postfach in Charlotte, North Carolina, angegeben, ganz in der Nähe des Hauptsitzes der Bank – eindeutig ein Schachzug, um ihren Aufenthaltsort zu verschleiern, falls doch jemand das Konto entdeckte.

Es bedurfte weiterer Nachforschungen und einer Triangulation der Standorte und des Verlaufs. Das Leben der Menschen findet sich auf ihren Handys. Die meisten Menschen wissen das inzwischen, es ist keine ganz neue Erkenntnis. Aber vielleicht sind wir uns der Tragweite dieser Technologie nicht ganz bewusst. Die Unternehmen wissen alles. Sie kennen jede Bewegung. Bo benutzte Wegwerfhandys, damit er nicht so auffiel. Das war plausibel. Gangster wie Joey the Toe waren hinter ihm her. Sein Bruder Spark war dagegen ein offenes

Buch. Er war zwar viel unterwegs, seine Touren stimmten aber fast perfekt mit dem Spielplan des Basketballteams vom Amherst College überein. Wenn die Mannschaft gegen Bowdoin spielte, befand sich sein Handy in Brunswick, Maine. Wenn die Mannschaft gegen Middlebury spielte, war Spark in Vermont.

Für seine drei Besuche in Pine Bush, New York, gab es aber keinen Grund.

Der Rest wurde dann auch klarer. Grace Conte stellte nie Schecks aus. Sie benutzte auch die zu ihrem Konto gehörige Kreditkarte nicht. Aber sie zahlte gelegentlich Bargeld bei verschiedenen Bankfilialen in Newburgh und Poughkeepsie ein – beides größere Städte in der Nähe von Pine Bush. Grace Conte hatte auch eine Autoversicherung für einen blauen *Acura RDX*. Er war zwar auf die Adresse in North Carolina angemeldet, aber jetzt, seit Pine Bush auf Myrons Zettel stand, war es nur noch eine Frage der Zeit.

Die genaue Adresse hatte Myron noch nicht, aber wenn man die Daten aus Sparks Handy zugrunde legte, wohnte sie auf einem großen Grundstück in einem dünn besiedelten Gebiet an der Route 302. Er war daran vorbeigefahren und hatte zwei mögliche Zufahrten entdeckt, die zu einem Haus mit möglicherweise passenden Koordinaten zu führen schienen. Eine Einfahrt war durch ein Maschendrahttor versperrt. Die andere war offen, also riskierte Myron es und fuhr hinein. Beim Haus entdeckte er vier Autos – aber keinen Acura RDX. Er ging davon aus, dass es sich bei so vielen anwesenden Menschen mit Nicht-Acuras wohl nicht um das richtige Haus handelte. Daraufhin sah er sich das Grundstück mit dem Maschendrahtzaun noch einmal aus der Distanz an. An einem Baum hinter der Einfahrt war eine Kamera angebracht.

Hmm.

Er schickte Esperanza die Adresse. Sie antwortete:

Ich melde mich innerhalb einer Stunde.

Es gab keinen Grund, hier zu warten und sich verdächtig zu machen. Myron fuhr zurück ins Zentrum der »Ortschaft«, um etwas zu essen. Er entschied sich für Larry's Chinese Restaurant and Bar, zum Teil, weil es bei über vierhundert Google-Bewertungen 4,5 Sterne hatte – aber auch »'cause he likes the name«, um Elton John und seinen Song »Levon« zu zitieren.

Myron setzte sich an den Tresen. Larry's erinnerte ihn an die Shanty Lounge in Havre, Montana. Abgesehen von den Neon-Bierwerbungen sah es zwar anders aus, aber amerikanische Lokale auf dem Land hatten alle die gleiche Ausstrahlung. Den Stammgästen boten sie Gemütlichkeit und Fremden eine aufgesetzte Gemütlichkeit, er kam sich aber trotzdem wie ein Tourist vor, und das war in Ordnung. Wie nicht anders zu erwarten, gab es chinesische Küche, darüber hinaus bekam man aber auch klassische Irish-Pub-Speisen wie frittierte Hähnchenflügel und Burger.

Chinesisches Essen in einem irischen Pub. Wer behauptete denn, dass Myron nicht bereit war, Risiken einzugehen?

Ein großer stämmiger Mann hinter der Bar stellte sich als »Ihr Gastgeber und Barkeeper, Rick Legrand« vor. Mit vollem Namen. Seltsam. Myron bat Rick, ihm etwas zu empfehlen. Rick schlug ein chinesisches Gericht namens *Charlie's Angels* vor. Myron fragte, was das sei. Rick Legrand verzog das Gesicht und sagte: »Soll ich Ihnen etwas empfehlen oder die Speisekarte vorlesen?« Das, dachte Myron, war ein gutes Argument. Er bestellte das *Charlie's Angels* und ein kaltes Fassbier. Rick teilte ihm seufzend mit, dass alle Fassbiere kalt seien. »Glauben Sie, wir schenken hier warmes Bier aus?«, sagte Rick kopfschüttelnd und fragte Myron dann noch, ob er das erste Mal in einer Bar wäre.

Die Welt war voller Klugscheißer.

Myron drehte sich auf dem Barhocker herum, um sich die anderen Gäste anzusehen. Hey, vielleicht hatte er wieder Glück. Vielleicht war Grace Conte gerade hier. Er ließ seinen Blick durch den Raum streifen. Hinter ihm brutzelte etwas in einem Wok. Der Laden roch nach Geschmacksverstärker. Myron spürte förmlich, wie sich seine Arterien verhärteten. Er sah sich die Gesichter sämtlicher Gäste an.

Nein, kein Glück.

Aber als die Eingangstür kurz geöffnet wurde, sodass etwas Sonne hereinfiel und Myron einen Blick nach draußen erhaschte, hatte er vielleicht noch mehr Glück als erwartet.

Dort stand ein blauer Acura RDX.

»Rick Legrand?«, sagte Myron.

Rick drehte sich zu ihm um. »Jup.«

»Stornieren Sie meine Bestellung.«

»Es ist so gut wie fertig.«

Myron legte zwei Zwanziger auf den Tresen. »Geben Sie es jemandem, der es wert ist.«

Rick zuckte die Achseln. »Ich hab gleich Pause.«

»Dann erachte ich Sie für würdig, guter Mann.«

Myron eilte zur Tür, stieß sie auf und blinzelte ins Sonnenlicht. Der blaue Acura RDX parkte gegenüber, vor *The Blush Boutique*, wie Myron dem Schriftzug am Schaufenster entnahm. Sie gehörte zu den Läden, die Myrons Mutter als »goldig« bezeichnet hätte.

Und nun?

Myron eilte zu seinem Mietwagen zurück. Die Fahrt von

Manhattan hierher hatte knapp zwei Stunden gedauert. Win hatte dafür gesorgt, dass Myron gut vorbereitet war. Das bedeutete, dass er eine verschlossene Kevlar-Tasche dabei hatte, die eine Pistole enthielt (Handfeuerwaffen waren im Laufe der Jahre immer wieder hilfreicher gewesen, als Myron sich eingestehen wollte), Kabelbinder-Handschellen (nicht hilfreich) und ein magnetischer GPS-Sender (gelegentlich hilfreich). Myron überlegte, dass er Grace aus sicherer Entfernung folgen könnte, wenn er den GPS-Sender am blauen Acura RDX anbrachte.

Er setzte sich auf den Vordersitz und griff nach der Kevlar-Tasche. Er war noch dabei, das Zahlenschloss zu öffnen, als eine Frau aus der Blush Boutique kam. Myron erstarrte. Auf den ihm bekannten Fotos hatte Grace Konners lange, weißblonde Haare. Diese Frau hatte eine kastanienbraune Kurzhaarfrisur. Auf den Fotos trug Grace Konners kurze, taillierte, enganliegende und durchscheinende Sommerkleidchen. Diese Frau trug eine hochgeschnittene Dad-Jeans (oder heißen die auch Mom-Jeans?) und ein weites grünes Sweatshirt mit einem Cartoon-Kamel darauf.

Ähnlich wie Bo hätte man auch sie nicht erkannt, wenn man nicht ganz genau hinsah. Aber Myron hatte eigentlich keine Zweifel. Das war Grace Konners, jetzt Grace Conte oder wie auch immer.

Bo/Brian und Sparks Mutter.

Grace ging zielstrebig auf ihren Acura zu. Myron hatte kaum eine Chance, sie aufzuhalten, bevor sie losfuhr. Aber wozu auch?

Am besten war es doch, ihr zu folgen.

Sie ließ den Wagen an und fuhr auf die Main Street, bevor sie nach links auf die Route 302 abbog. Myron folgte ihr in seinem Mietwagen. Wenn die Koordinaten aus Spark Konners

Handy stimmten, würde es eine kurze Fahrt werden. Nach drei Minuten bog der blaue Acura RDX in die Einfahrt mit dem Maschendrahtzaun. Das Tor glitt zur Seite, und Grace Conte fuhr hindurch. Das Tor glitt wieder zurück. Myron versuchte, hinter ihr herzufahren, aber die Lücke war schon zu klein, als dass sein Wagen hindurchgepasst hätte. Er stellte den Schalthebel auf die Parkposition, machte den Motor aus, stieg hastig aus und schlüpfte durch das Tor, bevor es sich wieder ganz geschlossen hatte.

Was jetzt?

Sich weiter zu verstecken, brachte nichts. Sie würde ihn sowieso sehen. Myron ging die Zufahrt hinauf. Er hatte beschlossen, die Pistole nicht mitzunehmen. Win hätte ihn dafür gescholten. Win trug immer eine Waffe. Immer. Meistens sogar mehr als eine. Er hatte Myron immer wieder aufgefordert, das auch zu tun, wegen Situationen wie dieser. Aber Myron trug nicht gern Waffen. Sie waren sperrig. Sie waren schwer. Sie scheuerten.

Außerdem konnte er es jetzt sowieso nicht mehr ändern.

Er stapfte die unbefestigte Zufahrt hinauf. Er wusste nicht, wie weit es bis zum Haus war. Auch das war dumm. Wahrscheinlich hätte er das auf Google Earth nachsehen können. Als er weiterging, formte er vor dem Mund aus den Händen einen Trichter und rief.

»Hallo? Grace? Miss Conte? Ich will nur mit Ihnen reden, okay?«

Als er nach etwa hundert Metern um eine Kurve kam, sah er das Haus. Er hatte ein rustikales und charmant verfallenes Gebäude erwartet, aber das Nurdachhaus vor ihm schien in einem beeindruckenden Zustand zu sein. Das Gebäude war makellos, schneeweiß und hatte große Fenster. Es wirkte etwas verschroben. Die anfangs unbefestigte Zufahrt hatte sich in eine sorgfältig angelegte Backsteinauffahrt verwandelt. Der Garten war asymmetrisch angelegt, sodass die verwilderte Landschaft aus Sträuchern und anderen Pflanzen gleichzeitig natürlich und perfekt geplant erschien. Das Haus wirkte einladend. Man konnte sich gut vorstellen, hier zu leben. Zu entspannen. Herunterzukommen. Auf der Veranda eine Tasse Kaffee zu genießen und die Morgensonne aufgehen zu sehen. Solche Dinge.

»Sie sind unbefugt eingedrungen.«

Die Frau stand neben dem Acura. Die Autotür war noch offen, als würde sie sich auf eine schnelle Flucht vorbereiten. Sie hob ihr Handy. »Ich rufe jetzt die Polizei.«

»Ich will Ihnen nicht schaden, Grace.«

»Kenne ich Sie?«

»Ich heiße Myron Bolitar. Ich war – bin – Gregs Agent.«

»Ich weiß nicht, wovon Sie reden.«

Myron seufzte theatralisch. »Müssen wir dieses Spiel wirklich so durchziehen? Nur zu. Rufen Sie die Polizei. Lassen Sie alle, einschließlich Joey the Toe, wissen, wo Sie sind.«

Sie rührte sich nicht.

»Ich will weder Sie noch Ihre Familie in Schwierigkeiten bringen. Und mit Familie meine ich Ihren Sohn Brian alias Bo alias Stevie, den Barkeeper in Montana.«

Grace schluckte und ließ das Handy sinken. »Wie haben Sie mich gefunden?«

»Das spielt jetzt keine Rolle. Sonst ist Ihnen niemand auf den Fersen. Jedenfalls noch nicht.«

»Also, was wollen Sie?«

»Ich muss Greg sprechen.«

»Greg ist tot.«

»Ach, das ist er nicht«, sagte Myron.

»Was?«

»Er ist nicht tot.« Myron ging weiter auf das Haus zu. »Ist er hier?«

»Nein, natürlich nicht. Er ist tot. Sie sind ein Freund von ihm, Sie wissen das doch.«

Aha, jetzt wusste sie also plötzlich, wer Myron war.

»Das Haus ist aber verdammt groß für eine Person«, sagte Myron.

»Greg hat es für mich gekauft, bevor er gestorben ist.«

»Wann?«

»Das geht Sie nichts ...«

»Ich kann mir die Steuerunterlagen beschaffen.«

»Ich habe einen neuen Freund.«

»Aha. Und wie ist Greg gestorben?«

»Er hatte Krebs.«

»Was für einen?«

Leichtes Zögern. »Nierenkrebs.«

»Sehr schmerzhaft«, sagte Myron. »War er im Krankenhaus? Auf einer Palliativstation? Wo genau ist er gestorben?«

»Ich brauche Ihre Fragen nicht zu beantworten.«

»Ich habe mit seiner Ärztin gesprochen. Sie ist eine gemeinsame Freundin von uns beiden namens Ellen Nakhnikian. Sie sagte, Greg wäre gesund gewesen.«

»Ärzte dürfen so etwas nicht verraten. Ärztliche Schweigepflicht ...«

»Na ja, schon möglich. Aber da Greg ja tot ist, hatte Frau Doktor Nakhnikian kein Problem damit, mir das zu erzählen.«

Sie reckte das Kinn vor. »Greg war bei einem anderen Arzt.«

»Ach so?«

»Er wollte nicht, dass es jemand erfährt.«

»Edel«, sagte Myron. »Aber so war das nicht. Frau Doktor Nakhnikian hat Greg zwei Monate, bevor Sie mit ihm das

Land verlassen haben, untersucht. Sie hat ihm eine einwandfreie Gesundheit bescheinigt.« Myron legte einen Gang zu, in der Hoffnung, dass der plötzliche Themenwechsel sie aus der Fassung bringen würde. »Kennen Sie Cecelia Callister?«

»Nein.« Dann: »Warten Sie, der Name kommt mir bekannt vor.«

»Sie war ein bekanntes Model. Cecelia und ihr Sohn Clay wurden kürzlich ermordet.«

»Ach ja. Das habe ich gelesen. Was hat das mit Greg …?«

»Die Polizei glaubt, dass Greg der Täter ist. Deshalb bin ich hier. Sie wollen ihn vernehmen.«

»Das ergibt doch keinen Sinn. Greg ist tot.«

»Wenn Sie meinen, Grace, aber das wird man Ihnen nicht glauben. Ich werde weiter graben. Schlimmer noch – die Polizei wird weiter graben. Verdammt, Joey the Toe wird weiter graben. Ich war zwar jetzt als Erster da, aber die werden Sie auch finden. Das ist nur eine Frage der Zeit.«

»Ich habe Ihnen doch …«

Und dann sagte eine andere, vertraute Männerstimme hinter Myron: »Lass gut sein, Schatz. Verdammt, Bolitar, du warst schon immer ein sturer Hurensohn, der nicht weiß, wann es Zeit ist aufzuhören.«

Myron drehte sich um. Ein Vollbart verdeckte sein berühmtes Babyface. Seine ursprünglich glatten Haare waren jetzt gelockt. Aber es bestand kein Zweifel.

Es war Greg Downing.

## FÜNFZEHN

Ja, okay, aber ich hab dich nicht belogen. Ich wollte mich zurückziehen, so wie ich es dir gesagt habe.«

Greg und Myron saßen an einem Eschenholz-Küchentisch. Bis auf die Deckenbalken aus unbehandeltem Holz war die Küche weiß. Kühlschrank und Gefrierschrank hatten Glastüren. Grace machte sich an einer glänzenden Espressomaschine zu schaffen.

»Ich musste mit dem Coaching aufhören. Das Spiel … das weißt du wohl besser als jeder andere, Myron. Es zehrt einen auf. Es nimmt dir alles, was du hast. Ich hatte mein ganzes Leben damit verbracht. Das Feuer war einfach erloschen.«

Grace stellte die Kaffeetasse vor Myron. Er bedankte sich mit einem Lächeln.

»Oh, tut mir leid«, sagte Greg.

»Hä?«

»Mein Gerede, dass ich des Spiels überdrüssig bin«, fuhr er fort. »Das war wohl ziemlich unsensibel. Ich weiß, wie viel Glück ich hatte. Ich hatte eine lange Karriere. Und … und dir habe ich das genommen. Es tut mir leid, Mann. Das weißt du.«

Myron wusste nicht, wie er darauf antworten sollte, also sagte er: »Kein Grund, die Vergangenheit aufzuwärmen.«

»Ja, wahrscheinlich hast du recht. Aber wie hast du uns eigentlich gefunden? Oder ist das ein Staatsgeheimnis?«

Der Raum füllte sich mit dem Aroma von erstklassigem Kaffee.

Myron ignorierte die Frage. »Du hast aber doch keinen Krebs, oder?«, fragte er.

»Nein, mir geht's gut.«

»Was ist denn eigentlich passiert, Greg?«

»'ne ganze Menge.«

»Zum Beispiel?«

»Zum Beispiel, dass ich mit dem Basketball aufgehört habe. Dass ich noch mal ganz neu anfangen wollte.«

»Das hatte ich schon mitgekriegt.«

»Oder auch, dass ich Grace begegnet bin.« Er blickte zu ihr auf und lächelte. Sie legte ihm die Hand auf die Schulter und erwiderte das Lächeln. Greg sah sie immer noch an und sagte: »Ist es zu kitschig, sie als meine Seelenverwandte zu bezeichnen? Aber selbst wenn, das stört mich nicht. Sie ist es.«

»Ich empfinde es genauso«, sagte sie.

»Sie hat mein Leben verändert.«

Sie sahen sich so verliebt an, dass Myron fast gesagt hätte, sie sollten sich ein Zimmer nehmen, aber der Spruch wäre zu naheliegend gewesen.

»Das war dann auch der Hauptgrund dafür, dass ich neu anfangen wollte«, sagte Greg. »Ich hatte mich verliebt.«

»Viele Leute verlieben sich«, sagte Myron.

»Ja, ich weiß, und ich könnte jetzt sagen: ›Aber nicht wie wir‹, aber das sagen ja auch alle.« Er rutschte auf seinem Stuhl hin und her. »Also, eigentlich ist es ganz einfach. Grace und ich haben uns zu einem Zeitpunkt kennengelernt, als wir beide eine Veränderung brauchten. Wir haben uns schwer ineinander verliebt. Ich hatte die Schnauze voll vom Basketball. Ich war ausgebrannt. Also haben wir beschlossen abzuhauen und eine Weile die Welt zu bereisen. Wir wollten das ein, vielleicht auch zwei Jahre machen und dann sehen, wie's weitergeht.«

»Zuerst seid ihr nach Vegas gefahren«, sagte Myron.

»Richtig. Weil Grace' Sohn da gewohnt hat.«

»Brian.«

»Er nennt sich lieber Bo«, sagte Greg. »Aber egal, Bo hatte jedenfalls Probleme.«

»Was für Probleme?«, fragte Myron.

»Wir beide, du und ich, Myron, wir sind in völlig anderen Zeiten aufgewachsen.«

Myron wartete.

Grace sagte: »Sein Freund hat ihn misshandelt.«

»Das wäre dann Jordan Kravat.«

»Genau.«

»Wenn Sie misshandelt sagen …«

»Körperlich, emotional, in jeder Hinsicht«, sagte sie.

»Er hat ein paar finsteren Gestalten Geld geschuldet«, erläuterte Greg. »Und das hat er dann zurückgezahlt, indem er Bo auf den Strich geschickt hat.«

»Es war furchtbar«, sagte Grace.

»Jedenfalls wollten Grace und ich helfen. Also sind wir nach Vegas geflogen. Ich dachte, wenn ich die Schulden des Jungen bezahle, würde er Bo vielleicht in Ruhe lassen. Das war der Plan. Wir wollten, dass Bo in Sicherheit ist. Und dann, puff, würden wir in unbekannte Gefilde entschwinden.«

»Wie wir es ursprünglich vorhatten«, fügte Grace hinzu.

Sie stand auf und setzte sich auf den Stuhl neben Greg. Er nahm ihre Hand.

»Und was ist dann passiert?«, fragte Myron.

»Dieser Jordan. Ich habe versucht, ihn zur Vernunft zu bringen. Aber er hat einfach nicht zugehört.«

»Die Mafia hatte ihn in der Hand«, sagte Grace. »Ihn und seine Mutter.« Ihr Gesicht lief rot an. »Seine Mutter ist die eigentliche Verbrecherin.«

»Ja, bei ihr ist es dann so richtig schiefgegangen«, erklärte Greg. »Bei Jordans Mutter. Ich hab ihren Namen vergessen.«

»Donna«, sagte Myron.

Sie sahen ihn an. Dann sahen sie sich gegenseitig an.

»Sie kennen sie?«, fragte Grace.

»Wir sind uns einmal begegnet. Als ich Bo gesucht habe.«

»Wissen Sie auch, dass ihr dieser Mafia-Club gehört?«

»Gehörte«, korrigierte Myron und betonte die Vergangenheitsform. »Ja, ich weiß.«

»Sie hat sich mit diesem schrecklichen Mafioso zusammengetan.«

»Joey the Toe«, sagte Myron.

»Wow«, sagte Greg. »Du warst ja fleißig.«

Ihre Blicke trafen sich, und für einen kurzen Moment standen sie sich wieder auf dem Platz gegenüber, Greg dribbelte, Myron versuchte ihn in tiefer Verteidigungshaltung nach rechts abzudrängen. Das war Gregs Schwäche. Er war ein großartiger Spieler, der, obwohl er Rechtshänder war, gerne mit links dribbelnd in die Mitte zum Korb zog. Es war nur ein sehr kurzer Flashback, aber er war da, und Myron war sich sicher, dass auch Greg ihn erlebt hatte.

Myron beugte sich vor und richtete seine ganze Aufmerksamkeit auf Greg. »Warum bist du nicht zu mir gekommen?«

Greg antwortete nicht.

»Du kennst mich. Du kennst Win. Du weißt, was wir tun können.«

Greg nickte. »Ich hab darüber nachgedacht.« Dann blickte er zur Seite und sagte: »Wir beide haben darüber nachgedacht. Aber letztendlich meinte Grace, es wäre nicht der richtige Schritt.«

»Gewalt kann nie die Lösung sein«, sagte Grace.

Myron schwieg. Greg schwieg.

Grace schüttelte den Kopf. »Männer.«

»Nein, nein, Sie haben recht«, sagte Myron. »Und was habt ihr dann getan?«

»Grace hat ihren Sohn überredet, sich als Zeuge der Anklage zur Verfügung zu stellen. Eine Wanze zu tragen. Und alles, was sonst noch dazugehört.«

*Klingt logisch*, dachte Myron. »Und dann?«

»Irgendwie hat Joey the Toe davon Wind bekommen. Er ist nachts ins Haus eingebrochen und hat Jordan ermordet.«

»Wieso?«, fragte Myron.

»Was?«

»Du hast gesagt, dass er Jordan in der Hand hatte. Die Bedrohung ging doch von Bo aus. Warum hat er dann Jordan getötet?«

»Das haben wir uns auch gefragt«, sagte Grace.

»Willst du hören, wie wir uns das erklärt haben?«, fragte Greg.

Myron forderte ihn mit einem Nicken auf fortzufahren.

»Es war ein Unfall.«

»Ein Unfall?«

»Turant wollte Bo töten. Bo und Jordan haben zusammengewohnt. Es war dunkel.«

»Bo war auch im Haus«, ergänzte Grace. »Er hat den Tumult gehört und ist geflohen.«

»Den Rest kennst du. Joey the Toe wurde verhaftet, und Bo hat gegen ihn ausgesagt. Plötzlich waren wir alle auf der Flucht vor der Mafia. Grace und ich haben dafür gesorgt, dass Bo eine neue Identität bekommt, und dann …«, Greg drehte sich zur Seite und sah Grace an, »… haben wir einfach unseren ursprünglichen Plan in die Tat umgesetzt.«

Myron nickte bedächtig.

»Und du hast deinen Tod vorgetäuscht.«

Stille.

»Warum?«

»Das geht dich eigentlich nichts an, Myron.« Greg rutschte auf seinem Stuhl herum. Plötzlich wirkte er nervös. »Was willst du hier überhaupt? Warum konntest du uns nicht einfach in Ruhe lassen?«

»Weil das FBI bei mir war und dich gesucht hat. Kennst du Cecelia Callister?«

»Sie wurde ermordet, oder?«

»Hast du sie gekannt?«

»Flüchtig. Ist lange her. Sie war eine Freundin von Emily. Wir sind ein paarmal gemeinsam mit ihr und ihrem Mann ausgegangen.«

»Sonst noch etwas?«

»Zum Beispiel?«

»Zum Beispiel irgendwas. Zum Beispiel, ob du mit ihr geschlafen hast. Oder wann du sie das letzte Mal gesehen hast?«

»Ich habe sie nicht angerührt und sie seit Jahren nicht mehr gesehen.«

»Weil nämlich deine DNA am Tatort gefunden wurde.«

Greg erstarrte. »Ist das dein Ernst?«

»Nein, nur ein Witz. Ich habe dich aufgespürt und den ganzen Aufwand gestartet, weil ich es irre komisch fand.«

»Das versteh ich nicht«, sagte Greg. »Wie kann meine DNA an den Tatort gekommen sein?«

»Sag du es mir.«

»Das muss ein Irrtum sein.«

»Sie wurde unter den Fingernägeln des Opfers gefunden.«

»Meine DNA? Quatsch. Ich meine, das ist absoluter und vollkommener Schwachsinn. Die haben dich belogen.«

»Wer? Die Cops? Moment, warum sollte die Polizei lügen?«

Schweigen.

»Und warum hast du deinen Tod vorgetäuscht? Du hast einfach jeden, der sich für dich interessiert, glauben lassen, du wärst tot.«

Greg gluckste. »Wer interessiert sich denn für mich?«

»Was?«

»Wer interessiert sich für mich? Ich bitte dich. Du hast vielleicht ein oder zwei Tage getrauert, dann hast du dein Leben fortgesetzt wie vorher. Emily? Ha. Meine Mom ist tot, mein Dad leidet an Alzheimer im fortgeschrittenen Stadium.«

»Was ist mit Jeremy?«

»Ah, jetzt kommen wir der Sache schon näher.« Greg lächelte. »Du meinst, unser Sohn?«

Myron biss nicht an. Zumindest nicht sofort. Er schwieg. Win konnte gut schweigen. Er hielt es lange durch. Myron hingegen beherrschte es nicht so gut. Also sagte er schließlich: »Ja, gut, unser Sohn. Wie konntest du ihn in dem Glauben lassen?«

Dann lächelte Greg wieder. »Wer sagt denn, dass ich das getan habe?«

In diesem Moment, als Myron Mühe hatte, zu begreifen, was Greg da sagte, hörten sie ein Megafon knacken. Sie sahen aus dem Küchenfenster. Mindestens ein Dutzend bewaffnete Polizisten hatte sich im Garten postiert.

»Oh Scheiße«, sagte Greg.

Mitten im Garten stand FBI-Agentin Monica Hawes mit dem Megafon in der Hand und dem FBI-Agenten Belugawal an ihrer Seite.

Noch einmal murmelte Greg: »Oh Scheiße«, als das Megafon wieder knackte.

»Greg Downing«, ertönte dann Hawes' Stimme. »Hier spricht Special Agent Monica Hawes vom Federal Bureau of Investigation. Sie sind umzingelt. Kommen Sie mit erhobenen Händen heraus.«

# SECHZEHN

Greg blieb am Küchentisch sitzen, sein Blick schoss jedoch hin und her, als suchten seine Augen nach einem Fluchtweg, nach ein paar Sekunden war das jedoch vorbei. Grace legte ihm zur Beruhigung eine Hand auf den Unterarm und schüttelte den Kopf. Greg erschlaffte und nickte. Myron rief, dass sie sich friedlich ergeben würden. Als die Polizei anrückte, forderte Myron Greg auf, nichts zu sagen, kein Wort, er würde Greg folgen und ihm den besten verfügbaren Rechtsbeistand besorgen. Als Hawes und Beluga in die Küche kamen, lag Greg schon gefesselt auf dem Bauch auf dem Küchenboden.

»Sie dürfen ihn nicht vernehmen, ohne dass sein Rechtsbeistand zugegen ist«, sagte Myron.

Beluga hielt sich die Hand vor den Mund und tat so, als würde er gähnen.

Drei Beamte stellten den perplexen Greg auf die Beine. Als sie ihn zur Küchentür hinausführten, rief Myron Greg noch einmal hinterher, dass er kein Wort sagen solle. Greg war so erschrocken, dass er nicht einmal nickte. Grace wollte ihm folgen, aber ein Beamter versperrte ihr den Weg.

Grace sah Myron über ihre Schulter an. »Sie haben sie zu uns geführt.«

Myron öffnete den Mund, um sich zu rechtfertigen, aber Grace schob sich an dem Beamten vorbei und stürmte hinaus.

Beluga gab Myron einen Klaps auf den Rücken. »Pech gehabt, Kumpel.«

»Haben Sie mich beschatten lassen?«, fragte Myron.

»Wir sprechen nicht über unsere Arbeitsmethoden«, sagte Beluga mit einem selbstgefälligen Grinsen im glatten, blassen Gesicht, »daher kann ich weder bestätigen noch dementieren, dass wir Ihre Fahrten nach Nevada, Montana und schließlich hierher getrackt haben.«

Myron sparte sich die Antwort und fragte stattdessen: »Wer hat die Beschattung genehmigt?«

»Ich glaube, das war …« Beluga blickte nach oben, als wäre er in Gedanken versunken, und tippte sich affektiert mit dem Zeigefinger ans Kinn, »… Special Agent *Leckmich*. Wen interessiert das? Sie wollten uns doch anrufen, oder? Ein Law-and-order-Mann wie Sie, Bolitar, würde niemals einen Verdächtigen auf der Flucht verstecken. Sie wissen doch, dass Sie sich damit strafbar machen.«

Die nächsten Stunden und auch Tage vergingen wie im Flug.

Gregs Antrag auf Entlassung gegen Kaution wurde abgelehnt. Der Staatsanwalt argumentierte mit dem äußeren Eindruck, den das machen würde: »Wenn er arm oder ausgegrenzt wäre, würde er niemals auf Kaution freikommen.« Das mochte zwar stimmen, den Richter schien aber eher die Tatsache zu überzeugen, dass Greg Downing fünf Jahre lang erfolgreich untergetaucht war und sogar seinen eigenen Tod vorgetäuscht hatte, um unentdeckt zu bleiben. Man konnte kaum überzeugend darlegen, dass bei Greg keine große Fluchtgefahr bestand. Vielleicht hätte jemand wie Hester Crimstein, die berühmte Anwältin und Moderatorin der Fernsehsendung *Crimstein on Crime*, eine Chance gehabt, aber Hester, die mit Myrons Mutter zusammen Jura studiert hatte, wollte den Fall nicht übernehmen.

Bei Hester hatte Myron es zuerst versucht:

»Er braucht guten Rechtsbeistand«, hatte er zu ihr gesagt. »Die Beste.«

»Ach je, du hast mich die Beste genannt. Ab sofort bin ich Wachs in deinen Händen und werde mich deinem Willen beugen, *Bubbele*.«

»Dann übernimmst du den Fall?«

»Nein, tut mir leid, das ist nichts für mich.«

»Es wird eine Riesenstory. Mit weltweiter Berichterstattung.«

»Und du hältst mich für eine aufmerksamkeitsgeile Medienhure?«

Zirpende Grillen. Mehr zirpende Grillen.

»Also, klar, okay, das bin ich auch. Aber dieses Mal bin ich trotzdem raus.«

»Warum?«

»Ich mach grad Urlaub in Miami. Hat deine Mutter dir nicht erzählt, dass wir Donnerstag zusammen Mittagessen gehen?«

»Du kannst zur Anklageverlesung herfliegen und danach gleich wieder runter. Win kann dir sein Flugzeug schicken.«

»Vergiss es. Ich bin zu alt für so was.« Dann zögerte Hester, was sie fast nie tat, und fügte hinzu: »Außerdem will ich nicht.«

»Warum nicht?«

»Ich kann ihn nicht leiden, okay? So. Jetzt hab ich's gesagt.«

»Du bist ihm nie persönlich begegnet.«

»Ich weiß aber, was er dir angetan hat.«

»Das ist tausend Jahre her«, sagte Myron. »Und ich hab schlimmere Dinge getan.«

»Nein, hast du nicht.«

»Ich habe ihm verziehen.«

»Ich nicht«, erwiderte Hester. »Dich mag ich, ihn nicht. Und wenn ich dir noch einen Rat geben darf?«

»Ich glaube, ich kann mir schon denken, wie er lautet.«

»Ich geb ihn dir trotzdem. Deine Beziehung zu diesem Kerl ist das, was die Kids heute *toxisch* nennen. Aber jetzt lass uns das alles vergessen, weil ich dir eine Frage stellen muss.«

»Und die wäre?«

»Sag mir die Wahrheit«, sagte Hester. »Wie geht es deiner Mom?«

Myron schluckte. Er öffnete den Mund, schloss ihn wieder und setzte dann noch einmal an. »Ich weiß es nicht.«

Hester hörte, dass seine Stimme belegt war. »Ist schon okay«, sagte sie leise.

»Sie erzählen mir nicht alles.«

»Sie wollen nicht, dass du dir Sorgen machst.«

»Das würde ich aber lieber.«

»Und genau das wollen sie eben nicht. Deine Mutter und dein Vater. Das ist ein elterliches Privileg, du musst es akzeptieren. Du weißt doch, dass ich deine Mutter liebe wie eine Schwester.«

»Natürlich.«

»Und dich wie einen Neffen. Aber diese Sache mit Greg Downing? Das ist einfach nicht unser Kampf. Ich ruf dich an, wenn ich sie getroffen habe.«

Im Endeffekt spielte es keine Rolle, dass Hester den Fall nicht übernahm. Als Myron ihn zu erreichen versuchte, weigerte Greg sich, mit ihm zu sprechen. Er wollte sich auch nicht mit ihm treffen. Wie erwartet, war das Interesse der Medien an dem Fall überwältigend. Nicht allein, dass ein früherer Basketballstar seinen eigenen Tod vorgetäuscht hatte – er wurde auch noch beschuldigt, ein Supermodel ermordet zu haben, das einst die Titelseiten von *Vogue* und *Cosmo* zierte. Das zog schlüpfrige Schlagzeilen und bissige Beiträge in den sozialen Medien nach sich. Das Thema war in aller Munde. Niemand kannte irgendwelche Einzelheiten, trotzdem hatten alle eine klare Meinung zu Schuld oder Unschuld, die sie im Internet auch wortreich zum Besten gaben.

Myron wohnte in Wins Haus am Central Park West. Er kam dort kurz vor Mitternacht an. Win erwartete ihn im Salon. Als Salon bezeichneten reiche Leute ihr Wohnzimmer.

»Cognac?«, fragte Win.

»Warum nicht?«

»Unter anderem, weil du nie Cognac trinkst.«

»Das ist mein neues Ich«, sagte Myron. Dann dachte er an das letzte Telefonat mit seinen Eltern: »Hast du ein Edible?«

»Soll das ein Witz sein?«

»Meine Eltern schwören darauf.«

»Deine Eltern irren sich nur selten«, sagte Win. »Ich kann uns welche besorgen.«

»Nee, ein Cognac reicht.«

»Guter Mann.«

Wins Gesicht war vom Alkohol bereits gerötet. Myron war aufgefallen, dass Win mehr trank als früher, oder vielleicht zeigte es sich jetzt einfach schneller in seinem Gesicht. Beide setzten sich mit ihren Drinks in der Hand in die burgunderroten Ledersessel. Zwischen ihnen bedeckte ein nordindischer Pashmina-Teppich aus dem neunzehnten Jahrhundert den Boden. Der Teppich war scharlachrot mit goldenen Sternen und azurblauen Lotosblüten.

»Ich habe mit PT gesprochen«, sagte Win.

Vor vielen Jahren, als Win und Myron dem FBI häufiger den einen oder anderen »Gefallen« getan hatten, war PT ihre Kontaktperson gewesen. Die Öffentlichkeit kannte ihn nicht, aber alle Präsidenten und FBI-Direktoren seit Ronald Reagan erachteten ihn als Vertrauten.

»Und was sagt PT dazu?«

»Greg war es. Die DNA-Beweise sind erdrückend.«

»Vielleicht ein bisschen zu erdrückend.«

Win zuckte die Achseln. »Manchmal ist es eben doch die einfachste Lösung.«

»Und manchmal auch nicht. Was hat PT noch gesagt?«

»Er hat nicht gewusst, dass das FBI dich tracken lässt.«

»Hätte er mich gewarnt, wenn er es gewusst hätte?«

»Ich wüsste nicht, warum. Du hast die Laufarbeit für sie erledigt.« Win stellte seinen Drink ab und legte die Fingerspitzen seiner Hände aufeinander. »Es gibt noch eine weitere Ungereimtheit.«

»Aha?«

»PT besteht darauf, dass wir sie vertraulich behandeln.«

»Okay.« Myron trank einen Schluck Cognac. Er wollte gar nicht wissen, wie viel jeder einzelne Schluck davon kostete. »Also, worin besteht diese Ungereimtheit?«

»Jordan Kravats Ermordung.«

»Was ist damit?«

»Sie ist der Grund, warum das FBI in der Sache ermittelt.«

Myron nickte. Das hatte er sich schon zusammengereimt. »Zwei Morde in zwei verschiedenen Staaten.«

»Also fällt es in die Zuständigkeit des FBI«, ergänzte Win. »Korrekt.«

»Lass mich raten«, sagte Myron. Er trank einen weiteren Schluck und merkte, dass er bereits etwas spürte. Bei Wins Cognac ging das schnell. Vielleicht hatten die Reichen sogar Mittel und Wege, die Wirkung des Alkohols zu beschleunigen. »Obwohl Joey the Toe für den Mord an Jordan Kravat verurteilt wurde, sind sie sich nicht sicher, ob er es wirklich war.«

»Du solltest häufiger Cognac trinken«, sagte Win. »Macht deinen Kopf frei.«

»Vermuten sie etwa, dass Greg für beide Morde verantwortlich ist?«

»So in etwa.«

»Haben sie ein Motiv?«

»Absolut nicht.«

»Gibt es eine Verbindung zwischen den Opfern?«

»Absolut nicht«, sagte Win noch einmal.

»Außer Greg.«

»Außer Greg, ja.«

»Und wir sollen diese, äh, hast du es Ungereimtheit genannt …?«

»Das habe ich.«

»Sie wollen, dass wir diese Ungereimtheit vertraulich behandeln, denn wenn herauskommt, dass Joeys Verurteilung nicht ganz koscher ist …«

»… wäre das *très* peinlich«, beendete Win den Satz für ihn.

Sie saßen sich einen Moment lang schweigend gegenüber.

»Und wie geht's jetzt weiter?«, fragte Myron.

»Gar nicht«, antwortete Win. »Greg will nicht, dass wir uns da weiter einmischen.«

»Er wollte doch von Anfang an nicht, dass wir uns da einmischen.«

»Das ist wahr. Trotzdem haben wir alles getan, was in unserer Macht stand.«

»›In unserer Macht stand‹ …«, wiederholte Myron, »… unseren Klienten verhaften zu lassen.«

Win breitete die Hände aus. »Ich habe nur aus reiner Höflichkeit von ›uns‹ gesprochen.«

Womit er – richtigerweise – sagen wollte, dass es Myrons Schuld war. »Warum hätte Greg Cecelia Callister ermorden sollen, Win?«

»Keine Ahnung, aber es geht uns nichts an. Du hast ihm deine Hilfe angeboten. Er hat abgelehnt. Das heißt, es ist vorbei. Für uns. Wir sind raus.«

Win hatte nicht ganz unrecht. Myron wollte noch einen Schluck trinken, aber das Glas war leer. Er griff nach der Kristallkaraffe und schenkte sich nach. Währenddessen ließ er seinen Gedanken freien Lauf, spürte aber, wie sich ein leichter Schleier darüberlegte, weil die Erschöpfung und der Alkohol an ihm zehrten. Myron trank nur sehr selten, denn trotz seiner Statur konnte man ihn in dieser Hinsicht als Leichtgewicht bezeichnen. Nach zwei Drinks war er vollkommen erledigt.

Er blickte zu Win hinüber. Win hatte die Augen geschlossen und schnarchte leise. Das war früher nie passiert. Die beiden waren die ganze Nacht wach geblieben und hatten sich unterhalten, oder später, wenn sie müde wurden, gemeinsam die Stille genossen. Jetzt schlief immer häufiger einer von ihnen ein. Myron gefiel das nicht.

Er spürte, wie sein Handy vibrierte. Es war schon weit nach Mitternacht. Ein Blick aufs Display verriet ihm, dass Emily Downing eine Nachricht geschickt hatte.

Sie bestand aus einem einzigen Wort:

Wach?

Er atmete tief durch und tippte eine Antwort: Jau.

Die drei sich bewegenden Punkte, die anzeigten, dass Emily eine Antwort tippte, erschienen. Und dann:

Ich bin in den Hamptons. Vielleicht solltest du mal rauskommen.

Myron runzelte die Stirn und tippte: Warum?

Jeremy kommt demnächst. Er will mit dir reden.

## SIEBZEHN

Nachdem sie die Tür geöffnet hatte, sagte Emily sofort: »Ich wusste, dass Greg nicht schwul ist.«

Sie trug ein sehr weißes Nachthemd in ihrem sehr weißen Sommerhaus in den noblen (sehr weißen?) Hamptons. Sie und Greg hatten es für achtzehn Millionen Dollar gekauft. Myron wusste das, weil Win ihnen bei der Finanzierung geholfen hatte.

»Wo ist Jeremy?«, fragte Myron.

»Wo ist dein Auto?«

»Ich habe einen Fahrdienst genommen. Wo ist Jeremy?«

»Seine Maschine ist vor einer halben Stunde gelandet. Er müsste bald hier sein.«

»Woher kommt der Flug?«

»Er hat mir nur gesagt, dass er irgendwo in Übersee ist. Du kennst ja seine Verhaltensregeln.« Sie trat zurück, damit Myron eintreten konnte. »Also, was ist passiert?«

»Ich habe Greg gesucht.«

»Okay, das hab ich schon mitbekommen.«

»Das FBI hat mich beschattet. In dem Moment, in dem ich ihn gefunden hatte, hatten sie ihn auch.«

»Und eine Frau war bei ihm, stimmt's?«

»Ja.«

»Also ist mein Mann mit einer anderen Frau durchgebrannt.«

Myron sah sie an. »Ich dachte, ihr wärt nur pro forma verheiratet.«

»Waren wir auch, aber ich war – bin? – immer noch seine Frau. Warum hat er mir nicht gesagt, dass er eine andere hat? Ich hätte damit kein Problem gehabt. Warum haut er einfach so ab?«

»Ich weiß es nicht. Er sagte etwas von Flucht und Rückzug.«

»Glaubst du, dass er Cecelia umgebracht hat?«

Myron ignorierte die Frage. »Du musst jetzt mal scharf nachdenken, Emily.«

»Worüber?«

»In welcher Verbindung stand Greg wirklich zu Cecelia Callister?«

»Das hast du am Telefon schon gefragt. Seitdem zermartere ich mir das Hirn.«

»Und?«

»Ich glaub nicht, dass er mit ihr geschlafen hat.«

»Okay.«

»Möglich wäre es aber schon.«

»Das hilft jetzt richtig weiter«, sagte Myron.

»Hey, was erwartest du? Ich weiß es nicht.«

»Falls es dich interessiert, mir hat Greg erzählt, dass er es nicht getan hat.«

»Na ja, was soll er sonst auch sagen? Aber …« Emily zögerte. »Wahrscheinlich hat das alles nichts zu bedeuten.«

»Aber?«

»Aber du weißt doch, dass alle ständig davon reden, dass Cecelia, das Supermodel, ermordet wurde?«

»Klar.«

»Was mir dabei aufgefallen ist – was ist mit ihrem Sohn? Clay. Clay wurde auch ermordet.«

»Das FBI nimmt wohl an, dass er versucht hat, sie zu verteidigen.«

»Ich weiß. Und deshalb glaube ich auch nicht, dass das eine große Sache ist.«

»Aber?«

»Aber ich versuche gerade, die Punkte miteinander zu verbinden«, sagte Emily. Dann korrigierte sie sich jedoch und sagte: »Ich meine nicht verbinden. Es gibt keine Verbindungen. Es sind nur einzelne Punkte.«

»Aber?«, hakte Myron noch einmal nach.

»Cecelia war mit Ben Staples verheiratet. Greg und ich sind ein paarmal mit ihnen zusammen ausgegangen. Das habe ich dir erzählt.«

»Richtig. Und du hast gesagt, dass Greg ihn mochte.«

»Ja. Du willst doch Informationen von mir, oder? Egal was?«

»Raus damit.«

»Ich hab mal im Palm Court mit Cecelia zu Mittag gegessen. Das muss so vor etwa fünfundzwanzig Jahren gewesen sein. Sie hat mir erzählt, dass sie vergewaltigt wurde. Das Wort hat sie damals nicht benutzt. Also, damals, in der Zeit, ein Supermodel zu sein … Die Scheiße, die Männer einem angetan haben. Die Scheiße, die sie über sich hat ergehen lassen.«

»Wer hat sie vergewaltigt?«

»Das wollte sie mir nicht sagen.«

»Hast du sie gefragt?«

»Natürlich hab ich sie gefragt«, blaffte Emily. »Aber das war eine andere Welt damals. Cecelia hat versucht, Schauspielerin zu werden. Ein Produzent hat sie in sein Hotelzimmer eingeladen. Heute wissen wir Bescheid, aber damals? MeToo war noch kein Thema. Cecelia hat sogar versucht, das alles mit einem Lachen abzutun. Als wäre es keine große Sache. Ich weiß noch, wie ich ihre Hand genommen und ihr gesagt habe, dass wir irgendwo hingehen sollten. Dass sie Hilfe bräuchte. Sie hat das rundheraus abgelehnt. Sie hat ein gezwungenes Lächeln aufgesetzt, mich mit ihrem schönen Gesicht angesehen und beteuert, dass es ihr gut ginge. Aber das stimmte nicht. Sie hat sich danach zurückgezogen. Ich habe ein paarmal versucht, sie anzurufen, aber sie hat nicht mehr mit mir gesprochen. Kurz darauf war sie dann schwanger und wollte sich von Ben scheiden lassen.«

»Also glaubst du …?«

»Ich glaube gar nichts«, sagte Emily. »Aber ich sollte mir den Kopf zerbrechen, also habe ich darüber nachgedacht, was damals passiert ist. Ich hätte sie noch mehr unterstützen müssen. Warum hat sie sich mir anvertraut, Myron? So richtig nahe standen wir uns eigentlich nicht. Also hätte sie wohl Hilfe gebraucht, oder? Ich hätte sie überreden müssen, zur Polizei zu gehen – aber man muss auch ehrlich sein und zugeben, dass es damals niemanden interessiert hätte. Sie wäre erledigt gewesen. Das hab ich damals auch gedacht: Wenn sie damit an die Öffentlichkeit geht … Ich meine, damals hätte man doch nur gefragt, was sie denn erwartet, wenn sie freiwillig mit einem Mann in sein Hotelzimmer geht?«

Emily schlang die Arme um sich, blieb dann so in ihrem sehr weißen Nachthemd stehen und sah Myron mit einem Ausdruck in den Augen an, den er nicht deuten konnte. Myron wusste nicht recht, wie er weiter vorgehen sollte, also beschloss er, die sich daraus ergebende Frage direkt zu stellen.

»Hast du das Greg erzählt?«

»Dass Cecelia vergewaltigt wurde?«

»Ja.«

»Nein, kein Wort. Sie hat es mir im Vertrauen erzählt. Aber als Cecelia und Ben sich haben scheiden lassen … also, wie schon gesagt, Greg mochte Ben. Bei der Scheidung wurde er uns dann zugesprochen, wie man so schön sagt. Ben fand es unglaublich, dass sie ihm das angetan hat – sich von ihm scheiden zu lassen, während sie sein Kind bekam.«

Myron sagte nichts.

»Greg war jedenfalls stinksauer.«

»Aber doch wohl nicht so sauer, dass er, na ja, seinen Groll mehr als zwei Jahrzehnte lang hegt und sie dann umbringt?«

»Äh, nein. Wie ich schon sagte, einzelne Punkte. Keine Verbindungslinien.«

Myron nickte. »Danke. Danke, dass du mir das erzählt hast.«

»Klar doch.«

»Hast du eine Ahnung, wo Ben Staples jetzt wohnt?«

»Ich glaube, in New York City.«

Beide sahen die Scheinwerfer, als ein Auto in die Einfahrt bog. Sie gingen zur Haustür. Emily öffnete sie und trat in den Vorgarten hinaus. Myron folgte ihr. Sie standen Seite an Seite, als die hintere Autotür geöffnet wurde und ihr Sohn ausstieg. Jeremy trug einen blauen Anzug. Der Fahrer öffnete den Kofferraum von innen. Jeremy ging nach hinten und nahm seinen Seesack heraus. Während er das tat, drückte Emily, die ihren Sohn, ihren einzigen Sohn, die ganze Zeit ansah, Myrons Hand. Myron sah sie an. Sie hatte Tränen in den Augen. Auch er hatte Tränen in den Augen. Er wusste, was sie dachte, denn er dachte das Gleiche. Sie hatten Mist gebaut. Sie hatten in ihren Leben einige schreckliche Fehler begangen. Aber wenn sie das nicht getan hätten, wenn sie sich damals anständig verhalten hätten, wäre dieser Junge, dieser spektakuläre Junge, nicht auf der Welt.

Jeremy dankte dem Fahrer und kam den Weg herauf. Als er seine leiblichen Eltern Seite an Seite im Vorgarten stehen sah, blieb er stehen. Zuerst sah er Myron an, dann Emily.

»Ooookay«, sagte Jeremy gedehnt. »Das ist ziemlich schräg.«

Dann breitete sich ein Lächeln auf seinem Gesicht aus, ein offenes, freundliches Lächeln, ein Lächeln, das die besten Seiten seiner beiden Eltern widerspiegelte.

»Keine Sorge, Leute. Es ist auf gute Art schräg.«

***

Myron und Emily saßen jeweils an einem Ende der Couch und warteten schweigend, während Jeremy kurz duschte und in eine Jeans und ein T-Shirt schlüpfte. Als er fertig war, kam er mit schnellen Schritten die Treppe herunter. Myron betrachtete ihn. Er trug einen militärischen Kurzhaarschnitt, wodurch man sah, dass seine Ohren leicht abstanden. Auch Myrons Ohren standen leicht ab. Als Jeremy unten war, sah er seine Mutter an.

»Mom, macht es dir etwas aus, wenn Myron und ich einen Moment allein reden?«

»Oh«, sagte Emily. »Äh, kein Problem.«

»Es dauert nicht lange.«

»Okay, kein Grund zur Eile. Redet miteinander.«

Emily stand auf. Sie küsste ihren Sohn auf die Wange, als sie an ihm vorbeiging. Jeremy umarmte sie kurz.

»Ich liebe dich«, sagte sie zu ihm.

»Ich liebe dich auch, Mom.«

»Ich bin froh, dass du zu Hause bist.«

»Ich auch.«

Sie ging die Treppe hinauf. Jeremy blickte ihr nach und wartete, bis er hörte, dass sie die Schlafzimmertür schloss. Dann richtete er die haselnussbraunen Augen, die er von Al Bolitar, seinem Großvater väterlicherseits, geerbt hatte, wieder auf Myron. Myron versuchte, die ständige Suche nach vererbten Eigenschaften abzuschalten. Er hatte seinen leiblichen Sohn seit drei Jahren nicht mehr gesehen. Die Umgangsregeln für ihre Beziehung waren festgelegt worden, als Jeremy im zarten Alter von dreizehn Jahren die Wahrheit erfahren hatte:

*»Sie sind nicht mein Vater«, sagte er einfach. »Ich meine, Sie sind vielleicht mein Vater. Aber Sie sind nicht mein Vater. Verstehen Sie, was ich meine?«*

*Myron war es gelungen zu nicken.*

*»Aber …«, Jeremy hielt inne, sah Myron an und zuckte wie ein typischer Dreizehnjähriger die Achseln, »… aber vielleicht können Sie trotzdem da sein.«*

*»Da sein«, wiederholte Myron.*

*»Yeah«, sagte Jeremy. Er lächelte wieder und bumm, bekam Myron einen weiteren Schlag auf die Brust. »Da sein. Sie verstehen schon.«*

Dreizehn, und schon so verdammt klug.

Der Jeremy der Gegenwart sagte: »Myron?«

»Was ist?«

»Du tust es schon wieder.«

»Hm?«

»Du guckst mich mit Glubschaugen an.«

»Okay. Entschuldige.«

»Ich versteh das schon, du kannst nichts dagegen tun. Eigentlich ist es ganz süß, wirklich. Aber wir müssen vorankommen.« Er setzte sich Myron gegenüber, beugte sich vor und stützte dabei die Ellbogen auf die Oberschenkel, genau wie …

»Du siehst gut aus«, brachte Myron heraus.

»Du auch«, erwiderte Jeremy. »Wie geht's Terese?«

»Ihr geht es gut. Hat viel zu tun.«

Jeremy nickte. Dann übernahm er, wie es seine Art war, die Führung. »Erzähl mir alles.«

Das tat Myron. Als Kind war Jeremy ziemlich kränklich gewesen. Bei ihm war Fanconi-Anämie diagnostiziert worden, worauf er eine Knochenmarktransplantation brauchte. Deshalb war Emily schließlich gezwungen gewesen, die Wahrheit über Jeremys Vaterschaft zu gestehen – sie hatte einen Spender gesucht. In den ersten dreizehn Lebensjahren des Jungen hatte Emily geheim gehalten, wer Jeremys Vater war, und weder Myron erzählt, dass er einen Sohn hatte, noch Greg, dass der Junge, den er aufzog, nicht sein leiblicher Sohn war. Das war zwar weniger ein Geheimnis als vielmehr eine Lüge, der eigentliche Schock für sie und Myron war jedoch, dass Greg die Wahrheit bereits kannte:

*»Erinnerst du dich an meinen Vater?«* Greg hatte Myron gefragt. *»Wie er am Spielfeldrand gebrüllt hat wie ein Verrückter?«*

*»Ja.«*

*»Ich hab mich irgendwann genauso benommen wie er. Das Ebenbild meines alten Herrn. Wir waren ein Fleisch und Blut. Und er war der grausamste Schweinehund, dem ich je begegnet bin. Fleisch und Blut hat mir nie viel bedeutet.«*

Es war ein schockierender Moment für Myron – und vielleicht der Beginn einer seltsamen Verbindung zwischen den beiden Männern. Gregs Ehe ging in die Brüche, seine Rolle als Jeremys Dad jedoch blieb bestehen.

Doch auch wenn die Krankheit vermeintlich besiegt war, verschwand eine Fanconi-Anämie nie ganz. Jeremys Haut war immer noch ziemlich blass. Er musste sich regelmäßig auf neue Krebsausbrüche untersuchen lassen, und Myron hatte keinen Zweifel daran, dass die Weisheit und Einsicht des Jungen zum Teil daher rührte, dass er schon sein Leben lang mit seiner Sterblichkeit konfrontiert worden war. Bisher hatte die

Wirkung der Knochenmarktransplantation gehalten. Vielleicht hielt sie für immer. Aber das ließ sich nicht mit Sicherheit sagen.

Als Myron ihm alles erzählt hatte, hakte Jeremy wegen einiger absurder Details noch einmal nach. Dann fragte er: »Was machen wir als Nächstes?«

»Ich mache gar nichts mehr. Greg will nicht mit mir sprechen.«

»Vergiss es. Er wird mit uns reden.« Dann rief er nach oben. »Mom?«

Emily erschien oben an der Treppe. »Alles okay?«

»Kann Myron heute Nacht im Gästezimmer schlafen?«

»Klar, wieso nicht?«

»Prima. Ich leih dir ein paar von meinen Klamotten. Morgen früh fahren wir zu Dad.«

***

Emilys Haus hatte eher einen ganzen Gästeflügel als ein einfaches Gästezimmer. Im Moment war es zu dunkel, der Mond nur eine schmale Sichel, sodass Myron das Meer durchs Fenster nicht sehen konnte, aber er hörte das Rauschen der Brandung. Er legte sich auf den Rücken und schloss die Augen. Ein paar Minuten später hörte er ein leises Klopfen an der Tür, und noch bevor er »Herein« sagen konnte, hatte Emily sie schon geöffnet. Hinter ihr brannte das Flurlicht, sodass Myron ihre Silhouette sah.

»Hey«, flüsterte sie.

»Hey.«

»Wie geht's dir?«, fragte sie.

»Müde.«

Emily trat ins Zimmer und setzte sich aufs Bett. »Es ist

einsam hier draußen«, sagte sie. »Allein in diesem großen Haus.«

»Ich geh davon aus, dass du viele Gäste hast.«

»Oh, ich habe meine Freunde. Und ich habe auch viele Dates. Aber es ist lange her, dass ich mich mit jemandem verbunden gefühlt habe.«

Sie trug immer noch das sehr weiße Nachthemd. Sie blickte auf ihn herab.

Myron sagte: »Emily.«

»Ich weiß.« Sie lächelte. »Es wäre kein Fremdgehen, weißt du.«

»Doch, das wäre es.«

»Es wäre einfach nur etwas zwischen dir und mir.«

»Ich bin mir nicht sicher, ob Terese das auch so sehen würde.«

»Möglich wäre es. Da ist etwas zwischen uns, unabhängig von ihr. Das weißt du doch.«

»Nein, weiß ich nicht.«

»Ich hab dir wehgetan.«

»Das ist lange her.«

»Ich habe dich geliebt. Ich glaube nicht, dass ich jemals jemanden so geliebt habe wie dich.«

»Wir waren auf der Uni. Es ist verdammt lange her.«

»Kommt es dir vor, als ob es so lange her wäre?«

Myron antwortete nicht.

»Das ist das Komische daran, oder? Ich hab mal einen Spruch gelesen: ›Du bist immer siebzehn und wartest darauf, dass das Leben anfängt.‹ Da ist was dran, findest du nicht auch?«

»In gewisser Weise schon.«

»Du warst einfach so …« Emily hob den Blick und blinzelte die Tränen aus ihren Augen. »Du warst dir damals so sicher, wie dein Leben aussehen sollte. Als hättest du alles genau geplant. Ich war deine erste echte Freundin. Wir würden heiraten. Wir würden ein Haus am Stadtrand kaufen und zwei-Komma-sechs Kinder, einen Grill im Garten und einen Basketballkorb in der Auffahrt haben. Genau wie deine Familie. Du hattest alles genau geplant, aber ich fand es ...«

»Klaustrophobisch«, sagte Myron, der wusste, dass etwas Wahres in ihren Worten lag. »Du hattest Angst zu ersticken.«

»Das wohl auch. Vor allem aber kam es mir vor, als hätte ich beim Vorsprechen für diese Rolle in deinem Leben gewonnen.«

Myron schüttelte den Kopf.

»Du siehst das anders?«, sagte sie.

»Ich habe dich geliebt, Em. Ich mag noch jung und in Liebesdingen unreif gewesen sein. Aber ich habe dich geliebt.«

Sie schluckte, blickte zur Seite. »Erinnerst du dich an das letzte Mal, als wir Sex hatten?«

In der Nacht vor ihrer Hochzeit. Die Nacht, in der sie Jeremy gezeugt hatten. »Das werde ich wohl kaum vergessen.«

»Es hat alles verändert, stimmt's? Schämst du dich dafür?«

»Ich empfinde vieles.«

»Ich frage mich oft, wie mein Leben verlaufen wäre, wenn ich deinen Antrag angenommen hätte. Ich wäre dir viel zu chaotisch gewesen, aber du hättest mich nicht verlassen. Das ist nicht deine Art. Soll ich dir etwas sagen?«

»Darf ich Nein sagen?«

Sie lächelte und legte sich neben Myron aufs Bett. Sie hatte ihm den Rücken zugewandt, sodass er ihr Gesicht nicht sah. Sie zog die Knie an.

»Wenn ich die Zeit bis zu dem Moment zurückdrehen könnte, in dem du mir den Antrag gemacht hast, würde ich immer noch Nein sagen.«

Myron blieb auf dem Rücken liegen und starrte zur Decke. Er spürte die Wärme, die von ihrem Körper ausging.

»Wenn ich nämlich Ja gesagt hätte, hätten wir in der Nacht vor meiner Hochzeit nicht miteinander geschlafen. Und wir hätten Jeremy nicht bekommen. Oh, ich bin sicher, dass wir tolle Kinder hätten. Die jetzt wunderbare Erwachsene wären. Wir wären mächtig stolz auf sie. Aber Jeremy gäbe es nicht. Stell dir das mal vor.«

Myron schloss die Augen. Emily drehte sich um und legte ihm die Hand auf die Brust. Myron rührte sich nicht. Sie beugte sich zu ihm und küsste ihn auf die Wange. Dann drehte sie sich wieder um und wandte ihm den Rücken zu.

»Ist es okay, wenn ich einfach hierbleibe und schlafe? Ich werde nicht …«

»Ja«, sagte Myron mit belegter Stimme. »Du kannst hierbleiben.«

# ACHTZEHN

Am nächsten Morgen fuhren Myron und Jeremy in Emilys Auto zurück nach New York City. Myron fuhr.

»Also«, sagte Jeremy. »Wegen letzter Nacht …«

Myrons Griff um das Lenkrad wurde fester.

»Mom dachte wahrscheinlich, sie wäre leise gewesen, als sie auf Zehenspitzen aus dem Gästeflügel zurückgekommen ist. Sie vergisst, dass ich beim Militär bin.«

»Es ist nichts passiert.«

»Mhm.«

»Sie ist einfach eingeschlafen.«

»Wenn du glaubst, dass ich mich darüber aufregen würde …«

»Es spielt keine Rolle, was ich glaube. Sie hat neben mir geschlafen. Weiter nichts.«

»Okay.«

»Zwischen uns wird immer eine Verbindung bestehen«, sagte Myron.

»Lass mich raten. Wegen mir?«

»Ist ein guter Grund, um eine Verbindung zu haben.«

»Der beste. Aber sie braucht jemanden.«

»Dieser Jemand werde nicht ich sein.«

»Hast du keine Freunde, die zu ihr passen würden?«

Myron überlegte. »Keinen einzigen. Ich kenne eine Menge tolle, alleinstehende Frauen in ihrem Alter. Aber ich kenne nicht einen einzigen Mann in meinem Alter, der ihrer würdig wäre.«

»Traurig, aber wahr«, sagte Jeremy. »Und was meinen Dad betrifft …«

*Meinen Dad*, wiederholte Myron im Kopf. »Was ist mit ihm?«

»Die Besuchszeit fängt um elf an.«

»Wir müssten schon um neun in der Stadt sein.«

»Wo war dein Büro noch mal?«

»Ecke Park Avenue und 47th Street.«

»Ein Armeekumpel arbeitet im MetLife Building gleich um die Ecke. Kann ich ihn noch kurz besuchen, bevor wir uns auf den Weg machen?«

»Klar.«

Jeremy zog ein Paar AirPods aus der Jackentasche und steckte sie sich in die Ohren. »Ich muss mich noch an die Zeitverschiebung gewöhnen. Stört es dich, wenn ich noch mal etwas die Augen schließe?«

»Nein«, sagte Myron und schluckte seine Enttäuschung herunter. »Natürlich nicht.«

Myron parkte in der Tiefgarage des Lock-Horne Building. Als sie auf die Park Avenue hinaustraten, ging Jeremy nach links in Richtung MetLife Building. Myron blickte ihm nach, bevor er ins Gebäude ging. Er stieg in den Fahrstuhl und fuhr ganz nach oben.

Big Cyndi begrüßte ihn in einem Batgirl-Kostüm aus Spandex, das sie sich nach dem Design des »originalen« Batgirl-Kostüms des »echten« Batgirls aus der alten Batman-Fernsehserie der 1960er-Jahre geschneidert hatte. Vor Jahren, als sie als Profi-Wrestlerin unter dem Namen Big Chief Mama kämpfte, hatte sie sich mit der Kultschauspielerin Yvonne Craig angefreundet, die nicht nur Bat Girl/Barbara Gordon, sondern auch Marta, das grüne Orion-Mädchen in der Serie *Raumschiff Enterprise*, gespielt hatte. Yvonne hatte Big Cyndi das Batgirl-

Kostüm, das sie noch besaß, geliehen, damit Big Cyndi es nachschneidern lassen konnte. Als Yvonne Craig 2015 starb, hatte Big Cyndi sich ein weiteres Kostüm angefertigt, dieses Mal ganz in Schwarz, und so drei Monate lang Trauer getragen.

Wie die Kids von heute sagen würden: Big Cyndi zieht's durch.

Als Myron hereinkam, wirbelte sie herum. Sie begann jeden Arbeitstag, indem sie sich einmal um ihre eigene Achse drehte. »Gefällt es Ihnen?«

»Das tut es«, sagte Myron. »Bereit, Gotham zu retten?«

»Kennen Sie Batgirls Slogan?«

»Nein, kenn ich nicht.«

Big Cyndi sprach normalerweise in einem hohen Falsett, jetzt senkte sie ihre Stimme, sodass sie tiefer war als ein Basso profundo in der Philharmonie. »Ich bin Batgirl.«

Sie sah Myron an. Der schwieg.

»Ich hab's gegoogelt«, sagte Big Cyndi. »Das war ihr Slogan.«

Myron wusste nicht recht, was er dazu sagen sollte, dann entschied er sich für: »Ist leicht zu merken.«

»Ja, oder?« Big Cyndi legte den Kopf schief und grinste. »Ich hab aber noch ein Zitat von Batgirl, das Ihnen gefallen könnte, Mr Bolitar.«

Sie nannte ihn immer Mister Bolitar, nie Myron, und sie bestand darauf, dass er sie Big Cyndi nannte, nicht Cyndi oder … äh … Big.

»Batgirl hat das mal zu Batman gesagt.«

»Ich höre«, sagte Myron.

»›Sie haben nicht das Monopol darauf, helfen zu wollen.‹«

Myron maß einen Meter zweiundneunzig. Big Cyndi war um die fünf Zentimeter größer als er, und in den hochhackigen Batgirl-Stiefeln überragte sie ihn wahrscheinlich um zehn Zentimeter. Big Cyndi hatte ihre Größe nie versteckt. Sie hatte sich auch sonst nie zurückgenommen. Viele Leute sagen, es wäre ihnen egal, was die Leute über sie denken – und das ist natürlich ein Widerspruch in sich. Wenn Sie mir *sagen*, dass es Ihnen egal ist, was die Leute über Sie denken, *wollen* Sie, dass ich denke, dass Sie ein Mensch sind, den es nicht interessiert, was die Leute über Sie denken, also interessiert es Sie, was ich über Sie denke – aber Big Cyndi interessierte das wirklich nicht. Sie war der authentischste Mensch, den Myron je kennengelernt hatte.

»Ist es okay, wenn ich dich umarme?«, fragte Myron.

»Nicht, wenn ich Sie zuerst umarme.«

Big Cyndi trat vor und umschlang ihn mit ihren massigen Armen.

»Ich brauche doch immer deine Hilfe«, sagte Myron.

»Ich weiß«, erwiderte Big Cyndi. »Das ist wahr.«

Myron musste lachen. Sein Handy vibrierte und informierte ihn über eine FaceTime-Anfrage. Er trat einen Schritt zurück und sah aufs Display.

»Meine Eltern«, sagte Myron.

»Grüßen Sie sie bitte von mir.«

»Geht klar.«

Myron drückte die Annehmen-Taste. Ein wackliges Video erschien. Myron sah blendend helles Sonnenlicht und erkannte dann den Pool in der Wohnsiedlung seiner Eltern. Das Bild ruckelte, und jetzt blickte Myron seiner Mutter ins Gesicht. Sie trug eine riesige Sonnenbrille, die aussah, als hätte jemand zwei Gullydeckel zusammengeklebt.

»Myron?«, sagte seine Mutter. »Hier ist deine Mutter.«

»Ja, Mom. Die Anrufer werden angezeigt. Außerdem kann ich dich sehen.«

»Ich bin draußen am Pool.«

»Auch das sehe ich, Mom. Du weißt schon, dass das ein Videoanruf ist, oder?«

»Komm deiner Mutter nicht so klugscheißerisch.«

»Entschuldige.« Myron ging in sein Büro und schloss die Tür hinter sich. »Wie geht's dir?«

»Mir geht's gut. Zeig mir dein Gesicht.«

»Okay.«

»Mensch, auf diesem Display erkenne ich kaum etwas.«

»Nimm die Sonnenbrille ab«, sagte Myron.

»Was?«

Er wiederholte es und forderte sie auf, in den Schatten zu gehen. Sie tat es.

»Oh, so ist es besser«, sagte sie.

»Wo ist Dad?«

»Was soll das heißen, wo ist Dad?« Jetzt sprach sein Vater. »Ich bin hier.«

Die Kamera blieb weiter auf Mom, sodass Myron ihn nicht sehen konnte.

»Hey, Dad.«

»Also, der Grund für unseren Anruf«, sagte Mom, »ist der, dass dein Vater einen neuen Freund gefunden hat.«

»Hör auf, Ellen.«

»Er heißt auch Allen. Schreibt sich genauso wie dein Vater. Allen Castner. Die beiden haben sich am Frühstücksbüfett am Pool kennengelernt, und soll ich dir was sagen? Allen Castner will Allen Bolitar beibringen, wie man Pickleball spielt. Kannst du dir so etwas vorstellen?«

Aus dem Off fragte Dad: »Wo ist das Problem?«

»Du wirst dich verletzen, das ist das Problem. Du bist ein alter Mann. Und was ist Pickleball überhaupt für ein Name für eine Sportart? Wer hat sich den bloß ausgedacht? Myron, weißt du, wer sich den Namen ausgedacht hat?«

»Nein, das weiß ich nicht.«

»Pickleball«, wiederholte Mom. »Ein erwachsener Mann, der einen Sport mit diesem Namen betreibt. Und ein großer Sportler ist dein Vater nicht, das kann ich dir sagen.«

»Danke für deine Unterstützung, Ellen.«

»Was denn, stimmt das etwa nicht? Du, Myron. Du hast meine Gene. Ich stamme aus einer langen Reihe großer Sportler und Sportlerinnen. Shira hat sie auch. Dein Bruder eher nicht so.«

»Führt dieses Gespräch irgendwo hin, Mom?«

»Drängel nicht, das kommt schon noch. Also, wie ich schon sagte, hat dein Vater einen Freund gefunden.«

»Allen Castner«, sagte Myron.

»Genau, Allen Castner. Sie wollen zusammen Pickleball spielen, und dann – jetzt pass auf, Myron – beide lieben Ratespiele, und daher werden sie heute Abend als Team beim hiesigen Quiz im Jewish Community Center antreten.«

»Klingt lustig«, sagte Myron.

»Ist es nicht, aber das ist jetzt egal. Rate mal, wie sie ihr Team genannt haben.«

»Allen und Allen?«

»Fast«, sagte Mom.

Dad nahm ihr das Handy ab. »Allen zum Quadrat«, sagte er. »Klingt doch irgendwie hip, oder?«

»Irgendwie vielleicht«, erwiderte Myron.

Dad verzog das Gesicht und gab Mom das Handy zurück – oder vielleicht hatte sie es ihm einfach wieder abgenommen. Myron wurde schwindlig von den ständigen ruckartigen Bewegungen des Videos.

»Jedenfalls«, sagte Mom, »ist Dads neuer Freund Allen Castner ein großer Basketballfan. Soll ich ganz ehrlich sein?« Sie senkte ihre Stimme zu einem verschwörerischen Flüstern, was in Moms Fall bedeutete, dass man sie bis Fort Lauderdale hören konnte. »Ich glaube, dieser andere Allen hat sich deinetwegen mit deinem Vater angefreundet. Na ja, obwohl dein Vater ganz bescheiden war, rufe ich jetzt an, weil Allen dich unbedingt kennenlernen will.«

»Allen der Freund«, sagte Dad und gluckste. »Nicht Allen, der Vater.«

»Der war gut, Al«, sagte Mom mit vor Sarkasmus triefender Stimme – noch so etwas, das Myron von ihr geerbt hatte. »Jedenfalls ist er hier.«

Sie drehte das Handy, sodass Myron seinen Vater und einen glatzköpfigen Mann sah, der etwa Ende siebzig, Anfang achtzig zu sein schien. Beide Allens lächelten breit und trugen, wie Mom, flächendeckende Sonnenbrillen. Große Sonnenbrillen schienen unter Rentnern in Florida *Haute Couture* zu sein.

Allen Castner sagte: »Freut mich, Sie kennenzulernen, Myron. Ich bin ein großer Fan von Ihnen.«

»Freut mich auch, Mr Castner.«

»Mr Castner«, wiederholte er. »Bin ich etwa Ihr Vater?«

Alle lachten, nur Myron verstand den Witz nicht. Wer nannte seinen Vater Mister?

»Nennen Sie mich Allen. Hören Sie, Myron, ich will Sie nicht aufhalten. Man würde es nicht vermuten, wenn man mich jetzt so sieht, aber ich war zu meiner Zeit eine große Nummer. Ich war sogar Scout für die Celtics. Und mit Clip Arnstein befreundet.«

Clip Arnstein war der berühmte Basketball-Manager der Boston Celtics, der Myron in der ersten Runde gedraftet hatte – einer der wenigen größeren Missgriffe in Clips langer und glänzender Karriere.

»Na ja …«, fuhr Allen Castner fort, »… ich weiß, dass es lange her ist, aber Sie waren ein großartiger Spieler. Ich habe jedes Spiel gesehen, als Sie für die Duke University gespielt haben. Ich weiß, dass Ihre Karriere früh und jäh beendet wurde, aber seit wann ist die Dauer der entscheidende Faktor, wenn es darum geht, wie herausragend jemand war? Es war eine Freude, Ihnen zuzusehen. Also danke dafür.«

Alle schwiegen, sogar Myrons Eltern. In den Augen von Myrons Vater sammelten sich Tränen. Am Pool lief ein Song von *The Moody Blues*. Myron verstand ein paar Textzeilen: »Just what I'm going through, they can't understand.« Außerdem hörte er ein paar Kinder fröhlich kreischen – wahrscheinlich irgendjemandes Enkel.

»Es ist sehr nett von Ihnen, dass Sie das sagen, Mr …«

»N-n.«

»… Allen«, korrigierte Myron sich. Und dann: »Sorry, da kommt gerade noch ein anderer Anruf rein. Ich muss rangehen.«

»Nur zu«, sagte Allen Castner. »Ich habe sowieso schon zu viel von Ihrer Zeit in Anspruch genommen. Aber es ist mir wirklich eine Ehre, Sie kennenzulernen. Hier, Ellen, verabschiede dich von deinem Sohn.«

Er gab Mom das Handy zurück. Sie richtete die Kamera direkt in die Sonne. »Weißt du, dass ich diese Woche mit Hester Mittagessen gehe?«

»Sie hat's mir erzählt«, sagte Myron. »Dann lasst es krachen.«

»Krachen lassen? Was glaubst du? Dass Hester und ich mit ein paar jungen Burschen durchbrennen werden?«

Aus dem Off hörte Myron seinen Vater rufen: »Schön wär's!«

»Sehr witzig.«

»War nur ein Scherz«, sagte Dad. »Wenn deine Mutter weg wäre, wüsste ich nicht, was ich … als *Erstes* tun würde.«

Nach dem Spruch kriegten sich die beiden Allens kaum wieder ein.

»Irre komisch, als ob Rodney Dangerfield von den Toten auferstanden wäre. Siehst du, was ich hier mitmache, Myron?«

»Ich muss auflegen, Mom.«

Sie verabschiedeten sich. Myron drückte Beenden, lehnte sich zurück und fragte sich, was zum Teufel ihn an diesem Telefonat beunruhigte.

# NEUNZEHN

Zwei Stunden später saßen Myron und Jeremy in einem Besucherraum des Gefängnisses und warteten auf Greg.

Myron sagte: »Kann ich dich noch etwas fragen?«

»Ich spar mir den alten ›Hast du doch gerade getan‹-Spruch, in Ordnung?«, erwiderte Jeremy.

»Gott sei Dank.« Dann: »Hast du gewusst, dass Greg noch lebt?«

»Anfangs nicht«, sagte Jeremy. »Aber dann hat er es mir erzählt.«

»Wann? Und wie?«

»Er hat mich besucht. In Kuwait, als ich im Camp Arifjan stationiert war.«

»Und da ist er dann einfach aufgetaucht?«

Jeremy nickte. »Grace hat mich vorher angerufen.«

»Du wusstest das mit Grace?«

»Vor dem Anruf nicht.«

»Also habt ihr euch in Kuwait getroffen?«

»Ja.«

»Warum hat er das getan?«

»Seinen Tod vorgetäuscht?«

»Ja«, sagte Myron. »Unter anderem.«

»Ich glaube, da sind mehrere Dinge zusammengekommen.«

»Zum Beispiel?«

»Zum Beispiel, dass er Abstand von der Welt brauchte.«

Myron runzelte die Stirn. »Hatte sich das nicht schon durch seine Flucht ins Ausland erledigt?«

»Das dachte ich auch. Aber damals hat er mir nichts von dem Mord in Las Vegas erzählt. Der hat den Druck wohl noch mal erhöht.«

Myron wollte gerade nachhaken, als die Tür geöffnet wurde und Greg eintrat. Myron hatte erwartet, dass er mit Handschellen gefesselt sein würde, das war er aber nicht. Er trug einen beigen Häftlingsoverall. Jeremy sprang auf und rief: »Dad?« Myron bemühte sich, bei diesem Ausruf keinen Stich in der Brust zu verspüren. Die beiden Männer umarmten sich heftig. Myron sah Gregs Gesicht über Jeremys Schulter, als er ihn an sich drückte. Er hatte die Augen fest zugekniffen. Jeremy klammerte sich an Greg, während dieser ihm leise versicherte, dass alles gut werden würde. Myron fragte sich, ob er sich jemals zuvor im Leben so unbeholfen, so sehr als Eindringling gefühlt hatte. Die Antwort auf diese Frage lautete Nein.

Die beiden Männer – Vater und Sohn, dachte Myron, bleib da ehrlich – hielten sich immer noch in den Armen, doch dann setzten sie sich schließlich. Beide hatten Tränen in den Augen. Myron wartete einfach ab. Er wollte nicht als Erster das Wort ergreifen. Nachdem sie sich noch einen Moment gesammelt hatten, brach Greg das Schweigen.

Er sah Myron an und sagte: »Du bist nur hier, weil Jeremy mich gebeten hat, mit dir zu reden.«

»Hey, du brauchst mir keinen Gefallen zu tun.« Myron begann, sich zu erheben. »Ich kann sofort gehen.«

»Jungs«, sagte Jeremy.

Greg starrte Myron weiterhin an. »Hast du mich ans Messer geliefert?«

»Meinst du das ernst?«

»Hast du das FBI mitgebracht?«, fragte Greg. »Oder warst du nur ein einfältiger Trottel?«

»Ich wollte dir helfen«, sagte Myron.

»Jungs«, versuchte Jeremy es erneut.

»Das hast du ja toll hingekriegt, was?«

»Ich hätte fast einen Zeh verloren«, sagte Myron.

»Einen *kleinen* Zeh, also stell dich nicht so an.«

»Jungs«, sagte Jeremy wieder, aber dieses Mal klang seine Stimme härter. In diesem Moment war er nicht der Sohn. Er war ein höherrangiger Offizier. Beide Männer schwiegen.

Jeremy nickte zufrieden. Dann sagte er: »Ich lass euch beide jetzt alleine.«

Greg: »Was?«

Myron: »Halt, wieso?«

»Weil …«, sagte Jeremy und verlieh seiner Stimme wieder diese Autorität, die keinen Raum für Widerspruch ließ, »… Myron Anwalt ist. Alles, was du ihm sagst, unterliegt dem Anwaltsgeheimnis. Bei mir genießt du diesen Schutz nicht.« Jeremy stand auf und sah Myron an. »Gib mir ein Zeichen, wenn ich zurückkommen kann.« Er klopfte an die Tür. Eine Wache öffnete sie, und Jeremy schlüpfte hinaus.

Greg starrte immer noch auf die Tür. »Dieser Junge«, sagte er.

»Ich weiß.«

»Macht eine Menge Sünden wett«, sagte Greg. Dann sah er Myron an. »Und er macht es auch einfacher, etwas zu verzeihen.«

»Für mich oder für dich?« Dann unterbrach Myron das Gespräch, indem er die Hand hob. »Wir sind nicht hier, um die alten Streitpunkte wieder aufleben zu lassen, richtig?«

»Oder auch neue«, sagte Greg. »Also kommen wir zur Sache, okay?«

Die Worte »Jeremy zuliebe« fügte er nicht hinzu. Das war auch nicht nötig.

»Emily meinte, du hättest Cecelia Callister gekannt«, begann Myron.

»Das habe ich dir auch erzählt«, sagte Greg. »Schon vor langer Zeit.«

»Emily sagte, du wärst bestürzt gewesen, als Ben und Cecelia sich scheiden ließen.«

»Bestürzt ist vielleicht ein bisschen übertrieben formuliert.«

»Wie würdest du es nennen?«

»Ich fand es schäbig von ihr. Ihren Mann zu verlassen, nachdem sie schwanger war. Ohne ihm zu sagen, wessen Baby sie austrägt.«

Der Nachhall ihrer Vergangenheit war unüberhörbar. Myron schob ihn beiseite.

»Hast du je mit ihr geschlafen?«

»Mit Cecelia Callister?«

»Ja.«

Greg lächelte. »Moment. Du glaubst doch nicht etwa ...«

»Ich suche nur nach Verbindungen.«

»Nein, ich habe nicht mit ihr geschlafen.«

»Es ist also ausgeschlossen, dass ihr Sohn Clay ...«

»Von mir war?« Greg schüttelte den Kopf. »Wow. Hier liegt jede Menge schräges Karma-Zeug in der Luft, oder? Nein, Myron. Es ist ausgeschlossen, dass Clay von mir war.«

Myron lehnte sich zurück. »Die Polizei hat deine DNA am Tatort gefunden.«

»Behauptet sie jedenfalls.«

»Du glaubst es nicht?«

»Ich war nicht da. Ich hab sie nicht umgebracht. Ich habe Cecelia Callister seit dreißig Jahren nicht mehr gesehen. Als mein Anwalt mir erzählte, dass sie meine DNA unter ihren Fingernägeln hat oder so etwas – da bin ich davon ausgegangen, dass es sich um einen Irrtum handeln muss. Andererseits weiß ich, dass die Wissenschaft nicht lügt. Menschen aber gelegentlich schon. Oder irgendwelche Testlabore bauen Mist. Irgendetwas muss da falsch sein, dachte ich.«

»Dachte ich«, wiederholte Myron. »Vergangenheitsform.«

»Ja.«

»Und was denkst du jetzt?«

»Mein Anwalt hat ein unabhängiges Labor beauftragt, den DNA-Test noch einmal von Grund auf neu zu machen. Die haben meine DNA mit der Laborprobe verglichen. Sie stimmen definitiv überein. Das ist zu verrückt. Soll ich dir sagen, was mir zuerst durch den Kopf ging?«

Myron nickte, damit er fortfuhr.

»Ich hab mich gefragt, ob ich einen Zwillingsbruder habe oder so. Dann habe ich mich gefragt, ob ich irgendwo Blut gespendet habe, oder so was. Vielleicht schon vor Jahren. Vielleicht habe ich beim Roten Kreuz gespendet, und jemand hat es gestohlen.«

»Zwillinge haben nicht dasselbe DNA-Profil, und gelagertes Blut kann man nicht verwenden …«

»Ja, das weiß ich inzwischen alles. So richtig hab ich ja auch gar nicht daran geglaubt. Ich will dir nur zeigen, was für verrückte Gedanken ich hatte.«

»Und dann?«

»Dann hab ich gedacht, dass mir jemand was anhängen will.«

»Wer könnte das sein?«

»Cecelia Callister wurde am vierzehnten September ermordet.«

»Okay«, sagte Myron.

»Also pass auf, ich habe lange sehr zurückhaltend gelebt.

Der Bart. Die Haare. Das ist alles Teil der Verkleidung. Ich war wirklich sehr vorsichtig. Aber Manches vermisse ich immer noch. Aus meinem alten Leben.« Greg beugte sich etwas weiter vor. »Erzähl mir von deiner schönsten Basketballerinnerung. Ich meine keinen tollen Wurf oder einen Titelgewinn. Erzähl mir, wann du am meisten Spaß beim Spielen hattest.«

Myron war drauf und dran, das eine Mal zu erwähnen, als er das Trikot der Boston Celtics getragen hatte, sein einziges Vorbereitungsspiel, das Spiel, in dem Big Burt Wesson in Myron hineinsprang und dessen Karriere beendete, weil Greg Downing ihn dafür bezahlt hatte, um sich für die Untreue seiner Frau zu rächen. Aber dies war nicht der richtige Zeitpunkt. Das war zwar nicht vergeben und vergessen, trotzdem war es besser, diese Gefilde in dieser Situation zu meiden.

Als Myron nicht antwortete, sagte Greg: »Meine schönsten Erinnerungen ans Spielen an sich, an das, was ich daran sehr geliebt habe, waren die Pick-up-Spiele in der spielfreien Phase. Weißt du noch?«

»Beim Jewish Community Center«, sagte Myron.

»Genau. Inzwischen spielen die Kids ja das ganze Jahr in irgendwelchen Wettkämpfen der *American Athletic Union*. All diese Ligen mit festen Spielplänen. Das bringt ein paar Leuten eine Menge Geld, schadet dem Spiel aber. Und den Kids auch. Was ich beim Basketball am meisten liebe? Was ich am meisten vermisse? Die guten alten Pick-up-Spiele. Eine Turnhalle, in der es nach alten Socken riecht. Jungs, die sich für eine Seite entscheiden. Mit Shirt gegen Oberkörperfrei. Das Siegerteam bleibt auf dem Platz.«

»Ja, Greg, ich weiß, was Pick-up-Basketball ist.«

Aber es fiel ihm schwer, Greg nicht zuzustimmen. Myron liebte Pick-up-Spiele. Er nahm immer noch gelegentlich daran teil, wenn sein Knie nicht allzu sehr schmerzte.

»Okay«, sagte Myron. »Also warst du bei ein paar Pick-up-Spielen.«

»Ich habe aufgepasst, dass ich nicht auffalle. Ich war immer auf anderen Plätzen. Mal bei einer Kirchengemeinde. Dann mit ein paar Leuten bei einem YMCA. Ich hab sehr zurückhaltend gespielt, um nicht herauszustechen.«

Das war keine Angeberei. Myron hatte das Gleiche getan. Die Jungs dort hielten sich für gut, aber sie waren keine Profis.

»Ich hab sogar wie ein Linkshänder gespielt«, sagte Greg.

»Ja, aber du hast schon immer gern mit links gedribbelt und bist so zum Korb gezogen.«

Greg lächelte. »Du hast mich dann immer noch weiter nach links rausgedrängt.«

»Einer der wenigen Rechtshänder, die links vorbeiziehen wollen«, sagte Myron. Und weiter: »Ist ja nett, in Erinnerungen zu schwelgen, aber Jeremy wartet. Worauf willst du hinaus?«

»Anfang September hab ich das mal wieder gemacht.«

»Und?«

»Das war eines dieser Spiele, die ein bisschen aus dem Ruder gelaufen sind. Du weißt schon. Zu viel Testosteron.«

Myron wusste genau, was er meinte. »Zu harter Körpereinsatz?«

»Viel zu hart. Einer hat mir seinen Ellbogen auf die Nase gerammt. Ich habe geblutet. Ein anderer hat mich gekratzt. Irgendwann hat mir jemand auf den Hinterkopf geschlagen. Richtig hart. Ich bin zu Boden gegangen. Vielleicht hatte ich auch kurz das Bewusstsein verloren, ich weiß es nicht genau. An viel mehr kann ich mich nicht erinnern.«

»Wann genau war das?«

»Das weiß ich auch nicht mehr. Aber es müsste eigentlich Anfang September gewesen sein.«

»Du willst damit also sagen …«

»Ja, ergibt vielleicht keinen Sinn, aber wenn meine DNA am Tatort ist, in Form von Haut oder Blut unter Cecelias Fingernägeln … also, ich hab da an dem Abend ziemlich stark geblutet. Womöglich hatte ich mir sogar die Nase gebrochen.«

»Warst du bei einem Arzt oder in der Notaufnahme?«

»Nein, natürlich nicht. Komm schon, du weißt doch, wie das läuft. Man schüttelt es ab, oder? So wurden wir erzogen.«

Auch das stimmte. Wenn man nach Hause laufen konnte, beklagte man sich nicht. Das war zwar bescheuert, aber so war es nun einmal.

»Aber jetzt denk ich doch darüber nach, was da eigentlich passiert ist. Ein Mitspieler hat mir ein Handtuch gegeben, damit ich mein Nasenbluten stoppen kann. Ich hab keine Ahnung, wo das Handtuch jetzt ist. Und die Kratzspuren. Du kannst Grace fragen, die waren ziemlich tief. Wenn man mir also etwas anhängen will, wenn jemand meine DNA an einem Tatort platziert hat …«

»Dieses Pick-up-Spiel«, sagte Myron. »Wo war das?«

»In Wallkill auf einem Freiplatz. Wie der genau heißt, weiß ich nicht mehr.«

Myron nickte. »Okay, ich check das. Gibt's sonst noch was?«

»Ich war es nicht, Myron.«

»Das Ganze ist trotzdem seltsam«, sagte Myron. »Jordan Kravat und Cecelia Callister. Du kanntest beide.«

»Aber nur flüchtig«, erwiderte Greg. Dann fügte er hinzu: »Wie viele Mordopfer kanntest du flüchtig?«

Touché.

»Ich weiß, dass du mir nichts schuldig bist …«

»Du bist immer noch mein Klient«, sagte Myron. »Also werde ich tun, was ich kann.«

# ZWANZIG

Du richtest das Gewehr auf seine Brust.

Ronald Prine starrt dich an. Das Fragezeichen, das ihm ins Gesicht geschrieben steht, wird immer größer. Er kennt dich nicht, hat dich noch nie gesehen. Er überlegt, wer du bist, was du willst und welcher seiner cleveren Sprüche am besten passt.

Denn in seinem Leben hat immer alles gepasst.

Du lächelst. Du liebst diesen Moment.

»Nehmen Sie meine Uhr«, sagt er zu dir. Er ist natürlich schockiert, aber längst nicht so schockiert, wie er sein sollte. Noch immer ist er von dem aufgesetzten Mut eines weichen Mannes beseelt, der nie erfahren hat, wie hart das Leben ist. Er hält die Situation für ein kleines, unbedeutendes Problem, weil alle seine bisherigen Probleme klein und unbedeutend waren. Er ist sich sicher, dass er da wieder herauskommt. Schließlich ist ihm das in der Vergangenheit auch immer gelungen. Für Menschen wie ihn scheint alles perfekt zu laufen. Sie leben in der Illusion einer Leistungsgesellschaft. Sie glauben, sie hätten übernatürliches Charisma, Charme und weitere angeborene Fähigkeiten, die sie von den Normalsterblichen unterscheiden.

»Es ist eine Vacheron Constantine«, sagt er. »Mein Vater hat sie 1974 gekauft. Wissen Sie, was man heute dafür bekommt?«

Du solltest nicht so viel Spaß daran haben. »Erzählen Sie«, sagst du.

»Wahrscheinlich um die fünfundsiebzigtausend.«

Du stößt einen leisen, beeindruckten Pfiff aus. Dann sagst du: »Deshalb bin ich nicht hier.«

»Warum sind Sie dann hier?«

»Ich bin«, sagst du, »wegen Jackie Newton hier.«

Du wartest auf seine Reaktion, denn du bist dir sicher, dass dies dein Lieblingsmoment sein wird. Er enttäuscht dich nicht. Verblüffung breitet sich auf seinem Gesicht aus. Es ist nicht gespielt, was es noch besser oder schlimmer macht, je nachdem, wie man es sieht. »Wegen wem?«

Er kennt sie wirklich nicht.

Sollst du es ihm sagen?

Als Jackie Newton acht Jahre alt war, ist ihre Mutter mit Gus Deloy durchgebrannt, einem Angestellten im alten Circuit-City-Elektromarkt in der Bustleton Avenue in Philadelphia. Jackie erinnerte sich, wie ihre Mutter sich auf ihren Koffer setzte, um ihn zu schließen, und gesagt hatte: »Es ist besser so, ich bin eine echt beschissene Mutter.« Sie hatte Lippenstift auf den Zähnen. Dann hatte sie den Koffer zusammen mit dem alten Army-Seesack ihres Vaters eilig runter auf den rissigen Gehweg geschleppt und beides auf den Rücksitz von Gus' Jeep geworfen. Sie drehte sich kein einziges Mal mehr um, als sie davonrasten, Gus aber schon. Er salutierte Jackie noch halbherzig mit einer fast entschuldigenden Miene. Vielleicht hätte Jackies Mutter es sich irgendwann anders überlegt oder es bereut, ihre Tochter im Stich gelassen zu haben. Vielleicht wäre sie dann nach Hause zurückgekommen oder hätte gefragt, ob sie Jackie wiedersehen könnte. Aber sie hörten drei Jahre lang kein einziges Wort von ihr. Dann erhielt Jackies Vater, Ed Newton, einen Anruf, dass seine Frau in Pasadena bei einem Autounfall ums Leben gekommen sei.

Über das Schicksal des halbherzig salutierenden Gus erfuhren sie nichts.

Es lief nicht alles schlecht für Jackie. Ed Newton erzog seine Tochter, so gut er konnte. Er war ein guter Mann, erstaunlich sanft und geduldig. Sie war sein Ein und Alles. Das sah man jedes Mal, wenn er nach der Schicht nach Hause kam und durch die Tür stapfte. Sein Gesicht fing an zu strahlen, wenn er Jackie sah. Der Rest der Welt? Wenn es nach Ed gegangen wäre, konnte der sich zum Teufel scheren. Er empfand keinen Hass, die anderen interessierten ihn einfach nicht. Seine Tochter war sein Augapfel, und wie alle sehr guten Väter schaffte er es irgendwie, sie das spüren zu lassen, ohne sie mit seiner Liebe zu erdrücken.

Ed Newton arbeitete als Parkettleger in langen Schichten für TST Construction, meistens in Neubausiedlungen in den Außenbezirken von Philadelphia. Die anstrengende Arbeit machte ihm nichts aus. Er arbeitete gern mit seinen Händen und Werkzeugen, aber seine Chefs waren knauserige Mistkerle, die an allen Ecken und Enden sparten und die Leute, die für sie tätig waren, ausquetschten.

»Für andere zu arbeiten nervt«, sagte Ed Newton immer wieder zwischen zwei Bissen zu seiner Tochter, wenn sie am Resopal-Küchentisch saßen. »Werd dein eigener Boss, Jackie.«

Das war ihr gemeinsamer Traum.

Als Jackie zehn Jahre alt war, kaufte Ed Newton ihr einen LeatherCraft-Werkzeuggürtel aus Wildleder. Es war das Schönste, was Jackie je besessen hatte. Er roch nach Kiefernholz und Sägemehl. Sie ölte das Leder dreimal pro Woche ein. Sie trug ihn immer. Auch jetzt noch, mehr als ein Vierteljahrhundert, nachdem er ihn ihr geschenkt hatte. Als sie elf war, gelang es Dad, ein kleines Stück Land am Fuße der Pocono Mountains zu kaufen. Jedes Wochenende fuhren Vater und Tochter dorthin und bauten Vaters Traumhütte zum Jagen und Fischen. Jackie trug immer den Werkzeuggürtel. Ed war ein geduldiger Lehrer, und sie lernte schnell. Meist arbeiteten sie schweigend. Für beide war die Arbeit wie eine Zen-Übung.

Sie hatten auch Pläne. Eines Tages, sagte Ed, würden sie ihre eigene Baufirma gründen. Beide zusammen. Sie würden für sich selbst arbeiten. Sie wären ihre eigenen Bosse.

Als sie achtzehn war, bekam Jackie ein Vollstipendium für das Montgomery County Community College. Sie belegte Finanzkurse, was ihr Vater ihr geraten hatte, damit sie die wirtschaftliche Seite eines Bauunternehmens im Griff hatten. Nach ihrem Abschluss arbeitete Jackie in verschiedenen Bauberufen, um das Geschäft von der Pike auf zu lernen. Beide hofften, dass sie in drei bis fünf Jahren ihre eigene Firma gründen konnten, wenn sie mit ihrem Geld sparsam umgingen.

Es dauerte länger, als sie erwartet hatten.

Ed nahm eine zweite Hypothek auf das Haus in Philadelphia auf, und trotz Jackies Protesten verkaufte er die Traumhütte, die sie in den Poconos gebaut hatten. Als sie genug Kapital zusammen hatten, um einen Geschäftskredit aufnehmen zu können, war Jackie dreiunddreißig und Ed zweiundsechzig – aber bei einem solchen Traum ist aufgeschoben nicht aufgehoben.

Eines Tages stürmte Ed Newton mit einem Stapel Visitenkarten durch die Tür, auf denen stand:

***Newton und Tochter Construction Services, LLP***
***Ed Newton***
***Jackie Newton***
***Generalunternehmer, Umbauten, Bodenbeläge***

Oben rechts war das Firmenlogo: ein kleines Haus mit Fenstern als Augen und einer breiten Tür als Lächeln. Jackie hatte ihren Vater noch nie so glücklich gesehen, und in den ersten sechs Monaten lief alles erstaunlich gut. Die Nesbitt Brothers brauchten ganz kurzfristig Hilfe bei einer Wohnsiedlung in Bryn Mawr. Newton und Tochter meisterten das Projekt mit Bravour, ohne das vorgegebene Budget voll auszunutzen. Diese Arbeit brachte ihnen einige Empfehlungen ein. Weitere Aufträge folgten. Ed und Jackie stellten drei Vollzeit-Angestellte ein und mieteten Büroräume in einem Lagerhaus in der Castor Avenue.

Newton und Tochter waren immer noch ein Kleinstunternehmen mit Betonung auf »Kleinst«, aber sie waren auf dem richtigen Weg.

Nach einem Jahr wurde Ronald Prine auf sie aufmerksam, ein großer Immobilienmogul aus Philadelphia, weil sie offenbar gute Arbeit machten und einen ausgezeichneten Ruf hatten. Prines Leute forderten Ed auf, ein Angebot für die Verlegung von Hartholzböden in dem neuen, noblen Prine-Wolkenkratzer in der Arch Street einzureichen. Es war ein riesiges Projekt, eigentlich ein paar Nummern zu groß für sie, aber es wäre ein prestigeträchtiger Bau und für Newton und Tochter eine Chance, sich zu etablieren.

Ed und Jackie arbeiteten zwei Wochen daran, die Zahlen auszuarbeiten und eine vollständige Powerpoint-Präsentation für das Prine-Konglomerat zu erstellen, ihr erstes Angebot war jedoch, laut Auskunft der Prine-Leute, zu hoch. Ed Newton ging zurück in sein Büro. Er spitzte seinen Bleistift und senkte den Angebotspreis. Die Leute von Prine sträubten sich immer noch.

*Das sind clevere Geschäftsleute*, erklärte Ed seiner Tochter. Deshalb seien Konglomerate wie Prine so erfolgreich – sie wüssten, wie man aus allem auch noch den letzten Dollar herausholte. Jackie war nicht überzeugt. Das Ganze war nur sehr schwer in den Griff zu kriegen, und die Gewinnspanne war inzwischen viel zu niedrig. Sie mochte die Prine-Leute nicht – und traute ihnen auch nicht. Sie hatte gehört, dass kleine Auftragnehmer wie sie übers Ohr gehauen worden waren.

Aber Ed wollte nichts davon wissen. Ein bedeutender Auftrag wie dieser wäre für sie eine unglaubliche Publicity. Er würde Newton und Tochter eine Geltung verschaffen, die man mit Geld nicht kaufen könnte. Wenn sie bei einem solchen Projekt ein ausgeglichenes Ergebnis erzielten, sagte Ed zu ihr – ja, selbst wenn sie ein oder zwei Dollar Verlust machten –, würde sie das im Endeffekt trotzdem voranbringen.

Nachdem sie ihre Zahlen noch einmal nach unten korrigiert hatten, erhielten Newton und Tochter den Zuschlag.

Das Projekt war gigantisch. Es verlangte ihnen in jeder Hinsicht alles ab, aber hey, sie spielten jetzt in der ersten Liga. Dad liebte es. Er betrat O'Malley's Pub etwas aufrechter und mit einem etwas breiteren Lächeln. Seine alten Kollegen klopften ihm anerkennend auf die Schulter. Sie luden ihn auf den einen oder anderen Drink ein.

Wie so oft war alles gut, bis es das nicht mehr war.

Zunächst war Prine mit den Vorauszahlungen im Verzug. Das Geld würde kommen, wurde ihnen wiederholt mitgeteilt. Das sei das übliche Verfahren des multinationalen Konzerns, wurde ihnen versichert. Fangen Sie einfach schon mit der Arbeit an. Und das taten sie auch. Ed nahm einen weiteren Kredit auf, um das Parkett von seinem Lieblingssägewerk in Hazlehurst, Georgia, zu kaufen. Das war zwar etwas teurer, aber es war es wert. Ed und Jackie lehnten andere, gute Jobangebote ab, um sich ausschließlich auf den Prine-Wolkenkratzer zu konzentrieren. Es war ein harter Job mit viel

Bürokratie, Verzögerungen, Zeitüberschreitungen und Finanzierungsproblemen.

Sie würden am Ende zwar draufzahlen, aber die Hartholzböden waren tadellos und erstklassig. Ed und Jackie waren sehr stolz auf ihre Arbeit. Sie hatten mit dem Rücken zur Wand gestanden und gezeigt, dass sie mit den Großen mithalten konnten.

Den Rest können Sie sich wahrscheinlich denken.

Prine hat sie übers Ohr gehauen. Nicht ein kleines bisschen. Nicht ein bisschen. Er hat sie einfach nicht bezahlt. Als ihre Arbeit fertig war und sie die Schlussrechnung vorlegten, ignorierte Prine sie. Er machte sich nicht einmal die Mühe, zu lügen, zu behaupten, das Geld würde noch kommen, ihnen zu versichern, es würde nur noch eine Woche dauern. Er ersparte sich sogar die alte Leier vom Scheck, der schon in der Post sei. Ed Newton schickte eine weitere Rechnung. Dann noch eine. Wochen vergingen. Dann Monate. Ed und Jackie riefen an, bekamen aber niemanden ans Telefon, der für sie zuständig war. Sie fuhren persönlich zum Büro, aber der Sicherheitsdienst ließ sie nicht hinein. Da ihnen keine andere Möglichkeit blieb, beauftragten Ed und Jackie schließlich einen Anwalt mit dem passenden Namen Richard Fee. Prine ignorierte auch die Anwaltsschreiben. Weitere Monate vergingen. Schließlich blieb ihnen keine andere Wahl, als die Prine Organization zu verklagen. Es war nicht David gegen Goliath – es war David gegen tausend Goliaths. Die Anwälte von Prine, ein riesiges Team, schwärmten aus und überrannten sie. Sie überschwemmten Ed und Jackie mit Papierkram. Sie reichten ständig irgendwelche Anträge ein. Sie stellten unverschämte Forderungen zur Offenlegung. Ed und Jackies Anwaltskosten stiegen. Als ihnen das Geld ausging, stieg Richard Fee aus. Als Ed und Jackie versuchten, sich zur Wehr zu setzen, machten Prines Leute ihre

Arbeit schlecht, behaupteten, es wäre handwerklich schlecht und Nacharbeiten notwendig gewesen. Der Ruf von Newton und Tochter war ruiniert. Weitere zwei Monate später bot Prine schließlich an, zwanzig Cent für jeden Dollar ihrer Forderung zu zahlen. Ed lehnte ab.

Den Rest kennen Sie, nicht wahr?

Sie verloren die Firma. Sie verloren ihr Haus. Um einen kleinen Teil ihrer immer weiter anwachsenden Schulden zu tilgen, zwang das Konkursgericht sie schließlich zu einem Vergleich, der ihnen vierzehn Cent für einen Dollar einbrachte. Als Teil des Vergleichs waren Ed und Jackie gezwungen, Vertraulichkeitsvereinbarungen zu unterzeichnen, sodass sie niemandem erzählen konnten, was Prine oder seine Organisation ihnen angetan hatten.

Im April dieses Jahres erlitt Ed Newton einen Schlaganfall, der ihn an die Wohnung fesselte. Vielleicht lag es einfach an seinem Alter oder daran, dass er sich ein Leben lang nicht vernünftig ernährt hatte. Vielleicht hatte es gar nichts mit der Klage oder ihren Verlusten zu tun. Aber Jackie glaubte das nicht. Prine war schuld, wegen allem, was er ihrem Vater, was er ihnen angetan hatte.

Sie hatte Rachefantasien, die sie aber natürlich nie in die Tat umsetzen würde.

Sie zogen in eine Wohnsiedlung für Geringverdiener. Jackie arbeitete schließlich für Eds alte Chefs bei TST Construction für einen reduzierten Stundensatz.

Ihnen war nichts geblieben. Fast nichts. Aber eins hatte Jackie behalten:

Das Jagdgewehr ihres Vaters.

Du - du, der ihre Geschichte gehört und darin eine Gelegenheit erkannt hast - hältst das Gewehr jetzt in den Händen.

Du richtest es auf Prines Brust.

»Wer sind Sie?«, fragt Prine. »Was wollen Sie?«

Du wolltest diese Mission eigentlich andersherum durchführen – Jackie töten und es Prine anhängen –, aber das wäre extrem schwierig gewesen. Prine war der Frau, deren Leben er zerstört hatte, nie begegnet. Er kannte nicht einmal Jackies Namen.

Es hätte kein Motiv gegeben.

»Hören Sie«, sagt Prine zu dir, »wer auch immer Sie sind, wir können das in Ordnung bringen. Ich habe einen Haufen Geld …«

Du drückst ab.

Du hast einen starken Rückstoß erwartet, und der kommt dann auch. Die Kugel reißt ein riesiges Loch in die Brust des reichen Mannes. Geld kann einem Menschen viel geben, aber eine Kugel hält es nicht auf. Prine ist tot, bevor sein Körper auf den Boden aufschlägt. Danach fährst du zur Wohnsiedlung für Geringverdiener zurück. Du hast einen Schlüssel für die Wohnung der Newtons. Als Jackie ihren Schlüssel einmal bei der Arbeit vergessen hat, hast du ihn an dich genommen, eine Kopie gemacht und wieder zurückgelegt, ohne dass sie etwas gemerkt hat. Jetzt kannst du dort nach Belieben ein- und ausgehen.

Und wie immer hast du alles sorgfältig geplant.

So bist du heute Morgen an das Gewehr ihres Vaters gekommen. So hast du dir Zugang zu Jackies altem Computer verschafft, von dem aus du der Prine Organization E-Mails geschickt hast, in denen du schwörst, dich für das zu rächen, was sie Jackie und ihrem Vater angetan haben.

Jetzt nutzt du den Schlüssel wieder. Der Fernseher läuft, das tut er tagsüber immer. Auf Zehenspitzen schleichst du am Schlafzimmer vorbei, in dem Ed Newton wahrscheinlich seine letzten Tage verbringen wird.

Das ungeladene Gewehr hast du ganz hinten im Schrank gefunden. Dahin bringst du es jetzt zurück.

Diesmal hast du es nicht mit DNA-Spuren ergänzt. Das Gewehr und die Droh-Mails müssten reichen. Jackie könnte ein Alibi haben – du konntest nicht alles genau abchecken, weil es so schnell gehen musste –, du bist aber sicher, dass es kaum jemanden ins Wanken bringen würde.

Ironischerweise würde diese Beweislage vermutlich nicht ausreichen, wenn Jackie Newton reich wäre, wenn sie Prines Vermögen hätte. Dann würde sie wahrscheinlich davonkommen. Sie könnte ein Team von Spitzenanwälten engagieren, die sich mit den richtigen Richtern, Polizisten und Politikern anfreunden würden, und verdammt, vielleicht käme es dann nicht einmal zu einem Prozess.

Trotzdem könnte Jackie Glück haben. Sie könnte ein hieb- und stichfestes Alibi haben. Vielleicht wird ihr ein Pflichtverteidiger zugewiesen, dem seine Mandanten wichtig sind. Vielleicht muss sie nicht den Rest ihres Lebens hinter Gittern verbringen.

Kurz gesagt, du gibst Jackie Newton eine Außenseiterchance.

Und das hast du noch nie getan.

# EINUNDZWANZIG

Der Friedhof überblickte einen Schulhof.

Myron fand es unglaublich, dass er nach all den Jahren wieder hier war. Bevor er aus dem Auto stieg, atmete er ein paarmal tief durch. Ben Staples, der Ex von Cecelia Callister, hatte vorgeschlagen, dass sie sich hier trafen, weil es, wie seine Assistentin am Telefon erklärte, die letzte Ruhestätte von Cecelia und ihrem Sohn Clay war. Myron fand diese Argumentation nicht ganz nachvollziehbar, war aber hier.

Er sah Ben Staples vor sich auf einer grasbewachsenen Lichtung, auf der sich keine Gräber befanden. Myron hatte es nicht geplant, wollte es nicht einmal, ertappte sich aber dabei, wie er zu den älteren Gräbern hinüberging, als würde ihn eine höhere Macht leiten. Er war seit Jahren nicht mehr auf diesem Friedhof gewesen, wusste aber noch genau, wohin er gehen musste. Als er in die Nähe kam, fing er an zu zittern. Auf dem Grabstein stand Brenda Slaughter. Myron las ihr Geburtsdatum, dann wanderte sein Blick weiter zu ihrem Todesdatum. So jung. So furchtbar, schrecklich, tragisch jung. Mit einem Mal erfasste ihn der altbekannte Schmerz wieder, er traf ihn wie ein Schlag, und Myron spürte, wie er weiche Knie bekam.

Myron blieb einen Moment lang stehen, während die schlimmen Erinnerungen auf ihn einstürzten. Hatte er Brenda geliebt? Nein. Dafür war es zu frisch gewesen. Aber nach ihrem Tod hatte er eine Art Nervenzusammenbruch erlitten. Er war weggerannt, hatte den Kontakt zu Menschen gemieden, zu viel getrunken und eine fremde Frau kennengelernt, die ebenfalls verletzt worden war. Ihr Leiden erzeugte eine Verbindung zwischen ihnen, und so waren sie gemeinsam für eine kurze, therapeutische Affäre auf eine Privatinsel geflohen. Ein Rebound, wenn man es so bezeichnen wollte. Eine Art Heilungsprozess.

Der Name dieser Frau war Terese Collins. Inzwischen war Myron mit ihr verheiratet.

*Der mentsch tracht un got lacht.*

Natürlich war es das nicht wert gewesen. Wenn er die Zeit zurückdrehen könnte, hätte er lieber Brenda gerettet und wäre seiner jetzigen Frau nie begegnet, so furchtbar das auch klingen mochte. Aber er würde sich so entscheiden. Und das Beste daran – einer von vielen Gründen, aus denen er Terese so glühend und leidenschaftlich liebte – war, dass sie es verstehen würde.

Unsere Fehler machen uns aus. Manchmal sind sie das Beste an uns.

Ben Staples hatte gepflegte, grau melierte Haare. Er trug einen schwarzen Rollkragenpullover unter seinem Mantel. Für einen Mann, der einmal mit einer Frau verheiratet gewesen war, die auf jeder »Die schönsten …«-Liste stand, war Staples recht unscheinbar. Wenn ein Phantombildzeichner versucht hätte, ihn zu skizzieren, hätte er nur wenige Anknüpfungspunkte gehabt. Normale Nase. Normales Kinn, vielleicht etwas schwach ausgeprägt. Ovales Gesicht. Mittelgroß. Er hielt eine Pflanze in beiden Händen vor sich – fast wie eine Opfergabe – und starrte auf die beiden Erdhügel. Noch kein Grabstein. Es war noch zu frisch.

»Danke, dass Sie hergekommen sind«, sagte Ben Staples.

Myron stellte sich neben ihn, sodass sie gemeinsam auf die Erde starrten.

»Cecelia ist links. Clay rechts. Am Montag waren noch Namensschildchen auf den Gräbern. Aber jetzt …« Ben Staples schüttelte müde den Kopf, als würde das Fehlen der Schilder alles erklären. »Ich habe es dem Typen in der Kapelle da drüben gesagt.« Ben deutete mit dem Kinn nach rechts. »Er meinte aber, dass ein paar Kids sie wahrscheinlich als Souvenirs mitgenommen haben.« Wieder schüttelte er den Kopf. »Souvenirs.«

»Mein herzliches Beileid«, sagte Myron.

»Danke.« Er blickte auf die Pflanze in seinen Händen hinunter, als hätte sie sich dort plötzlich materialisiert. Es schien eine Art Kaktus zu sein. »Sie mochte keine Blumen. Cecelia, meine ich. Na ja, sie mochte sie schon irgendwie, hielt es aber für Verschwendung. Weil sie zu schnell verwelken. Sie mochte langlebige Dinge, also habe ich lieber Sukkulenten geschickt. So wie die hier. Daher bringe ich sie ihr jetzt auch mit.«

»Schön«, sagte Myron, weil er nicht wusste, was er sonst sagen sollte.

»Ich habe sie immer noch geliebt.«

»Das glaube ich Ihnen.«

»Wussten Sie, dass Joe DiMaggio noch zwanzig Jahre lang Rosen geschickt hat, damit sie auf Marilyn Monroes Grab gestellt werden?«

»Das habe ich wohl mal irgendwo gelesen.«

»Er fühlte sich schuldig, als Marilyn gestorben ist. Angeblich waren seine letzten Worte ›Endlich werde ich Marilyn wiedersehen‹, obwohl ihre Scheidung da schon über vierzig Jahre zurück lag.«

»Fühlen Sie sich schuldig?«, fragte Myron.

»Ich weiß es nicht. Wahrscheinlich schon. Aber ich konnte Cecelia nicht vor sich selbst retten.«

»Was meinen Sie damit?«

Er schüttelte den Kopf. »Sie vertreten Greg Downing.«

»Ja.«

»Ich habe ihn schon ewig nicht mehr gesehen. Und auch schon lange nicht mehr an ihn gedacht. Und jetzt sitzt er im Gefängnis, weil er die Liebe meines Lebens ermordet hat.«

Myron wollte darauf hinweisen, dass er nur verhaftet worden war und es sich bisher lediglich um Mutmaßungen handelte, merkte aber sofort, dass das nicht passte. »Sie kannten Greg, stimmt's?«

»Ja, das liegt aber weit zurück.«

»Glauben Sie, dass er Cecelia getötet hat?«

Er zuckte unschlüssig die Achseln. »Die Polizei sagt, sie haben stichhaltige Beweise.«

»Ich würde gern wissen, was Sie denken.«

»Ich weiß es nicht. Es fällt mir schwer, das zu glauben. Welches Motiv hätte er denn?«

»Haben Sie jemand anders in Verdacht?«

Ben nickte entschlossen. »Lou.«

»Lou Himble, Cecelias Ehemann?«

»Sie haben getrennt gelebt. Cecelia hasste ihn. Sie wissen doch, was er getan hat, oder?«

»Er hat eine Art Schneeballsystem aufgebaut.«

»So wie Bernie Madoff damals, nur kleiner. So eine große Nummer ist Lou nicht. Aber er hat eine Menge Leute um ihr Erspartes gebracht. Das FBI hat Cecelia gefragt, ob sie gegen ihn aussagt. Sie war sofort dazu bereit. Hat nicht mal Immunität verlangt, weil sie wusste, dass sie unschuldig ist. Sie wollte einfach das Richtige tun. Und plötzlich, puff, ist Cecelia tot.« Er zuckte die Achseln. »Also sagen Sie mir, was passiert ist.«

»Klingt so, als hätten Sie regelmäßigen Kontakt zu Cecelia gehabt.«

»Wir standen uns noch sehr nahe. Sind Sie verheiratet?«

Myron trat einen kleinen Schritt zur Seite. »Ja.«

»Schon lange?«

»Nein«, sagte Myron. »Ziemlich frisch.«

»Sie ist bestimmt hübsch.«

»Das ist sie.«

»Ich hoffe aber, dass sie kein …«, Ben Staples malte mit den Fingern Anführungszeichen in die Luft, »… ›Supermodel‹ ist. So hat man meine Frau bezeichnet. Nicht einfach nur als Model. Als *Super*model. Als wäre sie eine Marvel-Figur, von den Avengers oder so.« Er lächelte. »Heiraten Sie jedenfalls keine von denen. Das erzeugt einfach zu viel Chaos. Sie wusste, dass alle sie anstarrten, sobald sie einen Raum betrat. Dass sie sie bewerteten. Immer in der Hoffnung, von ihrem Aussehen enttäuscht zu sein, damit sie sagen konnten: ›Ich versteh gar nicht, was der ganze Wirbel soll.‹ Supermodels machen sich die ganze Zeit Sorgen über das Älterwerden. Alle baggern sie an. Sogar ihre engsten Freunde.«

»Hat Greg das getan?«, fragte Myron.

»Wahrscheinlich. Ich weiß es nicht. Alle wollten meine Frau vögeln. Ich würde lügen, wenn ich nicht sagen würde, dass das irgendwo auch ein Hochgefühl war. Schließlich hatte ich etwas, das alle anderen wollten. Wissen Sie, was ich meine?«

Myron nickte knapp.

»Aber ich war zu naiv, zu selbstsicher.«

»Inwiefern?«

»Wenn man so eine Frau hat, darf man nicht einmal seinen Freunden trauen. Das habe ich aber. Cecelia war die ultimative Kerbe am Bettpfosten. Ich habe sie geliebt. Ehrlich. Aber gefielen mir die eifersüchtigen Blicke der anderen Männer? Wem würde das nicht gefallen? Ich hielt es für unbedeutend. Sie würde sich niemals auf so etwas einlassen. Aber nachdem das mit uns passiert ist, finde ich meine damalige Einschätzung einfach nur unglaublich dumm. Jetzt wirkt alles so …«

Ben Staples richtete seine Aufmerksamkeit auf den Erdhaufen rechts von ihnen. »Wissen Sie, Clay war nicht mein Sohn. Cecelia hat es mir sofort gestanden. Sie hat mir nichts vorgemacht. Das war der schlimmste Tag meines Lebens. Wir waren verheiratet, ich war ein naiver, glücklicher Trottel, sie kam rein, setzte sich zu mir, nahm meine Hand und sagte mir, dass sie schwanger sei und das Kind nicht von mir war. Einfach so.«

Ben Staples schluckte, sah zur Seite. Ein Vogel krächzte. Ein Auto fuhr vorbei, aus den offenen Fenstern plärrte Musik mit einem schweren lateinamerikanischen Rhythmus.

»Das muss schrecklich gewesen sein«, sagte Myron, der wusste, dass die Worte unangemessen waren, aber was hätte er sonst sagen sollen? Dann fragte er leise: »Hat Cecelia Ihnen erzählt, wer der Vater war?«

»Nein.«

»Nie?«

Er schüttelte den Kopf. »Und ich habe auch nie öffentlich erklärt, dass Clay nicht von mir war. Er war ein guter Junge. Wir hatten ein gutes Verhältnis. Natürlich kein echtes Vater-Sohn-Verhältnis. Aber ich war doch mehr als nur der Ex seiner Mutter.«

»Wusste Clay, wer sein Vater war?«

»Nein, er hat es erst Jahre später erfahren. Es ist kompliziert.«

Myron wartete.

»Ich weiß gar nicht, warum ich Ihnen das alles erzähle«, sagte Ben Staples.

»Cecilia wurde ermordet. Ich will herausbekommen, wer sie umgebracht hat.«

»Sie sind kein Polizist.«

»Nein.«

»Aber ich habe ein paar Freunde gefragt«, sagte Staples. »Die sagten, Sie wären gut – und dass es Ihnen wirklich um Gerechtigkeit geht.«

»Ich bemühe mich«, sagte Myron. »Sie sagten, Clay hätte etwas über seinen Vater herausbekommen?«

»Cecelia wollte nicht, dass er es erfährt. Sie sagte, es wäre nicht wichtig. Aber als Clay alt genug war, hat er seine DNA in ein paar dieser genealogischen Datenbanken eingegeben.«

»Und da hat er eine Übereinstimmung zu seinem Vater gefunden?«

»So einfach war das nicht. Die Einzelheiten kenne ich nicht, aber irgendwie hat Clay einen Cousin ersten Grades gefunden. Er hat mit ihm gesprochen. Er hat dann auch zu Verwandten dieses Cousins Kontakt aufgenommen. Das war so eine Art Ausschlussverfahren. Aber vielleicht hat Cecelia es ihm dann doch gesagt, als er seinem Vater immer näher gekommen ist. Sie wollte nicht, dass er bei dem Typen an die Tür klopft.«

»Hat Clay bei dem Typen an die Tür geklopft?«

»Das weiß ich nicht. Ich hatte den Eindruck, dass Clay die Sache auf sich beruhen ließ, als er erfahren hatte, wer das war. Aber ganz genau weiß ich es nicht.«

»War Ihre Scheidung mit Cecelia einvernehmlich?«

Er sah Myron an. »Glauben Sie …?«

»Nein, absolut nicht. Es geht um Greg. Ich habe gehört, dass Greg wegen Ihrer Scheidung ziemlich verärgert gewesen sein soll. Ist Ihnen das aufgefallen?«

Ben Staples überlegte. »Jetzt, wo Sie es sagen, ja. Greg ist ein bisschen über Cecelia hergezogen. Aber er war damit nicht der Einzige. Die Welt dachte, sie wäre von einem anderen

Mann schwanger und hätte mich verlassen. Das haben eigentlich alle so gesehen. Genau genommen war es ja auch so.«

»Ben?«

»Ja?«

»Ich weiß nicht, wie man diese Fragen behutsam formuliert, also stelle ich sie einfach ganz direkt, okay?«

Er nickte. »Das ist einer der Gründe, warum ich einverstanden war, mich mit Ihnen zu treffen.«

»Ich kann Ihnen nicht folgen.«

»Ich nehme an, dass Sie hergekommen sind, weil Sie mehr wissen, als Sie bisher verraten haben«, erläuterte Ben. »Das ist also der Deal: Sie wollen etwas von mir erfahren – und ich will etwas von Ihnen erfahren. Also schießen Sie los. Halten Sie sich nicht zurück.«

Okay, dachte Myron. Dann: »Hat sich Ihre Frau anders verhalten, bevor sie die Scheidung beantragt hat?«

»Ja.«

»Inwiefern?«

»Sie war launisch, zurückgezogen. Vielleicht schon depressiv. Ich habe versucht, sie zu überreden, zu einem Therapeuten zu gehen. Aber sie wollte nicht. Ich glaube, sie hat damals Tabletten genommen, die ihr ein Freund besorgt hatte.«

»Wann genau war das?«

»Ein oder zwei Monate bevor sie mir erzählt hat, dass sie schwanger ist. Ganz genau weiß ich es nicht mehr. Falls so eine Affäre allerdings den Effekt haben soll, die Laune einer Frau zu verbessern, hat es in diesem Fall nicht geklappt. Ganz im Gegenteil. Was immer es war, schien sie zu erdrücken.«

Myron wusste nicht, wie er den Schlag abmildern sollte, also fragte er: »Hat Cecelia Ihnen jemals erzählt, dass sie vergewaltigt wurde?«

Er schwankte, als hätte ihm jemand einen Kinnhaken versetzt. Einige lange Augenblicke sagte er nichts. Er starrte Myron einfach nur an. Tränen standen in seinen Augen. Schließlich sagte er leise: »Wurde sie das?«

»Das hat sie einer Freundin erzählt.«

»Oh mein Gott.« Er schloss die Augen und drehte das Gesicht zum Himmel. »Welcher Freundin?«

»Emily Downing.«

»Gregs Frau.«

»Ja.«

Ben Staples stand stocksteif da und starrte auf den Erdhügel. »Weiß sie, wer …?«

»Nein«, sagte Myron.

Ben Staples brauchte eine Weile, um sich zu sammeln. Myron ließ ihm Zeit.

Dann fragte Ben: »Warum hat Cecelia mir das nicht erzählt?«

Myron nahm an, dass er diese Frage eher sich selbst stellte, sagte aber trotzdem: »Ich weiß es nicht.«

»Und Emily hat Ihnen das erzählt?«

»Ja.«

»Was hat sie Ihnen noch erzählt?«

Myron setzte ihn, so gut er konnte, in Kenntnis. Bens Gesichtsausdruck wechselte von Verzweiflung zu Wut. Offenbar konnte er ein paar Dinge zuordnen, oder zumindest dämmerte ihm etwas. Als Myron seinen Bericht beendet hatte, gewährte er Ben Staples keine Pause.

»Sie wissen, wer es war«, sagte Myron.

»Ich glaube schon, ja.«

Myron wartete.

»Er hat ihr immer wieder erzählt, dass er ihr eine Hauptrolle in einem neuen Broadway-Stück verschaffen will. Ich wusste, dass es eine Anmache war. Und sie wusste es natürlich auch. Jeder männliche Produzent hatte plötzlich die perfekte Rolle, um sie als ernst zu nehmende Schauspielerin herauszubringen. Aber eine Hauptrolle in einem Broadway-Stück? Cecelia konnte nicht schauspielern. Das habe ich ihr auch mal gesagt: ›Du begreifst schon, was hier abgeht, oder?‹ Das hätte ich nicht sagen dürfen. Selbst wenn es stimmte. Ich hätte sie mehr unterstützen müssen.«

»Wer hat sie vergewaltigt, Ben?«

»Ich weiß nicht, ob ich Ihnen das sagen soll.«

»Warum nicht?«

»Weil sie offensichtlich nicht wollte, dass die Welt das erfährt. Ich weiß nicht recht, ob ihr Tod etwas daran ändert.«

»Dieser Typ, der Vergewaltiger, könnte mit ihrer Ermordung in Verbindung stehen.«

»Das tut er nicht.«

»Woher wollen Sie das …«

»Weil er tot ist. Es war Howard Mostring. Ein paar Monate vor unserer Scheidung war sie zu einem spätabendlichen …«, wieder mit den sarkastischen Anführungszeichen, »… ›Vorsprechen‹ bei ihm. Ich dachte sogar, ich meine, es kam mir in den Sinn – das war, bevor all das schreckliche Zeug über ihn rauskam –, ich hab mich tatsächlich gefragt, ob er Clays Vater ist. Dass sie die Rolle womöglich so dringend wollte …?«

Howard Mostring war ein bekannter Broadway-Produzent und Vergewaltiger, gegen den zu Verhandlungsbeginn mehr als fünfzig Anschuldigungen wegen sexueller Übergriffe aus den letzten fünfundzwanzig Jahren erhoben wurden. Howards Anwälten gelang es, ihn auf Kaution aus dem Gefängnis zu bekommen. Er musste allerdings eine elektronische Fußfessel tragen. Howard fuhr nach Hause in sein mondänes Penthouse-Appartement in der Park Avenue, öffnete die Glasschiebetür zu seiner Terrasse und sprang. Es hätte ein perfektes Ende sein können, wenn man außer Acht ließ, dass destruktive Menschen oft bis zu ihrem Ende destruktiv sind. Er landete auf einer jungen Frau, die sich gerade verlobt hatte, und tötete auch sie.

*»Howard Mostrings letztes Opfer.«*

So bezeichneten die Medien die arme Frau.

»Ich kapier's aber trotzdem nicht«, sagte Ben Staples.

»Was kapieren Sie nicht?«

»Wie kommt es, dass Greg Downing am Ende den Kopf dafür hinhalten muss?«

# ZWEIUNDZWANZIG

Als Myron wieder im Dakota Building war, kam Terese Collins, seine Frau, auf ihn zugerannt und begrüßte ihn mit einem Kuss, der die Altersfreigabe eines Spielfilms eine Stufe hochgesetzt hätte.

»Holla«, sagte Myron, als sie sich lösten und endlich wieder Luft holen konnten. »Das war … also echt … wow.«

»Du bist so ein wortgewandter Schmeichler«, sagte Terese.

»Ja, oder?«

»Ich freu mich so, dich zu sehen«, sagte sie.

»Ich mich auch.«

»Herrje, jetzt hör endlich auf mit den Schmeicheleien.«

»Ich kann einfach nicht anders«, sagte Myron. »Ich dachte, dein Flugzeug kommt erst spät.«

»Ich habe ein früheres erwischt. Zufrieden?«

Er lächelte. »Berauscht.«

Sie rückte wieder näher zu ihm und zog eine Augenbraue hoch. »Win ist heute Abend nicht zu Hause.«

»Hat er dir das gesagt?«

»Das hat er mir gesagt.«

»Win ist ein guter Mann.«

»Eigentlich nicht«, sagte sie, »aber in diesem Fall dann schon.«

»Soll ich dich zum Essen einladen?«, fragte er.

Terese legte ihre Lippen an sein Ohr. Myron zuckte zusammen. Dann flüsterte Terese: »Ich habe gar keinen Hunger, du etwa?«

»Äh, jedenfalls nicht auf Essen.«

»Schon wieder so ein cooler Spruch«, sagte sie.

»Ich bin gerade voll in Fahrt.«

»Oder wirst es bald sein.«

Sie stolperten ins Schlafzimmer. Viel später bestellten sie sich bei *Shake Shack* Burger und Pommes und verschlangen sie im Bett. Stunden vergingen. Der Rest der Welt blieb auf Abstand. Irgendwann, sehr spät in der Nacht, als sie beide im Dunkeln lagen und an die Decke starrten, sagte Terese: »Ich muss morgen wieder weg. Wie sich herausgestellt hat, werde ich über den Prine-Mord berichten.«

»Oh«, sagte Myron. Das war keine Überraschung. Er hatte heute Morgen etwas darüber in den Nachrichten gesehen. Der Immobilienmogul Ronald Prine war in Philadelphia erschossen worden. Sie lagen noch ein paar Minuten nebeneinander auf dem Rücken, ihr Atem synchronisierte sich langsam. Dann sagte Myron: »Ich muss dir etwas sagen.«

Terese rührte sich nicht.

»Und gleich vorneweg, es ist nichts passiert.«

»Myron?«

»Ja?«

»Das ist keinesfalls die beruhigende Eröffnung, für die du sie anscheinend hältst.«

»Ich war gestern Nacht bei Emily«, sagte er.

»In ihrer Wohnung an der Upper East Side?«

»Nein, in ihrem Haus in den Hamptons.«

»Mhm.«

»Sie hat ein paar Stunden mit mir in einem Bett geschlafen. Es ist nichts passiert. Jeremy war mit dem Flugzeug angereist, also bin ich hingefahren, und weil wir gleich am nächsten Morgen zusammen Greg besuchen wollten, habe ich im Gästezimmer übernachtet. Emily ist reingekommen, als ich schon im Bett lag. Wir haben uns unterhalten. Sie hat sich sozusagen neben mich gelegt und gefragt, ob sie bleiben kann.«

»Und du hast Ja gesagt.«

»Es war nur … die Emotionen an dem Tag, der ganze Aufruhr. Ich glaube, sie hat sich einfach einsam gefühlt.«

Terese starrte an die Decke. »Zwischen euch besteht eine Verbindung.«

»Ja. Aber nicht so eine.«

»Ihr habt einen gemeinsamen Sohn.«

»Ja.«

»Und eine Vergangenheit. Du hast ihr einen Heiratsantrag gemacht.«

»Da war ich zweiundzwanzig.«

»Dann hast du es also nicht ernst gemeint?«

»Es wäre der größte Fehler meines Lebens gewesen. Ich habe keine Gefühle mehr für sie.«

»Schon komisch«, sagte Terese. »Weißt du, was ich gedacht habe, bevor du das erzählt hast?«

»Sag es mir.«

»Wie toll wir zueinanderpassen.«

»Das tun wir.«

»Zwei beschädigte Seelen, die sich gegenseitig heilen, wenn sie sich verbinden.« Sie setzte sich auf. »Emily und du seid das Gegenteil: Zwei beschädigte Seelen, die sich gegenseitig weiter Schaden zufügen, wenn sie sich verbinden.«

»Das ist lange her, Terese.«

»Dann sind die Wunden also verheilt? Ohne Narben zu hinterlassen?«

»Sie bedeutet mir nichts mehr.«

»Trotzdem wolltest du sie trösten. Als sie bei dir war. In diesem Schlafzimmer.«

»Aber nicht so.«

»Warum erzählst du mir das dann?«

Das hatte er sich auch gefragt. »Ich hatte den Eindruck, dass du es wissen solltest.«

»Ich musste es nicht wissen.«

»Oh.«

»Alles zu wissen, ist überbewertet«, sagte sie.

»Gibt es Sachen, die du mir nicht erzählst?«, fragte Myron.

Sie seufzte. »Das klingt jetzt wie eine Retourkutsche.«

»Ich würde trotzdem gerne die Antwort hören.«

Sie drehte sich auf die Seite und legte den Kopf auf ihre Hand. »Letzten Monat in Rom war ich mit Charles was trinken.«

Myron gefiel das, was er fühlte, nicht. »Igitt«, sagte er.

Terese schwieg.

»Hat er dich angemacht?«

»Natürlich hat er mich angemacht.«

»Aber du hättest mir nichts davon erzählt.«

»Nein«, sagte sie.

»Warum nicht?«

»Weil es keine Rolle spielt.«

»Das versteh ich nicht.« Myron setzte sich auf. »Du weißt doch, wie Charles ist.«

»Natürlich.«

»Warum um alles in der Welt gehst du mit dem überhaupt was trinken?«

»Dieser Tonfall ist jetzt aber nicht ernst gemeint, oder?«

Jetzt schwieg Myron.

»Du hast gestern Nacht im selben Bett mit deiner Ex geschlafen, mit der du einen gemeinsamen Sohn hast – einer Ex, der du früher einmal einen Heiratsantrag gemacht hast. Warum bist du nicht einfach in die Stadt zurückgefahren?«

»Ich wollte mich am frühen Morgen mit Jeremy treffen.«

»Das hättest du auch in der Stadt machen können«, sagte Terese. »Du hast dich stattdessen entschieden, in Emilys Haus am Strand zu übernachten.«

»Sie brauchte jemanden.«

»Und wenn ich dir sagen würde, dass Charles jemanden gebraucht hätte?«

»Ach bitte. Das ist nicht dasselbe. Das weißt du ganz genau.«

Terese lächelte. Myron sah es im Mondlicht, das durch das Fenster hereinfiel. Sie war in diesem Moment so unglaublich schön. Er fragte sich, ob er je zuvor einen so schönen Menschen gesehen hatte.

»Warum lächelst du?«, fragte Myron.

»Ich weiß, dass es toxisch ist, aber irgendwie finde ich es süß, wenn du eifersüchtig bist.«

Er konnte nicht anders, als das Lächeln zu erwidern. Dann: »Außerdem hab ich mich heute mit dem Ex-Mann von Cecelia Callister getroffen.«

»Ein großer Tag für diverse Exen.«

»Er hat mir erzählt, wie schwer es ist, ein Supermodel zur Frau zu haben. Weil alle sie anbaggern. Ich versteh, was er meint.«

»Willst du mich mit einem Supermodel vergleichen?«

»Nein«, sagte Myron. »Du bist viel heißer.«

»Echt cool«, sagte sie. »Diesmal aber wirklich.«

»Ich muss die ganze Zeit an den Song »When You're in Love with a Beautiful Woman« denken.«

»Von wem ist der?«

»Von Dr. Hook, glaube ich.«

»Ach richtig«, sagte sie. »Dr. Hook and the Medicine Show. Von denen war auch »Silvia's Mother«.«

»Verstehst du jetzt, warum ich dich so sehr liebe?«

»Was ist mit Cecelias Ex und diesem Song?«

»Der Ex hat mir immer wieder erzählt, wie naiv er war – weil er es cool fand, dass Männer sie anbaggern, und ihm das ein Hochgefühl beschert hat.«

»Und du empfindest dabei kein Hochgefühl.«

»Nein. Und dann, eines Tages, hat seine Frau diesem Ex – er heißt Ben Staples – völlig unvermittelt erzählt, dass sie mit dem Kind eines anderen Mannes schwanger ist und ihn verlässt.«

»Wir wissen beide, dass du nicht befürchten musst, dass das bei mir passiert.«

Myron schloss die Augen und verfluchte sich innerlich. »Terese.«

»Tu's nicht.«

»Es tut mir leid. Ich wollte nicht …«

»Ich weiß. Schon okay. Ehrlich.«

»Ich liebe dich.«

»Ich weiß«, sagte sie. Dann sah Terese ihn an. »Aber kommst du damit klar?«

»Ja.«

»Ich bin nicht die, die du dir vorgestellt hast.«

»Du bist besser.«

»Du wolltest immer die Ehefrau, die Kinder, den Gartenzaun, die Familiengrillpartys, die Kindersportliga …«

»Terese.«

»Mit mir kriegst du das nicht.«

»Ich weiß.«

»Das hattest du anders geplant.«

»Muss ich es wirklich sagen?«, fragte Myron.

»Igitt«, imitierte Terese Myron. »Lieber nicht.«

*»Der mentsch tracht un got lacht.«*

Sie übersetzte. »Der Mensch plant, Gott lacht.«

»Es ist nicht so, wie ich es geplant habe. Es ist besser als das. Ich liebe dich, Terese. Ich will genau dies. Ich will dich. Okay?«

»Okay.« Er war sich nicht sicher, ob sie ihm glaubte. »Myron?«

»Ja?«

»Hab keinen Sex mit Emily.«

»Kein Interesse.«

»Doch, das hast du. Deshalb hast du mir das erzählt und ich dir nicht. Du hegst noch Gefühle für sie. So bist du nun mal. Wenn du jemandem einmal dein Herz geschenkt hast, wird diese Person immer ein kleines Stück davon behalten.«

»Und du empfindest für Charles nicht dasselbe?«

»Absolut ganz und gar nicht.«

Myron überlegte. »Kann ich ihm trotzdem eine aufs Maul hauen?«

»Nein«, sagte sie. »Aber es freut mich, dass du das willst.«

# DREIUNDZWANZIG

Um fünf Uhr morgens schlüpfte Myron aus dem Bett.

Er wohnte oft im Gästezimmer von Wins Wohnung, das einen Blick auf den Central Park bot. Zwischen den beiden Fenstern, von denen man diesen Ausblick hatte, hing ein großer Chagall – ja, ein echter Chagall. Vom antiken Himmelbett aus jamaikanischem Mahagoni aus der Zeit George III. hatte Myron (von links nach rechts wie auch von rechts nach links) ein Fenster mit Blick auf den Central Park, einen wunderschönen Chagall und ein Fenster mit Blick auf den Central Park.

Es gab schlechtere Schlafplätze.

Win war schon wach, vollständig angezogen und las im Salon eine Zeitung – eine echte Zeitung aus Papier. Er trank seinen Earl Grey aus einer edlen Porzellantasse mit dem Familienwappen darauf. Myron setzte sich in den burgunderroten Ledersessel neben ihm.

»Wie war dein Abend?«, fragte Win.

»Ziemlich großartig. Ich habe dich gar nicht reinkommen hören.«

»Lag wohl daran, dass deine Nacht – wie hast du es so gekonnt beschrieben? – ziemlich großartig war.«

Win war eine Nachteule. Er ging in den frühen Morgenstunden spazieren. Er trank etwas zu viel und stellte rund um die Uhr Frauen nach, wenn man das überhaupt noch so bezeichnete, aber irgendwie wachte er immer früh auf und sah frisch und fit aus. Zumindest hatte er das. Nicht, dass es anderen auffallen würde, aber Myron spürte, dass sich die Jahre bei seinem alten Freund doch ganz leicht bemerkbar machten. Die Augenlider hingen etwas tiefer. Die Hand, die die Teetasse anhob, war nicht mehr ganz so ruhig. Vielleicht bildete Myron sich das nur ein. Oder er projizierte seine eigenen Erfahrungen auf seinen Freund – schließlich wurde er auch nicht jünger –, das glaubte er aber nicht.

»Hast du, äh, gestern Abend deine App benutzt?«, fragte Myron.

»Das habe ich«, sagte Win.

Win hatte eine superreiche, superexklusive, superanonyme, superluxuriöse App für sexuelle Kontakte – so eine Art Tinder für die Superreichen. Myron kannte nicht alle Details – er *wollte* sie auch nicht kennen –, aber im Großen und Ganzen verabredeten sich zwei mega-reiche Personen, trafen sich in einem geheimen, prächtigen Penthouse irgendwo in der Stadt und, na ja, tanzten einen oder mehrere Laken-Mambos.

»Frag nicht nach den Einzelheiten«, sagte Win.

»Mach ich nicht.«

»In der App sind alle zur Verschwiegenheit verpflichtet.«

»Hervorragend.«

»Na ja, ich könnte es dir höchstens erzählen, ohne Namen zu nennen. So rein hypothetisch.«

»Abgelehnt.«

»Warum hast du überhaupt gefragt?«

»Das frage ich mich auch gerade.«

Win lächelte, blätterte die Zeitung um und faltete sie neu. Er tat dies mit großer Präzision, wie ein Mathematiker, der geometrische Formen bearbeitet, oder wie Myrons Tante Selma eine Restaurantrechnung zwischen den Essensgästen aufteilte.

»Esperanza muss dich heute Morgen sprechen«, sagte Win. »In ihrem Büro. Sie erwarten dich schon.«

Myron warf einen Blick auf die schicke Louis-irgendwas-Uhr auf dem Marmorkaminsims. »Ziemlich früh.«

»Ja.«

»Du sagtest ›sie erwarten dich‹«, sagte Myron.

»Gut aufgepasst.«

»›Sie‹ erwarten mich. Im Plural.«

Win lächelte und nickte zustimmend. »Gemeint sind Esperanza und Sadie Fisher.«

Sadie Fisher war eine der Mitbegründerinnen der Anwaltskanzlei FFD – das erste F, wenn man so wollte –, in der Esperanza das D war.

»Also will Sadie mich sprechen«, sagte Myron.

Win antwortete nicht.

»Warum hat Esperanza mir nicht einfach eine Nachricht geschickt?«

»Weil sie Terese und dich nicht in flagranti stören wollte.«

Myron schüttelte den Kopf. »Wie alt bist du?«

»Sie hielt es für besser, wenn ich dir die Nachricht persönlich überbringe.«

»Irgendeine Ahnung, worum es geht?«

»Eine Ahnung schon«, sagte Win. »Es wäre allerdings reine Spekulation.«

Eine Stunde später bog Wins Limousine in die Privateinfahrt zur Tiefgarage unter dem Lock-Horne Building. Sie traten in den Privatfahrstuhl. Myron stieg allein in seinem alten Stockwerk aus. Früher, als MB Reps noch über diese Räume herrschte, war das Foyer in den neutralen Wir-sind-seriöse-Profis-Farben Grau und Beige gehalten. Als Fisher, Friedman und Diaz einzogen, hatten sie die Wände in einem kräftigen *Rouge* streichen lassen, offenbar inspiriert von der

Farbe des Lippenstifts, den sowohl Sadie als auch Esperanza trugen.

Der Empfangschef der Anwaltskanzlei war ein junger Mann namens Taft Buckington III., der genauso aussah, wie sein Name klang. Tafts Vater, Taft Buckington II., war – was bei dem Namen niemanden überraschen wird – Mitglied in Wins ultraexklusivem Merrion-Golfclub in der Philadelphia Main Line. Die Kanzlei FFD hatte nur Teilhaber*innen*. Als Win, als Investor in die Kanzlei, Sadie vorschlug, alibimäßig einen Mann hinzuzunehmen, lautete ihre unverblümte Antwort: »Scheiße, nein.« Stattdessen hatte sie den jungen Taft als Rezeptionisten und Anwaltsgehilfen eingestellt. Es schien zu funktionieren.

»Hey, Taft«, sagte Myron.

»Guten Morgen, Mr Bolitar. Ich werde Sadie und Esperanza informieren, dass Sie da sind.«

»Nicht nötig.«

Das waren Sadies Worte. Sie und Esperanza kamen Seite an Seite mit hocherhobenen Köpfen und gestrafften Schultern auf Myron zustolziert. Wie auf einem Laufsteg, dachte Myron, was zweifellos ein sexistischer Gedanke war, aber was sollte es.

Esperanza begrüßte Myron mit einem Wangenkuss. Obwohl Sadie und er sich nicht besonders gut kannten, tat sie das Gleiche. Sie gingen in Myrons ehemaliges Büro, das jetzt Sadies war. Sie hatte seinen alten Schreibtisch behalten, ansonsten war aber alles neu. Myrons Minikühlschrank, in dem er seine Yoo Hoos aufbewahrte, hatte einem Druckerständer Platz gemacht. Alle seine Poster von Broadway-Musicals, die Sportbilder und die Erinnerungsstücke an seine eigene Spielerkarriere waren verschwunden. Ersatzlos. Die Wände waren leer. Der Schreibtisch auch.

»Fühlt sich komisch an, oder?«, fragte Sadie.

»Schon ein wenig.«

»Ich habe nicht gern Privatsachen in meinem Büro«, erklärte sie. »Ich will bei den Leuten keinen Eindruck hinterlassen. Meine Mandantinnen sollen nicht denken, dass ich ein Privatleben oder überhaupt irgendein Leben außerhalb dieses Büros habe. Sie sollen durch nichts abgelenkt werden. Sie sollen denken, dass ich nur dafür lebe, sie zu vertreten und ihnen zu helfen.«

Sadie setzte sich auf Myrons alten Platz hinter dem Schreibtisch. Myron setzte sich davor. Ein eigenartiger Blickwinkel. Esperanza blieb stehen, ging auf und ab und befand sich so nicht nur im übertragenen Sinne, sondern auch fast wortwörtlich zwischen den Fronten. Sadie rückte ihre Bibliothekarinnenbrille zurecht und sagte: »Unsere Kanzlei hat die Verteidigung von Greg Downing übernommen.«

Das überraschte Myron. »Oh.« Und dann: »Wen genau hat Greg beauftragt?«

»Mich«, sagte Sadie. »Aber wir sind alle Teil des Teams, zu dem ab sofort auch Sie gehören. Sie sind Anwalt mit einer Zulassung in New York City, richtig?«

»Richtig.«

»Damit fällt alles, was wir uns erzählen, unter das Anwaltsgeheimnis. Ist das so weit klar?«

»Kristallklar.«

»Deshalb wurde Win auch nicht eingeladen. Nur um das klarzustellen. Ansonsten würde ich ihn nicht außen vor lassen.«

Myron sah erst Esperanza, dann wieder Sadie an. »Ich weiß, dass ihr eure Mandantinnen vor Vergewaltigern und Stalkern beschützt, aber habt ihr auch eingehende Erfahrungen als Strafverteidigerinnen?«

»Eingehende nicht. Ein paar schon, ja.« Sadie nahm ihre Brille ab und steckte einen Bügel in den Mund. »Und um Ihre nächste Frage zu beantworten: Einen Mordprozess hat noch keine Teilhaberin der Kanzlei geführt. Das habe ich Greg auch erklärt.«

»Wenn ich dann also fragen darf …«

»Warum er uns beauftragt hat?«, beendete Sadie die Frage für ihn.

Myron nickte. »Wobei ich das keineswegs despektierlich meine.«

»Kein Problem. An Ihrer Stelle wäre das auch meine erste Frage gewesen. Und Greg habe ich das auch gefragt. Um es kurz zu machen: Greg kennt mich, er mag mich, und er vertraut mir. Er weiß, dass ich gut bin und wie besessen für ihn kämpfen werde, und auch wenn ich noch nie einen Mordprozess geführt habe, ist er davon überzeugt, dass ich mir die richtigen Leute zu meiner Unterstützung suchen werde.«

»Greg kennt mich, er mag mich, und er vertraut mir«, wiederholte Myron.

»Sie wollen wissen, woher«, sagte Sadie. »Das ist nachvollziehbar. Sie kennen doch Gregs Ex Emily.«

Myron sah Esperanza an. Die zuckte die Achseln.

»Ja, die kenne ich.«

»Natürlich kennen Sie sie. Das sollte nur ein kleiner Witz sein. Greg hat mir von Ihrer Vergangenheit erzählt, die ganze schmutzige Geschichte. Erinnern Sie sich an Emilys kleine Schwester?«

»Judy.«

»Genau. Sie heißt jetzt Judy Becker. Judy war meine Zimmergenossin an der Uni. Wir standen uns sehr nahe. Vielleicht ähnlich wie Sie und Win an der Duke. Und über sie habe ich Greg kennengelernt. Ich habe jahrelang kleinere juristische Arbeiten für ihn und Emily erledigt. Greg war es auch, der mir vor ein paar Jahren Win vorgestellt hat. Deshalb habe ich an ihn gedacht, als ich Büroräume gesucht habe.«

Myron ließ sich das einen Moment lang durch den Kopf gehen. Wieder sah er Esperanza an.

»Warum sehen Sie ständig Esperanza an?«, fragte Sadie.

»Wir sind eng befreundet.«

»Ich weiß. Glauben Sie, dass ich Ihnen etwas verschweige?«

»Nein.«

»Dann lassen Sie das. Es irritiert mich.«

»Tut mir leid. Alte Angewohnheit. Ich gehe davon aus, dass Sie darüber mit Ihrem Mandanten gesprochen haben.«

»Das habe ich.«

»Und?«

»Und – es ist einfach nicht zu fassen – Greg sagt, dass er es nicht war.«

»Glauben Sie ihm?«

»Ist das der Moment, an dem ich sage, dass es keine Rolle spielt, es mir egal ist oder was auch immer? Darauf werde ich mich jetzt nicht einlassen, okay?« Sadie blickte auf die Uhr. »Es würde zu lange dauern, die ganze Sache zu umreißen, also komme ich direkt auf den Punkt. Irgendetwas an diesem Fall ist ziemlich seltsam. Das FBI hält es derzeit noch unter Verschluss, aber es kursiert ein bizarres Gerücht.«

»Was für ein Gerücht?«

»Angeblich glauben sie, es wäre nicht das erste Mal, dass Greg jemanden ermordet hat.«

Beinahe hätte Myron sich umgedreht und Esperanza angesehen, dann fiel ihm Sadies Reaktion wieder ein, und er verkniff es sich. »Und wen soll er dann noch ermordet haben?«

»Keine Ahnung.«

»Wissen Sie etwas über die Ermordung Jordan Kravats in Las Vegas?«

Sadie nickte. »Esperanza hat mich darüber in Kenntnis gesetzt.«

»Dann geht es bei diesem weiteren Mord vermutlich darum, oder?«

»Ich glaube …«, sagte Sadie bedächtig, während sie auf ihrem Brillenbügel herumkaute, »… dass noch mehr dahintersteckt.«

»Was meinen Sie?«

»Diese FBI-Agenten waren bei Ihnen im Büro.«

»Und?«

»Und normalerweise ist das FBI nicht für Morde zuständig.«

»Das ist ein bisschen ein Klischee, das man aus dem Fernsehen kennt«, sagte Myron. »Dazu kommt diese ganze Sache mit dem ›Überschreiten der Staatsgrenzen‹. Das FBI hilft häufig aus. Außerdem war Greg ein Prominenter und angeblich tot. Ich bin davon ausgegangen, dass der Fall dadurch in ihren Zuständigkeitsbereich fällt.«

»Haben Sie sich mal Special Agent Monica Hawes' Background angesehen?«

»Nein.«

»Ihr Spezialgebiet ist die Erstellung von Profilen«, sagte Sadie. »Besonders Profile von Serienmördern.«

Myron blinzelte. »Das FBI hält Greg für einen Serienmörder?«

»Ich weiß es nicht. Aber ich empfange da so Schwingungen. Und zwar keine guten.« Sadie legte die Hände auf den Tisch und beugte sich vor. »Deshalb sind Sie hier. Ich hoffe, dass Sie uns helfen können.«

»Wie?«

»Ich weiß, dass Sie und Win früher Auftragsarbeiten für das FBI gemacht haben, und ja, das weiß ich von Esperanza, also können Sie jetzt den Kopf drehen, sie ansehen und sich das von ihr bestätigen lassen. Sie haben eine Kontaktperson beim FBI. Eine hochrangige, richtig?«

Myron dachte sofort an seinen alten Chef PT. »Möglich.«

»Sie sind süß, wenn Sie sich schüchtern geben. Oder, um ganz ehrlich zu sein, eigentlich doch nicht. Jedenfalls wäre es gut, wenn Sie Ihre Kontaktperson anrufen. Wir müssen herausbekommen, womit wir es zu tun haben. Dann berichten Sie uns bitte, was sie Ihnen erzählt hat.«

***

Myron berichtete Win von seinem Gespräch mit Sadie und Esperanza. Er sah ein, dass Sadie auf das Anwaltsgeheimnis Rücksicht nehmen musste, aber letztlich war in diesem Raum nichts gesagt worden, was geheim bleiben musste. Nicht, dass Win plaudern würde. Nicht, dass sie jemals einen Mann mit seinen Mitteln in den Zeugenstand holen könnten. Aber selbst dann – letztlich wollte Sadie nur wissen, was das FBI gegen ihren Mandanten in der Hand hatte. Das waren keine verfänglichen Informationen.

»Ich weiß, dass du schon mit PT gesprochen hast«, sagte Myron.

»Und er hat klar zu erkennen gegeben, dass er mehr weiß«, bestätigte Win. »Es kann nicht schaden, ihn anzurufen.«

Win stellte sein Bürotelefon auf Lautsprecher und wählte PTs Nummer. Beim ersten Klingeln in der Leitung legte er die Füße auf den Schreibtisch. Myron saß ihm gegenüber und wartete. Beim dritten Klingeln meldete sich die vertraute, schroffe Stimme.

»Ist Myron bei dir?«, fragte PT ohne Vorrede.

Myron sagte: »Bin ich.«

»Lunch im *Le Bernardin*. Nur wir drei.«

Er legte auf.

»Sieht aus, als hätte er unseren Anruf erwartet«, sagte Myron.

»In der Tat.«

»Was hältst du davon?«

Win überlegte einen Moment. »Das FBI muss ein verdammt gutes Spesenkonto haben, wenn er uns ins Le Bernardin einlädt.«

## VIERUNDZWANZIG

PT war einer dieser alten Männer, die mit den Jahren immer stärker zu werden schienen. Er war groß, kahl und ehrfurchtgebietend. Seine Hände hatten die Größe von Baseballhandschuhen, die Finger waren dick wie Würste. Beim Händeschütteln verschwand Wins Hand in dem Baseballhandschuh. Dann erging es Myron genauso.

»Es ist viel zu lange her«, sagte PT zu Myron.

Das war eine seltsame Bemerkung. Myron hatte PT fast zwanzig Jahre nicht mehr gesehen. Und selbst damals war PT für ihn meistens nur eine Stimme am Telefon gewesen. Manche Menschen lebten im Schatten unserer Regierung. PT *war* der Schatten. Myron kannte nicht einmal seinen richtigen Namen.

»Das ist es«, stimmte Myron zu.

»Du siehst gut aus, Myron.«

»Du auch.«

»Wie ich gehört habe, hast du geheiratet.«

»Wir haben dich zu unserer Hochzeit eingeladen.«

»Ich weiß.«

PT sagte nicht, warum er nicht hatte kommen können. Andererseits hatte Myron auch nicht erwartet, dass er kommen würde. Manche Leute mochten das seltsam finden, aber eine Beziehung mit PT war eben keine normale Beziehung.

Sie waren in einem Privatraum über dem großen Speisesaal des Le Bernardin. An einer Wand hing ein Ran-Ortner-

Gemälde, das den Ozean darstellte. Ortners Werk wirkte eher wie ein Foto als ein Gemälde – es war in mehrfacher Hinsicht einfach und minimalistisch –, trotzdem fand Myron es betörend und hypnotisch. Myron nahm sich die Zeit und musterte es ausgiebig. Ortners Ozeanbilder hatten etwas an sich, das Myrons Herzschlag verlangsamte, ihn in einen Rhythmus der imaginären Wellen verwandelte.

PT legte Myron die Hand auf die Schulter. »Schön, oder?«

Myron nickte.

»Man muss sich immer etwas Zeit dafür nehmen, die Kunst zu würdigen«, sagte PT. »Wir haben sowieso zu viel Chaos in unseren Leben. Die Kunst erinnert uns daran, warum wir tun, was wir tun.«

Myron lächelte. »Hast du einen Philosophen gefrühstückt?«

»Das kommt mit dem Alter. Bist du glücklich, Myron?«

Seltsame Frage, dachte Myron, aber: »Klar.«

»Win?«

Win hob die Hände leicht und breitete sie aus: »Es ist schön, ich zu sein«, sagte er.

PT lächelte. »Wahre Worte.«

»Warum fragst du?«, sagte Win.

»Weil ich die Richtung verändert habe, die eure Leben genommen haben«, erwiderte PT.

Myron hatte nie wirklich darüber nachgedacht, aber es stimmte. PT hatte sie in jungen Jahren für einen kurzen und geheimen Einsatz bei einer Untergruppe des FBI unter dem Codenamen Adiona rekrutiert. Natürlich hatte PT sie nicht ohne Grund ausgewählt, ausgebildet und in den Einsatz geschickt, aber das war lange her. Dennoch hatte PT recht. Damit hatte es für Myron und Win angefangen. Das hatte sie geformt, ihnen den Glauben gegeben, dass sie so etwas schaffen konnten. Sie hatten viele gerettet. Ein paar hatten sie aber auch verloren. Myron dachte kurz an den Grabstein, an den Namen Brenda Slaughter, doch dann blinzelte er kurz und ließ es hinter sich. Große Wettkämpfer zeichnete diese Fähigkeit aus – etwas hinter sich zu lassen. Um in irgendeiner Sportart der Beste zu sein, brauchte man die Reflexe, die körperlichen Fähigkeiten, die mentale Einstellung und einen unglaublichen Siegeswillen – aber man muss auch die banale Fähigkeit haben, vergessen zu können. Hast du die Parade verpatzt? Vergiss es. Den Putt nicht getroffen? Vergiss es. Einen dummen Ballverlust verursacht? Zuck einmal kurz die Achseln und mach weiter.

Die ganz Großen können Dinge vergessen.

»Setzt euch«, sagte PT.

Mitten im Raum stand ein runder Tisch, an dem wohl zehn Personen Platz gehabt hätten, der aber nur für drei eingedeckt war.

»Ich habe mir die Freiheit genommen, Eric zu bitten, die Speisen für uns auszuwählen«, sagte PT.

Myron nahm an, dass es sich bei Eric um Eric Riper handelte, den Miteigentümer und Chefkoch. Myron kannte ihn nicht, Win schon. Und PT offenbar auch. Ein Kellner kam herein und schenkte Weißwein ein. Myron trank tagsüber eigentlich keinen Wein. Er schlief dann oft ein. Aber wenn PT ihn im Le Bernardin bestellt hatte, sollte er ihn wohl zumindest probieren.

»Was führt dich nach Manhattan?«, fragte Myron.

Das Einzige, was sie über PT wussten, war, dass er in der Nähe von Washington, DC, lebte – so nah, dass er in kürzester Zeit beim Präsidenten sein konnte.

»Arbeit.«

»Ich dachte, du hast dich zurückgezogen«, sagte Myron.

»Ich lebe recht zurückgezogen«, erwiderte PT. Dann ergänzte er: »Aber in dieser Sache wird meine Hilfe gebraucht.«

»Kommt das oft vor?«

»So gut wie nie«, sagte PT und trank einen Schluck Wein. »Nur wenn wichtige Angelegenheiten großes Fingerspitzengefühl erfordern.«

»Und der Fall Greg Downing fällt in diese Kategorie?«, fragte Myron.

»Das tut er.«

»Es ist ein Mordfall«, sagte Myron. »Ein Doppelmord. Das ist eigentlich kein ausreichender Grund, um dich aus dem Ruhestand zu holen.«

»Ein Doppelmord würde nicht reichen, nein.«

»Dann ist es also kein Doppelmord?«

»Bevor wir näher darauf eingehen«, sagte PT, »ich vermute, dass ihr euch an mich gewandt habt, weil Greg Downing ein Klient von euch ist.«

»Das ist richtig«, sagte Myron.

»Uns ist also allen klar, wo wir stehen. Ihr unterstützt die Verteidigung. Ihr seid auf Greg Downings Seite.«

»Ich denke schon«, sagte Myron. »Auf welcher Seite stehst du?«

PT grinste. »Ich hab da keine Aktien. Ich will nur die Wahrheit herausbekommen. Wenn das bedeutet, dass Greg Downing auf dem elektrischen Stuhl landet, dann ist das so. Wenn es bedeutet, dass er unschuldig ist, trage ich auch zu seinem Freispruch bei.« Der Kellner kam herein und servierte den ersten Gang. »Ich stecke also in einem ziemlichen Dilemma.«

»Und das wäre?«

»Es gibt ein paar Dinge, die ihr wissen solltet. Ich korrigiere. Es gibt Dinge, die ich euch mitteilen möchte, auch wenn unser neuer Direktor nicht wollen würde, dass ich sie euch anvertraue.«

»Magst du den neuen Direktor?«, fragte Win.

»Nein, das tue ich nicht«, sagte PT. »Aber dennoch respektiere ich seine Position. Also, damit das klar ist: Wenn ihr als Vertreter der Verteidigung Greg Downings hier seid …«

»Das sind wir«, sagte Myron.

»Dann sollten wir einfach das Mittagessen genießen.«

PT griff nach seiner Gabel.

»Ich vertrete hier niemanden«, sagte Win.

»Win!«

Win sah Myron an. »Ich bin nicht hier, um Greg zu beschützen«, sagte er zu ihm. »Er hat dir deine Karriere versaut. Er hat seinen eigenen Tod vorgetäuscht. Seine DNA wurde an einem Tatort gefunden. Wenn er Cecelia Callister und ihren Sohn Clay ermordet hat, will ich keinen Anteil an einem möglichen Freispruch haben. Und du willst das auch nicht, oder?«

»Nein, natürlich nicht. Aber …«

»Außerdem bist du in dieser Angelegenheit *nicht* sein Anwalt. Greg hat Sadie angeheuert, nicht dich.«

»Sie hat mich in ihr Anwaltsteam aufgenommen.«

»Dann musst du gehen«, sagte Win. »Ich bin nicht hier, um Greg Downing dabei zu helfen, mit einem Mord davonzukommen.«

PT nahm einen Bissen, schloss die Augen und murmelte etwas über Götter und Ambrosia.

»Ich auch nicht«, sagte Myron. Er wandte sich an PT. »Du kennst unsere Situation.«

»Das ist richtig«, sagte PT.

»Und du kanntest sie auch schon, als du dich bereit erklärt hast, dich mit uns zu treffen.«

»Auch das ist richtig.«

»Dann lasst uns mit der Wortklauberei aufhören«, sagte Myron. »Du kennst mich. Ich werde hier nicht die Tatsachen kaschieren, um einen Mörder aus dem Gefängnis zu bekommen.«

PT sah Win an und zog eine Augenbraue hoch. »Kaschieren?«

»Ich habe ihm zum Geburtstag einen Abreißkalender mit Vokabeln geschenkt«, sagte Win.

PT legte seine Gabel beiseite und tupfte sich mit der Serviette die Mundwinkel ab. Im Raum schien sich nichts zu verändern, trotzdem war alles plötzlich ruhiger. Das gehörte zu den Dingen, die PT auszeichneten. Er hatte eine fast übernatürliche Ausstrahlung, ein Charisma, das einen zwang, sich aufzurichten und ihm zuzuhören, ganz egal wie banal das, was er sagte, auch sein mochte. Wenn er bereit war, etwas zu sagen – so wie jetzt –, schien alles um ihn herum zu verstummen.

»Als wir im Hauptquartier in Quantico angefangen haben, uns ernsthaft mit Serienmördern zu beschäftigen – ich rede von den Siebzigern und Achtzigern des letzten Jahrhunderts –, gab es, wie ich vermute, in den Vereinigten Staaten Hunderte, vielleicht sogar Tausende Serienmörder. Und heute? Wir schätzen, dass es nur noch fünf, höchstens zehn aktive Täter gibt. Das liegt nicht etwa daran, dass es weniger Psychopathen gibt oder dass die Menschheit als Spezies irgendwie freundlicher geworden ist. Es liegt einfach daran, dass es heutzutage schwieriger ist, als Serienmörder davonzukommen. Die ganze Technologie, die unvermeidlichen Videokameras, Tracking-Systeme und andere Überwachungstechnologien – die Regierung oder irgendwelche Privatunternehmen sehen einen Hunderte Male am Tag. *Big Brother* beobachtet einen wirklich immer und überall. Außerdem sind die Bürger – die vom Serienmörder ausgewählten Opfer – heutzutage vorsichtiger.

Film und Fernsehen tragen in dieser Hinsicht zu ihrer Erziehung bei. Es gibt kaum noch leichte Ziele. Zum Beispiel fährt niemand mehr per Anhalter. Sexarbeit findet auch nicht mehr so sehr im Verborgenen statt wie früher. Die Betroffenen informieren Freunde oder Arbeitskollegen über ihren Aufenthaltsort. Sie haben Smartphones dabei, die ihre Bewegungen nachverfolgen. Unsere Computer können heutzutage sämtliche Hinweise, die DNA, Fingerabdrücke, Überwachungsdaten und all die anderen Informationen in Sekundenschnelle zusammenführen und auswerten. Kurz gesagt, die modernen Zeiten haben den Serienmörder fast ausgerottet.«

Myron und Win warteten.

»Aber ich habe den Eindruck, dass hier einer am Werk sein könnte.«

Die Tür wurde geöffnet. Der Kellner erschien, aber PT schickte ihn mit einer Geste weg. Er verschwand und schloss die Tür hinter sich.

Myron sagte: »Du hältst Greg Downing für einen Serienmörder?«

»Bevor ich weiterspreche, muss ich Folgendes erklären: Die meisten meiner Kollegen beim FBI gehen davon aus, dass es sich um einen normalen Mordfall handelt. Wir haben noch kein klares Motiv, sondern wissen nur, dass Greg Downing Cecelia Callister kannte, wenn auch nur flüchtig. Den meisten reicht das. Wir halten uns an das, was wir wissen. Wir folgen den Beweisen, und wenn wir das tun, wenn wir streng nach Vorschrift vorgehen, ergeben sich daraus sehr schwerwiegende Beweise gegen Greg Downing. Er wird dafür einfahren.«

»Und die anderen Kollegen?«, hakte Myron nach.

»Andere glauben, dass Greg Downing ein Serienmörder ist und die Callisters nur zwei weitere Opfer …«

»… ich weiß nicht, wie …«

»… während noch andere – eine kleine, aber kluge Gruppe – der Ansicht sind, dass Greg Downing ein Opfer sein könnte.«

»Das Opfer«, sagte Myron, »eines Serienmörders?«

PT trank einen weiteren Schluck Wein.

»Wie kann Greg das Opfer sein?«

»Hier brauche ich eure Expertise.« PT schob seinen Teller beiseite. »Ich weiß, dass ihr beiden euch den Mord an Jordan Kravat in Las Vegas ganz genau angesehen habt.«

Myron nickte. »Du hast Win erzählt, dass Greg deiner Ansicht nach etwas damit zu tun haben könnte?«

»Oh, er hat definitiv etwas damit zu tun. Das heißt allerdings nicht, dass er der Täter war. Aber genau darum geht es ja. Nehmen wir einmal an, dass tatsächlich ein Serienmörder am Werk ist. Wir suchen noch, aber im Moment haben wir sieben Morde entdeckt, von denen wir glauben, dass er dafür verantwortlich ist.«

»Du sagst *er*«, merkte Myron an. »Dann ist der Serienmörder ein Mann?«

PT seufzte. »Ich habe *er* gesagt, weil ich ein alter Mann bin und die Sache nicht noch verkomplizieren will, indem ich ständig *er* oder *sie* sage oder durch die Verwendung eines geschlechtsneutralen Plurals den Eindruck erwecke, dass es mehrere sind. Außerdem sind einundneunzig Prozent der Serienmörder männlich. Der Einfachheit halber sage ich also jetzt erst einmal *er*, okay?«

PT bückte sich und ergriff einen altmodischen Aktenkoffer. Er stellte ihn auf den Tisch, entriegelte ihn mit den Daumen und nahm einen Ordner heraus. Dann zog er seine Lesebrille aus der Tasche seiner Anzugjacke und setzte sie auf.

»Ihr wisst sowohl vom Mord an Jordan Kravat als auch von den Morden an den Callisters. Also behaltet die im Hinterkopf, während wir diese anderen Morde durchgehen. Als Erstes hätten wir den an einer Frau namens Tracy Keating in Marshfield, Massachusetts. Sie hatte sich in einer Mietwohnung vor ihrem Freund Robert Lestrano versteckt, der sie misshandelt hat. Er hat sie gefunden und umgebracht. Die Verurteilung war ein Kinderspiel. Dann haben wir den wohlhabenden Tech-Unternehmer aus Austin, Texas, der von seinem Sohn wegen eines Streits um Geld getötet wurde. Einen Mann aus New Jersey, der eine Frau im Internet beleidigt hat und vom Bruder der Frau getötet wurde. Einen Farmer, der auf seiner Sojafarm in der Nähe von Lincoln, Nebraska, von zwei Wanderarbeitern ermordet wurde.«

»Wie hängen die alle zusammen?«, fragte Myron.

»Sagt ihr es mir«, erwiderte PT. »Was fällt euch an den Fällen auf, die ich gerade aufgeführt habe?«

Myron nickte. Ihm war etwas aufgefallen. »Die Fälle sind gelöst.«

»Gut«, sagte PT, wie ein zufriedener Mentor. »Und weiter?«

»Die Täter wurden verhaftet. Sie wurden angeklagt und verurteilt.«

»Einige Prozesse laufen noch«, stellte PT klar. »Aber im Prinzip stimmt das.«

Myron schüttelte den Kopf. »Mein Gott.«

PT konnte sich ein Lächeln nicht verkneifen.

»Erklär«, sagte Win.

»Verstehst du es nicht?«, erwiderte Myron. »Nur so könnte ein Serienmörder heutzutage davonkommen.«

»Fahr fort«, sagte Win.

»Es sind keine offenen Fälle. Ganz im Gegenteil, sie wurden sofort abgeschlossen. So entsteht gar nicht erst die Möglichkeit, ein Muster zu erkennen.« Myron beugte sich vor.

»Wenn ein Serienmörder jemanden ermordet oder verschwinden lässt, bleibt der Fall ungelöst. Irgendwann erkennt man dann ein Muster. Oder einen Modus Operandi. Oder man hat eine Reihe ungelöster Morde vor sich und fängt an, nach Verbindungen zwischen den Opfern zu suchen. Aber wenn ich die Logik hier richtig erkenne, ermordet dieser Serienmörder nicht einfach nur jemanden – er stellt einer anderen Person eine Falle, die es dann ausbaden muss. Er hat das in Las Vegas, Texas, New York, wo auch immer getan. Die Fälle sind dann …«, Myron malte mit den Fingern Anführungszeichen in die Luft, »›…gelöst‹. Bei Jordan Kravat zum Beispiel wurde der Mord Joey Turant über die DNA angehängt. Joey ist dafür in den Knast gegangen. Der Fall ist abgeschlossen. Bei den Callisters weist die DNA auf Greg Downing hin. Also fährt er dafür ein.«

»Fall gelöst«, sagte Win und nickte. »Jetzt hab ich's.«

Myron wandte sich an PT. »Ich nehme an, dass in den anderen Fällen, die du erwähnt hast, das Gleiche passiert ist – der Sojabohnenfarmer, die Vater-Sohn-Geschichte in Austin?«

»So ist es.«

Myron lehnte sich zurück. »Also hat jemand Greg Downing eine Falle gestellt.«

»Nicht so schnell«, sagte PT.

»Ist das nicht die folgerichtige Annahme?«

»Nein, Myron, das ist die, die am besten zu deiner Version passt.« PT rückte seine große Gestalt auf dem Stuhl nach vorn. »Eine andere Möglichkeit ist die, dass das FBI akribisch nach Verbindungen zwischen den verschiedenen Fällen gesucht hat. Man hat sämtliche Spuren auf Überschneidungen hin durchforstet. Die Morde wurden in verschiedenen Staaten verübt. Die Opfer haben unterschiedliche Hintergründe und Geschlechter. Nichts verbindet sie – überhaupt nichts – außer diesem einen Punkt, der Überschneidung zwischen den Fällen von Jordan Kravat und den Callisters. Und diese Überschneidung ist …?«

PT stoppte und wartete.

»Greg Downing«, antwortete Myron.

»Bingo, Myron. Glaubst du, es ist reines Pech, dass Greg Downing die einzige Verbindung ist, die wir zwischen den Opfern finden können?«

»Möglich wär's«, sagte Myron.

»Aber glaubst du es?«

»Nein«, sagte Myron. »Ich glaube das nicht.«

»Das heißt also, dass wir nur eins mit Sicherheit wissen«, sagte PT. »Was auch immer hier vor sich geht, wer oder was auch immer für all diese Morde verantwortlich ist – es besteht eine direkte Verbindung zu deinem alten Gegenspieler, Greg Downing.«

# FÜNFUNDZWANZIG

Du stehst unter der roten Markise des Michelangelo Hotels in der 51st Street nahe der 7th Avenue. Feine Nebeltröpfchen nieseln herab. Der Wind bläst sie unter die Markise. Einen Moment lang schließt du die Augen und genießt die Feuchtigkeit auf dem Gesicht. Du denkst an deine Kindheit. Warum, weißt du auch nicht genau. Du hast das Meer immer gemocht. Du erinnerst dich daran, wie du am Steg gesessen hast, die Wellen ein paar Meter vor dir brachen und du wie jetzt die Augen geschlossen und die Gischt auf deinem Gesicht gespürt hast. Du hast den Mund geöffnet und die Zunge herausgestreckt, um das Salz zu schmecken.

Du öffnest die Augen und wartest. Du hast Geduld. Das ist eine der Stärken, die du erlernen musstest. Sie wurde dir nicht in die Wiege gelegt, aber jetzt könnte man dich als akribisch, übervorsichtig oder sogar als pedantisch bezeichnen. Aber eins weißt du. Ein Fehler könnte dein Ende sein. Das war noch nie so klar wie jetzt.

Und ein Fehler wurde schon gemacht.

Eine halbe Stunde vergeht. Du bist die 51st Street auf und ab gegangen, von dieser Markise an der 7th Avenue bis zum Flagshipstore der Major League Baseball an der 6th Avenue. Vor dem Baseball-Laden steht eine Schlange. Du betrachtest das mit einem Stirnrunzeln. Erwachsene Männer, die Baseball-Trikots für zweihundert Dollar kaufen. Keine Kinder. Erwachsene Männer. Dann tragen sie in aller Öffentlichkeit die Baseball-Trikots ihrer »Helden«.

Du schüttelst den Kopf.

Es wäre schön, einem dieser Kerle einfach zum Spaß eine Kugel in den Kopf zu jagen, diesen Gedanken kannst du nicht unterdrücken.

Eine Waffe hast du ja dabei.

Früher hast du nicht so gedacht. Oder Moment, vielleicht hast du das doch. Vielleicht tun wir das alle. Nur ganz flüchtig, für eine Sekunde. Guck dir den Idioten im Sporttrikot an, sagen wir uns alle. Wäre schön, ihn zu … Aber dann brechen wir den Gedanken natürlich ab. Wir lächeln in uns hinein. Es ist doch alles nur Spaß. Wir wollen niemandem wirklich wehtun. Darauf lassen wir uns nicht ein, denn wenn wir es täten, wenn wir diesen Schritt auch nur einmal gehen würden, kämen wir vielleicht nie wieder zurück.

So ist es dir ergangen, oder?

Man hört immer wieder über die süchtig machende Wirkung von, sagen wir, Heroin. Vielleicht bist du versucht, es zu probieren, aber wenn du das tust, wenn du es auch nur einmal nimmst, kommst du womöglich, so heißt es, nie wieder davon ab. Das mag stimmen oder eben auch nicht. Du weißt es nicht.

Aber was Mord betrifft, stimmt es bei dir.

Als du wieder Richtung 7th Avenue zurückblickst, siehst du, dass Myron und Win aus dem Le Bernardin kommen.

Du wendest dich dem Baseball-Laden zu und tust so, als würdest du dir die Artikel ansehen. Da stehen Schaufensterpuppen in voller Montur, einschließlich Stollenschuhen und diesen bizarren Stegstrümpfen. Du fragst dich, ob manche Loser sich tatsächlich das komplette Outfit ihres Lieblingsspielers kaufen. Du erinnerst dich daran, wie du vor langer

Zeit einmal die US Open in Queens besucht und dort einige Zuschauer in voller Tennisbekleidung gesehen hast – Kragenhemd, Shorts, Sweatshirt, Schweißbänder –, als ob einer der Profis sie mitten im Satz zu sich auf den Platz rufen würde.

Erbärmlich.

*Schluss jetzt*, sagst du dir. Lass dich nicht ablenken.

Du trittst näher ans Fenster heran. Dein Kragen ist hochgeschlagen. Du bist leicht verkleidet, denn du bist klug genug, immer eine leichte Verkleidung anzulegen. Nichts Auffälliges. Aber Bekannte würden dich nicht erkennen. Und für Zeugen wäre es schwer, dich exakt zu beschreiben.

Myron und Win überqueren die 6th Avenue. Sie unterhalten sich nicht. Das scheint nicht nötig zu sein. Sie gehen einfach nebeneinander her.

Du hast die Waffe.

Du achtest vor allem auf Myron Bolitar. Es wäre dir lieb, wenn du mehr Zeit hättest. Du bist in Eile, und das ist nicht gut. Aber jetzt hast du keine andere Wahl. Es geht alles so schnell. Du überlegst.

*Erschieß ihn jetzt*, sagt dir eine innere Stimme.

Die Straßen sind voll. Der Schuss würde Chaos verursachen. Du könntest sogar ein oder zwei andere Menschen töten und so eine Art Massenpanik auslösen. Das lenkt sie ab. Du würdest entkommen.

Manchmal muss man ein bisschen herumprobieren. Manchmal ist es besser, einfach zu handeln.

Vielleicht ist dies der Zeitpunkt zu handeln.

Du trägst einen langen Mantel. Jetzt steckst du die Hand in die Tasche und ergreifst die Waffe. Natürlich sieht das niemand. Falls dich jemand anguckt, wärst du einfach nur jemand, der mit den Händen in den Taschen herumschlendert.

Du hast die Pistole in der Hand – und als du den Griff umfasst, als dein Finger auf den Abzug gleitet, erfasst dich der Rausch. Er durchzuckt dich wie ein Blitz. Du spürst, wie die Macht deinen Körper erfasst – die Macht über Leben und Tod. Jeder, der eine Waffe besitzt, sogar jeder, der schon einmal eine Waffe in der Hand gehalten hat, kennt dieses Gefühl. Vielleicht blitzt es nur kurz auf. Vielleicht ist es aber auch ein kräftiger Gefühlsschub. Eine Waffe in der Hand zu halten, versetzt einen in einen Rausch. Lasst euch das von den Miesmachern nicht ausreden.

Myron und Win gehen weiter die 51st Street entlang in Richtung Osten.

Du kennst ihr Ziel. Das Lock-Horne Building Ecke 47th Street und Park Avenue. Werden sie durchs Rockefeller Center gehen? Möglich. Du beeilst dich, um einen Ort zu erreichen, der näher an ihrem Ziel liegt, an dem du warten, zielen, feuern kannst. Das Lock-Horne Building liegt in der Nähe der Grand Central Station. Du könntest schießen, Panik auslösen, darauf zu laufen.

Du setzt dich in Bewegung und behältst die beiden Männer im Auge.

Dann bleibt Win stehen und dreht sich um.

Du bist sicher. Du bist verkleidet. Du bist weit weg.

Trotzdem drehst du dich zur Seite und blickst in ein anderes Schaufenster, damit du nicht entdeckt wirst. Du spürst den Herzschlag in deiner Brust.

*Jetzt nicht*, sagt deine innere Stimme. Das Risiko ist zu groß. Zu viele Fußgänger. Zu viele Überwachungskameras. Und dann ist da noch Win. Selbst jetzt. Selbst als Win in seinem nonchalanten Schritt weitergeht, die Augen von seiner Sonnenbrille verdeckt, scheint er überall gleichzeitig hinzusehen, wie eines dieser Renaissance-Porträts, dessen Blick einem durch den ganzen Raum folgt.

Du kennst Wins Ruf. Du weißt, was er in Las Vegas getan hat.

Zu riskant.

Halt dich an den Plan.

Für Myron wird der Schrecken bald vorbei sein.

Für ihn wird der Albtraum gerade erst begonnen haben.

# SECHSUNDZWANZIG

Es war ein fünfzehnminütiger Spaziergang vom Le Bernardin zurück zum Lock-Horne Building. Win setzte sich eine verspiegelte Tough-Guy-Sonnenbrille auf, die Myron an die seiner Eltern erinnerte, nur dass sie – was die Mode betraf – genau das Gegenteil war. Die ersten paar Minuten sprachen Myron und Win nicht miteinander. Sie gingen die 51th Street Richtung Osten entlang.

Schließlich sagte Win: »Interessant.«

»Was ist interessant?«

»Du traust PT nicht.«

Myron wusste, worauf Win hinauswollte. »Du fragst dich, warum ich nichts davon gesagt habe, dass Greg bei dem Basketballspiel verletzt wurde.«

»Es wäre eine Erklärung dafür, wie seine DNA an den Tatort gekommen ist.«

»Ich denke, das zu verraten, wäre eine Verletzung des Anwaltsgeheimnisses«, sagte Myron.

»Und du willst diese Information zurückhalten«, sagte Win.

»Ja. Die kann man später immer noch anbringen.«

»Zum Beispiel als Überraschung im Gerichtssaal.«

»So dramatisch wohl eher nicht«, sagte Myron. »Aber ich habe keine Ahnung, welche Absicht das FBI hier verfolgt. Du vielleicht?«

»Nein, ich auch nicht.«

»Ich wüsste nicht, warum wir ihnen in diesem Punkt einen Vorsprung einräumen sollten.«

»Selbst wenn er Greg entlastet?«

»Falls er das tut«, sagte Myron, »können wir es sein, die ihn finden und dann kontrolliert einsetzen.«

Win nickte. »Klingt logisch.«

Sie gingen weiter die 51st Street entlang.

»Es sind zu viele versteckte Interessen im Spiel«, sagte Myron.

»Zum Beispiel?«

»Zum Beispiel die Geheimhaltung. Wenn das FBI glaubt, dass ein Serienmörder unterwegs ist, warum halten sie es dann geheim?«

»Um Panik zu vermeiden.«

»Die Öffentlichkeit müsste über so etwas informiert werden«, sagte Myron. »Und Sadie Fisher, Gregs Anwältin, sowieso.«

»Wir beide wissen, warum«, sagte Win. »Wir haben schon mal darüber gesprochen – als es um die Verurteilung von Joey the Toe ging.«

»Genau«, sagte Myron. »Und das meine ich mit den versteckten Interessen. Das FBI hat Angst davor, dass es herauskommt, weil diese Verurteilungen – allen voran die von Joey the Toe – aufgehoben werden würden.«

»Also ist es klüger, wenn sie noch abwarten.«

»Ist es das? Aber warum? Nur, um ein paar übereifrige Staatsanwälte nicht in Verlegenheit zu bringen? Womöglich sitzen unschuldige Menschen für Verbrechen im Gefängnis, die sie nicht begangen haben – für Morde, um genau zu sein. Das ist hart. Kannst du dir einen schlimmeren Albtraum vorstellen?«

»Wenn das FBI das jetzt aufdeckt, schaffen sie sich ein Riesenproblem. Aber wenn sie es für sich behalten, na ja, ist es eigentlich dasselbe.« Win überlegte. »Wenn man so darüber nachdenkt, ist keine der beiden Optionen erstrebenswert.«

»In dem Fall sollte man sich für die Offenheit entscheiden.«

»Und Panik schüren, indem man den Leuten erzählt, dass womöglich ein Serienmörder frei herumläuft?«

»Du unterschätzt den normalen Bürger.«

»Du überschätzt ihn«, sagte Win.

»Ben Franklin sagte, dass es besser wäre, wenn hundert Schuldige freikommen, als dass ein Unschuldiger verfolgt wird.«

Win nickte. »Eigentlich hat es Blackstone gesagt. Blackstones Prinzip.«

»Ja.«

»Und du stimmst ihm zu?«

»Blackstone hat tatsächlich von zehn Schuldigen gesprochen, nicht von hundert«, sagte Myron. »Aber ja, wenn das FBI auch nur den geringsten Zweifel an der Schuld dieser Menschen hegt, müssen sie sich jetzt zu Wort melden.«

Als sie die St. Patrick's Cathedral an der 5th Avenue erreichten, wurde es auf den Gehwegen voller, und Gespräche in unzähligen Sprachen waberten durch die Luft.

»Ich vertraue PT«, sagte Win.

»Das tu ich auch.«

»Also akzeptieren wir seine Bitte fürs Erste. Wir dürfen nichts sagen.«

»Warum hat er uns das deiner Meinung nach erzählt?«, fragte Myron.

»Das weißt du.«

»Er hat sich die Gedanken, die wir gerade entwickeln, längst gemacht«, bestätigte Myron. »Er sieht das auch so, dass man die Öffentlichkeit über die Wahrheit informieren müsste.«

»Genau.«

»Und sein einziger Ausweg aus diesem Dilemma ist, die ganze Sache möglichst schnell aufzuklären.«

Win blieb stehen, drehte sich langsam um die eigene Achse und sah sich um.

»Hast du was vergessen?«

Win runzelte die Stirn. »Ich vergesse nie etwas.«

»Ich habe erlebt, wie du bei Wolkenbrüchen Regenschirme vergessen hast.«

»Ich habe sie nicht vergessen. Ich habe sie für andere zurückgelassen.«

»Du bist ein wahrer Mann des Volkes.«

Win zog sein Handy aus der Tasche und blickte aufs Display. Er runzelte die Stirn und fing an, eine Antwort zu tippen.

»Irgendwelche Probleme?«, fragte Myron.

»Nein, nur eine Familienangelegenheit. Ich fliege mit dem Hubschrauber runter nach Philadelphia. Ich müsste in ein paar Stunden zurück sein.«

Innerhalb von Sekunden hielt Wins Limousine neben ihnen. Der Fahrer öffnete die Hintertür. Win ging darauf zu, blieb stehen, drehte sich noch einmal um und sagte zu Myron: »Ist es falsch, wenn ich möchte, dass es sich um einen Serienmörder handelt und dass dieser Serienmörder Greg Downing heißt?«

Myron lächelte. »Du bist sehr nachtragend.«

Win antwortete nicht.

»Trotzdem hast du für ihn gearbeitet«, sagte Myron. »Du hast ihn bei seinen Finanzen unterstützt.«

»Es stand mir nicht zu, zu vergeben oder einen Groll zu hegen.«

»Mir schon.«

»Ja.«

»Ich weiß nicht, ob es richtig oder falsch ist«, erwiderte Myron. »Wahrscheinlich wäre es das Einfachste.«

»Das Einfachste bekommen wir nie.«

»Niemals«, stimmte Myron zu.

Win verschwand im Auto.

Als Myron in sein Büro zurückkehrte, erwartete Big Cyndi ihn am Aufzug. Sie sprach leise. »Sie haben eine Besucherin, Mr Bolitar.«

»Wer ist es?«

»Ellen.«

»Ellen wer?«

Big Cyndi flüsterte jetzt. »Ihren Nachnamen wollte sie mir nicht sagen.«

Myron ging in den Wartebereich bei Big Cyndis Schreibtisch. Eine ältere Frau, vielleicht im Alter von Myrons Mutter, stand da und umklammerte ihre Handtasche mit beiden Händen. Sie war winzig – manche würden sie wohl als verhutzelt bezeichnen –, hatte kurze Haare und trug eine bis oben zugeknöpfte Strickjacke in zueinanderpassenden Grautönen. Sie trug Perlen, Kamee-Ohrstecker und ein weißes Halstuch, das von einer schmetterlingsförmigen Messingbrosche zusammengehalten wurde.

»Kann ich Ihnen helfen?«, fragte Myron.

»Ja, bitte«, sagte die Frau. »Können wir das alleine in Ihrem Büro besprechen?«

»Kenne ich Sie?«

Sie schenkte ihm ein so breites Lächeln, dass er fast einen Schritt nach hinten getreten wäre. »Nennen Sie mich Ellen.«

»Das ist der Name meiner Mutter.«

»Du meine Güte, was für ein Zufall«, sagte sie etwas zu enthusiastisch. Dann senkte sie ihre Stimme und sagte: »Ich brauche nicht lange. Es ist wichtig. Wegen meines Enkelsohns. Er wurde kürzlich von den Dodgers gedraftet, aber …« Sie sah an Myron vorbei zu Big Cyndi hoch. »Bitte«, flehte sie. »Es dauert nur einen Moment.«

Myron nickte und führte sie in sein Büro. Die alte Frau ging langsam zum großen Panoramafenster mit dem Ausblick auf die Stadt. »Eine wundervolle Aussicht«, sagte sie.

»Ja, ich habe Glück.«

»Aussichten machen Menschen nicht glücklich«, sagte sie. »Man gewöhnt sich an sie. Das ist das Problem mit Aussichten. Anfangs sind sie beeindruckend, aber man gewöhnt sich daran und hält sie irgendwann für selbstverständlich. Das gilt natürlich für fast alles. Als ich jung war, hatten meine Eltern ein wunderschönes Haus. Ein Queen-Anne-Haus, das in den frühen 1900er-Jahren gebaut wurde. Wir wohnten in Florala, Alabama. Haben Sie je davon gehört?«

»Nein, tut mir leid.«

»Jedenfalls erinnere ich mich noch daran, wie wir zum ersten Mal dorthin fuhren. Ich war acht Jahre alt und hatte noch nie ein so prächtiges Haus gesehen wie dieses. Sechzehn Zimmer. Mit Curly-Kiefernholz vertäfelt. Es hatte eine prächtige umlaufende Veranda. Viele Zimmer in ersten Stock hatten Balkone, mein Schlafzimmer auch. Ich habe es für, was weiß ich, einen Monat geliebt. Vielleicht waren es auch zwei. Dann hatte ich mich daran gewöhnt. Und meiner Familie ging es genauso. Dann war es einfach der Ort, an dem wir lebten. Deshalb hat Vater auch so gern Besuch empfangen. Er fand es toll, den Gesichtsausdruck eines Neuankömmlings zu sehen. Nicht, weil er ihn beeindrucken wollte. Na ja, das spielte vielleicht auch ein wenig hincin. Dic Menschen zeigen ja schon gerne, was sie haben, oder? Aber vor allem zeigte uns die Reaktion der Gäste auf das Haus unsere eigene ursprüngliche Begeisterung. Hin und wieder brauchen wir das alle mal, meinen Sie nicht auch?«

»Ich denke schon, Mrs …«

»Ich habe es Ihnen doch gesagt. Nennen Sie mich Ellen.«

Myron setzte sich auf seinen Platz hinter dem Schreibtisch. Ellen setzte sich davor. Sie legte ihre Handtasche auf den Schoß, immer noch mit beiden Händen darauf.

»Sie sagten, Ihr Enkel wäre von den Dodgers gedraftet worden.«

»Ja, das habe ich gesagt. Es ist aber nicht wahr. Das war nur wegen Ihrer Rezeptionistin.«

Myron wusste nicht recht, was er davon halten sollte. »Was kann ich dann für Sie tun, Ellen?«

Sie schenkte ihm ein Lächeln, ein breites Lächeln, ein Lächeln, bei dem er – Myron versuchte, nicht altersdiskriminierend zu sein – eine Gänsehaut bekam. Dann fragte sie: »Wo ist Bo Storm?«

Myron sagte nichts.

»Ich heiße eigentlich nicht Ellen. Ich arbeite für ein paar Leute, die in enger Beziehung zu einem Mann namens Joseph Turant stehen. Wissen Sie, wer das ist?«

Joey the Toe. Myron sagte immer noch nichts.

»Wie ich hörte, hatten Sie vor Kurzem in Las Vegas ein Zusammentreffen mit ein paar von Mr Turants Mitarbeitern. Als Gegenleistung für Ihre sichere Ausreise aus diesem Ort der Sünde sollten Sie den Aufenthaltsort von Bo Storm in Erfahrung bringen, einem jungen Mann, der Mr Turant großen Schaden zugefügt hat. Ich bin hier, um ihm diese Informationen zukommen zu lassen.«

Myron starrte sie nur an.

»Bevor Sie antworten«, fuhr die alte Frau fort, »darf ich Ihnen vielleicht noch einen Vorschlag machen?«

»Und der wäre?«

»Sie werden mir letztlich sagen, was ich wissen will.« Ihr

Blick bohrte sich in seine Augen. »Es wäre für uns alle erheblich leichter, wenn Sie das jetzt sofort tun würden.«

»Ich weiß nicht, wo er ist«, sagte Myron.

Sie spitzte die Lippen zu einem übertriebenen Schmollmund. »Sie wissen es nicht?«

»Ich bin immer noch auf der Suche nach Bo.«

»Mr Bolitar?«

Fast hätte Myron gesagt: *Mr Bolitar? Bin ich etwa Ihr Vater?*, aber es schien nicht der passende Moment zu sein.

»Ja.«

»Sie belügen mich.«

»Nein, das tue ich nicht. Wenn es sonst nichts weiter gibt ...«

»Die Flugrouten von Privatflugzeugen sind leicht nachverfolgbar, wie Ihnen und Mr Lockwood sicher bekannt ist. Wir wissen, dass Sie in seiner Maschine von Las Vegas nach Montana geflogen sind. Warum sonst der Zwischenstopp am Havre Airport?«

Myron öffnete den Mund, um zu antworten, aber Ellen hob mahnend einen Finger.

»Ich habe Sie gebeten, uns allen die Sache leichter zu machen«, sagte sie mit der Stimme einer Grundschullehrerin, die gerade von ihrem Lieblingsschüler enttäuscht wurde. »Das war alles. Nur eine Kleinigkeit.« Sie seufzte theatralisch. »Ich habe geahnt, dass Sie nicht auf mich hören würden. Obwohl ich Sie darum gebeten habe, nicht wahr?«

Myron hielt das für eine rhetorische Frage, sagte also nichts. Sie sah ihm weiter in die Augen. Schließlich durchbrach Myron die Pattsituation.

»Hören Sie, wie auch immer Sie heißen, ich weiß nicht, was Sie von mir wollen.«

»Habe ich mich nicht klar ausgedrückt?«

»Ich weiß nicht, wo Bo Storm ist.«

»Wie schade.« Sie schüttelte den Kopf und öffnete ihre Handtasche. Myron rechnete fast damit, dass sie eine Waffe ziehen würde – es war einer dieser Tage –, doch stattdessen nahm sie ein Smartphone heraus und sagte: »Allen, hast du alles gehört?«

Eine neuerdings vertraute Stimme kam aus dem Handy-Lautsprecher: »Jedes Wort, Ellen.«

Myron gefror das Blut in den Adern.

Die alte Frau drehte das Display in Myrons Richtung, sodass er ihn sehen konnte. Dort, auf FaceTime, oder welche Video-App sie auch immer verwendete, war Dads neuer Pickleball/Quiz-Freund Allen Castner.

»Hey, Myron!«

Myron saß einfach nur da. Es rauschte in seinen Ohren.

Allen Castner kam mit dem Gesicht ganz nah ans Display. Er hatte AirPods in den Ohren. »Ihr Vater hat mich nach unserem Pickleball-Ausflug zu einer kleinen Partie Pinochle eingeladen. Er ist gerade zum Pinkeln auf der Toilette. Irgendetwas stimmt mit seiner Prostata nicht. Das ist jetzt schon das vierte Mal.«

Myron schluckte. »Was zum Teufel ist hier los?«

»Ach, ich glaube, das wissen Sie, Myron.«

Das Bild ruckelte, als hätte Allen Castner das Handy fallen lassen. Als er wieder im Display erschien, hielt er eine Beretta M9A3 in der Hand, auf deren Laufende ein Schalldämpfer geschraubt war.

»Sprechen Sie mit uns, Myron.«

Das kam von Ellen. Myron war natürlich klar, dass das nicht ihr richtiger Name war. Und dass der Mann nicht wirklich Allen hieß. Sie hatten die Namen seiner Eltern benutzt, um ihn zu verwirren. Als wäre das bei ihm nötig gewesen.

»Übrigens«, sagte die alte Frau, »trägt Allen Kopfhörer.«

»Ohrstöpsel«, korrigierte Allen.

»Entschuldige, Ohrstöpsel natürlich, danke. Der Punkt ist, dass Allen Sie hören kann. Ihr Vater hingegen wird Sie nicht hören.«

Dann hörte Myron die Stimme seines Vaters. »Mit wem sprichst du?«

Allen Castner sagte: »Setz dich hier zu mir, Al.«

»Was zum Teufel! Ist das eine Pistole?«

»Dad!«

»Nicht schreien«, sagte Ellen. »Ihre Rezeptionistin könnte Sie hören, und dann hätten wir ein Problem. Wo ist Bo Storm?«

Myrons Blick klebte am Display und an seinem Vater. »Das habe ich Ihnen gesagt. Ich weiß nicht …«

Und dann sah Myron auf dem Display, wie Allen Castner seinem Vater mit der Waffe ins Gesicht schlug. Sein Vater stöhnte vor Schmerz und fiel nach hinten.

»Dad!«

»Ich habe es Ihnen doch erklärt«, sagte die alte Frau mit sanfter, fast beruhigender Stimme. »Er kann Sie nicht hören.«

Myrons Vater sank zu Boden, er bedeckte das Gesicht mit der Hand. Blut sickerte zwischen den Fingern hindurch. Myron sah die Frau an. Sie lächelte nur.

»Ich habe Sie gebeten, nicht wahr? Ich habe Sie *ganz freundlich* gebeten.«

Myron wäre fast über den Schreibtisch gesprungen – fast hätte er sie auf der Stelle erwürgt. Ganz egal, ob sie eine alte Frau war. Scheiß auf die Konsequenzen.

Aber sie schüttelte nur kurz den Kopf. »Das wäre Daddys Todesurteil.«

Durch das Handy erklang das Stöhnen seines Vaters.

»Erzählen Sie uns, wo Bo Storm ist«, sagte die alte Frau.

»Er ist in Montana.«

Myron hörte die Panik in seiner Stimme.

»Das wussten wir schon. Wo in Montana? Beschreiben Sie es ganz genau.«

Myron hörte seinen Vater schreien: »Du Bastard! Du hast mir die Nase gebrochen!«

Ellen sah Myron in die Augen. Myron versuchte, Einfluss zu nehmen, oder die ganze Sache wenigstens etwas abzubremsen, um allen eine Chance zum Durchatmen zu geben. »Lassen Sie uns einfach kurz darüber reden.«

Ellen seufzte und beugte sich näher ans Handy. »Allen?«

»Ja, Ellen?«

»Schieß ihm in den Kopf und warte, bis die Mutter nach Hause kommt.«

»Nein!«, schrie Myron.

»Tu's einfach, Allen.«

Dann sagte Allen Castner: »Ellen, mach die Video-App aus.«

Die alte Frau zögerte einen Moment, bevor sie ihre ausgestreckte Hand mit dem Handy zurückzog, die Freisprechfunktion ausschaltete, einen Ohrring abnahm und das Handy ans Ohr hielt, sodass Myron nichts mehr hörte. Sie lauschte einen Moment, nickte und sagte: »Alles klar.«

Dann beendete sie das Telefonat.

»Was ist passiert?«, fragte Myron.

Noch immer hörte er die Panik in seiner Stimme.

»Wir bleiben hier sitzen und warten.«

»Worauf?«

»Es wird nicht lange dauern.«

Zum Teufel mit ihr. Myron zog sein eigenes Handy heraus.

»Legen Sie es weg«, sagte sie. »Wenn Sie jemanden kontaktieren …« Die Frau schüttelte den Kopf: »Muss ich Ihnen wirklich drohen? Ich habe Sie für klüger gehalten.«

Myrons Bein begann zu wippen. »Ich weiß nicht, wer Sie sind«, sagte er, »aber wenn meinem Vater etwas zustößt …«

»Moment, lassen Sie mich raten.« Sie strich sich übers Kinn. »Sie werden Himmel und Hölle in Bewegung setzen, um mich zu finden und mich dafür büßen zu lassen. Ich bitte Sie. Sehen Sie mich an, Myron. Glauben Sie, ich mache so etwas zum ersten Mal? Glauben Sie wirklich, ich hätte nicht alles im Griff?«

Myron hatte sich in seinem ganzen Leben noch nie so hilflos gefühlt. »Und was machen wir jetzt?«

»Wir warten.«

»Worauf?«

»Es wird nicht lange dauern.«

»Tun Sie ihm nicht weh. Ich bitte Sie. Ich werde Ihnen sagen …«

Sie legte den Zeigefinger auf ihre Lippen. »Pst.«

Danach saßen sie einfach da. Myron hätte sich nie vorstellen können, dass die Zeit so langsam vergehen konnte.

»Es wäre viel einfacher gewesen, wenn Sie gleich kooperiert hätten.«

»Was soll das bedeuten? Was passiert denn jetzt?«

Endlich surrte ihr Handy. Sie ging ran. »Hallo?« Einen Moment lang hörte sie zu, dann sagte sie: »Okay.« Sie legte auf und steckte das Handy wieder in ihre Handtasche. Mit beiden Händen drückte die alte Frau sich in den Stand.

»Ich werde jetzt gehen.«

»Was ist hier los? Geht es meinem Vater gut?«

»Wenn ich in zehn Minuten nicht bei meinem Auto bin, wird es für Sie noch schlimmer. Viel schlimmer. Bleiben Sie da sitzen. Rühren Sie sich nicht von der Stelle. Rufen Sie niemanden an. Zehn Minuten.«

Dann war sie weg.

# SIEBENUNDZWANZIG

Myron geriet völlig in Panik.

Er versuchte, seinen Vater auf dem Handy zu erreichen. Keine Antwort. Er versuchte, seine Mutter auf dem Handy zu erreichen. Keine Antwort.

Er überlegte, ob er in der Lobby des Lock-Horne Buildings anrufen und den Sicherheitsdienst bitten sollte, der alten Frau zu folgen und das Kfz-Kennzeichen aufzuschreiben oder irgendetwas, aber inwiefern würde das seinem Vater helfen? Gar nicht. Vielleicht half es später, um die beiden zur Rechenschaft zu ziehen, aber im Moment war sein Gehirn nicht bereit, diesen Gedanken überhaupt in Erwägung zu ziehen.

Was sollte er also tun?

Die Polizei in Florida anrufen? Oder jemanden, der im Altersheim seiner Eltern arbeitete?

Das kam ihm alles so sinnlos vor. Myron fühlte sich hilflos, verängstigt und verletzlich, und – Mann oh Mann, das gefiel ihm absolut nicht.

Er sprintete in die Rezeption. Big Cyndi war nicht da. Seine Panik steigerte sich in ungeahnte Höhen.

Hinter ihm sagte Big Cyndi: »Mr Bolitar?«

»Wo warst du?«

»Für kleine Mädchen«, sagte sie. »Es war nur Pipi.«

Er wollte ihr gerade erzählen, was passiert war, als sein Telefon surrte.

Im Display stand MOM.

Er drückte die Antworttaste mit der Geschwindigkeit eines Revolverhelden in einem alten Western. »Hallo?«

»Rate mal, welcher *Schmock* sich beim Pickleball die Nase gebrochen hat?«

Dann erklang die Stimme seines Vaters: »Ach, hör auf, Ellen, mir geht's gut.«

Erleichterung durchflutete Myrons Adern.

»Du hast doch darauf bestanden, dass ich ihn sofort anrufe, Al.«

»Ich wollte nicht, dass er sich Sorgen macht.«

»Wie hätte er sich Sorgen machen sollen? Er wusste ja nicht einmal, dass du verletzt bist.«

»Mom«, sagte Myron, um einen ruhigen Tonfall bemüht, »erzähl mir einfach, was passiert ist.«

»Cousin Norman, das ist Moiras Junge. Du erinnerst dich doch an Cousin Norman, oder? Wir haben ihn uns im Musical *Where's Charlie* angesehen, das seine Highschool aufgeführt hat, als er in der siebten Klasse war.«

»Mom.«

»Na ja, jedenfalls fährt Cousin Norman uns gerade zur Unfallstation, aber deinem Vater geht es gut. Mal ehrlich, Myron, wer bricht sich denn beim Pickleball spielen die Nase? Erinnerst du dich noch an den neuen Teppich im Wohnzimmer? Den, den wir bei … wie hieß der Laden noch gleich, Al?«

»Ich weiß es nicht. Wen interessiert's?«

»Mich interessiert das. Es war dieser Haushaltswarenladen in der Central Avenue. Myron, du kennst den Laden. Gleich neben dem Diner, in das du uns letzten Februar zum Mittagessen eingeladen hast.«

»Ellen …«

»Er fängt mit einem D an. Demarco Home and Carpeting?

Deangelo? Na, egal, der Teppich ist jetzt jedenfalls vollgeblutet. Das Wohnzimmer sieht aus wie die Duschszene in *Psycho*. Wer geht denn auch blutend nach Hause und legt sich für ein Nickerchen auf den Fußboden?«

»Ich hab nicht gemerkt, dass ich noch blute«, sagte sein Vater.

»Wie kann man so etwas nicht merken? Na, jedenfalls hat er Pickleball gespielt. Und irgendjemand – dein Vater will mir nicht verraten, wer …«

»Weil es keine Rolle spielt!«

»… schmettert den Ball auf deinen Vater. Dein Vater, ein wahrer Jim Thorpe, hat seine Nase statt eines Schlägers benutzt.«

Myron sagte: »Mom?«

»Ja?«

»Ich werde den nächsten Flug zu euch runter nehmen.«

»Nein, das wirst du nicht.«

Sein Vater.

»Mir geht's gut«, setzte er hinzu. »Du musst arbeiten. Du bist beschäftigt.«

»Ach, richtig«, sagte Mom. »Wir haben gelesen, dass Greg Downing verhaftet wurde. Hat er wirklich diese hübsche Frau und ihren Sohn umgebracht?«

»Frag ihn das nicht, Ellen. Du bist Anwältin. Du müsstest es besser wissen.«

»Was, ich kann ihn das zwischen Mutter und Sohn nicht fragen?«

»Myron …«, sagte Dad, »… komm nicht runter.«

Die Stimme ließ keinen Raum für Diskussionen. Myron verstand es. Dad wollte nicht, dass Mom sich Sorgen machte. Wenn Myron zu ihnen herunterflog, würde Mom wissen, dass etwas nicht stimmte.

»Mit wem hast du gespielt, Dad?«

Mom übernahm die Antwort. »Er hat mit seinem neuen Freund Allen gespielt. Erinnerst du dich an ihn, Myron? Das ist dieser Riesenfan von dir.«

»Ich erinnere mich.«

»Er ist weg«, sagte Dad.

»Ach, Myron?« Wieder Mom. »Wir kommen gerade in die Unfallstation. Ich melde mich später noch mal.«

Als Mom auflegte, merkte Myron, dass er am ganzen Körper zitterte. Er rief Win an und erzählte ihm, was passiert war.

»Sie haben sich plötzlich zurückgezogen«, sagte Myron am Ende. »Ich versteh das nicht.«

»Ich schon.«

»Wie meinst du das?«

»Lass mich ein paar Leute auf deine Eltern ansetzen. Ich bin in einer Viertelstunde wieder im Büro.«

»Ich dachte, du wolltest nach Philadelphia fliegen.«

»Das habe ich abgesagt.«

»Warum?«

»Eine Viertelstunde, Myron.«

Win beendete das Telefonat. Myron starrte noch einen Moment lang auf sein Handy, als erwartete er, dass es wieder klingelte.

*Was jetzt?*

Er rief Terese an. Sie meldete sich nach dem dritten Klingeln. »Hey, Hübscher.«

»Hey.«

»Was gibt's?«

»Ich wollte nur mal deine Stimme hören«, sagte er.

»Scheiße, was ist passiert?«

Er antwortete einen Moment lang nicht.

»So schlimm?«

»Erzähl mir von der Story, an der du gerade arbeitest.«

»Eigentlich würde ich jetzt sagen: ›Du zuerst‹, aber offensichtlich brauchst du noch etwas Zeit.«

Myron konnte sich ein Lächeln nicht verkneifen. »Ich liebe dich, weißt du das?«

»Ja, das tu ich. Also, Ronald Prine wurde von einer Bauunternehmerin ermordet, die er übers Ohr gehauen hat. Sie heißt Jacqueline Newton. Es gibt jede Menge Beweise. Sie schwört, dass sie völlig unschuldig ist. Das einzige Problem der Polizei ist, dass ihr kranker Vater geständig ist.«

»Versucht er, ihre Schuld auf sich zu nehmen?«

»Ja«, sagte Terese.

»Besteht die Möglichkeit, dass er es tatsächlich getan hat?«

»Nein, das kann ich mir nicht vorstellen.« Dann fragte sie: »War die Pause lang genug?«

»Sie waren hinter meinen Eltern her.«

Er erzählte alles – vom Treffen mit PT, seiner Theorie, dass ein Serienmörder Greg eine Falle gestellt haben könnte, dem Rückweg aus dem Le Bernadine, dem Angriff auf seinen Vater, einfach alles.

Als er fertig war, fragte Terese: »Soll ich wieder hochkommen?«

Ja. »Nein«, sagte er.

»Ich finde schon jemand anders, der über diesen Mordfall berichtet.«

»Komm nicht hoch. Mir geht's gut.«

»Hmm«, sagte sie.

»Was ist?«

Myrons Telefon surrte und zeigte einen weiteren Anruf an.

»Terese, das ist mein Vater.«

»Geh ran.«

Er schaltete um. »Dad?«

»Mir geht's gut. Ich warte noch auf den Arzt, aber es ist nur eine gebrochene Nase, weiter nichts. Ich werde schon wieder. Hör zu, ich verheimliche dir nichts, aber ich erzähl dir auch nicht alles.«

»Was meinst du?«

»Deine Mutter.«

»Was ist mit ihr?«

»Meistens geht es ihr gut. Und am besten geht es ihr, wenn sie mit ihren Kindern telefoniert. Sie leidet an Angstzuständen. Sie hat oft Angst, Myron. Ich will nicht, dass sie Angst hat, okay?«

Myron schluckte. »Okay, Dad.«

»Das bleibt aber vorerst unter uns, klar?«

»Klar.«

»Und komm nicht runter, Myron. Deine Mutter liest in dir wie in einem Buch. Das war schon immer so. Deshalb bist du als Kind auch nie mit irgendetwas davongekommen. Ich nehme an, es geht um etwas, an dem Win und du arbeiten?«

»Ja.«

»Also schütze deine Mutter und mach weiter. Lass dich nicht ablenken.«

»Der Schutz steht schon bereit«, sagte Myron. »Was ist passiert, nachdem die beiden aufgelegt haben?«

»Allen, dieser Schweinehund – ich war übrigens früher auch in Schlägereien verwickelt. Ich bin in einer harten Gegend aufgewachsen, und ich hatte die Fabrik in Newark. Jedenfalls hab ich den Schlag mit der Pistole kommen sehen. Ich hab den Kopf weggedreht und bin die Bewegung mitgegangen. Es ist also wirklich nicht so schlimm, okay? Das darfst du mir glauben. Es ist nur die Nase. Ich war nicht bewusstlos oder so.«

»Okay, danke, dass du mir das sagst.«

»Aber hinterher, nachdem er aufgelegt hatte, hat Allen einfach die Pistole auf mich gerichtet. Er hat darauf gewartet, dass etwas passiert.«

Genau wie die alte Frau, die sich Ellen nannte.

»Hast du eine Ahnung, worauf sie gewartet haben?«

»Jemand hat ihn angerufen. Allen hat noch gemurmelt, dass sie sich melden, wenn sie ihn gefunden haben, und dann sagte er etwas von einem Shanty.«

Myron spürte, wie sich seine Nackenhaare aufstellten. »Ein Shanty?«

»Ja, ich hab's auch nicht verstanden.«

Aber Myron verstand es. Die Shanty Lounge. Die Bar, in der Bo/Brian/Stevie in Montana arbeitete. Myron nickte vor sich hin und sah es jetzt genau vor sich. Turants Leute hatten gewusst, dass Myron nach Montana geflogen war. Sie hatten Männer hingeschickt, hatten überprüft, wo Myron war, vielleicht hatten sie sich umgehört, vielleicht hatten sie einen Peilsender an Myrons Mietwagen angebracht oder was auch immer. Irgendwie hatten sie zur gleichen Zeit, als sie Myrons Dad bedrohten, herausgefunden, wo Bo war. Also hatten sie alles unterbrochen, die Waffe auf Dad gerichtet und gewartet, bis …

Joeys Leute mussten Bo haben.

»Doc, ich spreche mit meinem Sohn. Okay, ich leg jetzt auf. Myron, ich ruf dich später noch mal an. Mach dir keine Sorgen, mir geht's gut.«

Klick.

Myron googelte schnell die Shanty Lounge in Havre, Montana. Er klickte auf den Link und hörte das Telefon klingeln. Nach drei Klingelzeichen ging jemand ran und fragte: »Wer ist da?«

»Ich suche Ihren Barkeeper Stevie.«

»Und ich habe gefragt, wer ist da?«

Myron antwortete nicht sofort.

»Ich sehe Ihre Telefonnummer im Display. Warum ruft hier jemand mit einer Nummer aus New Jersey an?«

Er stellte die Frage in einem tiefen, satten Bariton.

Die Stimme von Cal, dem Cowboy.

»Sie sind das, Cal, oder? Hier ist Myron Bolitar. Ich war vor ein paar Tagen bei Ihnen.«

»Sie haben versprochen, dass wir in Sicherheit sind.«

Myrons Griff ums Handy wurde fester.

»Er hat Sie noch ganz direkt gefragt«, fuhr Cal fort. *»Bin ich wirklich sicher, wenn ich hierbleibe? Falls nicht, können Cal und ich auch weiterziehen.* Und Sie haben gesagt: *Ich werde es niemandem erzählen.«*

Myron schluckte. »Was ist passiert?«

»Sie haben uns verraten, das ist passiert.«

»Cal, wo ist Bo?«

»Sie haben ihn mitgenommen, du Arschloch. Sie sind mit Waffen reingekommen und haben ihn mitgenommen.«

***

Als Win ankam, gingen sie in Myrons Büro. Myron schloss die Tür.

»Turants Leute haben Bo erwischt«, sagte Myron.

»Vorsichtshalber behalten meine Leute deine Eltern im Auge«, sagte Win. »Aber jetzt, wo sie Bo haben, müssten sie sicher sein.«

»Was machen wir wegen Bo?«

»Nichts. Es ist nicht unsere Angelegenheit.«

»Wir haben seinen Aufenthaltsort preisgegeben.«

»Deshalb sind wir noch lange nicht für ihn verantwortlich. Und für Greg auch nicht. Wenn wir in dieser Angelegenheit eine Aufgabe haben – und da bin ich mir gar nicht so sicher –, dann besteht sie darin, PT bei der Festnahme eines Serienmörders zu unterstützen.«

»Also waschen wir einfach unsere Hände in Unschuld?«

»In Bezug auf Bo? Ja.«

»Wir melden es nicht einmal der Polizei?«

»Er hat Familie. Er hat Freunde und einen Geliebten. Wenn sie glauben, dass er in Gefahr ist, werden sie die Polizei hinzuziehen. Wir müssen uns das Ganze noch einmal durch den Kopf gehen lassen. Vor einer Stunde hat PT uns informiert, dass da draußen ein Serienmörder frei herumlaufen könnte.«

»Okay.«

»Außerdem war er der Meinung, dass dieser spezielle Serienmörder seine Spuren regelmäßig verwischt haben könnte, indem er Hinweise streut, dass jemand anders – ein Sündenbock, wenn man so will – der Täter ist. Das einzige Bindeglied, das sie bisher gefunden haben …« Er wartete.

»… ist Greg Downing«, beendete Myron den Satz für ihn.

»Genau. Er ist das Bindeglied zwischen den Callisters und Jordan Kravat«, fuhr Win fort. »Ergo, wenn Kravat ein Opfer desselben Mörders wie die Callisters geworden ist, wer ist dann der unschuldige Mann, der für diesen Mord einsitzt?«

»Joey the Toe.«

»Und wer war der Zeuge, der geholfen hat, Joey hinter Gitter zu bringen?«

»Willst du damit sagen, dass Bo Storm im Zeugenstand gelogen hat?«

»Bo hat dich belogen. Er hat erzählt, Greg hätte Krebs. Er hat behauptet, Greg wäre tot.«

»Und die anderen Beweise, die am Tatort von Jordan Kravats Ermordung gefunden wurden«, sagte Myron. »Die DNA oder was auch immer. Das passt perfekt zum M.O. dieses Serienmörders.«

»Wenn man es in diesem Licht betrachtet, ergibt die Version des Mordes wenig Sinn. Joseph Turant, der Boss einer großen Verbrecherfamilie, hat sich jahrzehntelang der Verhaftung entzogen, weil er vorsichtig war. Ist es plausibel, dass er plötzlich so dumm sein sollte, diesen Stripper-Schrägstrich-Sexarbeiter oder seinen Zuhälter – lass uns die Dinge beim Namen nennen, wären es Frauen, würde man sie so bezeichnen – zu ermorden und einen Zeugen wie Bo Storm und so viele Spuren zu hinterlassen?«

»Das ist es nicht«, stimmte Myron zu.

»Und noch etwas: Joey the Toe ist uns hart angegangen. Richtig hart. Er hat fünf Jahre lang alles darangesetzt, Bo Storm zu finden. Wenn jemand wahrheitsgemäß gegen ihn ausgesagt hätte, und selbst wenn Joey deshalb hinter Gitter gekommen wäre, gehen wir dann wirklich davon aus, dass er einen solchen Aufwand starten würde, um sich zu rächen?«

»Möglich, mir erscheint das aber doch ziemlich übertrieben. Diese Killer anzuheuern, damit sie meine Eltern bedrohen. Seine Handlanger nach Montana zu schicken. Die ganze Gegend zu durchkämmen. Ich weiß nicht einmal, wie die Turants Bo gefunden haben.«

»Sie haben ihn nicht gefunden«, sagte Win.

»Was meinst du damit?«

»Joeys Leute haben Bo Storm nicht gefunden. Ich habe ihnen gesagt, wo er ist.«

Myron verharrte völlig reglos.

»Es war die einzige Möglichkeit«, sagte Win.

»Du hast ihn verraten?«

»Wir sind nicht kugelsicher.«

»Das ist mir klar.«

»Wir haben Turants Männer getötet.«

»Um mich zu retten.«

»Und du glaubst, er versteht diesen Unterschied?«, fragte Win. »Als wir in Vegas waren, habe ich mit Turant einen Deal gemacht. Sichere Abreise im Austausch für Informationen. Als ich sah, dass sie deinen Vater in ihrer Gewalt haben …«

»Du warst an diesem Telefonat auch beteiligt?«

Win nickte. »Sie hätten ihn umgebracht. Sie hätten auch deine Mom umgebracht. Und dann hätten sie sich um uns gekümmert. Und, mal ganz einfach gesagt: Das ist Bo Storm nicht wert. Also ja, ich habe ihn verraten.«

»Deshalb haben sie auch von meinem Dad abgelassen«, sagte Myron.

»So ist es.«

»Und wie ist das dann gelaufen? Sie sind bei ihm geblieben und haben die Shanty Lounge überprüft, um sicherzugehen, dass du die Wahrheit sagst.«

»Genau.« Win rieb sich mit der Hand das Gesicht, eine Geste, die Myron bei ihm noch nie gesehen hatte. »Ich habe es verbockt«, sagte er. Auch das waren Worte, von denen Myron nie geglaubt hätte, dass er sie jemals aus Wins Mund hören würde. »Mir hätte klar sein müssen, dass sie mein Flugzeug verfolgen könnten. Ich habe Turants Verzweiflung falsch eingeschätzt, bis ich die Pistole gesehen habe, die auf deinen Vater gerichtet war.«

»Und Bo zu verraten, war deine einzige Option?«

Win legte seine Hände auf Myrons Schultern. »Wir sind gut, Myron – aber so gut ist niemand. Ich hatte keine Wahl. Jetzt ist es vorbei.«

»Und was ist mit Bo Storm?«

»Ein Kriegsopfer.«

»Ich weiß nicht, ob ich damit zurechtkomme.«

»Ob du damit zurechtkommst oder nicht, spielt keine Rolle. Du weißt, was auf dem Spiel stand. Falls es dir irgendwie hilft: Es nützt Turant nichts, wenn er Bo tötet. Damit er freikommt, muss Bo im Zeugenstand die Wahrheit sagen, ohne dass es den Eindruck macht, man hätte ihn unter Druck gesetzt.«

»Es hilft mir nicht.«

»Das habe ich auch nicht erwartet.«

»Du kommst mit all dem klar?«

»Es geht nicht um mein persönliches Wohlbefinden. Ich habe die Entscheidung getroffen. Und ich fand nicht, dass es eine schwierige war.«

»Mal angenommen, Bo hat die Wahrheit gesagt. Angenommen, Bo hat gesehen, wie Joey the Toe in jener Nacht Jordan Kravat ermordet hat.«

Win lächelte. »Du liebst deine moralischen Dilemmata einfach.«

»Ich will wissen, ob es dir überhaupt etwas ausmacht. Ich will wissen, ob du nachts noch gut schläfst.«

»Es macht mir überhaupt nichts aus«, sagte Win. Dann fügte er hinzu: »Und ich schlafe nachts nie gut.«

Myron schüttelte den Kopf. »Du bist wirklich unglaublich.«

»Bo Storm interessiert mich nicht. Deine Eltern schon. Das geht uns allen so. Fremde bedeuten uns allenfalls in der Theorie etwas. Was die betrifft, geben wir nur Lippenbekenntnisse ab.«

»Du hast die Entscheidung getroffen, damit ich es nicht musste.«

»Mir ist diese Entscheidung leichtgefallen. Ich würde hundert Bo Storms opfern, um deine Eltern zu retten. Und selbst wenn du es nicht zugeben willst, würdest du das auch tun.«

Es war eine unbequeme Wahrheit. »Das ist ein gefährlicher Gedankengang«, sagte Myron.

»Dann willst du wahrscheinlich nicht wissen, wie viele Leben ich opfern würde, um dich zu retten«, sagte Win. »Oder vielleicht willst du es doch.«

# ACHTUNDZWANZIG

Ein paar Minuten darauf rief Jeremy an. »Wo bist du?«

»In meinem Büro«, sagte Myron. »Und du?«

»In Moms Wohnung«, sagte sein Sohn. »Kannst du vorbeikommen?«

»Klar, was gibt's?«

»Grace ist hier.«

Myron versuchte, die Einzelteile im Kopf zu einem Bild zusammenzusetzen: Gregs aktuelle Liebe seines Lebens in der Wohnung seiner Ex-Frau Emily. »Grace ist bei deiner Mutter in der Wohnung?«

»Sie ist gerade angekommen. Und ziemlich aufgebracht. Sie sagt, sie muss dringend mit dir sprechen.«

Zweifelsohne ging es um ihren Sohn Bo. »Ich bin schon unterwegs.«

Auf dem Weg dorthin rief er das Handy seines Vaters an. Keine Antwort. Er wollte schon seine Mutter anrufen, doch Dad hatte deutlich zu verstehen gegeben, dass er das nicht sollte. Der Gedanke, ihr die Wahrheit vorzuenthalten, gefiel Myron nicht. In seiner Kindheit und Jugend schien Mom immer die Stärkere von seinen Eltern zu sein – eine Naturgewalt, die für ihn einstand, stritt und jeden zusammenstauchte, der sich ihr in den Weg stellte. Aber Myron verstand auch, was sein Vater gesagt hatte. Sie war zerbrechlich geworden, einerseits deutlich sichtbar durch ihre Parkinson-Erkrankung, andererseits aber auch auf eine für ihn schwer definierbare Art, die mit dem Älterwerden und Angst zu tun hatte und vielleicht damit, dass ihr ihre eigene Sterblichkeit bewusst wurde. Jedenfalls wollte Myron sich nicht gegen den Wunsch seines Vaters stellen …

Als er Emilys Wohnung erreichte, öffnete sie die Tür. Myron wartete auf ihren üblichen Spruch, aber sie sah ihn mit besorgter Miene an. »Alles klar bei dir?«

»Mir geht es gut, warum?«

Sie legte ihm die Hand auf den Arm. »Erzähl mir, was passiert ist.«

Offenbar konnte nicht nur seine Mutter in ihm lesen wie in einem Buch. »Dafür ist jetzt keine Zeit. Es ist alles in Ordnung.« Er entdeckte Jeremy hinter ihr im Flur und schob sich behutsam an ihr vorbei. Sein Sohn streckte ihm die Hand entgegen. Myron drückte sie und widerstand dem Drang, ihn an sich zu ziehen. Stattdessen begnügte er sich mit einem unbeholfenen Klaps auf die Schulter.

Grace Konners hatte ihr Handy am Ohr. Sie wandte sich von ihnen ab und sprach leise. Myron warf Jeremy einen fragenden Blick zu.

»Sie wohnt unter einem Pseudonym in einem Hotel ein Stück die Straße hinunter«, sagte Jeremy.

»Und du kanntest sie schon?«

»Ja. Hab ich doch erzählt. Die beiden haben mich besucht, als ich in Kuwait war.«

Myron sah Emily an. Er erinnerte sich an ihre Besorgnis und daran, dass sie Jeremy keine Hoffnungen machen wollte, bevor sie sicher waren, dass Greg noch lebte. Dabei hatte er es gewusst. Jeremy hatte es seit Jahren gewusst. Emily sah Myron in die Augen und zuckte kurz die Achseln.

Grace beendete das Telefonat, drehte sich um und ging auf Myron zu. »Lassen Sie uns einen Spaziergang machen, nur wir beide.«

»Bemüht euch nicht«, sagte Emily, die Hand bereits am Türknauf. »Ich mache den Spaziergang. Ihr bleibt hier.«

Sie wartete nicht auf die Antwort, sondern ging hinaus und schloss die Tür hinter sich.

»Sie verlogener Mistkerl«, sagte Grace. »Sie haben meinen Sohn verraten.«

»So war es nicht, aber für Schuldzuweisungen haben wir später noch Zeit. Zuerst müssen wir Joe Turants Leute kontaktieren.«

»Das war Bo am Telefon«, sagte sie.

Das überraschte Myron. »Geht's ihm gut?«

»Sie haben ihm nichts getan, wenn Sie das meinen.«

»Wo ist er?«

»Sie bringen ihn zurück nach Vegas.«

»Aber sie haben ihm erlaubt, Kontakt zu Ihnen aufzunehmen?«

Grace nickte. »Sie wollten verhindern, dass ich die Polizei rufe.«

Logisch, dachte Myron.

»Und sie wollten mir versichern, dass sie nicht die Absicht haben, Bo etwas anzutun.«

»Wie klang er denn?«

»Was meinen Sie, wie er geklungen hat?«

»Wie kann ich Ihnen helfen?«, fragte Myron.

Grace lachte leise. Sie sah zu Jeremy hinüber. »Jetzt weiß ich, woher du das hast.«

»Woher ich was habe?«, fragte Jeremy.

»Dein Helfersyndrom. Das ist genetisch bedingt. Dein Vater – und damit meine ich, wenn das auch ziemlich verwirrend ist, Greg – kümmert sich nur um uns und unser Wohlergehen. Das ist bei den meisten Menschen so. Aber einige wenige, zum Beispiel ihr beide, bestehen darauf zu helfen, auch wenn es anderen schadet. Oberflächlich betrachtet scheint ihr die besseren Menschen zu sein, oder? Euch selbst für andere zu opfern und so weiter. Aber das seid ihr nicht. Ihr müsst nur einfach den Helden spielen.« Sie wandte sich an Myron. »Sie haben herausgefunden, dass Greg noch lebt?«

»Das FBI hat es mir gesagt.«

»Also haben Sie vermutet, dass Greg seinen eigenen Tod nur vorgetäuscht hat, stimmt's?«

»Worauf wollen Sie hinaus?«

»Ich will damit sagen, dass Ihnen klar war, dass Greg bewusst die Entscheidung getroffen hat, Sie und den Rest der Welt glauben zu lassen, dass er tot ist. Und haben Sie seine Entscheidung respektiert? Haben Sie gedacht: ›Oh, Greg wird seine Gründe haben, ich sollte mich da lieber nicht einmischen.‹? Nein. Stattdessen haben Sie seine Welt auf den Kopf gestellt, um ihn zu retten. Und jetzt sitzt er im Gefängnis, und ein Haufen sadistischer Mafiosi hat meinen Sohn in der Hand – und das alles nur, weil Sie ›helfen‹ mussten, vollkommen ungeachtet der Konsequenzen.«

Myron hatte genug.

»Hey, Grace?«, sagte er.

»Was ist?«

»Irgendjemand da draußen ermordet Menschen. Sie, Greg und Bo, ihr seid alle irgendwie darin verwickelt. Wenn Sie mir also ein schlechtes Gewissen einreden wollen …«

»Das ist nicht meine Absicht.«

»Warum konzentrieren wir uns dann nicht lieber darauf, Bo wieder in Sicherheit zu bringen?«

»Haben Sie Turants Leuten verraten, wo Bo ist?«

»Nein«, sagte Myron. »Darauf gebe ich Ihnen mein Wort.«

Das war keine Lüge. Es war auch nicht unbedingt die volle Wahrheit. Aber es war keine Lüge.

Jeremy ergriff das Wort. »Wir können vielleicht helfen, Grace.«

Grace trat ans Fenster und blickte auf den Central Park hinaus. »Sie haben gesagt, dass da draußen jemand Menschen ermordet. Was meinen Sie damit?«

»Sie wissen von Jordan Kravat. Sie wissen von Cecelia Callister und ihrem Sohn Clay. Es gibt aber noch mehr.«

Jeremy sah Myron an. »Was meinst du mit *noch mehr*?«, fragte er.

Myron trat auf Grace zu, wollte, dass sie sich umdrehte und ihm in die Augen sah. »Joey Turant hat sich Ihren Sohn nicht nur deshalb geschnappt, um sich für die Aussage gegen ihn zu rächen. Wenn er das wollte, wäre Ihr Sohn jetzt tot. Er will Bo dazu bringen, seine Aussage zu ändern.«

»Und wenn er das tut?«

»Was ist wirklich mit Jordan Kravat passiert?«, fragte Myron. »Wir müssen jetzt die Wahrheit erfahren. Wir sind hier nur zu dritt im Raum. Ich bin Anwalt. Sie können mich engagieren, wenn Sie diese Art von Schutz wollen. Jeremy kann gehen …«

»Nein«, sagte sie. »Ich will Jeremy dabei haben.«

»Brauchst du etwas Wasser?«, fragte Jeremy sie.

»Mir geht's gut, Jeremy.«

»Du kannst Myron vertrauen«, sagte Jeremy. »Vielleicht hätte er sich um seinen eigenen Kram kümmern sollen. Ich versteh schon, was du meinst. Aber du musst uns erzählen, was wirklich passiert ist.«

»Dein Vater«, sagte sie. »Er wollte nicht, dass du in all das hineingezogen wirst.«

»Ich weiß«, sagte Jeremy. »Aber dafür ist es jetzt zu spät. Du musst uns erzählen, was passiert ist.«

Grace nahm Platz. Jeremy setzte sich ihr gegenüber. Myron

blieb stehen und versuchte, aus ihrem Blickfeld zu verschwinden. Offenbar vertraute Grace Jeremy. Vielleicht öffnete sie sich mehr, wenn Myron im Hintergrund verschwand.

»Was Greg und ich euch bisher erzählt haben, stimmt alles«, begann sie. »Donna Kravats Club wurde von der Mafia kontrolliert. Jordan hatte großen Anteil daran. Bo wurde mit hineingezogen und kam da nicht wieder raus. Es wurde ziemlich übel zwischen den beiden. Eines Abends sagte Jord, er hätte einen Plan, wie er ihnen beiden aus der Bredouille helfen könnte. Er sagte, er würde Bo immer noch lieben, und wenn sie diesen einen letzten Schritt machen würden, wären sie die Mafia los und könnten wieder glücklich sein. Damals wusste ich nichts davon. Wenn Bo zu mir gekommen wäre, hätte ich ihm gesagt, dass er an dem Abend nicht hingehen soll. Und ich glaube, selbst Bo hat nicht so richtig daran geglaubt. Zu dem Zeitpunkt hatte er schon beschlossen, mit der Polizei zusammenzuarbeiten. Das haben wir Ihnen ja auch erzählt. Bo hatte sich als Informant zur Verfügung gestellt. So wollte er aus der Sache rauskommen.«

Jetzt sah Grace Myron an. Der verzog keine Miene, nickte aber. Er wollte, dass sie weitersprach.

»Einige dieser Punkte sind Spekulationen von Bo. Also haben Sie etwas Nachsicht. Als Bo an dem Abend wieder nach Hause kam, hatte er das Gefühl, dass etwas nicht stimmte. Jord hatte ihnen beiden Bourbon eingeschenkt. Das war der Drink der Kravats – Jord und Donna kommen aus Louisville und lieben Bourbon. Sie waren große *Maker's-Mark*-Trinker. Aber Bo … er wusste, dass Jord die Jungs bei der Arbeit mit K.-o.-Tropfen betäubte, um sie … äh … gefügig zu machen. Einige Kunden hat das angemacht. Jord hat darüber Witze gemacht, es einen ›schwulen Cosby‹ genannt. Krank, oder?«

»Sehr krank«, sagte Jeremy. Er beugte sich vor. Myron fand es seltsam, seinen Sohn in dieser Position zu sehen, aber natürlich war sein Sohn ein gut ausgebildeter Offizier. Myron beobachtete ihn voller Stolz und Ehrfurcht, verspürte aber auch ein leichtes Stechen, einen leichten Schmerz wegen dem, was er verpasst hatte, einen Schmerz wegen all der Dinge, die er nie wieder zurückbekommen oder erleben würde.

»Als Jordan nicht hingeguckt hat«, fuhr Grace fort, »hat Bo daher ihre Gläser vertauscht. Damit er, falls da K.-o.-Tropfen drin waren …«

»Schon klar.«

»Und Jordan ist dann tatsächlich schläfrig geworden. Er hat ständig irgendwas vor sich hin gemurmelt. Bo sagte, dass Jordan nach einer Weile gelächelt hat, dass sein Kopf ganz schief hing und er immer wieder ›Bye, bye, Zeh‹ und ›Joey kommt‹ gesagt hat.«

Sie lehnte sich zurück, griff sich mit zittriger Hand ins Gesicht und blinzelte die Tränen weg.

Jeremy fragte mit leiser, zuversichtlicher, beruhigender Stimme: »Was ist dann passiert, Grace?«

»Er ist gegangen.«

»Bo hat das Haus verlassen?«

Sie nickte. »Nachdem Jordan von den K.-o.-Tropfen ohnmächtig geworden war, ist Bo gegangen.«

»Wann war das?«, fragte Jeremy.

»Ich weiß es nicht. Vielleicht so gegen Mitternacht? Ist das wichtig?«

»Nein. Erzähl weiter.«

»Er hatte schon seit einer ganzen Weile ein Zimmer in der East Harmon Avenue.«

»Okay, also ist er da hingegangen?«

»Ja.«

»Und dann?«

»Er hat ferngesehen. Und dann versucht zu schlafen. Irgendwann hat er mich angerufen und gesagt, dass er Angst hat. Ich habe ihm vorgeschlagen, dass er rüberkommen und bei uns bleiben soll, aber er meinte, er käme schon klar.«

»Wo wart ihr?«

Jeremy stellte alle Fragen. Myron schwieg einfach und versuchte, sich unsichtbar zu machen.

»Greg und ich hatten eine Suite im Bellagio. Das haben wir auch schon erzählt. Wir waren in der Hoffnung nach Vegas gekommen, dass wir Bo aus seiner Zwangslage befreien können, bevor wir ins Ausland gehen.«

»Stimmt«, sagte Jeremy. »Klar. Erzähl weiter.«

»Um fünf Uhr morgens hat die Polizei bei Bo an die Tür geklopft. Sie haben ihm gesagt, dass Jordan Kravat ermordet wurde.«

»In der Gerichtsverhandlung«, sagte Jeremy, »hat Bo behauptet, Joe Turant beim Verlassen des Hauses gesehen zu haben.«

»Das …«, sie stoppte und atmete tief durch. »Das stimmte nicht. Sie haben ihn aufgefordert, das zu sagen.«

»Wer sind *sie*?«

»Die Polizei, die Staatsanwaltschaft … Ich weiß es nicht genau. Einer von denen oder alle zusammen. Als das Ergebnis des DNA-Tests zurückkam, der den Mord mit Joey Turant in Verbindung brachte, sind die Cops durchgedreht. Sie hatten schon ewig versucht, Joey hinter Gitter zu bringen, und jetzt hatten sie den Beweis. Aber die DNA reichte ihnen nicht. War ihnen zu viel Wissenschaft und zu wenig Gefühl oder so ähnlich. Sie wollten, dass es eine todsichere Sache ist. Also sind sie auf Bo zurückgekommen. Er sollte aussagen, er hätte gesehen, wie Turant in jener Nacht das Haus verließ. Als Bo die Aussage nicht machen wollte, haben sie angefangen zu drohen. Sie würden Turant sagen, dass er kooperiert habe. Sie würden die kleineren Anschuldigungen, die sie schon vorher gegen ihn hatten, vor Gericht bringen. Also ganz ehrlich, hatte mein Sohn da eine Wahl? Sagen Sie es mir.« Sie hob den Blick und sah beide Männer an. »Was hätte er denn sonst tun können?«

»Nichts«, sagte Jeremy. »Dein Sohn hatte keine Wahl.«

»Er wollte nicht aussagen.«

»Das versteh ich.«

»Und vergiss nicht«, sagte sie, »dass Turant Jordan Kravat umgebracht *hat*. Das haben die Polizisten ganz deutlich gemacht. Es war ja nicht so, dass er einen Unschuldigen in den Knast bringen würde. Sie hatten die Beweise. Es bestand nicht der geringste Zweifel.«

Jeremy nickte. »Okay, dann gehen wir mal ein paar Minuten zurück. Du hast eben mit Bo telefoniert?«

»Ja.«

»Und?«

»Joeys Leute haben ihn. Sie wollen, dass er den Medien die Wahrheit sagt. Um die Korruption der Polizei aufzuzeigen. Und sie versprechen, ihm nichts zu tun, wenn er damit an die Öffentlichkeit geht. Und das glaube ich ihnen. Wenn sie ihm jetzt etwas antun, könnte die Polizei ja behaupten, Joey the Toe hätte ihn gezwungen, seine Aussage zu ändern.«

Myron konnte nicht sagen, ob dieses Argument der Hoffnung oder der Vernunft entsprang. Sie schien zu versuchen, sich selbst zu überzeugen, was durchaus Sinn ergab. Ihr Argument tat das aber auch. Win hatte etwas Ähnliches gesagt. Bos geänderte Aussage würde Joey Turant nur dann etwas nützen, wenn Bo gesund und munter blieb und nicht den Eindruck erweckte, dass er unter Druck gesetzt worden war.

Ein Handy surrte. Jeremy griff danach, sah aufs Display und runzelte die Stirn.

»Alles in Ordnung?«, fragte Myron.

»Bestens. Aber ich muss da rangehen. Ich bin gleich wieder da.«

Er ging ins Nebenzimmer und ließ Myron und Grace allein zurück.

Einen Moment lang wandten beide die Blicke voneinander ab. Myron fühlte sich unwohl, als er so dort stand. Er wusste nicht, was er tun sollte, also schwieg er.

»Er ist ein guter Mann«, sagte Grace. »Jeremy, meine ich.«

Myron nickte.

»Als ich ihn wegen seines Vaters angerufen habe, hat er sofort den nächsten Flug genommen. Etwa drei Stunden später war er hier.«

Im Raum herrschte unbehagliches Schweigen.

Dann sagte sie: »Ich weiß, dass er Ihr leiblicher Sohn ist.«

Myron antwortete nicht.

»Ich weiß, was Sie und Emily getan haben«, sagte Grace, und es lag schon fast Abscheu in ihrer Stimme. »Erst vor ein paar Tagen hat Greg es mir erzählt.«

Myron sagte nichts.

»Er war vollkommen am Boden zerstört, wissen Sie. Er hat lange gebraucht, um die Vertrauensprobleme zu überwinden.«

Myron schwieg weiter.

»Ich spreche davon, dass Sie und Emily in der Nacht vor der Hochzeit miteinander geschlafen haben.«

»Ja«, sagte Myron, »das dachte ich mir schon.«

»Ich will damit nicht sagen, dass das, was Greg daraufhin getan hat, nicht falsch war …«

»Hey, Grace?«, sagte er heute zum zweiten Mal.

Sie schwieg.

»Ich werde mit Ihnen nicht noch einmal die Vergangenheit aufwärmen, okay?«

Myron wandte sich ab und versuchte erneut, das Handy seines Vaters zu erreichen. Diesmal meldete sich seine Mutter nach dem zweiten Klingeln.

»Deinem Vater geht es gut«, sagte Mom. »Seine Nase ist gebrochen.«

»Wo ist er?«

»Er ist noch beim Arzt. Aber es geht ihm gut. Und die Nase? Sie wird einen weiteren Höcker haben. Verrat's ihm nicht, aber ich finde das irgendwie sexy.«

»Ist es bestimmt auch«, sagte Myron.

Es entstand eine Pause.

»Mom?«

»Was ist los, Myron?«

»Was meinst du damit?«

»Wenn ich dir erzähle, dass ich es sexy finde, sagst du normalerweise so etwas wie ›Das muss ich nicht wissen‹ oder ›Igitt, Mom, hör auf damit‹.«

Mann, Dad hatte recht, sie las in ihm wie in einem offenen Buch.

»Er hat sich die Nase gebrochen«, sagte Myron. »Ich mache mir Sorgen um ihn. Ist er gestürzt? Hat er sich den Kopf gestoßen? Der Arzt soll ihn auf eine Gehirnerschütterung untersuchen. Ist jemand da, um euch zu helfen? Nicht nur Cousin Norman. Ruft auch Tante Tessie an. Außerdem möchte ich, dass ihr einen Krankenpfleger bestellt.«

»Einen was?«

»Einen Krankenpfleger. Nur für die Nacht.«

»Weißt du, was so ein Krankenpfleger kostet?«

»Ich zahle.«

»Vielen Dank, Daddy Warbucks, aber ich will keinen Fremden in meinem Haus.«

»Das wäre kein Fremder …«

»Und unterhalten soll ich ihn wahrscheinlich auch noch?«

»Einen Krankenpfleger, Mom. Ich sagte Krankenpfleger, nicht Hausgast.«

»Wo wir gerade dabei sind, das Haus ist der reinste Saustall. Dein Vater ist ein Schlamper. Ich will nicht, dass ein fremder Krankenpfleger da einfach so reinkommt …«

»Okay, gut, kein Krankenpfleger. Ich werde Tante Tessie anrufen, und …«

»Schon passiert. Wir haben jede Menge Hilfe. Genau genommen sogar zu viel. Und wo wir gerade von ihr reden, Tessie ist da. Ich ruf dich später an.«

## NEUNUNDZWANZIG

Als Grace gegangen war, sagte Jeremy, dass er Hunger hätte, und Myron fragte ihn so beiläufig, wie er nur konnte, ob sie etwas essen gehen wollten. Jeremy hatte die Frage bejaht, und so saßen sie jetzt an einem Ecktisch im Friedman's in der 72nd Street, gleich um die Ecke vom Dakota Building.

»Was hältst du von dem, was Grace gesagt hat?«, fragte Jeremy.

»Ich weiß nicht recht«, erwiderte Myron. »Und du?«

»Ich kann sie nicht richtig einschätzen. In meiner Ausbildung habe ich gelernt, feindliche Kämpfer zu verhören. Die stehen dann in Gefangenschaft natürlich unter erheblichem Stress. Sie sind nervös, verängstigt und oft noch jung. Das berücksichtigen wir alles. Mir fehlt einfach die Übung darin, eine Frau mittleren Alters in einem Luxusappartement in der 5th Avenue zu verhören.«

»Aber?«

»Ich glaube nicht, dass sie lügt. Und du?«

Myron wiegte abwägend den Kopf. »Irgendwas stimmt nicht mit ihrer Story.«

»Was meinst du?«

»Ein Detail: welchen Bourbon sie getrunken haben.«

»Wird sie für dich dadurch glaubwürdiger oder unglaubwürdiger?«, fragte Jeremy.

»Es kommt mir einfach seltsam vor. Aber der Teil, als Bo die Gläser vertauscht hat …«

»Sodass Jordan Kravat den Drink mit den K.-o.-Tropfen bekommen hat?«

Myron nickte. »Wie aus einem Film. Und dann die Sache, dass er ›Bye, bye, Zeh‹ gemurmelt haben soll.«

»Du glaubst also, dass sie lügt?«

»Oder belogen wurde«, sagte Myron.

Jeremy sah nachdenklich zur Seite, und als er das tat, war in seiner Miene ein Widerhall von Myron zu erkennen. Man sieht sich selbst nicht oft, aber dieser Mann vor ihm war ihm noch nie mehr wie sein eigenes Fleisch und Blut vorgekommen.

»Was ist?«, fragte Myron.

»Wenn wir das glauben, was Bo Grace erzählt hat, dann hat Jordan Kravat ihn missbraucht und gezwungen, Verbrechen zu begehen.«

»Richtig.«

»Und zwar so lange, bis Bo bereit war, ein Informant zu werden, um aus der Sache herauszukommen. Kannst du mir folgen?«

Myron versuchte, die aufsteigenden Tränen zu unterdrücken. Das passierte ihm immer, wenn er gerührt war: Seine Augen quollen über. Er saß hier neben seinem Sohn und unterhielt sich mit ihm über einen Fall – er unterhielt sich mit ihm auf eine Art, wie er es nie zuvor getan hatte, und war in jeder Hinsicht überwältigt.

»Ja, kann ich«, brachte er heraus.

»Vielleicht ist die Antwort also viel einfacher«, sagte Jeremy. »Womöglich hat Bo Jordan Kravat umgebracht. Vielleicht hat er es geplant, vielleicht war es eine spontane Tat, oder sogar Notwehr.«

Myron nickte. »Und dann hat Bo sich die ganze Geschichte mit dem ausgetauschten Bourbon und dem Verlassen des Tatorts ausgedacht. Das würde auch seine Aussage gegen Joey Turant erklären.«

»Es gibt da ein Problem«, sagte Jeremy.

Myron zog die Augenbraue hoch. »Eins nur?«

Jeremy lächelte. »Wenn Bo der Mörder war, wie ist dann Joe Turants DNA an den Tatort gekommen?«

Der Kellner kam, um ihre Bestellung aufzunehmen. Beide entschieden sich für das handgeschnittene Pastrami-Sandwich und eine kleine Tomatensuppe.

»Mir ist gerade noch etwas aufgefallen«, sagte Jeremy, als der Kellner wieder ging.

»Und das wäre?«

»So viel Zeit haben wir schon lange nicht mehr miteinander verbracht.«

*Noch nie*, wollte Myron einwerfen, behielt diesen Gedanken aber für sich. »Könnte stimmen.«

»Myron?«

»Was ist?«

»Fang mir jetzt nicht an zu heulen.«

Myron winkte ab. »Wer, ich?«

Beide sagten einen Moment lang nichts, dann brach Jeremy das Schweigen. »Ich möchte wissen«, begann er, »was du über … ist es okay, wenn ich einfach ›meinen Vater‹ sage?«

Myron nickte. »Natürlich.«

»Was du über meinen Vater herausgefunden hast. Ich will keine große Sache daraus machen oder so.«

»Nein, schon okay.«

»Aber ich werde ihn nicht Greg nennen.«

»Er ist dein Vater«, sagte Myron, der plötzlich einen trockenen Mund hatte. »Nenn ihn, wie du willst.«

»Danke. Ich weiß das zu schätzen.«

»Klar, kein Problem«, sagte Myron, der aber hörte, wie

hohl seine Stimme in seinen eigenen Ohren klang. »Vor unserem Treffen habe ich mit einer alten Kontaktperson vom FBI gesprochen.«

Jeremy beugte sich vor und schenkte Myron seine volle Aufmerksamkeit.

»Kurz gesagt«, fuhr Myron fort, »das FBI glaubt, dass eine Verbindung zwischen den Morden an Jordan Kravat und den Callisters besteht.«

Jeremy runzelte die Stirn. »Wie das? Kravat wurde vor fünf Jahren in Las Vegas ermordet. Die Callisters vor ein paar Monaten in New York. Könnte der Sohn diese Verbindung sein?«

»Der Sohn?«

»Cecelia Callisters Sohn wurde doch auch ermordet«, sagte Jeremy. »Clay, oder? Wie alt war er?«

»Ich glaube, so um die dreißig.«

»Jordan Kravat wäre inzwischen doch ungefähr im selben Alter gewesen.«

»Das ist nicht die Verbindung«, sagte Myron. »Jedenfalls nicht die, die ich meine, aber vielleicht sollte sich das auch mal jemand ansehen.«

»Welche Verbindung gibt es dann?«

»Es geht nicht nur um diese Morde.«

»Wie meinst du das?«

»Sie glauben, dass es noch mehr gibt.«

Myron erzählte Jeremy die Hintergründe. Er versuchte, die Details auszusparen, was ihm nicht schwerfiel, weil er die meisten selbst nicht kannte. Er wusste, dass Esperanza die Idee mit dem Serienmörder eingehender untersuchen würde. Sie mussten etwas über die anderen Opfer und die anderen Fälle erfahren, aber Myron kannte auch seine Grenzen. Das FBI war nicht dumm. Er hielt sich nicht für einen besseren Ermittler als die Strafverfolgungs-Profis. Sie hatten ganz andere Möglichkeiten und Kontakte.

Als Myron fertig war, machte Jeremy große Augen. »Wow.«

»So ist es.«

»Aber ich versteh immer noch nicht, warum sie glauben, dass Dad dahintersteckt.«

»Ich bin mir auch gar nicht sicher, ob sie das tun«, sagte Myron. »Aber im Moment ist er die einzige Verbindung, die sie haben.«

»Aber sie können ihn nur mit zwei der Morde in Verbindung bringen?«

»Bis jetzt schon.«

»Wir müssen uns das näher ansehen.«

»Das sehe ich auch so.«

Ihre Sandwiches und Suppen kamen. Myron tauchte den Rand seines Pastrami-Sandwichs in die Tomatensuppe, bevor er den ersten Bissen nahm. Was hatte PT im Le Bernardin gemurmelt? Götter und Ambrosia.

»Du wohnst bei Win im Dakota?«, fragte Jeremy.

»Ja.«

»Wo ist deine Frau?«

»Sie ist gestern Abend hier gewesen. Dann musste sie aber weg, weil sie einen Auftrag hat.«

»Sie kommt gut rüber im Fernsehen.«

»Ja, danke.«

Jeremy hatte Terese noch nicht kennengelernt. Zur Hochzeit war er nicht gekommen. Myron wollte sagen, er hoffe, dass sie sich bald einmal treffen und näher kennenlernen würden, aber es kam ihm nicht richtig vor.

Myron beobachtete Jeremy einen Moment lang, als der sich über sein Sandwich hermachte, dann sagte er: »Darf ich dich was fragen?«

»Schieß los«, sagte Jeremy.

»Von wo bist du gestern Abend hergeflogen?«

»Geheimsache.«

»Aus Übersee?«

Jeremy hielt mitten im Biss inne und sah Myron an. »Warum fragst du?«

»Deine Mutter hat gesagt, dass du aus Übersee gekommen bist.«

»Und?«

»Und Grace hat gesagt, dass du in etwa drei Stunden hier warst.«

Ein schwaches Lächeln erschien auf Jeremys Gesicht. »Das heißt, dass ich nicht in Übersee gewesen sein kann«, sagte er kopfschüttelnd. »Der unermüdliche Detektiv, was, Myron?«

»Ich … ich glaube, ich will einfach mehr über dich erfahren. Ich will dir nicht nachspionieren.«

»Mach dir nichts draus. Ich habe Mom nichts von ›Übersee‹ gesagt. Wahrscheinlich hat sie das einfach angenommen.«

»Okay.«

»Tatsächlich bin ich im Moment im Inland stationiert.«

»Oh. Aber wo, kannst du mir nicht sagen.«

»Nein. Wo, kann ich dir nicht sagen«, wiederholte Jeremy. »Außerdem wurde ich gerade zurückbeordert. Ich fahr morgen früh für zwei Tage weg. Aber dann komme ich zurück, okay?«

»Okay.«

Jeremy legte sein Sandwich auf den Teller. »Es ist komisch.«

»Was?«

»Als ich klein war, hatte ich mit Sport und dem ganzen Drumherum nicht viel am Hut.«

»Wegen deiner Krankheit«, sagte Myron.

»Hauptsächlich wohl schon, ja. Die Fanconi-Anämie hätte

mich umgebracht, das wissen wir beide. Du hast mir das Leben gerettet, Myron.«

Myron starrte auf seinen Teller hinunter.

»Habe ich mich dafür jemals richtig bei dir bedankt?«

»Ja«, bekam Myron heraus und hielt dabei den Kopf gesenkt. »Ich denke, das hast du.«

»Wie auch immer, was ich sagen will, ist, dass ich danach, als ich gesund und belastbar war, festgestellt habe, dass ich wohl ein paar von deinen Sport-Genen geerbt habe. Und natürlich ist Dad, ich meine, er ist nicht mein leiblicher Vater, aber ich wurde von einem Profi-Basketballer aufgezogen. Was Sport betrifft, habe ich also die natürliche Veranlagung von dir geerbt. Und die Erziehung hat er dann übernommen. Du verstehst, was ich meine, oder?«

»Ich versteh das«, sagte Myron und fragte sich, worauf er hinauswollte.

»Deshalb war ich also ein Spätzünder. Als ich siebzehn war, habe ich gemerkt, dass ich das Potenzial zu einem Spitzensportler hätte, da ich aber als Kind nie Sport getrieben hatte, war ich technisch einfach zu weit im Rückstand, um das noch aufzuholen. Ich hatte also diese – nennen wir es körperliche Veranlagung – und kein Ventil dafür. Ich glaube, deshalb habe ich diese Begabung in das verwandelt, was ich jetzt tue.«

»Beim Militär?«

»Ja.«

Myron nickte. »Klingt so, als hättest du deine ›körperliche Veranlagung‹ auf eine viel sinnvollere Weise eingesetzt als ich oder … oder dein Vater.«

Jeremy lächelte. »Dein Vater«, wiederholte er. »Das hat dich jetzt aber Überwindung gekostet, Myron.«

Myron zuckte die Achseln und erwiderte das Lächeln. »Ich geb mir Mühe.«

»Ich weiß das zu schätzen.«

»Während ich mich also überwinde …«, begann Myron. Jeremy sah ihn an.

»… haben wir eigentlich nie darüber gesprochen, wie es für dich war«, sagte Myron. »Als du das über mich erfahren hast.«

»Doch, das haben wir.«

*Sie sind nicht mein Vater. Ich meine, Sie sind vielleicht mein Vater. Aber Sie sind nicht mein Vater.*

»Okay, das eine Mal. Als du es gerade erfahren hattest. Aber da warst du dreizehn.«

»Jetzt ist es ein bisschen spät.«

»Ist es das?«

»Ich habe alles gesagt, was ich dazu sagen wollte. Hör zu, Myron, du hast nichts falsch gemacht. Na ja, okay, warte, ihr habt eindeutig etwas falsch gemacht, Mom und du, aber wie sie mir bis zum Erbrechen immer wieder erklärt hat, bin ich nur durch diesen Fehler entstanden. Das ist lange her. Können wir es einfach auf sich beruhen lassen?«

»Ja, natürlich.« Doch dann wurde Myron klar, dass er nicht mehr umkehren konnte. Jetzt nicht mehr. »Aber ich muss dich um einen Gefallen bitten.«

Jeremy erstarrte, als er Myrons Tonfall hörte. Er legte das Sandwich auf den Teller. »Okay.«

»Es ist nicht direkt ein Gefallen. Ich weiß auch nicht genau, was es eigentlich ist.«

»Du machst mir Angst, Myron.«

»Es ist nicht beängstigend. Ganz im Gegenteil.«

»Myron.«

»Du wolltest aus Respekt für Greg geheim halten, wer dein leiblicher Vater ist. Das verstehe ich. Und ich habe es auch immer respektiert.«

»Und jetzt?«

»Jetzt werden deine Großeltern – deine biologischen Großeltern – alt. Deiner Großmutter geht's nicht gut. Und dein Großvater ist heute …« Myron stockte.

»Mein Großvater ist was?«

Die verdammten Augen quollen über. Er blinzelte.

»Myron?«

»Ich will es ihnen sagen, Jeremy. Das von dir. Und ich möchte, dass du sie kennenlernst.«

Jeremy brauchte eine Sekunde. Dann sagte er: »Das ist ein verdammt schlechter Zeitpunkt, mich darum zu bitten.«

»Ich weiß.«

»Wo mein Vater gerade im Gefängnis sitzt.«

»Ich weiß. Ich hatte auch nicht geplant, dir diese Frage jetzt zu stellen.«

Wieder sah Jeremy zur Seite. Myron ließ ihm Zeit. Nach einer Weile sagte Jeremy: »Können wir darüber reden, wenn ich wieder zurück bin?«

»Ja, klar. Natürlich. Kein Druck.«

## DREISSIG

Esperanza studierte das Tablet, das auf ihrem Schoß lag. »Die einzigen Personen, die PT namentlich erwähnt hat, waren also Tracy Keating und Robert Lestrano?«

Sie saßen in Wins Salon, jeder in einem der weinroten Ledersessel. Esperanza hob den Blick und seufzte, als sie Myrons Miene sah. »Was ist?«

»Wie lange ist es her, dass wir das letzte Mal zu dritt hier so gesessen haben?«

»Einen Monat«, sagte Esperanza. »Bei Emas Geburtstagsparty. Dein Neffe war auch dabei.«

»Ich meine nicht wegen einer Party. Ich meine, nur wir drei.« Mit einer weit ausholenden Geste erfasste er den Raum. »So wie jetzt.«

Esperanza schüttelte den Kopf. »Du bist so ein Weichei.« Sie wandte sich Win zu und hob ihren Cognacschwenker. »Das Zeug ist verdammt gut.«

»Remy Louis XIII Black Pearl Grande Champagne Cognac«, erwiderte Win.

»Wenn du das sagst.«

Win runzelte die Stirn. »Myron?«

»Mhm.«

»Es ist unhöflich, den Preis auf dem Handy zu recherchieren.«

Myron hörte auf zu tippen. »Ist die Flasche teurer als ein Auto?«

Win überlegte kurz. »Nicht *mein* Auto.«

Touché.

»Können wir wieder zum Thema zurückkehren?«, fragte Esperanza. »Hector kommt heute Abend nach Hause.«

»Wo ist er jetzt?«

»Unten in Florida bei seinem Vater.«

Esperanza teilte sich das Sorgerecht jeweils zur Hälfte mit dem Vater ihres Sohns.

»Wie alt ist Hector jetzt?«, fragte Win. »Neun, zehn?«

»Er ist fünfzehn, Win.«

»Durch nichts altert man schneller als durch die Kinder von anderen«, erklärte Win nach kurzer Überlegung.

»Sehr tiefsinnig«, sagte Esperanza mit einem ganz leichten Anflug von Sarkasmus. Alle drei würzten ihre Bemerkungen gerne mit einer Prise Sarkasmus, aber keiner konnte seine gesamte Bandbreite so feinsinnig und treffend einsetzen wie Esperanza. Sie war eine echte Meisterin des Sarkasmus. »Wo wir gerade von Söhnen reden, wie läuft's mit Jeremy?«

»Es ist, wie es ist«, sagte Myron. Und weiter: »Ich habe ihm gesagt, dass es mich freuen würde, wenn er meine Eltern kennenlernt.«

»Gut«, sagte Esperanza. »Sie sollten Teil seines Lebens sein.«

»Er ist auch nicht mehr in Übersee stationiert.«

Win zog eine Augenbraue hoch. »Seit wann?«

»Das weiß ich nicht.«

»Wo ist er denn?«

»Das ist geheim.«

Das gefiel Win nicht. »Aber irgendwo in den Vereinigten Staaten?«

»Hat er so gesagt.«

»Können wir zum Thema zurückkehren?«, fragte Esperanza noch einmal. »Ich muss dann, wie gesagt, nach Hause.«

»Natürlich.« Win stellte seinen Cognacschwenker ab und stand auf. »Brauchst du den großen Bildschirm?«

»Wäre gut.«

Win ging zum Marmorkamin, auf dem etwas stand, das wie eine Bronzebüste von Shakespeare aussah, in Wahrheit aber eine Requisite aus der Batman-Fernsehserie aus den 1960ern war. Bruce Wayne (Batman) oder Dick Grayson (Robin) hatten den Kopf der Shakespeare-Büste nach hinten gekippt und so einen versteckten Schalter freigelegt. Wenn sie den Schalter betätigten, glitt das Bücherregal hinter den beiden Kreuzrittern in Capes zur Seite und gab zwei Stangen frei (auf einer stand »Dick«, auf der anderen »Bruce«, als würden sie sonst vergessen, welche Stange für wen ist), und dann rief Bruce Wayne, gespielt vom brillanten Adam West, aus: »An die Batstangen!«

Wie der berühmte Kreuzritter im Cape vor ihm, kippte Win nun den Shakespeare-Kopf nach hinten, betätigte den Schalter, und voilà, das Bücherregal glitt zur Seite. Anstelle von Batpoles erschien allerdings ein großer Flachbildfernseher. Die Verdunkelungsvorhänge senkten sich automatisch über die Fenster und verwandelten Wins Wohnzimmer in einen Kinosaal im Stil einer Männerhöhle – allerdings in eine, in der man Remy Louis XIII Black Pearl Grande Champagne Cognac trank.

Myron sah Win an. Der lächelte und zog eine Augenbraue hoch. Der Mann liebte seine technischen Gimmicks.

Esperanza spiegelte ihr Tablet schnell auf den Fernseher, sodass alle die Daten auf dem großen Bildschirm sehen konnten.

»Okay, aus dem, was PT euch erzählt hat, und den Informationen, die ich dazu noch zusammentragen konnte, habe ich mir Folgendes zusammengereimt«, begann sie. »Von Jordan

Kravat in Las Vegas wissen wir. Und von den Callisters in New York auch. Dazu kommt …«, sie klickte auf das Tablet, worauf ein neues Dia erschien, »… Tracy Keating, von der PT euch erzählt hat. Das Bild habe ich von ihrer LinkedIn-Seite.«

Auf dem Großbildschirm erschien das Foto einer Frau mit lockigen blonden Haaren, dunkler Brille und einem Lächeln, das jede Stelle ihres Gesichts erfasste.

»Tracy Keating wurde mutmaßlich in Marshfield, Massachusetts, von ihrem Ex namens Robert Lestrano umgebracht, der sie auch gestalkt hat. Sie war drauf und dran, eine einstweilige Verfügung gegen ihn zu erwirken. PT hat euch schon einiges erzählt, aber ich konnte zu diesen drei Fällen – Kravat, Callister, Keating – jede Menge Informationen auftreiben, die ich in umfangreichen Dossiers zusammengestellt habe. Win, es freut dich sicher zu hören, dass der Sohn deines Kumpels Taft Buckington mir dabei geholfen hat.«

»Ich bin begeistert«, sagte Win. »Wenn nicht gar bezaubert.«

»Super. Wir sind dann tiefer in die Sache eingestiegen, um auch die anderen Fälle ausfindig zu machen. PT hat einen Internet-Troll erwähnt, der vom Bruder der Geschädigten ermordet wurde. Ich glaube, wir haben den Fall gefunden.« Esperanza tippte auf das iPad, und das Gesicht eines Mannes erschien. »Das Mordopfer war Walter Stone. Siebenundfünfzig Jahre alt, verheiratet, zwei erwachsene Kinder. Er hat tagein, tagaus im Internet getrollt und hatte es dabei besonders auf eine Frau namens Amy Howell abgesehen. Sie lebt in Oregon.«

Myron las im Dossier. »Herrje, der Typ war aber echt verdammt krank.«

»Du kannst dir nicht vorstellen, was wir alles in der Kanzlei erleben«, sagte Esperanza. »Die Leute drehen völlig am Rad.

Von Angesicht zu Angesicht würden sie so etwas nie sagen. Aber im Internet tun sie das. Ohne näher darauf einzugehen, aber die sozialen Medien wollen Aufmerksamkeit erregen. Punkt, Ende. Und wie erreicht man das am besten? Man schafft eine Spaltung zwischen den Menschen. Man macht sie wütend. Man macht sie zu Extremisten.«

»Ein bisschen so wie die Fernsehnachrichten im Kabelkanal«, sagte Myron.

»Ganz genau. Angst und Zwietracht bringen Quote. Einigkeit und Mäßigung nicht. Wie auch immer, das sind die Beweise gegen Howells Bruder Edward Pascoe.«

Myron las Stichpunkte vor. »Auto gesehen, Auto auf Überwachungsvideo an einem Stausee, Mordwaffe gefunden … Das ist 'ne Menge.«

»Eben. Für die Polizei ist die Sache damit klar. Zwei Dinge sprechen allerdings für Pascoe. Erstens, seine Frau war in dieser Nacht zu Hause. Sie sagt, ihr Mann hätte das Haus nicht verlassen, gibt aber auch zu, dass sie oben im Schlafzimmer war und er unten vor dem Fernseher. Die Staatsanwaltschaft behauptete zum einen, dass sie seine Ehefrau sei und daher lügen könnte, um ihren Mann zu schützen, und zweitens, dass er sich ohne ihr Wissen hinausgeschlichen haben könnte. Die Ehefrau meinte, diese zweite Version wäre ausgeschlossen, weil sie eine Alarmanlage im Haus haben, die jedes Mal piept, wenn die Tür geöffnet wird. Aber natürlich wird der Staatsanwalt vorbringen, dass man diese Alarmanlage leicht ausschalten kann. Ich habe noch weitere Details zu dem Fall, aber lasst uns erst einmal weitermachen.«

Sie tippte aufs Tablet.

»PT hat euch auch etwas von einem Vater-Sohn-Mord in Austin, Texas, erzählt. Interessant ist dabei, dass es mir nicht schwergefallen ist, aus den Informationen, die er euch gegeben hat, auf die Morde zu stoßen. Wir glauben zwar, dass Morde beinah alltäglich vorkommen, aber solche Morde sind doch ziemlich selten. Ich habe einfach ›Vater Sohn Manager Technikunternehmen Mord in Austin‹ in meine Suchmaschine eingegeben, schon kam der richtige Fall zum Vorschein.«

Der Bildschirm füllte sich mit Tatortfotos und Artikeln.

»Soweit uns bekannt ist, war der ermordete Vater ein reicher Mann, sein Sohn ein Taugenichts. Ein paar Monate vor dem Mord hat der Vater, Philip Barry, seinen Sohn Dan enterbt. Die Theorie der Polizei sieht folgendermaßen aus: Dan Barry hat seinen Vater im Gegenzug für diesen vermeintlich großen Verrat mit einem Messer umgebracht. Die Polizei erhielt einen anonymen Anruf, angeblich von einem Nachbarn, der berichtete, dass ein Mann um sein Leben schrie. Sie fuhren zu dem Haus. Die Haustür stand offen. Der Vater lag mit aufgeschlitzter Kehle tot in der Küche. Den Sohn entdeckten sie schlafend im Obergeschoss. Unter seinem Bett lag ein blutiges Messer. Außerdem fanden sie Blut auf der Kleidung des Sohns, auf der Bettwäsche, auf der Treppe und auf dem Weg von der Küche zum Zimmer des Sohns. Die DNA zeigte, dass das alles Blut des Opfers war. Und auf dem Messer fanden sich nur die Fingerabdrücke einer Person – ihr habt es erraten, vom Sohn.«

»Der dümmste Mörder der Geschichte«, sagte Win.

»Er hatte jede Menge Drogen im Körper. Die etwas altmodische Theorie der Polizei lautete: Er hat sich mit Koks zugedröhnt, dann fiel ihm wieder ein, dass er enterbt worden war, worauf er den Vater umgebracht hat, vielleicht sogar, ohne sich dessen bewusst zu sein.«

»Trotzdem«, sagte Myron. »Ein sehr einfacher Schuldspruch.«

»Man muss vielleicht noch erwähnen, dass der Anwalt des Sohns eine Alternativ-Version angeführt hat: Während der Sohn schlief, ist jemand ins Haus eingebrochen, hat den Vater umgebracht, das Messer oben abgelegt und dann anonym bei der Polizei angerufen. Er wies darauf hin, dass sich selbst auf Nachfrage der Polizei kein Nachbar gemeldet und zugegeben hat, dass er oder sie angerufen hätte und dass auch niemand Schreie gehört hatte. Das Verbrechen war von einem nicht rückverfolgbaren Anschluss gemeldet worden.«

»Also könnte der Mörder den Anruf getätigt haben«, sagte Myron.

»Genau.«

»Aber in der Verhandlung hat das nicht gezogen?«, fragte Win.

»Es hat jedenfalls nicht gereicht. Dan Barry war auch kein besonders sympathischer Zeuge. Er war vorbestraft, unter anderem wegen fahrlässiger Tötung. Er ist betrunken Auto gefahren.«

»Ist die Polizei dem nachgegangen?«, fragte Myron.

»Was meinst du damit?«

»Vielleicht wollte sich die Familie des Opfers rächen?«

»Ich weiß es nicht. Aber da hast du einen guten Punkt angesprochen.«

»Und das wäre?«

»Das Motiv. In all diesen Fällen hatte die Person, die für das Verbrechen verurteilt wurde, ein Motiv. Wenn sie dann behauptete, dass sie Opfer eines irren Komplotts geworden sei …«

»Ließ sich das leicht als unbegründet abtun«, sagte Myron.

»So ist es. Wenn du einfach mal von diesem Fall ausgehst, dann stell dir nur mal vor, wie lange es dauern würde und wie aufwendig die Planung wäre – in Barrys Haus einzudringen, den Sohn unter Drogen zu setzen und so weiter – also, wer glaubt denn schon, dass sich jemand all diese Mühe macht? Welches Motiv hätte der Mörder?«

»Es sei denn«, sagte Win, »es gäbe gar kein Motiv.«

»Wie bei einem Serienmörder«, ergänzte Myron. »Das ergibt alles auf eine furchtbare Weise Sinn. Hast du sonst noch etwas?«

»Nicht viel. PT hat einen Sojabohnen-Farmer erwähnt, der von zwei Einwanderern umgebracht wurde, die für ihn gearbeitet haben. Das haben die Medien nicht so an die große Glocke gehängt. Vielleicht wollten sie anderen Einwanderern in der Gegend keinen Ärger machen. Ich bin noch dabei, das zu überprüfen, aber auch da wurde das Blut des Opfers im Schlafsaal der Einwanderer gefunden.«

Myron und Win betrachteten noch einige Augenblicke lang die Informationen auf dem Bildschirm.

»Die Beweise«, sagte Win. »Das ist einfach regelmäßig ein Overkill.«

»Finde ich auch«, bestätigte Esperanza.

»Natürlich sind Mörder oft unvorsichtig«, fuhr Win fort. »Und wenn wir die Fälle einzeln betrachten, sind die Schuldsprüche alle stichhaltig. Aber in ihrer Gesamtheit kommt man aus dem Staunen über die Dummheit der Täter kaum noch heraus. Wer weiß denn in diesen modernen Zeiten nicht, dass der Standort seines Handys geortet werden kann? Wer weiß nichts über die allgegenwärtigen Überwachungskameras, das E-ZPass-Mautsystem oder DNA-Spuren?«

»Und die Waffe, die in Robert Lestranos Geräteschuppen gefunden wurde«, ergänzte Myron, stand auf und deutete auf das Foto auf dem Bildschirm. »Laut Polizeibericht hat er der Polizei gegenüber bereitwillig zugegeben, dass er eine Waffe besaß. Er hat der Polizei gesagt, dass er sie in einem verschlossenen Kasten neben seinem Bett aufbewahrt. Sie sehen sogar zu, während er die Schublade öffnet, um sie herauszuholen, und der Polizist hat in der Verhandlung erklärt, dass Lestrano wirklich schockiert war, als er sah, dass sie fehlte. Wie dumm müsste man sein, um seine eigene Waffe zu benutzen und zu behaupten, sie läge neben seinem Bett, um sie dann einfach in einem Schuppen im Garten zu verstecken?«

»Overkill«, sagte Win noch einmal.

»Allerdings hinterfragen Staatsanwälte einen Overkill nicht«, fügte Esperanza hinzu.

»Weil«, sagte Myron, »alles in ihre vorgefasste Meinung passt.«

Win nickte. »Und wenn man ehrlich ist und jeden einzelnen Fall für sich betrachtet, gibt es keinen Grund, an der Schuld eines der mutmaßlichen Täter zu zweifeln.«

Myron trat wieder zum Großbildschirm an der Wand. »Mich stört noch was anderes.«

Win und Esperanza warteten.

Myrons Blick wanderte von einem Fall zum anderen. Dann fragte er: »Wie ist das FBI darauf gekommen?«

Keiner antwortete.

»Überlegt doch mal. Es gibt keinerlei Verbindung zwischen diesen Fällen. Keine Haarsträhnen. Keine Orte. Kein Opfertypus. In dieser Hinsicht war der Mörder extrem vorsichtig. Sogar raffiniert. Also, wie ist das FBI darauf gekommen, die Fälle im Zusammenhang zu betrachten?«

»Greg Downing?«, fragte Esperanza. »Geht es nicht um ihn? Er ist das Bindeglied.«

»Ja, das gilt aber nur für zwei der Fälle, die auch noch vier Jahre auseinanderliegen. Wie kommt man da auf einen Serienmörder? Chronologisch gesehen war Kravat der erste Mord. Greg steht mit diesem Mord in Verbindung, weil der Sohn seiner Freundin mit dem Opfer liiert war.«

»Eine ziemlich lockere Verbindung«, sagte Win.

»Und wenn wir chronologisch weitermachen, war der dritte oder vierte Mord der an Cecelia Callister. Okay, da ist die Verbindung natürlich unübersehbar. DNA ist sehr eindeutig. Aber wie hat das FBI die Verbindung zwischen diesen beiden Morden zu denen an Keating, Barry, Stone oder … Moment, wartet.«

Myron stoppte und starrte regungslos auf den Bildschirm.

Win beugte sich zu Esperanza und sagte leise: »Ich glaube, der Junge hat eine Idee. Ich wünschte, er würde ›Heureka‹ rufen, damit wir sicher sind«, sagte Win.

»Wirklich witzig.« Plötzlich zog Myron sein Handy aus der Tasche und drückte die Nummer vier auf seiner Kurzwahltaste. Terese war sofort dran.

»Hey«, sagte sie.

»Ich hab dich auf Lautsprecher gestellt«, sagte Myron. »Win und Esperanza sind auch hier.«

Alle begrüßten sich kurz.

»Also, was gibt's?«, fragte Terese.

»Der Mordfall Ronald Prine.«

»Was ist damit?«

»Er wurde doch vorgestern ermordet, oder?«

»Ja, genau.«

»Und du hast gesagt, dass die Polizei schon jemanden verhaftet hat?«

»Eine Frau namens Jacqueline Newton«, erwiderte Terese. Dann sagte sie: »Oh, ich sehe, worauf du hinauswillst. Die Frage habe ich mir auch schon gestellt.«

»Erzähl.«

»Newton beharrt darauf, dass sie nichts damit zu tun hat, aber das Jagdgewehr ihres Vaters ist die Mordwaffe.«

»Wo wurde das Gewehr gefunden?«

»In ihrem Schrank. Genau da, wo es laut ihrer Auskunft sein sollte. Newton behauptete, es wäre seit Jahren nicht mehr benutzt worden, aber ein kurzer Labortest ergab, dass es erst kürzlich abgefeuert wurde.«

»Irgendwelche DNA-Proben, die eine Verbindung zum Mord herstellen?«

»Bisher nicht, aber es ist noch sehr früh. Prine wurde erst vor achtundvierzig Stunden ermordet.«

»Wo ist Newton jetzt?«, fragte Myron.

»Sie ist über Nacht in Polizeigewahrsam. Morgen früh ist die Anhörung, in der die Kaution festgelegt wird.«

»Kennst du ihren Anwalt?«

»Sehr gut. Sein Name ist Kelly Gallagher. Er ist ein sehr anständiger Pflichtverteidiger. Er wird sein Bestes geben.«

»Besteht die Möglichkeit, dass du mich da reinbringen kannst, damit ich mit ihr reden kann?«

»Mit Jacqueline Newton, meinst du?«

»Ja, genau.«

Terese überlegte. »Ich werd Kelly anrufen.«

»Ich liebe dich, wie du weißt«, sagte Myron.

»Ich dich auch«, warf Win ein.

»Ich find dich einfach heiß«, rief Esperanza.

»Ich nehme alles, was ich kriegen kann«, sagte Terese. »Gibt eine Gruppenumarmung, wenn wir das nächste Mal alle im selben Raum sind. Myron?«

»Ja.«

»Ich bin im Rittenhouse Hotel, Zimmer 817. Ich habe gerade in meiner Verkehrs-App nachgesehen. Du kannst in einer Stunde und achtundvierzig Minuten hier sein.«

»Starte die Stoppuhr«, sagte Myron.

***

Myron brauchte etwa anderthalb Stunden für die Fahrt.

Terese hatte an der Rezeption einen Schlüssel für ihn hinterlegt. Er fuhr mit dem Aufzug in den achten Stock. Als er die Tür öffnete, trocknete Terese gerade ihre dunkelblonden Haare mit einem Handtuch ab. Als sie ihn anlächelte, spürte Myron es bis in die Zehen und vergaß alle Leichen und Serienmörder. Zumindest für den Moment. Sie trug den Frotteebademantel des Hotels. Myron dachte daran, wie er Terese das erste Mal in einem Frotteebademantel gesehen hatte. Sie hatten sich im Hotel D'Aubusson in der Rue Dauphine in Paris getroffen.

»Aber hallo«, sagte Myron.

»Einfach toll, wie dir doch immer die coolsten Sprüche einfallen.«

»Das ›Aber‹ vor dem ›Hallo‹ ist neu. Vergesst die Straps-Bustiers, die Rüschen, die G-Strings, die Babydolls, eure Negligés, die Bodysuits, die Was-auch-immer. Nichts ist so sexy wie die Frau, die du liebst, wenn sie sich in einem Hotelbademantel die Haare abtrocknet.«

»Soll ich dir was zeigen, das dich wirklich anmachen wird?«, fragte sie.

Es gelang Myron zu nicken.

Sie trat zur Seite. Auf dem Bett lag ein überquellender Ordner.

»Sind das Fotos von dir in Frotteebademänteln?«

»Fast«, sagte Terese. »Es ist eine Kopie der Mordakte von Ronald Prine.«

»Nimm mich, hier und jetzt.«

»Herrje, du bist so leicht zu haben. Sollen wir?«

Sie setzten sich aufs Bett. Terese blätterte die Akte durch und erzählte Myron dabei, was passiert war. Myron hörte aufmerksam zu und widerstand dem Drang, ihren Frotteegürtel zu lösen. Als sie auf die E-Mails zu sprechen kam, die Jackie Newton Ronald Prine geschickt hatte, begann Myron ein Muster zu erkennen. Am Anfang, als die Prine Organization sie hingehalten hatte, waren Jackie Newtons E-Mails professionell, aber bestimmt gewesen. Im Laufe der Zeit hatte sich in ihren Ton allmählich und verständlicherweise immer mehr Frustration und Wut eingeschlichen. Jackie Newton hatte sich meistens an eine Vizepräsidentin von Prine namens Fran Shovlin gewandt und Ronald Prine in CC gesetzt.

Die Newtons hatten ihre Arbeit gemacht. Sie legte Beweise in Form von Fotos und Videos, Rechnungen und Gehaltsabrechnungen bei. Die Prines interessierte das nicht.

»Wie können Unternehmen mit so etwas davonkommen?«, fragte Myron.

»Du bist echt süß, wenn du auf naiv machst.«

»Bin ich naiv?«

»Nein, eigentlich nicht«, sagte Terese. »Ich wünschte, die Newtons wären zu mir gekommen. Ich meine, als Journalistin.«

»Und wer ist jetzt naiv?«

Terese überlegte einen Moment, dann nickte sie. »Okay.«

Dennoch zeigten die E-Mails eine natürliche Entwicklung von Frustration über Wut bis zur Verzweiflung. Dann, vor einer Woche, nachdem monatelang kein Kontakt zwischen ihnen bestanden hatte, erhielt Ronald Prine eine E-Mail, die laut Polizei von Jackie Newtons Computer stammte. Der Text lautete schlicht:

<u>Wir haben nicht vergessen, was du uns angetan hast.</u>

Und dann, zwei Tage vor dem Mord, erreichte Prine eine letzte E-Mail:

Glaubt ihr etwa, ihr könnt einfach so unser Leben zerstören, ohne dafür zu bezahlen? Macht euch bereit

»Overkill«, murmelte Myron.

»Wie bitte?«

Er erklärte ihr, was Win gesagt hatte. »Hat Jackie Newton eine Aussage gemacht?«

»Sie hat nur immer wieder erklärt, dass sie unschuldig ist.«

»Und ihr Vater?«

»Der hat versucht, die Schuld auf sich zu nehmen, wäre zu dem Mord körperlich aber gar nicht in der Lage.«

»Das hilft ihr nicht«, sagte Myron. »Wenn der Vater glaubt, dass er die Schuld auf sich nehmen muss, meine ich. Das sieht aus, als wäre sie schuldig.«

»Stimmt. Deshalb hat Gallagher mit ihm geredet, worauf er seine Aussage zurückgezogen hat.«

»Gallagher ist ihr Anwalt, oder? Und wo wir gerade dabei sind, kann ich morgen mit Jackie Newton sprechen?«

»Gallagher sagte, wenn du offiziell Teil ihres Anwaltsteams wirst, kannst du mit Jackie sprechen. Gleich morgen früh.« Terese sah auf die Uhr. »Es ist schon spät. Warum duschst du nicht schnell und wir gehen ins Bett?«

»Du hast immer wieder die besten Ideen.«

»Im Bad liegt noch ein Frotteebademantel. Wenn du willst, kannst du ihn anziehen.«

»Und wenn ich das nicht will?«

»Dann eben nicht. Ab mit dir.«

Das ließ sich Myron nicht zweimal sagen.

Eine Stunde später, als sie erschöpft in der Dunkelheit lagen, zog Myron Terese dicht an sich heran, um in einer Löffelstellung langsam wegzudämmern.

Terese flüsterte: »Was denkst du?«

»Du riechst gut.«

»Was noch?« An ihrem Tonfall erkannte er, dass sie lächelte.

Er überlegte. »Reicht das nicht, für heute Nacht?«

»Drück mich fester an dich.«

Sein Arm lag locker um ihre Taille. Er zog sie fest an sich, schloss die Augen und spürte ihre Wärme.

»Fester«, flüsterte sie.

»Noch fester, dann bin ich vor dir.«

»Jetzt kapierst du es endlich.«

# EINUNDDREISSIG

»Die müssen Sie unterschreiben.«

Kelly Gallagher, Jackie Newtons Pflichtverteidiger, reichte Myron den Kugelschreiber.

Gallagher war jünger, als Myron erwartet hatte, wahrscheinlich höchstens dreißig Jahre alt. Er trug einen Anzug in der Farbe von nassem Asphalt, bei dem man den Eindruck hatte, dass er von Sekunde zu Sekunde weiter zerfranste. Seine Krawatte saß so locker, dass er sie auch als Gürtel hätte verwenden können. Womöglich war sein »weißes« Hemd in einer dieser modernen Cremefarben gehalten, es sah aber eher so aus, als hätte es sich in der Waschmaschine verfärbt.

»Was unterschreibe ich da?«, fragte Myron.

»Das, was ich Terese schon gesagt habe«, erwiderte Gallagher. »Wenn Sie mit Jackie sprechen wollen, müssen Sie Teil ihres Verteidigungsteams sein. Ich weiß, dass Sie eine Anwaltszulassung in New York haben, aber Pennsylvania und New York akzeptieren die Zulassungen ihrer Anwälte gegenseitig. Sie müssen also hier unterschreiben. Und hier.«

Während Myron nach dem Kugelschreiber griff, überflog er die Vereinbarung.

»Sie sind also mit Terese Collins verheiratet?«, fragte Gallagher.

»Jep.«

»Wenn es für meine Mandantin nicht so schlecht stünde, würde ich Sie dafür hassen.«

Myron unterdrückte ein Lächeln. »Ja, das kann ich Ihnen nicht verdenken.« Er unterschrieb die Papiere und gab sie Gallagher zurück.

»Was erhoffen Sie sich hier, Myron?«, fragte Gallagher.

»Wie sehen Sie das?«

»Wie sehe ich was …?«

»Terese sagte, Sie wären ein toller Pflichtverteidiger.«

Er schüttelte den Kopf. »Als wäre sie nicht so schon die perfekte Frau.«

»Sie sagte auch, dass Sie zynisch sind.«

»Findet sie das attraktiv? Falls sie das tut, dann auf jeden Fall.«

»Wie viel Prozent Ihrer Mandanten begehen Ihrer Meinung nach die Verbrechen, derer sie beschuldigt werden?«

»Dreiundsiebzig Prozent.«

»Ziemlich exakte Angabe.«

»Wenn ich sage, drei von vier, würden Sie annehmen, dass ich mir das aus den Fingern gesogen habe. Eine Zahl wie dreiundsiebzig Prozent vermittelt die Illusion von Genauigkeit und erhöht so die Glaubwürdigkeit.«

»Also unter uns – und da ich Jackie Newton so oder so bis zum Äußersten verteidigen werde –, glauben Sie, dass sie Ronald Prine umgebracht hat?«

»Nein.«

»Das ging schnell.«

»Glauben Sie, ich hätte vor Ihrer Frage nicht darüber nachgedacht? Als man mir den Fall zugeteilt hat, dachte ich, sie sei schuldig wie die Sünde. Ich habe nicht einmal die Möglichkeit in Betracht gezogen, dass sie es nicht getan haben könnte. Und es war mir fast egal. Denn wie die meisten rationalen, denkenden, atmenden Menschen habe ich Ronald Prine gehasst. Der Typ war ein herzloses Arschloch, dem es Spaß machte, anderer Menschen Leben zu zerstören. Also habe ich, noch bevor ich Jackie zum ersten Mal gesehen habe, eine Robin-Hood-artige Verteidigung wegen gerechtfertigter Tötung, vorübergehender Unzurechnungsfähigkeit, verminderter Zurechnungsfähigkeit oder so etwas in der Art geplant. Der Arsch hat ihr Leben ruiniert, ihr Vater ist krank, sie ist ausgerastet. Die Richtung ist klar, oder?«

»Natürlich.«

»Das war also mein erster Gedanke.«

»Und warum haben Sie Ihre Meinung geändert?«

»Das lag an Jackie. Wissen Sie, natürlich kann mich ein charmanter Mandant – oder eine ebensolche Mandantin – täuschen, das ist keine Frage. Aber in diesem Fall? In meinen Augen besteht keinerlei Zweifel. Sie hat es nicht getan.«

»Wie erklären Sie sich die Beweise?«

»Mit ›Beweise‹ meinen Sie das Gewehr und die Droh-E-Mails, die von ihrem Computer versandt wurden?«

»Ja.«

Kelly Gallagher lächelte. »Dafür sind Sie ja hier.«

Der Wärter winkte sie heran.

»Showtime«, sagte Gallagher.

Er stand zuerst auf. Myron folgte ihm. Als sie den kleinen Vernehmungsraum betraten, hatte Jackie Newton bereits Platz genommen. Sie blickte mit vor Angst und Schlafmangel hohlen Augen zu ihnen auf. Vielleicht bildete Myron es sich ein, weil er ihre Geschichte kannte, aber in ihrem Gesicht schienen sowohl Unglauben als auch Niedergeschlagenheit zu liegen. Sie fand es unglaublich, dass sie hier war – verstand aber gleichzeitig, dass das Leben für Menschen wie sie nur selten gut lief. Die Welt war unberechenbar und grausam.

»Jackie, das ist Myron Bolitar. Er ist hier, um mich bei dem Fall zu unterstützen.«

Sie sah Myron an. »Warum?«

»Warum was?«

»Warum wollen Sie helfen?«

»Ich glaube, dass Sie unschuldig sind«, sagte Myron.

Plötzlich stiegen ihr Tränen in die Augen, als hätte sie die Äußerung überrascht. Sie versuchte, sie zurückzuhalten, wollte verhindern, dass sie ihre Wangen hinunterliefen. »Dann frage ich noch einmal …«, sagte sie, offensichtlich bemüht, das Zittern in ihrer Stimme zu unterdrücken, »… warum?«

»Ich bin Ihnen eine Erklärung schuldig, aber dafür haben wir im Moment keine Zeit«, sagte Myron. »Also lassen Sie es mich einfach angehen, okay?«

Sie sah Kelly Gallagher an. Der nickte kurz.

»Legen Sie los«, sagte Jackie.

»Haben Sie ein Alibi für den Zeitpunkt des Mordes?«

»Ich habe gearbeitet.«

»Kann Ihr Arbeitgeber das bestätigen?«

»Sie wissen, dass ich pleite bin, oder? Ich meine, ich kann Sie nicht bezahlen, wenn …?«

»Ich bin nicht wegen des Geldes hier«, versicherte Myron ihr.

Sie wirkte misstrauisch. Verständlich. Die Menschen tun nichts aus reiner Herzensgüte. Diese Erfahrung hatte ihr Leben geprägt.

»Ich habe keinen richtigen Arbeitgeber«, sagte sie. »Mein Vater ist krank. Ich kümmere mich um ihn, deshalb kann ich keiner geregelten Arbeit nachgehen. Ich verdinge mich hauptsächlich als Handwerkerin. Gelegenheitsjobs über Apps wie *TaskRabbit* und Ähnliches.«

»Und so einen Job hatten Sie auch an dem Tag, an dem die Tat begangen wurde?«

Sie nickte. »Ich hatte einen Job, ja. Ich sollte ein Klettergerüst aus Zedernholz in einem Garten aufbauen, für vierzig Dollar die Stunde, maximal drei Stunden. Das hatte ich mit der Hausbesitzerin ausgehandelt.«

»Also kann die Person, die Sie angeheuert hat, das bestätigen?«

Jackie sah Kelly an. Der sagte: »Zum Teil, ja. Eine Frau namens Leah Nowicki hat bestätigt, dass sie Jackie über die *TaskRabbit*-App angeheuert hat. Aber nachdem Jackie da war und sie sich kurz gesehen haben, ist Nowicki zur Arbeit gefahren und hat Jackie das Klettergerüst allein aufbauen lassen.«

»Theoretisch«, sagte Myron, jetzt zu Jackie gewandt, »hätten Sie also zwischendurch wegfahren und dann wieder zurückkommen können.«

»Bin ich aber nicht.«

»Wir sind da noch dran«, ergänzte Kelly Gallagher. »Vielleicht ist eine Überwachungskamera oder so etwas in der Nähe, die das Alibi untermauert.«

»Und was dann?« Myron konzentrierte sich weiterhin ganz auf Jackie Newton. »Sie haben den Job erledigt und sind nach Hause gefahren?«

»Ja.«

»Wann war das?«

»Ich war so gegen sieben Uhr zu Hause.«

»War da sonst noch jemand?«

»Carol DeChant war ein paar Minuten da gewesen. Als ich ankam, war sie aber schon wieder weg.«

»Wer ist das?«

»Eine Nachbarin. Sie ist Witwe. Sie kommt manchmal vorbei und leistet Dad Gesellschaft. Zwischendurch guckt sie nach ihm, wenn ich länger weg bin. Aber es nervt Dad, dass jemand auf ihn aufpasst.« Jetzt lächelte Jackie Newton tatsächlich. »Daher tut Mrs DeChant so, als hätte sie Interesse an ihm. Sexuell. Das macht sie aber nur, damit er nicht wütend wird, wenn sie vorbeikommt, um nach ihm zu sehen.«

»Tolle Nachbarin«, sagte Myron.

»Es gibt ein paar gute Menschen auf dieser Welt, Mr Bolitar.«

»Die gibt es«, bestätigte Myron. »Okay, und Mrs DeChant war schon weg, als Sie nach Hause gekommen sind?«

»Ja.«

»Seit wann?«

»Ich habe sie eine Viertelstunde vor meiner Ankunft angerufen. Sie sagte, dass sie gerade gehen wollte und dass Dad ein Nickerchen machte.«

»Sie sind also zu Hause angekommen. Was ist dann passiert?«

»Ich habe angefangen zu kochen, damit das Essen fertig ist, wenn Dad aufwacht. Nach ungefähr einer halben Stunde hat es dann an der Tür geklingelt. Zwei Polizisten standen vor mir. Sie sagten, sie hätten ein Remington-Gewehr sichergestellt, das vermutlich jemandem im Haus gestohlen worden sei, und wollten wissen, ob wir eins hätten. Ich habe Ja gesagt. Dann haben sie gefragt, ob es vielleicht meins wäre. Ich hab gesagt, dass ich mal eben nachgucken kann. Das hat sie wohl überrascht.«

»Wahrscheinlich haben die Polizisten damit gerechnet, dass Sie auf die Geschichte mit dem gestohlenen Gewehr anspringen«, sagte Myron. »Sie dachten, Sie hätten das Gewehr nach dem Mord entsorgt – was die meisten Mörder tun würden –, um sich dann irgendeine absurde Ausrede auszudenken, die so unlogisch ist, dass Sie sich dadurch selbst verraten. Was ist dann passiert? Haben sie gefragt, ob sie reinkommen dürfen?«

»Ja. Ich habe ihnen gesagt, dass das Gewehr immer in meinem Schrank steht.«

»Und sie sind Ihnen dorthin gefolgt?«

Jackie Newton nickte. »Ich hab den Schrank geöffnet und die dicke Winterjacke zur Seite geschoben, und da stand es dann an die Rückwand gelehnt. Dann hab ich gesagt: ›Nein, das gestohlene ist nicht meins‹, aber da sind sie auch schon ausgeflippt. Einer hat seine Pistole gezogen.«

»Was haben Sie dann gedacht, was da los wäre?«

»Ich hatte keinen blassen Schimmer. Ich hab so was gesagt wie: ›Beruhigen Sie sich, das Gewehr ist nicht mal geladen.‹ Da ist mir dann aufgefallen, dass sie Handschuhe trugen. Der Polizist, der die Pistole gezogen hatte, hat Verstärkung angefordert. Der andere hat gesagt, dass ich mich nicht bewegen soll. Ich hab ihn gefragt, was los ist. Er hat zurückgefragt, ob ich Ronald Prine kenne. Daraufhin hab ich gedacht, dass das nur eine weitere Schikane von Prine ist – dass er sie geschickt hat, um mich zu quälen. Ich bin wütend geworden und hab gesagt: ›Ja, das Arschloch kenn ich, arbeitet ihr für ihn?‹ Und dann hat der Polizist noch mal ganz langsam gefragt: ›Kennen Sie Ronald Prine?‹, und dabei hat mir sein Tonfall überhaupt nicht mehr gefallen. Also habe ich von da an den Mund gehalten. Ich hab nur noch gesagt, dass ich einen Anwalt will.«

»Das Gewehr wurde dann getestet«, sagte Myron.

»Ja, ich weiß.«

»Haben Sie es in letzter Zeit benutzt?«

»Nein. Seit Dad vor fünf, sechs Jahren mal auf einem Schießstand war, wurde damit nicht mehr geschossen.«

»Sie sagten, das Gewehr wäre immer im Schrank gewesen.«

»Ja.«

»Gut sichtbar?«

»Nein, es stand ganz hinten. Die alte Winterjacke meines Vaters hing davor.«

»Und wie oft haben Sie es gesehen?«

»Was? Das Gewehr?«

»Ja«, sagte Myron. »Wir wissen, dass Ihnen das jemand angehängt hat. Wir wissen, dass das Gewehr die Mordwaffe war. Das bedeutet, dass der Mörder sich irgendwann Zugang zu Ihrem Haus verschafft und das Gewehr mitgenommen hat. Daher frage ich Sie, wann Sie das Gewehr das letzte Mal gesehen haben.«

»Das weiß ich nicht mehr. Ist wahrscheinlich Monate her.«

»Okay, also könnte der Mörder es irgendwann in den letzten paar Monaten genommen haben. Wir werden das nicht weiter eingrenzen können, wissen aber, dass es jemand zwischen dem Mord und dem Zeitpunkt, als Sie nach Hause gekommen sind, zurückgebracht haben muss. Das ist ein ziemlich enges Zeitfenster. Am wahrscheinlichsten ist wohl, dass der Mörder Prine erschossen hat, direkt zu Ihnen gefahren ist und das Gewehr wieder in den Schrank gestellt hat. Ich nehme an, dass Ihr Vater oft allein zu Hause ist. Würde er hören, wenn sich jemand hineinschleicht?«

»Er schläft viel«, sagte Jackie. »Außerdem ist er meistens in seinem Zimmer und hat die Tür geschlossen. Wenn jemand einen Schlüssel hat, hätte er sich wohl reinschleichen können.«

Myron wandte sich an Gallagher. »Gibt es im Haus Videokameras?«

»Nur draußen auf der Straße.«

»Wir müssen das ganze Material sichten.«

»Das ist eine ziemlich belebte Straße«, sagte Kelly Gallagher.

»Aber wie viele Leute haben schon ein Gewehr dabei?«,

fragte Myron. »Also – nicht offen, aber vielleicht in einem Gitarrenkoffer oder so etwas. Eigentlich ist es zu warm, um es unter einem langen Mantel zu verstecken, aber auch auf solche Personen müssen wir achten.«

»Moment, wenn wir Jackie auf einem Video finden, wie sie mit öffentlichen Verkehrsmitteln zu ihrem *Task-Rabbit*-Job fährt und offensichtlich kein Gewehr dabei hat …«

»Das bringt nichts«, sagte Myron. »Sie werden behaupten, dass sie den Mord sorgfältig geplant hat. Sie hätte das Gewehr schon Tage oder Wochen vorher aus dem Schrank genommen und irgendwo in der Nähe des Orts versteckt, an dem sie den Mord begehen wollte.«

»Entschuldigung«, sagte Jackie, »aber das ganze Szenario ist doch vollkommen irre. Warum ich? Ich will jetzt gar nicht jammern, aber ich bin ein Niemand. Oder noch weniger als ein Niemand. Warum sollte mir jemand etwas anhängen wollen?«

Gallagher sah Myron an. »Das ist eine gute Frage. Und ich nehme an, dass Sie eine Theorie haben.«

»Die habe ich, aber lassen Sie mich das auf meine Weise klären, okay?« Myron wandte sich wieder an Jackie. »Haben Sie irgendwelche Feinde?«

»Ronald Prine«, sagte sie. »Ich nehme allerdings an, dass er das nicht war.«

»Irgendwelche anderen? Vielleicht ein Ex?«

»Der letzte Kerl, mit dem ich zusammen war, ist ein Apotheker aus Bryn Mawr. Er hat mit mir Schluss gemacht, weil ich zu viel Zeit mit meinem Vater verbracht habe. Mr Bolitar?«

»Nennen Sie mich Myron.«

»Was verschweigen Sie mir?«

»Ich versuche, Ihnen zu helfen, Jackie.«

»Warum sind Sie sich so sicher, dass ich ihn nicht erschossen habe?«

In diesem Moment spürte Myron, dass sein Handy vibrierte. Er hatte alle Anrufer stumm geschaltet. Nur seine Frau, seine Eltern, Win und Esperanza konnten ihn erreichen – und auch sie sollten sich nur melden, wenn es wirklich dringend war. Er zog sein Handy heraus und sah nach. Eine Nachricht von Terese:

Komm sofort raus. Ich bin gegenüber.

## ZWEIUNDDREISSIG

Win stand vor vier Vermeer-Gemälden.

»Und, was denken Sie?«, fragte Stan Ulanoff, der Kurator.

Sie waren im Frick-Museum, am Originalstandort im Henry-Clay-Frick-Palais in der 5th Avenue zwischen der 70th Street und 71st Street. Das Gebäude aus dem *Gilded Age* war derzeit noch wegen umfangreicher Renovierungsarbeiten für die Öffentlichkeit geschlossen, sollte jetzt aber endlich wieder geöffnet werden.

Wie viele Vermeers weltweit existieren, ist in der Fachwelt umstritten. Manche behaupten, es wären vierunddreißig. Andere gehen von fünfunddreißig oder vielleicht sechsunddreißig aus. Das *Metropolitan Museum of Art*, das nur einen Steinwurf vom Frick entfernt liegt (wenn jemand einen Arm hätte, mit dem er zehn Blocks weit werfen könnte), besitzt die meisten Vermeers auf der Erde – fünf Stück. Das viel kleinere Frick-Museum besitzt drei, eine beeindruckende Anzahl. Sie hingen jetzt vor Win an der Wand.

»Früher hatten wir die Vermeers im Westflügel«, erklärte Stan, »für diese Sonderausstellung haben wir sie jedoch hierher umgehängt. Unsere Wiedereröffnungsgala wird das Ereignis der Saison sein, und wir hoffen, dass Sie unsere Einladung als Ehrengast annehmen.«

»Nein, danke«, sagte Win.

»Wie bitte?«

»Nein, danke.«

»Sie wollen nicht unser Ehrengast sein?«

»So ist es.«

»Aber wir möchten uns für Ihre Großzügigkeit erkenntlich …«

»Nein, danke«, sagte Win erneut. »Wenn Sie bitte mit Ihrer Präsentation fortfahren könnten.«

Das Lächeln schwankte kurz, aber dann stabilisierte es sich wieder. Er hob im Kurator/Museumsführer-Stil den Arm und fuhr fort. »Von links nach rechts – und auch in chronologischer Reihenfolge vom ältesten zum neuesten Bild – haben wir *Der Soldat und das lachende Mädchen*, dann *Die unterbrochene Musikstunde* und *Dame mit Dienstmagd*, und dann natürlich, extra an eine andere Wand gehängt, um es hervorzuheben, und wir können Ihnen, Mr Lockwood, nicht genug dafür danken, dass Sie es uns zur Verfügung gestellt haben …«

Seine Stimme verklang, als er den Vermeer betrachtete, der etwas abgesetzt neben den drei anderen an einer eigenen Wand hing. Das Metropolitan besaß fünf, das Frick drei – und Windsor Horne Lockwood III. alias Win besaß einen Vermeer.

»… das *Mädchen am Klavier*.«

Eine Stimme flüsterte neben Win: »Toller Maler, aber an der Namensgebung hätte er arbeiten können.«

Win drehte sich um. Es war sein persönlicher Assistent Kabir.

Der Kurator runzelte die Stirn. »Vermeer hat seinen Bildern keine Namen gegeben. Andere haben ihnen später Namen zugewiesen, basierend auf …«

»Ja, ich weiß«, sagte Kabir zu ihm. »War nur ein Witz.«

Kabir war gerade dreißig Jahre alt geworden. Er hatte einen langen Bart und trug als Sikh-Amerikaner einen dunkelblauen

Turban. Da wir alle immer noch Vermutungen aufgrund des Aussehens anstellten, erwartete man, dass Kabir mit einem Akzent sprach und sich unentwegt verbeugte oder so etwas, aber Kabir war in Fair Lawn, New Jersey, zur Welt gekommen, hatte einen Abschluss an der Rutgers-Universität gemacht, liebte Rap, feierte wie, na ja, ein Dreißigjähriger, der in Manhattan lebt, und trotzdem musste er, um es in Kabirs Worten zu sagen, »den Turban immer wieder erklären«.

Stan sah Kabir noch eine Sekunde lang stirnrunzelnd an, bevor er sich wieder Win zuwandte und breiter lächelnd fragte: »Gefällt es Ihnen?«

Win hätte als Erster zugegeben, dass *Das Mädchen am Klavier*, das Herzstück der Vernissage, das kleinste und am wenigsten beeindruckende der vier Gemälde war, doch andererseits war Wins Vermeer auch der berüchtigtste. *Das Mädchen am Klavier* war vor Jahrzehnten gestohlen worden, und das tragische Geheimnis um den Raub wurde erst vor Kurzem aufgeklärt. Als Win den Vermeer schließlich zurückerhielt, beschloss er, ihn auf eine Tournee zu unterschiedlichen Museen zu schicken, damit die Welt sich daran erfreuen konnte. Die erste Station des Gemäldes war das Museum im historischen Anwesen von Wins Cousin in Newport, Rhode Island, gewesen. Leider hatte auch dies eine heftige Kontroverse nach sich gezogen, was den geheimnisvollen und düsteren Zauber des Gemäldes noch verstärkte.

»Es gefällt mir«, sagte Win.

Das hörte der Kurator gerne.

»Wenn Sie uns einen Moment entschuldigen würden«, sagte Win.

Er verschwand mit Kabir in den nächsten Raum. Sie standen vor einem weiteren Juwel des Frick, *La Promenade*, dem Meisterwerk von Renoir, das eine Mutter mit ihren beiden jungen

Töchtern zeigt, die große Augen machen. Die großäugigen Mädchen wirkten wohlgenährt und wohlhabend in ihren pelzbesetzten Mänteln. Die Mutter hatte ihre Hände auf die Rücken der Mädchen gelegt. Wollte die Mutter ihre Töchter beschützen, oder schob sie sie vor sich her? Win wusste es nicht, aber irgendetwas an diesem Spaziergang stimmte nicht.

»Erzähl«, sagte Win zu Kabir.

»Erstens, diese Pick-up-Basketballspiele, bei denen jemand an Greg Downings Blut oder was auch immer herangekommen sein könnte«, sagte Kabir. Er las von seinem Handy ab. Dort machte er sich seine Notizen. Das taten natürlich viele junge Leute, Win fand es aber immer noch eigenartig. »Wir haben einen unserer besten Ermittler nach Wallkill geschickt. Es gibt nur einen Freiplatz, auf dem Pick-up-Spiele stattfinden. Gleich um die Ecke von der Wallkill Highschool.«

»Und?«

»Nichts. Da finden sich hauptsächlich Stammgäste ein, aber wie bei den meisten dieser Spiele kann jeder mitmachen. Es wird viel gespottet und gestritten, aber niemand kann sich an einen Vorfall innerhalb des letzten Jahrs erinnern, bei dem Blut geflossen ist. Außerdem erinnert sich niemand daran, dass Greg Downing da war.«

»Downing hat behauptet, er wäre verkleidet gewesen.«

»Ja, und wie? Falscher Schnurrbart? Perücke?«

Win schwieg.

»Ich habe mich persönlich mit einem Typen namens Mike Grenley unterhalten. Er ist so eine Art Koordinator der Pick-up-Spiele in Wallkill – kennt jeden im Ort, teilt die Teams ein, bringt einen Ball mit, zählt die Punkte und so weiter. Ein echter Basketball-Verrückter. Er ist übrigens ein großer Fan von Myron.«

»Ich lasse es Myron wissen.«

»Er meint jedenfalls, dass er Greg Downing erkannt hätte, selbst wenn man ihm beim Spiel die Hände auf den Rücken gefesselt hätte.«

»Mr Grenley könnte diesen Abend verpasst haben.«

»Laut seiner Aussage hat er seit 2008, als er sich den Meniskus gerissen hatte, kein Spiel verpasst.«

»Versuch es mit Pick-up-Spielen in den Nachbarorten.«

»Schon dabei, Boss.«

»Was noch?«

»Ich sollte doch Greg Downings Sohn Jeremy unter die Lupe nehmen.«

Kabir hatte, wie alle außerhalb ihres engsten Freundeskreises, keine Ahnung, dass Jeremy Downing Myrons Sohn war. Nur biologisch, natürlich. Für Win war diese Unterscheidung wichtig – das musste er sich in diesem Moment noch einmal bewusst machen. Denn wenn er es so betrachtete, fühlte sich das, was Win gerade tat, nicht so sehr wie ein Verrat an.

»Was hast du herausbekommen?«

»Dies ist nur die Zusammenfassung«, sagte Kabir und reichte ihm ein Blatt Papier. »Die komplette Datei habe ich dir per E-Mail geschickt.«

Win fing an, den Text zu überfliegen, als er die Unstimmigkeit entdeckte. Er wollte weiterlesen, aber Kabir tippte ihm auf die Schulter und sagte: »Krass.«

Er starrte mit weit aufgerissenen Augen auf sein Handy.

»Was ist krass?«

»Das müssen wir uns mal pronto ansehen.«

***

Terese erwartete Myron in dem Café auf der gegenüberliegenden Straßenseite von dem Gefängnis, in dem Jackie Newton einsaß. Sie hatte ihren Laptop vor sich, und als Myron durch die Tür kam, reichte sie ihm einen AirPod und steckte sich den anderen ins Ohr.

»Sadie geht gleich auf Sendung«, sagte sie.

»Du weißt aber nicht, was sie sagen wird?«

Terese schüttelte den Kopf. »Aber mein Sender würde das nicht übertragen, wenn sie nicht etwas wirklich Wichtiges angekündigt hätte.« Terese schob die Tasse zu ihm hinüber. »Schwarz. Dunkelste Röstung.«

»Ich liebe dich, wie du weißt.«

»Du bist auch gar nicht übel.«

»Kelly Gallagher ist in dich verknallt.«

»Wirklich?«

Myron verzog das Gesicht. »Als hättest du das nicht gewusst.«

»Ich bin viel älter als Kelly Gallagher. Das kann nicht funktionieren.«

»Außerdem bist du mit einem Traummann verheiratet.«

»Ach, richtig«, sagte Terese. »Das ja auch.«

Der weißbärtige Nachrichtensprecher mit der Drahtgestellbrille kündigte eine Eilmeldung an. Myron beugte sich vor. Die Frau auf dem Podium war niemand anderes als Sadie Fisher, die Gründerin von Fisher, Friedman und Diaz. Rechts von Sadie, keinen halben Meter hinter ihr, stand der kürzlich entführte Bo Storm. Myron war erleichtert. Der Junge sah halbwegs gesund aus.

Sadie, die ganz in ihrem Element war, blickte ins Publikum, als ob sie es verschlingen wollte. Bo strahlte in jeder Hinsicht genau das Gegenteil aus.

Am unteren Rand des Bildschirms prangte ein Banner mit der Aufschrift BREAKING NEWS: LIVE AUS LAS VEGAS.

»Vielen Dank, dass Sie alle gekommen sind«, begann Sadie Fisher.

Sie trug eine modische Brille und grellen Lippenstift. Ihre Haare hatte sie zu einem festen Dutt hochgesteckt, was ihr ein für Bibliothekarinnen-Fetischisten perfektes Äußeres verlieh. Die weiße Bluse hob sich deutlich von dem figurbetonten schwarzen Anzug ab. Sie hatte das Kinn hoch erhoben.

»Unser Rechtssystem beruht auf bestimmten Grundprinzipien, von denen die Unschuldsvermutung eines der bedeutendsten ist. Man ist in diesem Land so lange unschuldig, bis die Schuld bewiesen ist. Dieser Gedanke ist in unserer Gesellschaft unantastbar. Keinem Mann und keiner Frau darf *jemals* die Freiheit verwehrt werden, solange der Staat die Schuld nicht hinreichend bewiesen hat. Das gilt ohne Ausnahme.«

Terese beugte sich näher an Myron heran. »Vielleicht sollte man im Hintergrund die Nationalhymne einspielen.«

»Und natürlich«, fuhr Sadie auf dem Bildschirm fort, »sind für anständige Menschen nur wenige Dinge schockierender als die Tatsache, dass unschuldige Menschen für Verbrechen im Gefängnis sitzen, die sie nicht begangen haben. Wenn ein übereifriger oder, schlimmer noch, ein übermäßig ehrgeiziger Staatsanwalt jemanden versehentlich zu Unrecht verurteilt – ihm die Freiheit nimmt –, ist das für mich dennoch ein Verbrechen. Es mag kein Mord sein, ein Totschlag ist es aber sehr wohl. Wenn wir allerdings herausfinden, dass Staatsanwälte einen Menschen nicht nur fälschlicherweise angeklagt und verurteilen lassen haben, sondern diese Person auch noch im Gefängnis dahinvegetieren lassen, nachdem – *nachdem* – sie erfahren haben, dass die Verurteilung zu Unrecht erfolgte, dann ist das unverzeihlich. Korrigieren Sie den Fehler – vertuschen Sie ihn nicht. Bekennen Sie sich dazu. Lassen Sie nicht zu, dass Ihre Opfer auch nur einen Tag länger hinter Gittern verbringen.«

Sadie legte die Hände rechts und links ans Podest und umklammerte das Holz.

»Wir sind hier, um über einen Skandal und eine Gefahr für die Öffentlichkeit zu sprechen.«

Terese flüsterte: »Sie neigt zur Übertreibung.«

»Sie ist Anwältin«, erwiderte Myron.

Auf dem Bildschirm nickte Sadie in Richtung Bo. Er kam ein winziges Stück nach vorne, sein Blick huschte überallhin, außer geradeaus in die Kamera.

»Dieser junge Mann wurde von einem übereifrigen Staatsanwalt gezwungen, in einem Mordprozess eine Falschaussage zu machen. Die Staatsanwaltschaft von Clark County hat ihm eine Strafverfolgung angedroht, obwohl sie wusste, dass sie ihn damit zum Lügen aufforderte. Aber die Korruption geht tiefer, es handelt sich nicht nur um einen einzelnen skrupellosen Staatsanwalt. Die Staatsanwaltschaft von Clark County hat sich mit anderen Strafverfolgungsbehörden verabredet, um unschuldige Menschen im Gefängnis festzuhalten. Diese Behörden wissen zum Beispiel nicht nur, dass sie meinen Mandanten zu einer Falschaussage gezwungen haben, sondern auch, dass Joseph Turant, der seit vier Jahren wegen des Mordes an Jordan Kravat einsitzt, unschuldig ist. Selbst wenn sie es zum Zeitpunkt der Gerichtsverhandlung womöglich noch nicht gewusst haben, jetzt wissen sie es mit hundertprozentiger Sicherheit.«

Sie pausierte kurz, rückte ihre Brille zurecht und blickte wieder in die Kamera.

»Landesweit gibt es mindestens sechs weitere Mordfälle, in denen Unschuldige im Gefängnis sitzen – und das FBI weiß darüber Bescheid. Bei dem jüngsten Fall geht es um den

Mord an Cecelia Callister und ihren Sohn Clay Staples – der unschuldige Mann, der dafür derzeit verfolgt wird, ist mein Mandant Greg Downing. Und ich möchte hier noch einmal betonen, dass das FBI weiß, dass er nicht der Täter ist.«

Mit einem Schlag wurde es in der Pressekonferenz unruhig. Das war immer so. Die meisten Menschen waren Mitläufer und hielten sich zurück, bis einer von ihnen die Mauer des Schweigens durchbrach. Dann strömten alle hinterher.

*»Wo sind Ihre Beweise?«*

*»Warum sollte das FBI so etwas tun?«*

*»Wollen Sie damit sagen, dass das FBI absichtlich unschuldige Menschen inhaftiert? Warum?«*

Sadie Fisher hob die Hand und wartete, bis alle wieder ruhig waren. Als die Ordnung einigermaßen wiederhergestellt war, fuhr sie fort. »Ich glaube, dass die meisten beteiligten Staatsanwaltschaften in diesen Fällen ursprünglich in gutem Glauben gehandelt haben. Sie glaubten, sie hätten die richtigen Täter, und hielten die Verurteilungen für gerechtfertigt. Hier in Clark County war das jedoch anders. Hier waren sie so geblendet von dem Gedanken, einen Mann zu verurteilen, von dem sie glaubten, dass er signifikante Verbindungen zum organisierten Verbrechen hatte, dass sie alle Regeln und ethischen Grundsätze missachteten. Sie haben Bo Storm benutzt und des Guten zu viel getan, um sicherzugehen, dass aus überzeugenden Beweisen eine todsichere Sache wurde.«

Sadie Fisher hob erneut die Hand, um dem nächsten Ausbruch von Fragen zuvorzukommen.

»Aber heute, wo ich hier stehe, weiß das FBI, dass die Menschen, die für diese Morde inhaftiert wurden, unschuldig sind. Sie tun nichts dagegen. Sie zögern es hinaus …«

»Warum?«, rief ein Reporter. »Sagen Sie uns, warum sie das tun sollten?«

Ein beifälliges Gemurmel ging durch das Pressekorps. Sadie blickte auf das Meer von Reportern hinaus. Sie hatte sie lange genug hingehalten.

»Sie zögern es«, wiederholte sie, »aus zwei Gründen hinaus. Erstens ...«, sie hob den Zeigefinger, »... weil die Aufhebung der Urteile und das Eingeständnis von Irrtümern in diesen Mordfällen eine enorme Blamage ist und Karrieren zerstören kann. Ja, ich finde das widerlich, und Sie werden das vermutlich auch tun, wir alle wissen jedoch, dass das oft der Grund für Vertuschungen vonseiten der Staatsanwaltschaft ist, aber ...«

»Irgendwelche Beweise?«

»... aber zweitens ...«, fuhr sie fort und machte jetzt ein Friedenszeichen mit den Fingern, »... und der Hauptgrund für ihr Schweigen ...«

Sadie machte eine Pause und vergewisserte sich, dass alle Welt zuhörte.

»Verdammt«, sagte Terese zu Myron. »Sie ist gut.«

Myron nickte.

Als Sadie bereit war, ließ sie die Bombe platzen: »... ist die Tatsache, dass ein Serienmörder frei herumläuft.«

Myron erwartete einen weiteren Ausbruch der Presseleute, stattdessen herrschte Totenstille.

»Das FBI weiß inzwischen, dass ein Serienmörder für die Morde an Jordan Kravat, Walter Stone, Tracy Keating, Cecelia Callister und Clay Staples verantwortlich ist – und für ein paar weitere, die uns noch nicht bekannt sind – und dass den Personen, die für diese Morde im Gefängnis oder in Untersuchungshaft sitzen – Joseph Turant, Dan Barry, Robert Lestrano und Greg Downing – diese Taten angehängt wurden.«

»Wow«, flüsterte Terese. »Sie macht wirklich keine Gefangenen.«

Myrons Handy surrte. Eine Nachricht von Win: Siehst du das?

Myron: Ja

Win: Wird PT nicht gefallen.

Myron antwortete mit einem Daumen nach oben.

Denn erschien ein paar Sekunden lang eine Sprechblase mit tanzenden Punkten.

Win: Wenn du wieder hier bist, müssen wir reden.

Myron las die Nachricht noch einmal. Sie gefiel ihm nicht. Es war einfach nicht Wins Art, sich zu zieren oder zu verstellen – oder war es das vielleicht doch, wenn man es dermaßen oft feststellte und wiederholte? Bevor Myron über eine Antwort nachdenken konnte, tippte Terese ihn an und deutete auf den Laptop mit Sadie und der Pressekonferenz.

»Tatsächlich«, fuhr Sadie Fisher fort, »glauben wir sogar, dass der Immobilienmogul Ronald Prine, der erst vorgestern ermordet wurde, ebenfalls ein Opfer dieses Fallen stellenden Serienmörders war …«

»Fallen stellender Serienmörder?«, wiederholte Terese.

»Zu kompliziert für einen Spitznamen«, stimmte Myron zu.

»Und …«, setzte Sadie hinzu, »… dass Jacqueline Newton, die junge Frau, die gestern Abend festgenommen wurde, das neueste Opfer ist, das diesem Mörder in die Falle ging.«

»Da hat sie uns wohl gerade die Arbeit abgenommen«, sagte Myron.

Terese nickte. Sie starrte weiter auf den Bildschirm.

»Zum Abschluss«, sagte Sadie, »möchte ich mich direkt an das FBI und seinen derzeitigen Direktor Harry Borque wenden.«

Sadie Fisher drehte sich um, sah direkt in die Kamera, rückte ihre Brille zurecht und feuerte ihre letzte Salve ab.

»Wenn Sie das, was ich gesagt habe, abstreiten wollen, nur zu. Ihre Ausreden sind nicht stichhaltig. Nicht mehr. Die Menschen haben das Recht zu erfahren, dass in diesem Land ein widerwärtiger Serienmörder sein Unwesen treibt, der nicht nur Menschen umbringt, sondern seine Verbrechen auch noch anderen in die Schuhe schiebt. Vermutlich werden Sie behaupten, Sie hätten die Öffentlichkeit noch nicht darüber informiert, um eine Massenpanik zu verhindern, oder um dadurch seine Ergreifung nicht zu erschweren. Das ist jedoch Unsinn.«

Ihr Zorn steigerte sich, sie schien jetzt auf der Kippe zu stehen.

»Vielleicht hätte ich ein gewisses Verständnis für einen solchen erfundenen PR-Schachzug gehabt, wenn es nicht dazu geführt hätte, dass Sie wissentlich – *wissentlich* – unschuldige Menschen hinter Gittern sitzen lassen, um peinliche Fehler von Staatsanwaltschaften zu verschleiern. Tut mir leid, aber das ist kriminell, und ich werde dazu nicht schweigen. Ich werde nicht zulassen, dass unschuldige Menschen auch nur eine weitere Stunde hinter Gittern verbringen. Lassen Sie sie frei. Entlassen Sie sie auf der Stelle. Und schämen Sie sich. Schande über Sie alle, die dies ermöglicht haben. Sie sind Helfershelfer des Serienmörders, und ich werde nicht ruhen, bis die Wahrheit ans Licht kommt und die wahren Schuldigen vor Gericht gestellt werden.«

Mit diesen Worten stürmte Sadie von der Bühne.

»Wow.« Terese lehnte sich zurück. »Ich glaube, ich brauche eine Zigarette.«

Die anwesenden Reporter begannen, ihr Fragen hinterherzurufen. Bo rührte sich zunächst nicht und sah aus wie das klassische »Reh im Scheinwerferlicht«, bevor er davonhastete, um in der Metapher zu bleiben, wie ein Reh, das schließlich erkennt, dass die Scheinwerfer anzeigen, dass ein Auto auf es zukommt.

»Wird es viel Gegenwind geben?«, fragte Terese.

»Gegen mich?«

»Ja.«

Myron zuckte die Achseln. »Weiß ich nicht. Ist auch egal.«

»Sie sagt doch die Wahrheit, oder?«

»Soweit wir wissen, schon.«

»Welches Ziel hat Sadie hier verfolgt?«, fragte Terese.

»Sie will, dass ihr Mandant freigelassen wird.«

»Greg Downing?«

»Ja.«

»Trotzdem«, sagte Terese, »ist sie nicht im Unrecht.«

»Nein«, stimmte Myron zu. »Das ist sie nicht.«

»Dann wird Greg bald auf freiem Fuß sein«, hakte Terese nach.

»Wahrscheinlich.«

»Und Jackie Newton auch.«

»Das hoffe ich, ja.«

»Dann ist es vorbei, oder?«

Myron antwortete nicht.

»Du hast dich auf das Ganze eingelassen, weil du Greg helfen wolltest.«

»Ja.«

»Auftrag ausgeführt.«

»Stimmt.«

»Dann frage ich noch einmal: Es ist vorbei, oder?«

Myron überlegte. »Klingt es sehr vermessen, wenn ich sage: Da draußen läuft immer noch ein Serienmörder herum?«

»Ja, das tut es«, sagte Terese. »Das gesamte FBI ist jetzt hinter ihm her. Die Menschen werden auf der Hut sein. Es ist nicht dein Job, den Kerl zu fangen.«

»Das ist wahr.«

»Du hast nicht die Mittel, die das FBI und Konsorten haben.«

»Das ist wahr.«

»Außerdem wäre es gefährlich.«

»Auch das ist wahr.«

Terese sah ihn an. »Für dich ist die Sache damit noch nicht erledigt, oder?«

»Ich glaube nicht, nein.«

## DREIUNDDREISSIG

Myron gab Terese einen Kuss. »Ich muss zurück«, sagte er.

»Und ich habe einen späten Check-out im Hotel.«

»Oder vielleicht kann ich ja auch noch ein bisschen bleiben.«

»Nein, kannst du nicht.«

»Nein, kann ich nicht.«

»Du musst nach New York zurück und, was weiß ich, einen Serienkiller fangen oder so was.«

»Auch wenn dir das nicht gefällt.«

Terese legte ihm die Arme um den Hals. »Du kämpfst gegen Windmühlen, mein Geliebter. Ich habe davon profitiert. Das ist einer der Gründe, warum ich dich liebe.«

»Und der andere sind meine Fähigkeiten in der Kiste?«

»Oder deine Neigung zur Selbstüberschätzung.«

»Autsch.«

Sie küsste ihn noch einmal. »Du bist das Beste, was mir je passiert ist.«

»Geht mir genauso.«

»Sei bitte vorsichtig.«

»Bin ich.«

Myron stieg in sein Auto und fuhr über die Ben-Franklin-Brücke nach New Jersey. Für Menschen, die nicht aus der Region kommen, ist New Jersey ein Mysterium, für Menschen aus der Region ist es ein Rätsel. In Wahrheit ist New Jersey ein dicht besiedeltes, zwischen zwei große Metropolen gequetschtes Puzzle, das sich dadurch definiert, undefinierbar zu sein. Die obere Hälfte – der Nordosten New Jerseys – ist ein Vorort von New York. Die untere Hälfte – der Südwesten New Jerseys – ist ein Vorort von Philadelphia. Natürlich gibt es auch ein paar angesagte Badeorte am Meer und auch immer wieder Stellen, die beweisen, dass New Jersey trotz der industriellen, postmodernen Abscheulichkeit und des Labyrinths aus bröckelnden Fabrikfassaden und verfallenen Lagerhäusern seinen Beinamen »The Garden State« zu Recht trägt. Es ist alles da. Aber die meisten Reisenden fahren nur hindurch, und – ganz ehrlich – was stellt man schon auf seine Hauptverkehrsstraßen? Hässliche Ölraffinerien oder hübsches Farmland?

Myron wählte eine Telefonnummer, die er fast nie anrief. PT meldete sich nach dem dritten Klingeln.

»Rufst du an, um dich für die Pressekonferenz zu entschuldigen?«, fragte PT.

»Nein, eigentlich nicht. Mir ist etwas in den Sinn gekommen.«

»Hattest du eine Erleuchtung?«

»Ja, so etwas in der Art.«

»Und du willst dich dazu herablassen, diese Erleuchtung mit mir zu teilen?«

»Und zwar nur mit dir. Zumindest vorerst.«

»Dann raus damit.«

»Du hast das Ganze eingefädelt«, sagte Myron.

»Das ist deine Erleuchtung?«

»Ja.«

»Kannst du mir das näher erläutern?«

»Natürlich«, sagte Myron. »Das FBI wusste, dass ein Serienmörder am Werk war, aber irgendjemand – vermutlich der neue Direktor, den du nicht magst – wollte es geheim halten.

Ihm war klar, dass es ein gewaltiges Bohei erzeugen würde, weil so viele unschuldige Menschen fälschlicherweise verurteilt worden waren und im Gefängnis saßen.«

PT fragte: »Hast du gerade das Wort ›Bohei‹ verwendet?«

»Du kennst Win doch lange genug«, erwiderte Myron. »Jedenfalls, du hast es Win und mir erzählt. Du hast uns nicht nur nicht zur Verschwiegenheit verpflichtet, sondern uns auch noch so viele Informationen gegeben, dass wir ein paar weitere Fälle ausfindig machen konnten. Du wusstest, dass wir darauf anspringen würden und die ganze Sache dadurch irgendwann an die Öffentlichkeit kommt, was ja jetzt auch passiert ist.«

Schweigen. Dann: »Kein Kommentar.«

»Ich bin kein Journalist«, sagte Myron. »Es ist nicht nötig, das zu kommentieren.«

»Ich finde, dass meine Rolle immer im Verborgenen bleiben, das FBI selbst aber transparent handeln sollte«, sagte PT. »Macht mich das zu einem Heuchler, Myron?«

»Es macht dich zu einem Mann mit Prinzipien, der es nicht mag, wenn unschuldige Menschen im Gefängnis schmoren, nur um den äußeren Anschein zu wahren.«

Myron fuhr am Hafen von Elizabeth vorbei, in dem sich eine dieser Ölraffinerien befand, die wahrscheinlich die Kulisse für den Film *Terminator* inspiriert hat. Kurz darauf kam die Skyline von Manhattan in Sicht.

»Übrigens«, sagte PT, »habe ich nicht gewusst, dass es eine Verbindung zum Mord an Ronald Prine gibt.«

»Da war auch noch niemand festgenommen worden.«

»Trotzdem«, sagte PT. »Das war gute Arbeit.«

»Danke.«

»Werdet ihr beide an der Sache dranbleiben?«

»Ich kann nicht für Win sprechen.«

»Doch, das kannst du.«

»Ich habe noch eine Frage.«

»Und die wäre?«

»Wir haben uns die Fälle gestern Abend näher angesehen«, sagte Myron.

»Wenn du ›wir‹ sagst …«

»Win, Esperanza und meine Wenigkeit.«

»Sprich weiter.«

»Natürlich erkennen wir die Muster. Was wir aber nicht sehen, sind die Verbindungen.«

PT sagte: »Ah.«

»Ah was?«

»Der – wie hat Sadie Fisher ihn genannt? – Fallen stellende Mörder?«

»Der Fallen stellende *Serien*mörder.«

»Furchtbarer Name.«

»Das habe ich auch gesagt.«

»Dann hoffen wir mal, dass den Medien ein besserer einfällt«, sagte PT. »Weißt du, ich hasse es, Serienmörder als ›finstere Genies‹ zu bezeichnen, aber wenn ich ehrlich bin, ist dieser Kerl da ziemlich nah dran. Er war vorsichtig. Er war klug. Er hat sich Zeit gelassen, nicht nur bei der Suche nach seinen Mordopfern, sondern vor allem auch, um diesen – sagen wir, Sekundär-Opfern – eine Falle zu stellen.«

»Um zwei Leben mit einem Schlag zu zerstören«, sagte Myron.

»Ja. Spaß daran zu haben, Menschen umzubringen, ist eine Sache. Mit dieser krankhaften Neigung sind unsere Profiler einigermaßen vertraut. Aber dass es einem Täter auch einen Kick versetzt, unschuldige Personen ins Gefängnis zu bringen? Das spricht für eine Mehrfach-Verhaltenspsychose.«

»Es sei denn, es ginge dabei gar nicht um Nervenkitzel«, sagte Myron.

»Soll heißen?«

»Das soll heißen, dass dem anderen Opfer nur eine Falle gestellt wurde, um die Spuren zu verwischen«, sagte Myron.

»Hältst du das für wahrscheinlich?«

»Nein, das tue ich nicht«, sagte Myron. »Ich denke, der Mörder genießt auch diesen Teil. Oft geht es ja um Macht. Ein Mord versetzt ihm einen schnellen und heftigen Kick, sodass er richtig berauscht ist. Einen Unschuldigen ins Gefängnis zu bringen, ist ein längerer Prozess. Das ist dann ein Doppelschlag. Aber darum geht's mir nicht.«

»Worauf willst du dann hinaus?«, fragte PT.

Myron kam am *Frank-R.-Lautenberg*-Bahnhof in Secaucus vorbei. Er erinnerte sich daran, dass er hier kurz nach dem 11. September entlanggefahren war. Er hatte die Zwillingstürme des World Trade Centers immer noch vor seinem geistigen Auge gehabt. Jahrelang war es ihm so ergangen – wenn er diesen Abschnitt des New Jersey Turnpike entlangfuhr und nach rechts blickte, hatte er genau vor Augen gehabt, wo die Türme gestanden hatten. Dann, eines Tages, waren die Türme vor seinem geistigen Auge verschwunden. Als er einen Monat später wieder hier entlangkam, konnte er sich nicht mehr daran erinnern, wo die Türme früher gestanden hatten. Das machte ihn wütend.

»Ich will darauf hinaus«, sagte Myron, »dass wir keine Verbindung zwischen den Fällen finden konnten.«

»Okay.«

»Daher fragen wir uns, wie das FBI darauf gekommen ist, dass da ein Serienmörder am Werk ist?«

»Das sind wir ja auch nicht«, sagte PT. »Bis Greg Downing festgenommen wurde.«

»Okay, aber das erklärt doch nur die Verbindung zwischen dem Kravat-Mord und den Callister-Morden.«

»Das ist richtig.«

»Also?«

»Also hat eine anonyme Quelle genug Hinweise gegeben.«

Myron überlegte. »Jemand hat dem FBI die Informationen zugespielt?«

»Der neue Direktor wird das nicht eingestehen. Er behauptet, sie hätten es durch kluge Ermittlungen selbst herausgefunden. Aber ja.«

»Wer sollte so etwas tun?«

»Es könnte der Mörder selbst sein, der angeben oder mehr Aufmerksamkeit erregen will. Oder er will gefasst werden. Es gibt diverse Möglichkeiten.«

Am Lincoln-Tunnel nahm Myron die E-ZPass-Spur. Der dichte Verkehr bremste ihn etwas. Er starrte auf die Tunnelöffnung, ein weiter Schlund, der bereit war, ein Auto komplett zu verschlucken.

»Klingt, als würdest du da weiter dranbleiben«, sagte PT.

»Meine Frau meinte, ich solle aufhören. Schließlich hätte ich es für Greg gemacht. Das FBI hätte ganz andere Mittel als ich.«

»Lauter gute Argumente«, sagte PT. »Aber?«

»Aber irgendwie kommt mir das Ganze unvollständig vor.«

»Finde ich auch«, sagte PT. »Myron?«

»Was ist?«

»Greg Downing ist in zwei dieser Fälle verwickelt.«

»Ich weiß.«

»Dann weißt du auch, dass das kein Zufall ist.«

***

Als Myron zum Lock-Horne Building zurückkehrte, nahm er den Fahrstuhl in den vierten Stock – seine alten Büroräume, in denen jetzt die Anwaltskanzlei Fisher, Friedman und Diaz ansässig war. Taft Buckington, der Was-auch-immer für Alles, empfing ihn in einem blauen Blazer, einer khakifarbenen Hose, einer rosa Krawatte und Bootsschuhen. Myron erwartete fast, dass er sich als Nächstes eine weiße Kapitänsmütze aufsetzen, ein Soundsystem einschalten und als Jacht-Rock-DJ in Aktion treten würde.

»Esperanza erwartet Sie«, sagte Taft, der Sohn eines erwachsenen Mannes, den Win Taffy nannte.

Taft führte Myron in den Konferenzraum. Esperanza stand am Fenster und starrte hinaus. »Hätte ich dich vor Sadies Pressekonferenz warnen sollen?«

Myron zuckte die Achseln. »Kein Ding.«

»Sadie wollte es so handhaben.«

»Ich versteh das.«

»Sie hat recht, das weißt du.«

»Das tu ich.«

»Sie ist jetzt auf dem Rückweg. Sie will vor Ort sein, wenn sie Greg entlassen.«

»Sie weiß, wie man ins Fernsehen kommt.«

»Aber immer aus den richtigen Gründen«, sagte Esperanza.

»Das ist mir klar. Und ich gebe ihr recht.«

»Wir machen hier gute Arbeit.«

»Auch das ist mir klar.«

»Aber ich weiß nicht genau, ob es das Richtige für mich ist.«

Myron nickte bedächtig. Schließlich drehte Esperanza sich um und sah ihn an, um seine Reaktion abzuschätzen. Myron versuchte, sich nichts anmerken zu lassen.

»Wie läuft das Geschäft oben?«, fragte Esperanza.

»Beschissen«, sagte Myron.

»Aber du willst mich trotzdem zurück?«

»Das will ich. Wir können dann zusammen verhungern.«

Esperanza lächelte. Sie ging auf Myron zu und küsste ihn sanft auf die Wange. »Es fehlt mir, dich jeden Tag zu sehen.«

»Mir auch.«

»Big Cyndi nicht zu vergessen.«

»Das wird uns nicht gelingen, selbst wenn wir uns die größte Mühe geben«, sagte Myron. »Wann willst du anfangen?«

»Lass uns das erst mal noch zurückstellen«, sagte sie. »Also, was gibt's?«

»Irgendetwas an dieser Serienmörder-Story passt nicht richtig zusammen«, sagte Myron.

»Ich finde, Sadie hat das Ganze ziemlich gut erklärt.«

»Das hat sie. Trotzdem kann niemand erklären, warum Greg die einzige Verbindung zu zwei Fällen ist.«

»Hast du eine Theorie?«

»Nur eine ganz banale: Der Mörder hat eine Verbindung zu ihm.«

»Oder er hat es auf ihn abgesehen.«

»Oder auf jemanden, der ihm nahesteht«, sagte Myron.

»Und was hast du jetzt vor?«

»Als Greg untergetaucht war, hast du das Bankkonto in Atlanta gefunden, das Grace sich heimlich eingerichtet hat«, sagte Myron. »Ich glaube, wir müssen noch weiter suchen.«

Er erklärte ihr, was sie tun sollte. Sie hörte schweigend zu. Als er fertig war, sagte Esperanza: »Ich kümmer mich darum.«

»Hast du mit Win gesprochen?«, fragte Myron.

»Nein, wieso?«

»Er hat mir eine kryptische Nachricht geschickt.«

»Schickt er auch andere?«

»Ich habe Kabir gefragt«, sagte Myron. »Er sagte, dass Win unten im Keller trainiert.«

Sie sah auf die Uhr. »Ja, passt. Das ist seine Zeit. Sprich mit ihm. Ich mach mich an die Nachforschungen.«

# VIERUNDDREISSIG

Wins geheime Trainingsräume erreichte man nur mit dem Privatfahrstuhl. Man konnte ihn nicht mit einem Knopfdruck herbeirufen. Man brauchte einen Schlüssel, um einzutreten. Auch in der Kabine gab es keinen Knopf, der einen in das Kellergeschoss brachte, sondern nur eine Tastatur, in die man den richtigen Code eingeben musste. Myron tippte den Code immer sehr langsam und sorgfältig ein, weil er Angst hatte, wenn er sich vertippte, würden die Wände der Fahrstuhlkabine beginnen, sich zusammenzuziehen wie in der Müllpresse-Szene in *Star Wars*.

Win liebte seine Gimmicks.

Myron kam unten an, und die Fahrstuhltür öffnete sich. Er hatte sich nie entscheiden können, wie er den Raum nennen sollte. Wins Fitnessraum? Trainingsraum? Trainingszentrum? Übungsraum? Das passte alles nicht richtig. Es gab die üblichen Geräte eines klassischen Fitnessstudios – Gewichte, Hanteln, Kabelzug-Trainer, Beinpressen, einen schweren Boxsack, eine Wing-Chun-Kampfpuppe und so weiter. Das Licht war gedämpft, was dem Raum eine höhlenartige Atmosphäre verlieh. In diesem Moment war Win dabei, barfuß und ohne Hemd eine Reihe traditioneller Katas durchzugehen. Er schwitzte. Win trainierte jeden Tag. Seine Herkunftsgeschichte ist nicht so dramatisch wie Batmans (dessen Eltern ermordet wurden) oder Spidermans (Spinnenbiss und Ermordung seines Onkels), aber als Kind war Win oft unsicher und ängstlich gewesen – die Einzelheiten heben wir uns lieber für ein anderes Mal auf – und hatte daher beschlossen, dass er sich nie wieder so fühlen wollte. Das hatte ständiges Training und Lernen nach sich gezogen. Er hatte bei Spitzenkämpfern und Waffenexperten in aller Welt trainiert. Seine Kenntnisse über praktisch jede Nahkampfdisziplin waren unergründlich, er konnte mit allen Arten von Hieb- und Stichwaffen besser umgehen als jeder andere, den Myron kannte, war ein echter Meisterschütze, was Handfeuerwaffen betraf, und auch im Umgang mit Gewehren verdammt gut. Win war immer bewaffnet, außer vielleicht gerade jetzt, wo er nur eine Art Badehose trug. Die Raumtemperatur war auf zweiunddreißig Grad eingestellt.

»Moment noch«, sagte Win und setzte die Kata fort, einen fließenden Tanz aus Tritten, Blöcken und Schlägen, der gleichermaßen gewaltsam und meditativ wirkte, »es sei denn, du willst mitmachen.«

Früher hatte Myron häufig mit Win trainiert, vor allem Taekwondo und Straßenkampf. Er konnte nicht mithalten, trotzdem wäre es schwer zu sagen gewesen, wer aus einem echten Kampf als Sieger hervorgehen würde. Win war cleverer, kenntnisreicher, besser trainiert und rücksichtsloser. Myron war größer, stärker und hatte die Reflexe eines Spitzensportlers.

»Passe«, sagte Myron.

»Ein kurzes Sparring. Ein schnelles Workout. Eine heiße Dusche. Du wirst dich besser fühlen.«

Zweifellos. »Du sagtest, du wolltest mit mir reden.«

Win beendete die Kata mit einem Schwung und bewegte Hände und Füße so schnell, dass sie vor Myrons Augen verschwammen. Als er fertig war, verbeugte er sich vor dem Spiegel (wie nicht anders zu erwarten, hing Wins Trainingsraum voller Spiegel), schnappte sich ein Handtuch und eine Flasche mit lauwarmem Wasser. Während des Trainings trank Win kein kaltes Wasser.

»Kabir ist immer noch auf der Suche nach Gregs Pick-up-Basketballspiel in Wallkill«, sagte Win. »Bisher erinnert sich allerdings niemand an ihn.«

Win erzählte Myron, was Kabir herausgefunden hatte. Myron gefiel nicht, was er zu hören bekam. Er hatte sein Leben lang Pick-up-Basketball gespielt. Pick-up-Spiele waren himmlisch, magisch, das Nirwana, ein Ort, an dem jeder bei null anfing, an dem Reichtum oder Status keine Bedeutung hatten, an dem einzig und allein dein Spiel zählte, an dem du plötzlich Verbindungen aufbauen und sogar Freundschaften mit Leuten schließen konntest, die du nie zuvor getroffen hattest. Man wusste nicht, womit die Mitspieler ihren Lebensunterhalt verdienten. Man wusste nicht, ob sie verheiratet waren, Kinder hatten oder sonst irgendetwas, außer vielleicht, dass sie nicht mit ihrer schwachen Hand dribbeln konnten, das Defensivspiel zu locker nahmen, oder: *Verdammt, springt der hoch zum Rebound*. Sie hießen Ronnie, Ace oder TJ, und wenn es zwei Jungs mit demselben Namen gab, hießen sie Big Jim und Little Jim, und von den meisten kanntest du die Nachnamen nicht, selbst wenn du jahrelang mit ihnen gespielt hast. Weil es nicht wichtig war. Weil nur das Spiel zählte. Es war kindisch, herzlich, umkämpft und fand in einer Blase statt. Man roch die muffige, kleine Turnhalle, lauschte dem Dribbeln des Balls, dem Quietschen der Turnschuhe auf dem Holzboden. Man sagte sich gegenseitig Blocks an, klatschte sich ab und stritt darüber, ob der leichte Kontakt wirklich ein Foul war, und meistens – nein, vergiss es und revanchiere dich im nächsten Spiel.

Aber selbst wenn Myron sein Spiel zurückschraubte, selbst wenn er merkte, dass die Gegenspieler nicht gut genug waren, und er nur zwanzig oder dreißig Prozent geben konnte, merkten die anderen Spieler trotzdem: Der Typ hat's drauf. Dieser Kerl ist fantastisch. Myron konnte das nie ganz verbergen.

Und Greg hätte es auch nicht gekonnt.

Das war zweifelsohne ein Problem, aber als Win fertig war, sagte Myron: »Du hast mir die Nachricht doch nicht wegen Gregs Pick-up-Basketball geschickt.«

»Nein, das habe ich nicht.«

»Sondern?«

»Jeremy Downing ist nicht beim Militär.«

Myron brauchte ein paar Sekunden, um zu begreifen, was Win gesagt hatte. »Moment, was?«

»Nachdem du mir erzählt hast, dass Jeremy nicht aus Übersee eingeflogen sein kann, habe ich einen eingehenden Background-Check machen lassen.«

»Einen Background-Check«, wiederholte Myron.

»Ja.«

»Den Background meines Sohns? Den hast du eingehend untersuchen lassen?«

Win zog sich ein schwarzes, langärmeliges Sweatshirt über den Kopf. »Geht das jetzt so weiter?«

Myron antwortete nicht.

»Du sagst, dass er dein Sohn ist, ich erinnere dich daran, dass du nur der leibliche Vater bist, ihn aber kaum kennst, du sagst, dass das keine Rolle spielt, dass ich dich hätte fragen müssen, bevor ich so etwas tue, ich sage, dass es nicht schaden kann, einen Background-Check zu machen, und dass du, wenn ich nichts gefunden hätte, nichts davon erfahren hättest, du sagst, schon richtig, ja, aber du hättest fragen müssen, ich unterbreche dich und erinnere dich daran, dass mir niemand auf diesem Planeten wichtiger ist als du, dass ich dir niemals Schaden zufügen würde, dass ich alles tue, um dich zu beschützen, weil ich dich liebe. Müssen wir die Sache jetzt auf diese Art aushandeln?«

Myron schüttelte den Kopf. »Du bist mir eine Marke.«

»Das bin ich. Können wir das damit überspringen?«

Myron nickte. »Können wir. Aber eins noch.«

»Erzähl.«

»Du hast Bo verraten, ohne es mir zu sagen. Dann hast du Jeremy abgecheckt, ohne es mir zu sagen. Dass du mir solche Sachen vorenthältst – das muss aufhören.«

Win überlegte. »Du hast recht. Ich werde es bleiben lassen.«

Nichts war seltsamer als ein vernünftiger Win. »Also erzähl mir, was du erfahren hast«, sagte Myron.

»Jeremy war tatsächlich beim Militär. Er war in verschiedenen Elite- und Geheim-Einheiten. Genau wie er es uns erzählt hat. Aber er wurde vor drei Jahren entlassen.«

»Freiwillig?«

»Das weiß ich noch nicht. Es betrifft die höchste Ebene unseres Militärapparats. Bewusste Täuschungen und Irreführungen sind da an der Tagesordnung.«

»Also ist er vielleicht doch noch da«, sagte Myron. »Vielleicht war diese vermeintliche Entlassung nur ein Täuschungsmanöver und diente als Tarnung.«

»Möglich wäre es«, sagte Win.

»Aber du glaubst es nicht.«

»Seine Entlassung wurde nicht bekannt gegeben. Ich musste sehr intensiv suchen, um an diese Information zu kommen.«

Win ergriff eine Hantel und fing an, Zottman Curls zu machen. Die Aufwärtsbewegung ist ein normaler Bizepscurl, aber dann dreht man das Handgelenk so, dass bei der langsamen, kontrollierten Abwärtsbewegung die Unterarme trainiert werden.

»Außerdem lebt Jeremy unter dem Pseudonym Paul Simpson in New Orleans. ›Paul‹ macht die IT im Dillard's-Kaufhaus im nahe gelegenen Gretna.«

»Noch einmal: könnte Tarnung sein«, sagte Myron.

»Noch einmal: könnte es tatsächlich. Ich ziehe keine Schlüsse. *We report, you decide*.«

Myron runzelte die Stirn. »Hast du gerade den Fox-News-Slogan verwendet?«

»Jetzt, wo ich darüber nachdenke, wünschte ich, ich hätte es nicht getan. Jedenfalls wird Kabir seine Suche fortsetzen. Außer du sagst mir, dass ich ihn zurückpfeifen soll.«

Myron überlegte. »Wahrscheinlich ist da nichts dran.«

»Dann sehe ich keinen Grund, nicht weiterzumachen«, sagte Win. Seine Uhr vibrierte. Er schaute darauf. »Sadie ist gerade gelandet.«

»Du hast ihr dein Flugzeug geliehen?«

»Nicht geliehen. Sie hat es gechartert. Ich stelle es ihr in Rechnung, und sie stellt es Greg Downing in Rechnung.«

»Logisch. Wie ist sie auf Bo Storm gestoßen?«

»Das wird dich interessieren«, sagte Win. »Sie hat einen Anruf von unserem riesigen Freund Spark Konners bekommen.«

»Von Bos Bruder.«

»Du hast dich seinetwegen schlecht gefühlt, stimmt's?«

»Spark unter dem Vorwand eines Jobangebots nach Las Vegas zu locken, um ihn dann dort gegen seinen Willen festzuhalten?«, fragte Myron. »Ja, ein bisschen.«

»Also hast du Chaz seine Dienste empfohlen.«

»Ich habe Chaz gebeten, ihn zu einem Vorstellungsgespräch einzuladen. Ist das ein Problem?«

»Für mich nicht, nein. Als Joey the Toes Männer Bo freigelassen haben, ist Spark nach Vegas geflogen, um ihm zu helfen.«

»Wie wollte er ihm helfen?«

»Das weiß ich nicht. Ihm als Bruder zur Seite stehen oder so. Vielleicht kannst du ihn selbst fragen. Bo und er sind gerade mit Sadie gelandet. Oh, und eins noch. Die Staatsanwaltschaft von Vegas sagt, dass sie sich Joeys Verurteilung ganz genau ansehen wird, sie bestreitet aber, Bo zu einer Lüge gedrängt zu haben.«

»Das ist keine große Überraschung«, sagte Myron. »Natürlich werden sie es nicht ohne Weiteres zugeben.«

»Stimmt. Sie behaupten aber, dass sie Tonbandaufnahmen haben, die belegen, dass Bo Storm lügt. Tatsächlich – und jetzt wird es interessant – behaupten sie sogar, dass sie Joseph Turant nur deshalb ins Visier genommen haben, weil Bo behauptet hätte, Joey in dieser Nacht gesehen zu haben.«

Myron überlegte. »Eine Gleichung mit sehr vielen Unbekannten.«

»Stimmt.«

Myrons Handy klingelte. Er blickte aufs Display und sah Win an.

Win breitete die Hände aus. »Und?«

»Es ist Jeremy.«

***

Myron drückte auf die Annehmen-Taste. »Jeremy?«

»Ich gehe mal davon aus, dass du Sadies Pressekonferenz gesehen hast.«

Jeremys Stimme klang leicht beschwingt.

»Habe ich, ja.«

»Ich habe gerade mit ihr telefoniert. Dad wird in ein paar Stunden entlassen.«

Dad.

»Ja, das ist toll.«

»Ich komme zurück.«

»Nach New York?«

»Ja.«

Myron nahm das Handy in die andere Hand. Win hatte sich in eine Ecke verzogen, um Myron nicht zu stören. Er machte Liegestützen auf geschlossenen Fäusten, sein Körper war eine perfekte *Plank*.

»Bist du nicht gerade erst zu Hause angekommen?«

»Ja, ich habe aber nicht erwartet, dass das so schnell geht. Ich will für ihn da sein.«

»Verstehe«, sagte Myron.

»Ich will dir noch danken. Weil du ihm geholfen hast und so weiter.«

»Gern geschehen«, sagte Myron.

Es herrschte eine kurze Pause.

»Stimmt etwas nicht, Myron?«

Win machte immer noch Liegestütze. Sein Oberkörper bewegte sich mit maschineller Präzision wie ein Kolben auf und ab. Er machte drei Sätze à hundert Stück, zweimal die Woche. »Wenn man mehr macht«, hatte er Myron einmal erklärt, »ist das nicht gut für die Rotatorenmanschette.«

»Von wo reist du an?«, fragte Myron.

»Ich habe dir doch schon gesagt …«

»Geheimsache, ich weiß.« Dann: »Bist du noch beim Militär?«

Stille. Langes Schweigen.

»Oder wurdest du vor drei Jahren entlassen?«

Weiter Schweigen.

»Bist du noch beim Militär«, fuhr Myron fort, »oder machst du die IT für Dillard's Kaufhaus?«

Das Schweigen hielt weiter an. Myrons Griff um das Telefon wurde fester.

Schließlich sagte Jeremy: »Du warst fleißig.«

»Möchtest du mir das erklären?«

»Am Telefon? Nein, eher nicht.«

»Wenn du hier bist?«

»Klar«, sagte Jeremy. Dann: »Myron?«

»Ja?«

»Wahrscheinlich erwartest du, dass ich entrüstet bin und sage: ›Wie kannst du es wagen, in meiner Vergangenheit zu wühlen‹ oder ›Einfach unglaublich, dass du deinem eigenen Sohn nicht traust‹ oder so etwas.«

Myron nickte. Das konnte Jeremy natürlich nicht sehen, also war es mehr für ihn selbst gedacht. Aber genau das hatte er erwartet.

»Ich bin nicht sauer. Ich verstehe, warum du es getan hast. Wir reden darüber, wenn ich da bin, okay?«

»Okay.«

»Aber mach dir keine Sorgen«, sagte Jeremy. »Es ist alles in Ordnung.«

## FÜNFUNDDREISSIG

Das *Metropolitan Correctional Center* ist ein zwölfstöckiges Hochhaus im *Civic Center* von Manhattan, zwischen Tribeca, Chinatown und dem Financial Center. John Gotti war hier inhaftiert. Sammy the Bull war hier inhaftiert. Bernie Madoff war hier inhaftiert, ebenso wie El Chapo. Jeffrey Epstein war hier inhaftiert – und hat hier angeblich Selbstmord begangen.

Und jetzt wurde Greg Downing unter großem Medienrummel aus diesem Gefängnis entlassen.

Myron und Win sahen von der gegenüberliegenden Straßenseite aus zu.

»Greg könnte einfach von innen in die Tiefgarage gehen«, sagte Myron.

»Das könnte er.«

»Es ist eine Justizvollzugsanstalt. Es gibt auch andere Ein- und Ausgänge als die Vordertür.«

»Das stimmt«, sagte Win. »Wir wissen aber beide ganz genau, dass Sadie das nicht zulassen würde.«

»Du magst sie, stimmt's?«

Win nickte. »Sie setzt sich sehr effektiv für die Belange der Gemobbten und Geschlagenen ein.«

»Na sieh mal einer an«, sagte Myron. »Du hast ein Ziel gefunden.«

»Außerdem macht sie Profit. Unsichere und gewalttätige Narzissten sind eine Wachstumsbranche.«

»Traurig, aber wahr.«

»Darüber hinaus ist Sadie eine totale Granate.«

Win.

Auf dem Bürgersteig war ein Podium aufgebaut. Rechts daneben – gerade so weit entfernt, dass sie nicht ins Geschehen hineingezogen wurden – standen die Konners. Grace, Spark und Brian/Bo. Grace schien sich hinter ihrem riesigen, älteren Sohn Spark zu verstecken. Spark drehte sich um und entdeckte Myron. Ihre Blicke trafen sich, und seine Augen wurden zu schmalen Schlitzen. Spark sagte etwas zu seiner Mutter und kam dann auf sie zu.

»Uh-oh«, sagte Win.

Spark ging direkt auf Myron zu. »Chaz Landreau«, sagte er.

Myron antwortete nicht.

»Sie haben ihn meinetwegen angerufen, stimmt's?«

»Eventuell habe ich ihm gesagt, dass er sich Ihren Lebenslauf einmal ansehen könnte«, sagte Myron.

»Glauben Sie, dass Sie das, was Sie getan haben, dadurch wiedergutmachen können?«

Win übernahm. »Er hat Ihnen nichts getan«, sagte er. »Das war ich.«

»Win«, sagte Myron.

Win hob die Hand und zeigte so an, dass Myron ihm das überlassen sollte. Er schob sich zwischen Myron und Spark, sodass sich sein Kinn auf der Höhe von Sparks Paddleball-Wand-breiter Brust befand, und forderte ihn erneut auf, es zu wagen, ihn anzugreifen. »Sie haben uns belogen, *Sparkles*. Sie haben gewusst, dass Greg noch lebt. Sie haben gewusst, dass Ihr Bruder im Zeugenstand einen Meineid geleistet hat.«

»Sie sollten lieber einen Schritt zurückgehen«, sagte Spark und blähte die Brust auf.

»Oje.« Win lächelte, und Myron gefiel das Funkeln in seinen Augen nicht. »Wollen Sie das Spielchen noch einmal verlieren?«

»Win«, sagte Myron.

»Machen Sie sich nichts draus«, sagte Spark und sah Myron über Wins Kopf hinweg an. »Ich bin nur rübergekommen, um mich zu vergewissern, dass Sie es waren, der mich auf Chaz' Radar gebracht hat.«

»Das war ich, ja.«

»Dann werde ich nicht zum Vorstellungsgespräch gehen.«

»Schade«, sagte Myron. »Chaz hätte Ihnen eine faire Chance gegeben.«

Win zog eine Schnute und tat so, als müsste er sich Tränen aus den Augen reiben: »Schluchz.«

Spark schüttelte den Kopf, drehte sich vorsichtig um, damit er Win nicht berührte, und ging zurück zu seiner Mutter und seinem Bruder.

Als er weit genug weg war, sagte Win: »Ich hab dir doch gesagt, dass du es bleiben lassen sollst.«

»Wir haben ihn entführt, Win.«

»Entführt«, wiederholte Win spöttisch. »Sei nicht so melodramatisch. Und können wir bitte mit dem ›wir‹ aufhören? ›Wir‹ haben nichts getan. Ich habe mir ein falsches Jobangebot als Trainer ausgedacht. Ich habe ihn in meinem Flugzeug nach Vegas fliegen lassen. Und ich war es auch, der ihn auf der Rollbahn auf den Arsch gesetzt hat.«

»Und ich bin völlig unschuldig?«

»In diesem Fall schon, ja. Ist das so schwer zu verstehen?«

Myron starrte über die Straße. »Es gab eine Zeit …« Myron stoppte und fing noch einmal an. »Es gab eine Zeit, in der ich fand, dass du zu weit gehst.«

Win wartete.

»Ich hab dich auch darauf angesprochen. Ich habe dir

gesagt, dass du das nicht noch einmal machen kannst. Weißt du noch, was du darauf geantwortet hast?«

Win sagte immer noch nichts.

»Du hast gesagt: ›Du weißt, was ich mache – trotzdem wendest du dich immer wieder an mich.‹«

»Sieh einer an, ein wörtliches Zitat.«

»Du hattest aber recht. Ich bin nicht aus dem Schneider, indem ich dir die Schuld gebe.«

Win schüttelte den Kopf. »Was für ein Idealist.«

»Nein, nicht mehr. Ich wünschte, ich wäre einer. Aber ich verstehe dich inzwischen besser.«

»Und das ist schlecht«, sagte Win.

Myron wusste nicht genau, ob das eine Feststellung oder eine Frage war.

»Du versuchst, mich von den anrüchigeren moralischen Fragen fernzuhalten«, sagte Myron. »Aber ich stehe an deiner Seite und mache mit. Es war also vielleicht nicht meine Idee, das heißt aber nicht, dass ich meine Hände in Unschuld waschen kann.«

»Also«, sagte Win, »hast du gedacht, wenn du Chaz anrufst, könntest du, äh, die Anrüchigkeit unserer Moral etwas reduzieren?«

»Ja.«

Win überlegte. Dann schüttelte er den Kopf. »Spinner.«

Am Eingang wurde es unruhig. Greg Downing und Sadie Fisher traten heraus. Sadie trug, wie nicht anders zu erwarten, ein umwerfendes Outfit – knallroter Blazer über schwarzer Bluse, schwarzer Bleistiftrock. Greg trug dieselben Jeans und dasselbe Flanellhemd, das er bei seiner Verhaftung in seinem Nurdachhaus in Pine Bush getragen hatte. Er blinzelte in die Sonne, als wäre er gerade aus der Einzelhaft in helles Sonnenlicht getreten. Myron kam es etwas gekünstelt vor, er ließ es aber durchgehen. Greg lächelte knapp und winkte kurz – auch er wusste, wie man eine Pressekonferenz abhielt.

»Vielen Dank, dass Sie alle gekommen sind«, sagte Sadie Fisher.

Win stupste Myron an und deutete mit dem Kinn etwas weiter nach rechts. Myron sah hinüber und bemerkte, wie Spark und Bo in einem dieser großen schwarzen Vans verschwanden, die Myron normalerweise mit Partytouren in Verbindung brachte. Grace stand noch an der Tür. Sie drehte sich um und starrte Myron an. Myron wandte den Blick nicht ab. Dann schlüpfte auch Grace in den Van.

Sadie Fisher fuhr fort: »Auf meiner Pressekonferenz heute Morgen in Las Vegas habe ich bereits alles gesagt, was ich zu sagen hatte. Ich will mich hier nicht aufspielen, also werde ich mich nicht wiederholen. Mr Downing ist dankbar für seine Freilassung, gleichzeitig macht er sich jedoch Sorgen um die anderen Opfer, die noch inhaftiert sind. Wir beide, er und ich, hoffen auf ihre baldige Entlassung. Wir hoffen auch, dass das FBI eine ergebnisoffene und transparente Ermittlung durchführt, damit die amerikanische Bevölkerung die Bedrohung erkennt und wir alle dazu beitragen können, den Täter vor Gericht zu bringen.« Sadie lächelte streng in die Menge. »Mein Mandant bittet darum, dass seine Privatsphäre nach dieser Tortur von allen respektiert wird. Ich danke Ihnen für Ihre Zeit.«

Die erwartete Kakophonie von Fragen seitens der Medien brach los. Sadie und Greg ignorierten sie und eilten zum schwarzen Van.

»Hmm«, sagte Win.

»Was ist?«

»Jeremy hat es nicht geschafft.«

***

Emily Downing sah sich gerade die Entlassung ihres Ex-Manns im Fernsehen an, als sie ein seltsames Surren hörte.

Die olle Kamelle, dass es Momente gibt, in denen das ganze Leben an einem vorbeizuziehen scheint, hört man immer wieder. Das Bild reichte nicht, um die Heftigkeit dessen zu beschreiben, was Emily erleben sollte. Die letzten Tage waren ihr vorgekommen, als hätte sich ihre gesamte Vergangenheit zu einer gewaltigen Faust geballt, die unaufhörlich auf sie einprügelte. Sie hatte Fehler gemacht. Sie bereute Dinge. Wer tat das nicht? Aber sie befasste sich nicht rund um die Uhr damit. Ihr Leben war gut. Sie dachte an Myron. Sie dachte an Greg. Aber trotz aller Modernität, trotz allem, trotz ihrer eigenen Rebellion, war sie in erster Linie eine Mutter. Sie erzählte das nicht dauernd im Freundeskreis herum. Sie gestand es sich selbst nur selten ein. Es kam ihr zu altmodisch vor, zu unmodern, aber das Beste an ihrem Leben, ihre wichtigste Rolle, war die einer Mutter. Ihre eigene Mutter hatte ihr das gesagt, schon damals, noch vor Jeremys Geburt. Das eine ist dein Leben, bevor du ein Kind bekommen hast. Danach ist alles ein für alle Mal anders. Nichts ist mehr so wie vorher. Emily hatte über diese Lügengeschichte gespottet. Natürlich würde es Veränderungen geben, aber sie war felsenfest davon überzeugt, dass sie nicht von ihrem geplanten Weg abweichen würde. Wie dumm von ihr. Die riesige Welt, in der sie sich vor der Geburt ihres Kindes bewegt hatte, war am Tag von Jeremys Geburt auf dreitausendeinhundert Gramm zusammengeschrumpft. Aber sie war himmlisch, wild und voller Liebe.

Wieder ertönte das Surren.

Es war weniger ein Surren als vielmehr ein vibrierendes Geräusch, und obwohl ihr dieser Gedanke normalerweise ein Lächeln entlockt hätte – er hätte sogar eine zweideutige Bemerkung nach sich ziehen können, über die sie mit einer Freundin gelacht hätte –, rührte sie sich nicht, denn obwohl sie keinen Grund hatte, dies aus einem schlichten vibrierenden Surren herzuleiten, stockte ihr das Blut in den Adern. Sie hielt dieses Geräusch für einen Vorboten. Es würde – wie die Geburt ihres ersten Kinds – ihr Leben für immer verändern.

*Jetzt übertreib aber mal nicht*, sagte Emily sich.

Nach ihrem B.A. war Emily nach Iowa gegangen, um einen Master in kreativem Schreiben zu machen. Ja, sie wollte Autorin werden. Es war ihr nicht entgangen, dass die nächste Liebe in Myrons Leben, die er kennengelernt hatte, nachdem sie sich von ihm getrennt und Greg geheiratet hatte, die Schriftstellerin Jessica Culver war. Culver war eine von Emilys Lieblingsautorinnen gewesen. Sie lebte so, wie Emily es auch gern getan hätte. Letztlich hatte aber auch Jessica Culver Myron verlassen, und Emily erkannte, dass sie noch etwas gemeinsam hatte mit der Schriftstellerin. Nicht nur das Schreiben, nicht nur die Trennung von Myron, sondern auch einen Hang zur Selbstzerstörung unter dem Deckmantel der Unabhängigkeit.

Das Surren kam aus Jeremys Zimmer.

Mit vierundzwanzig hatte Emily das Schreiben komplett aufgegeben. Sie führte nicht einmal mehr Tagebuch. Die Vorstellung, mit einem Stift etwas zu Papier zu bringen, hatte sie angewidert. Warum, wusste sie nicht. Erst in letzter Zeit, im Laufe des letzten Jahres oder so, war das Bedürfnis zurückgekehrt. Sie hatte angefangen, einen Roman zu schreiben. Sie wusste nicht, wodurch das ausgelöst worden war – ob sie Menschen erreichen oder eine Geschichte erzählen wollte oder ob das Streben nach Ruhm, Ehre und Unsterblichkeit dahintersteckte.

Musste man seine Motivation kennen?

Das Surren kam von unter Jeremys Bett.

Emily stützte sich auf Hände und Knie, um besser darunterblicken zu können. Ihre Wohnung in der Upper East Side hatte drei Schlafzimmer. Eins für sie, eins für Jeremy und eins für Emilys jüngere Tochter Sara. Meistens war Emily hier allein. Jeremy war, tja … wo auch immer. Sara hatte einen Job in Los Angeles bekommen und arbeitete als Produktionsassistentin für einen großen Fernsehsender.

Das Surren stoppte.

Egal.

Nach ein oder zwei Minuten hatte Emily das Handy gefunden. Und als sie es entdeckte, wurde ihr schwer ums Herz. Sie stand auf und ging wie ein Zombie in die Küche zurück. Die Live-Übertragung von Gregs Entlassung war zu Ende. Es lief ein Werbespot, in dem die Vorzüge des Verkaufs des eigenen Goldes per Post angepriesen wurden. Kurze Zeit später sank Emily auf den Küchenstuhl und starrte stur geradeaus. Dann griff sie nach ihrem Handy und wählte eine Nummer.

Myron meldete sich nach dem dritten Klingeln. »Emily?«

»Ich bin in meiner Wohnung«, sagte sie, und ihre Stimme klang in ihren eigenen Ohren sehr distanziert. »Komm bitte sofort vorbei.«

# SECHSUNDDREISSIG

Während du Myron Bolitar beobachtest, schießen dir zwei unterschiedliche, widerstreitende Gedanken durch den Kopf.

Erstens: Du hast die Kontrolle über das Ganze verloren.

Zweitens: Es läuft alles genau nach Plan.

Du weißt nicht mehr, was davon zutrifft. Du fragst dich, ob es eine Welt gibt, in der sich dieses Paradoxon auflösen lässt, in der diese Widersprüche in Einklang gebracht werden können. Aber in gewisser Hinsicht spielt das keine Rolle. Du kommst langsam ans Ende deiner Reise.

Das heißt, du musst Myron umbringen.

Du fragst dich, ob das das Ergebnis einer Analyse ist oder nur eine billige Rechtfertigung. Die Wahrheit – die *bittere* Wahrheit – ist, dass du noch zurechnungsfähig genug bist, um zu erkennen, dass du nicht zurechnungsfähig bist. Du hast Spaß am Töten. Du genießt es sehr. Aber du glaubst auch, dass es viele Menschen gibt, die genauso fühlen – oder fühlen würden – wie du. So sehr unterscheidest du dich gar nicht von ihnen, aber sie haben sich in dieser Hinsicht einfach nie »gehen lassen«, um eine beliebte, moderne Formulierung zu verwenden, und wissen daher nicht, welches Monster womöglich in ihnen schlummert.

Du weißt es.

Es hat dich verändert.

Du hattest das nicht erwartet. Wenn man dich je gefragt

hätte, wie sich die Vorstellung für dich anfühlt, einen Menschen zu töten, hättest du ganz ehrlich geantwortet, dass es dich nicht anspricht, dass der Gedanke an Mord dich anwidert. So wie jeder andere auch geantwortet hätte. Wie einer der sogenannten »normalen« Menschen. Du warst einer von ihnen. Nie wolltest du diese Grenze überschreiten. Und das hättest du auch nie. Aber als du es dann doch getan hast, hat das alles verändert, stimmt's? Einen Moment lang warst du ein Gott. Du warst so überrascht, dass es dich fast umgehauen hätte. Aber du wusstest es schon in diesem Moment.

Du würdest immer wieder von Neuem versuchen, diesen Rausch zu erzeugen.

Selbst jetzt hältst du dich nicht für psychisch gestört. Du kommst dir vor, als hättest du eine Erleuchtung gehabt, als wäre dir eine außerordentliche Erkenntnis mit nahezu religiösen Untertönen zuteilgeworden und dass du die Welt seitdem mit einer Klarheit siehst, die Normalsterbliche nie ganz verstehen werden.

Und dennoch erkennst du mit derselben Klarheit, dass es dir nicht gut geht. Doch das ist dir egal. Ein Zirkelschluss, aber was soll's. Der Mensch ist eine egoistische Kreatur. Wir wollen, was wir wollen, und der Rest der Welt ist nur Kulisse, Hintergrund, die anderen Menschen sind Statisten in einem Film, in dem wir der einzige Star sind. Und so ist dir klar geworden, dass du zu rechtfertigen versuchst, was aus dir geworden ist, obwohl du weißt, dass es dir letztendlich egal ist.

Du beobachtest, wie Myron den Anruf entgegennimmt.

Du hast die Waffe. Du hast den Plan.

Bevor die Sonne wieder aufgeht, wird es für Myron Bolitar vorbei sein.

Und für andere …?

Dieses Mal bist du wirklich nicht sicher.

# SIEBENUNDDREISSIG

Myron setzte sich an den Küchentisch, Emily nahm ihm gegenüber Platz. Zwischen ihnen lag nur ein Handy auf dem Tisch. Ein kleines, schwarzes Klapphandy. Myron kannte den Typ. Manche Leute nannten sie »vertragsfrei«, »prepaid« oder »Guthaben-Handys«. Andere, wie Myron, kannten sie als Einweg- oder Wegwerfhandys.

Bisher hatte er es nicht angerührt.

»Hast du Latexhandschuhe?«, fragte Myron Emily.

»Meinst du die, die Chirurgen tragen?«

»Ja.«

»Sieht es hier aus wie in einem Krankenhaus?«

»Und zum Reinigen?«

»Gummihandschuhe?«

»Ja.«

»Ich kann mal gucken. Wozu brauchst du die?«

»Was glaubst du wohl, Emily?« Der Ton war zu scharf. Er nahm sich zurück und sagte ruhiger: »Ich will keine Fingerabdrücke hinterlassen oder verschmieren.«

»Aber ich habe es schon angefasst«, sagte sie.

»Erklär mir das genauer.«

»Was soll ich dir erklären?«

»Wo genau hast du es gefunden?«

»In Jeremys Zimmer. Das hab ich doch schon gesagt. Es war mit Klebeband am Bettpfosten unter seinem Bett befestigt.«

»Und du hast es vibrieren gehört?«

»Ja. Aber ich hab keine Ahnung, ob es da nicht schon seit Monaten geklebt hat.«

Myron runzelte die Stirn. »Und dann ist es noch geladen?«

»Es wurde ja nicht benutzt. Halten Handy-Akkus nicht sehr lange, wenn das Gerät nicht benutzt wird?«

Myron sah keinen Grund, das mit Emily eingehender zu besprechen.

»Myron?«

Er sah sie an. Sie hatte Tränen in den Augen.

»Ich hab echt Angst.«

Er streckte eine Hand aus und ergriff ihre. »Eins nach dem anderen, okay?«

Sie nickte.

»Wie hast du das Handy unter dem Bett hervorgeholt?«

»Erst habe ich versucht, es einfach abzureißen, aber das Klebeband war zu stabil. Also bin ich in die Küche gegangen und hab mir eine Schere geholt.«

»Hast du es aufgeklappt oder so etwas?«

»Nein. Dann hab ich dich sofort angerufen.«

Myron nickte. »Kannst du nach den Handschuhen sehen?«

Sie fand ein Paar unter der Spüle, das für Myrons Hände allerdings viel zu klein war. Myron gab dann schnell auf – wenn er dadurch eine DNA-Probe oder sonst irgendetwas versaute, dann war das eben so. Das Handy war festgeklebt gewesen. Emily hatte es angefasst. Es war sowieso schon kontaminiert.

»Warte«, sagte Emily. »Sollen wir nicht erst Jeremy anrufen?«

»Okay«, sagte Myron. »Aber sag ihm nichts von dem Handy.«

»Wahrscheinlich hat das alles nichts zu bedeuten.«

»Wahrscheinlich nicht.«

»Er ist beim Militär und arbeitet da viel mit geheimen Sachen. Vielleicht hat das Handy etwas damit zu tun.«

»Ja«, sagte Myron. »Gut möglich.«

Sie sahen sich einen langen Moment an.

»Er ist unser Sohn«, sagte Emily flehentlich. »Das ist dir schon klar, oder?«

Myron antwortete nicht.

»Vielleicht sollten wir es lieber nicht anfassen«, sagte sie. »Wir können warten, bis er hier ist und uns das Ganze erklärt.«

»Ruf ihn an«, sagte Myron.

Sie wählte Jeremys Nummer, aber der Anruf ging direkt auf die Mailbox. Die Ansage stammte von einer Computerstimme, nicht von Jeremy. Emily hinterließ keine Nachricht, sondern legte auf. Gemeinsam saßen sie am Tisch. Es war sehr still im Zimmer. Myron starrte auf das Handy. Er sah Emily an, streckte dann den Arm aus und ergriff es. Er klappte es auf und checkte die eingehenden Anrufe. Es waren vier, alle aus den letzten drei Tagen, der letzte von vor einer Stunde.

Die Anrufer-ID lautete bei allen *Unbekannt*.

Das brachte sie nicht weiter.

Myron suchte nach einer Möglichkeit, die Nummer zurückzurufen. Er fand keine. Er klickte auf den Pfeil am oberen Rand des Bildschirms und ging zu den ausgehenden Anrufen. Bingo. Es waren zwei Anrufe aufgelistet. Beide an dieselbe Nummer. Als Myron sie sah, erstarrte er.

»Was ist?«, fragte Emily.

Er antwortete nicht. *Nichts überstürzen*, sagte er sich. *Eins nach dem anderen.*

»Myron?«

Die Ortsvorwahl war 215. Das hatte ihn erschreckt. Er legte das Handy weg und ergriff sein eigenes.

»Was machst du?«, fragte Emily.

Er gab die 215er-Nummer in sein Handy ein. Zunächst wollte er sie wählen, überlegte es sich dann aber anders. Warum sollte er eine Spur hinterlassen, indem er dort anrief? Er ging ins Internet und googelte die Nummer. Wenn das nicht funktionierte – wenn die Nummer nicht gelistet und auch sonst nicht zu finden war –, würde er sie Esperanza schicken. Sie würde nicht lange brauchen, um den Besitzer dieser Nummer herauszubekommen.

Das war aber gar nicht nötig. Die Google-Suche funktionierte.

Myrons Internetsuche ergab, dass die 215er-Nummer eine der Prine Organization war.

Myron schloss die Augen.

»Was ist?«, fragte Emily.

Die Gegensprechanlage summte und erschreckte sie. Emily schob ihren Stuhl zurück und stand auf. »Ich bin gleich wieder da.«

Myron schob das Handy vom Marmortisch, sodass es auf seine Hand fiel, lehnte sich zurück und steckte es in die Hosentasche. Er hörte, wie Emily zum Pförtner sagte, dass er ihn rauflassen sollte. Myron erhob sich und ging zur Tür.

»Als ich das Handy gefunden habe«, erklärte Emily, »habe ich gleich dich angerufen. Ist das nicht seltsam?«

»Ich weiß nicht. Ist es das?«

»Das kam einfach so aus dem Bauch heraus. Hinterher hatte ich dann aber schon ein komisches Gefühl.«

»Also hast du dann noch jemanden angerufen«, sagte Myron.

»Ja«, sagte sie. »Und der ist jetzt auch hier.«

***

Sie saßen zu dritt am Küchentisch – Myron, Emily und jetzt auch Greg Downing –, das Klapphandy lag in der Mitte, von allen gleich weit entfernt.

Greg sagte zuerst etwas. »Das ist eine Falle.«

»Genau«, stürzte Emily sich auf Gregs Erklärung.

»Das hat dieser Serienmörder doch auch so gemacht, oder?« Greg wandte sich an Myron, um seine Ansicht zu verteidigen. »Die bringen jemanden um und hängen den Mord dann jemand anders an. Dieses Mal ist Jeremy an der Reihe.«

»So ist es«, sagte Emily.

»Dann hätten sie aber zwei verschiedenen Leuten Fallen gestellt«, sagte Myron.

»Was?«

»Der Mörder hat die Tat schon einer Frau namens Jackie Newton in die Schuhe geschoben. Die Polizei hat sie verhaftet. Jeremy wäre das zweite Opfer.«

Greg sah Myron in die Augen. Myron dachte an ihre erste Begegnung. Sie waren in der sechsten Klasse. Als Myrons *Kasselton All-Stars* in einer Highschool-Turnhalle in Tenafly gegen Gregs *Glen Rock Greats* antraten, hatten beide Jungs sich bereits einen Ruf als zwei der besten Basketballspieler ihrer Altersgruppe im Staat erarbeitet. Myron war in jener Saison bis dahin immer der dominante Spieler gewesen. Die Kasselton All-Stars waren ungeschlagen. Vor dem Spiel waren jedoch ein paar Leute zu ihm gekommen und hatten ihm erzählt, dass in Glen Rock ein Junge spielt, der genauso gut ist wie er. Myron und Greg hatten sich vor den Spielen nicht unterhalten. Sie hatten sich die Hände gegeben und intensiv gespielt. Aus diesem ersten Aufeinandertreffen war Myron als Sieger hervorgegangen, er hatte Greg jedoch um die Ruhe beneidet, die er ausstrahlte, wenn er unter Druck geriet. Myron zeigte auf dem Platz Emotionen. Greg tat das nicht.

Außerdem saß hier die erste Frau, die Myron je geliebt hatte. Die Begegnung mit ihr war seine Erweckung gewesen, eine Explosion, ein Ausbruch von Leidenschaft. Ihre Beziehung war vielleicht nichts für die Ewigkeit gewesen, aber als er sie verlor, hatte Myron geglaubt, dass er nie wieder solche Gefühle haben würde, für niemanden. Wie falsch er mit dieser Einschätzung gelegen hatte … aber hey, die Jugend ist an die Jungen verschwendet. Doch selbst jetzt, nach all den Jahren, ergab es keinen Sinn. Inzwischen verstand er Emilys – offen gesagt – reife Entscheidung, ihn nicht zu heiraten. Es wäre zu früh gewesen. Aber warum hatte sie das nicht einfach gesagt? Warum hatte sie komplett mit ihm gebrochen? Und selbst wenn es Sinn ergab – und er verstand, dass es das tat, dass es schwer war, sich nach einem abgelehnten Heiratsantrag wieder zusammenzufinden –, warum musste sie dann Knall auf Fall zu Greg Downing überlaufen? Es gab Millionen von Männern da draußen. Warum musste es ausgerechnet Myrons Rivale sein? Als Myron auf die Mittelschule ging, hatte seine Mutter im Auto ständig das Album *You Don't Mess Around with Jim* von Jim Croce im Auto abgespielt. Ihr Lieblingssong auf dem Album – sie sang *immer* mit – war »Operator«, ein echter Schmachtfetzen über einen Mann, der mithilfe einer Telefonistin vergeblich nach der verlorenen Liebe seines Lebens sucht. Manchmal war es schwer, diesem Mann zuzuhören, der seiner Ex-Geliebten beweisen wollte, dass er sein Leben einfach fortgesetzt hatte, obwohl das ganz offensichtlich nicht der Fall war, und es ihm gut ging, obwohl auch das nicht stimmte. Besonders herzzerreißend fand Myron allerdings schon damals, als die einzigen Beziehungen, mit denen er sich auskannte, Schulhofschwärmereien waren, dass die Angebetete dieses Mannes mit seinem »früheren besten Freund Ray« durchgebrannt war. Als wäre es nicht genug, dass sie ihm das Herz gebrochen hatte. So bekam es etwas Persönliches.

»Wir erzählen niemandem was davon«, sagte Greg. »Jeremy ist unschuldig. Das wissen wir. Wenn die Polizei ihn beschuldigt oder gar verhaftet, wird sein Leben erheblichen Schaden nehmen. Das dürfen wir nicht zulassen.«

»Sollen wir das Handy vernichten?«, fragte Emily.

»Stop«, sagte Myron. »Jetzt aber mal langsam.«

»Wir vernichten es nicht«, sagte Greg, der Myron ignorierte. »Ich nehme es erst einmal an mich. Wenn es hart auf hart kommt, werde ich behaupten, dass es mir gehört.«

»Und wenn Jeremy da doch irgendwie mit drinsteckt?«, fragte Myron.

Greg sah ihn an. »Du bist nicht sein Vater.«

»Das ist mir klar.«

»Nein, ich glaube nicht, dass dir das klar ist«, sagte Greg. »Wenn's drauf ankommt, werde ich die Schuld auf mich nehmen. Das ...«, er hob das Telefon an, »... ist offiziell meins. Ich habe es gekauft. An einem Tatort wurde bereits meine DNA gefunden. Also bin ich der Übeltäter. Ich war's.«

»Auf jeden Fall besorgen wir Jeremy sämtliche Hilfe, die er braucht«, ergänzte Emily. »Ich glaub nicht, dass er etwas damit zu tun hat. Nicht eine Sekunde lang. Aber falls doch, dann ist ihm vielleicht in Übersee etwas zugestoßen. Er hat etwas Furchtbares erlebt, das wir nicht verstehen. Wir besorgen ihm die bestmögliche Behandlung.«

»Myron«, sagte Greg und nickte ihm zu. »Wir müssen sicher sein, dass du in dieser Sache voll hinter uns stehst.«

Myron sah Greg an, dann wieder Emily.

»Ihr denkt nicht klar«, sagte Myron. »Beide nicht.«

Greg sah Emily an, schüttelte den Kopf und fragte: »Warum hast du ihn angerufen?«

Emily antwortete nicht.

»Wir hätten das auch allein hingekriegt. Als seine Eltern.«

Emily legte die Hand auf Myrons Arm. »Ich dachte, du würdest es verstehen.«

»Das tu ich«, sagte Myron zu ihr. Dann wandte er sich an Greg. »Lass dir einen Moment Zeit. Deine größte Stärke als Trainer war deine Fähigkeit, einen perfekten Spielplan aufzustellen. Du hast dir unablässig Filme von Spielen der Gegner angesehen. Du hast Scouting-Berichte gelesen. Keiner hat sich so akribisch auf ein Spiel vorbereitet wie du.«

Greg beugte sich vor. »Daher bin ich auch sicher, dass es funktionieren wird«, sagte er.

»Wirklich?«, fragte Myron. Er deutete auf das Handy. »Von diesem Handy wurde die Prine Organization angerufen.«

»Richtig.«

»Ronald Prine wurde ermordet, während du in Haft warst. Willst du behaupten, du hättest ihn aus der Gefängniszelle erschossen?«

Greg sah Emily an. Die zuckte hilflos die Achseln.

»Ihr müsst mir zuhören«, sagte Myron zu Greg. »Das FBI weiß nicht, wie viele Menschen dieser Serienmörder umgebracht hat – und wie vielen er eine Falle gestellt hat. Mindestens ein halbes Dutzend, wahrscheinlich waren es deutlich mehr. Einen in Texas, einen in New York, einen in Las Vegas, einen in Nebraska … überall. Es gab keine Verbindungen zwischen diesen Fällen. Null. Nichts, womit das FBI hätte arbeiten können. Keinerlei Hinweise. Der Mörder hätte noch jahrelang so weitermachen können. Vielleicht wäre er nie aufgeflogen, bis sich schließlich doch ein Angriffspunkt ergab.«

Beide warteten. Greg nahm Emilys Hand. Für einen winzigen Augenblick wirkte sie irritiert, die Berührung schien sie sogar abzustoßen. Dann schien sie aber zu begreifen, dass sie da zusammen drinsteckten – Jeremys Eltern mussten ihren Sohn vor dem plötzlich fremden Eindringling namens Myron beschützen.

»Dich, Greg. Verstehst du das nicht? Deine DNA wurde am Tatort der Callister-Morde gefunden. Und du hast eine Verbindung zu Jordan Kravat.«

»Aber was für eine?«, fragte Greg. »Jordan Kravat war der Ex-Freund des schwulen Sohns meiner Freundin. Was soll denn das für eine Verbindung sein?«

»Aber Zufall ist es auch nicht, Greg. Du musst innehalten und darüber nachdenken. Wer sonst steht mit den beiden in Verbindung? Wer könnte dir die Ermordung Cecelia Callisters und Joey Turant die Ermordung Jordan Kravats angehängt haben?«

»Was willst du damit sagen?«, fragte Greg. »Dass Jeremy dieses Verbindungsglied ist?«

»Nein. Ich frage nur …«

»Weil ich Jeremy nämlich monatelang nicht gesehen hatte, bevor ich nach Vegas gefahren bin.« Er wandte sich an Emily. »Erinnerst du dich noch? Er war auf irgendeiner Mission und vier Monate lang unauffindbar.«

»Ja, daran erinnere ich mich«, sagte Emily.

Greg faltete seine Hände und legte sie auf den Tisch. »Hör zu, Myron. Wir müssen etwas Zeit gewinnen, damit wir das unter uns klären können – bevor wir es jemand anderem erzählen, okay? Vielleicht hast du recht. Vielleicht muss ich innehalten und das tun, was ich am besten kann. Scouten. Planen. Methodisch vorgehen. Wir drei …«

In diesem Moment klingelte Myrons Handy.

Er sah aufs Display.

Es war Jeremy.

Alle am Tisch erstarrten.

»Warum ruft er bei dir an?«, fragte Emily.

Myron wartete nicht, bis Greg oder Emily ihm Ratschläge gaben, wie er mit dem Anruf umgehen sollte. Er drückte die Antworttaste.

»Hey«, sagte Myron.

»Hey«, antwortete Jeremy.

Es entstand eine peinliche Stille. Myron nahm das Handy in die linke Hand. Emily und Greg starrten ihn an.

»Ich dachte, wir sehen uns bei Gregs Entlassung.«

»Ich wurde aufgehalten«, sagte Jeremy.

Seine Stimme war so laut, dass Greg und Emily wahrscheinlich verstanden, was er sagte. Myron überlegte, ob das wichtig war, und beschloss dann, es dabei zu belassen.

»Bist du bei Win?«, fragte Jeremy.

»Im Moment nicht, nein.«

»Oh, tut mir leid. Störe ich irgendwie?«

»Nein, absolut nicht.«

»Ich brauch noch ungefähr eine Stunde«, sagte Jeremy. »Können wir uns treffen?«

»Klar.«

»Ich will dir das erklären … na ja, du weißt schon. Die Entlassung und den IT-Job.«

»Ja, klar.« Myron fühlte sich wie betäubt. »Ist Wins Wohnung okay?«

»Das ist perfekt. Wir sehen uns da in einer Stunde.«

Als Myron auflegte, fragte Greg: »Was sollte das denn?«

»Er braucht noch eine Stunde. Wir treffen uns im Dakota.«

Emily strich sich die Haare hinter die Ohren. »Was hat er mit der Entlassung und dem IT-Kram gemeint?«

Myron stand auf, und sie reckten die Hälse, um ihm zu folgen. »Es steht mir nicht zu, das zu erzählen.«

»Was zum Teufel soll das heißen?«, fragte Greg.

»Es bedeutet, dass du ihn selbst fragen kannst.«

»Entlassung?«, sagte Emily. »Dann ist er gar nicht mehr beim Militär?«

»Er hat sich auf den Rückweg nach New York gemacht, als er gehört hat, dass du freigelassen wirst«, sagte Myron zu Greg. »Das hat er mir vor ein paar Stunden gesagt. Er wird sich sicher bei euch melden.«

»Warte«, sagte Emily.

»Was ist?«

»Du kannst doch nicht einfach ...«, fing Emily an. Sie stoppte und begann von Neuem, jetzt mit festerer Stimme. »Er ist unser Sohn, nicht deiner.«

»Ja, das sagst du mir ständig«, sagte Myron. »Falls es dir anders nicht gerade besser in den Kram passt.«

»Was soll das denn heißen?«, blaffte Emily.

»Als er dreizehn war und den Knochenmarkspender brauchte, war ich plötzlich sein Vater. Und jetzt, wo du das Handy in seinem Zimmer gefunden hast, bin ich plötzlich sein Vater. Pass auf, ich habe ihn nicht aufgezogen. Das ist mir klar. Ich bin nur ein Samenspender oder ein biologischer Unfall oder was auch immer. Ich habe mich respektvoll verhalten. Ich habe Abstand gewahrt. Es mag nicht meine Entscheidung sein, was für eine Beziehung ich zu Jeremy habe, aber eure ist es bestimmt auch nicht. Er hat mich angerufen und will mit mir reden. Deshalb mach ich mich jetzt auf den Weg.«

Myron ging zur Tür. Emily und Greg folgten ihm.

»Erzählst du ihm von dem Handy?«, fragte Greg.

»Das weiß ich nicht.«

»Tu's nicht, okay?«, sagte Greg. »Vertrau mir einfach in der Sache.«

»Ich vertrau dir in keinerlei Hinsicht«, sagte Myron und ging.

# ACHTUNDDREISSIG

Du stehst auf der Central-Park-Seite der Straße und blickst auf die Tür.

Emily Downings Wohnung liegt an der Ecke 5th Avenue und 80th Street. Von dort hat man einen atemberaubenden Blick auf den Central Park, das Metropolitan Museum of Art und sogar auf die ehemalige Payne-Whitney-Residenz in der 79th Street, in der sich jetzt das Kulturzentrum der französischen Botschaft befindet.

Du trägst eine schwarze Baseballkappe. Du bist »verkleidet«, wenn auch nicht sehr aufwendig. Gerade gut genug.

Unablässig behältst du die Eingangstür im Auge, damit du Myron nicht verpasst, wenn er herauskommt.

Das ist jetzt keine Quantenphysik.

Downings Wohnung liegt auf der Ostseite des Central Parks. Das Dakota Building, in dem Myron oft bei seinem Freund Win wohnt, liegt auf der Westseite. Das bedeutet, dass Myron auf dem Heimweg vermutlich durch den Park gehen wird.

Er könnte auch ein Taxi nehmen, das ist aber ziemlich unwahrscheinlich.

Darauf zählst du.

Es wird langsam dunkel, als du ihn herauskommen siehst. Er sagt etwas zum Pförtner, dann geht er zur Ampel an der Straßenecke und wartet darauf, dass sie grün wird. Noch bevor die Ampel umspringt, gehst du durch den Eingang in den Park. Du brauchst ihn nicht zu beschatten.

Du weißt, welche Strecke er nehmen wird.

Du hast deine Möglichkeiten abgewogen. Sollst du ihn in einem eher abgelegenen Bereich auf dem Weg umbringen, oder ist es besser, ihn an einem belebten Ort zu erschießen? Es erscheint logischer, einen abgelegenen Ort zu suchen, aber dies ist der Central Park, einer der beliebtesten Parks der Welt, in dem es kaum abgelegene Bereiche gibt. Ihr beide seid bald »mitten im Park«, wenn man so will, weit entfernt von allen Ausgängen oder anderen nutzbaren Fluchtwegen. Ein weiteres Problem besteht darin, Myron zu überrumpeln. Wenn man durch einen ruhigeren Teil des Central Parks geht – wenn man sich gerade am einsamsten fühlt –, ist man vorsichtiger. Das liegt am Überlebensinstinkt. Nicht, dass es im Park nicht sicher wäre, trotzdem sieht man sich in dunkleren und einsameren Bereichen häufiger um.

Das Ergebnis deiner Überlegungen?

Ganz egal, welchen Weg Myron auch nehmen mag – am Belvedere Castle oder am Bethesda-Brunnen vorbei, und selbst wenn er die südliche Route an der Alice-im-Wunderland-Skulptur und dem Conservatory Water entlang wählt –, zweifellos wird er auf der Westseite an der 72nd Street in der Nähe der Strawberry Fields wieder herauskommen. Du bist dir sicher. Da wohnt Win. Der Bereich um Strawberry Fields, eine Gedenkstätte für John Lennon, ist sehr beliebt. Meistens unterhält ein Straßenmusiker eine lebhafte Menschenmenge mit Lennon-Songs.

Es ist also ideal.

Du beschließt, zum überwachsenen Tunnel zu eilen, der dort vom Weg abgeht. Dein Plan ist einfach. Myron wird genau an der Stelle vorbeikommen, an der du lauerst. Du wirst mehrere Schüsse abgeben. Dadurch entsteht Panik, die einen Tumult auslöst, in dem viel geschrien wird. Die Touristen und die Leute, die dort ihre Hunde ausführen, werden auseinanderspritzen. Du wirst in dieser hektischen Masse mitschwimmen und verlässt den Park ein paar Meter weiter am Central Park West. Auf der anderen Straßenseite befindet sich der U-Bahn-Eingang der Linien B und C.

Bevor dich jemand aufhalten kann, wirst du verschwunden sein.

Du hast die Waffe. Du hast einen Plan.

Du beschleunigst deinen Schritt, nimmst deinen Platz ein und wartest.

# NEUNUNDDREISSIG

Myron überquerte die 5th Avenue und betrat den Central Park direkt südlich des Metropolitan Museums. Aus Erfahrung wusste er, dass er für die Strecke eine Viertelstunde brauchen würde. Er ging dann hinten am Museum entlang, an einer der *Nadeln der Kleopatra* vorbei, einem Obelisken, den der Pharao Thutmosis III. vor fast 3500 Jahren in Auftrag gegeben hatte. Jahre später soll Kleopatra den Obelisken für den Bau eines römischen Tempels verwendet haben, den sie ihrem Lover Julius Cäsar widmete, daher stammt auch der Spitzname *Nadel der Kleopatra*. Seit 1881 steht der Obelisk im Central Park.

Myron wusste das alles – und lenkte sich mit diesen Gedanken ab –, denn Win war ein Geschichtsfreak und liebte diesen Park. Er eilte weiter. Über *The Ramble* erhob sich das märchenhafte Belvedere Castle, eine scheinbar prächtige Mischung aus Romanik und Gotik, obwohl das Gebäude in Wirklichkeit nur ein Prunkbau war, ein kostspieliges Luftschloss ohne praktischen Nutzen. In diesem befand sich ein Observatorium, ein Besucherzentrum und ein Wetterturm, aber der Gedanke, dass es eigentlich ein sogenanntes »Folly« war – etwas, das nur zu dem Zweck gebaut worden war, um wie etwas Beeindruckenderes zu erscheinen –, gefiel Myron nicht.

Er dachte an das Handy, das Emily gefunden hatte. Er dachte, dass es auf seine Art vielleicht auch ein *Folly* war.

Er zog sein eigenes Handy aus der Tasche und rief seine Mutter an. Sie meldete sich gleich nach dem ersten Klingeln.

»Ich bin froh, dass du gerade jetzt anrufst«, sagte Mom.

»Ist alles in Ordnung?«

»Ja, bestens. Aber dein Vater und ich haben gerade unsere Edibles genommen, und du weißt, was das bedeutet.«

Myron schloss die Augen. »Ja. Äh, nein.«

»Wir haben seit einer Woche keine mehr gegessen.«

»Aha.«

»Die Wirkung wird jeden Moment einsetzen, und dann fängt dein Vater an, mich durch die Wohnung zu jagen.«

»Hallo? Das ist dein Sohn hier am Telefon. Dein Sohn braucht das nicht zu hören.«

»Soll ich ganz ehrlich sein? Ich mache es ihm nicht allzu schwer, mich zu fangen.«

»Mom?«

»Ach, sei nicht so prüde. Freu dich für uns.«

»Das tue ich. Ehrlich. Ich brauch die Bilder im Kopf aber nicht.«

»Was stimmt denn mit den Bildern nicht?«

Es hatte keinen Sinn. »Dann geht's Dad wohl wieder besser?«

»Ja. Alle haben angerufen. Dein Bruder. Deine Schwester – oh, sie kommt uns morgen aus Seattle besuchen.«

»Das wird bestimmt schön.«

»Ja, bestimmt. Und Terese hat auch angerufen.«

Myron nahm den Pfad Richtung Süden.

»Sie wächst mir langsam ans Herz, Myron. Ich mag sie sehr.«

»Das freut mich.«

»Sie hat Substanz.«

»Das hat sie.«

»Du weißt, dass ich mir ihretwegen Sorgen gemacht habe.«

Das hatte er auch. Terese konnte keine Kinder bekommen. Seine Eltern hatten bereits drei Enkelkinder – Mickey, der Sohn seines Bruders Brad, war der älteste –, aber Mom und Dad wussten, dass Myron sich immer auch Kinder gewünscht hatte.

Das Piepen seines Handys zeigte an, dass ein weiterer Anruf ankam. Ein Blick aufs Display zeigte ihm, dass es PT war.

»Mom, ich muss da rangehen, okay?«

Mom hörte seinen Tonfall. »Mach«, sagte sie schnell.

Sie hatte schon aufgelegt, bevor er dazu kam.

»PT?«

Die schroffe Stimme klang nicht glücklich. »Wolltest du mir etwas sagen?«

»Zum Beispiel?«

»Wir haben eine Quittung für ein Wegwerfhandy gefunden, das in einem Walmart in Doylestown gekauft wurde. Weißt du, wo Doylestown ist?«

Doylestown lag, wie Myron wusste, eine Stunde nördlich von Philadelphia.

»Ja.«

»Oh, gut. Von ebendiesem Wegwerfhandy wurde die Prine Organization angerufen und Drohungen ausgesprochen. Kannst du mir so weit folgen?«

Myron gefiel die Richtung nicht, die das Telefonat nahm. »Ich kann dir folgen.«

»Rate mal, was wir gerade gemacht haben, Myron?«

»Ihr habt das Wegwerfhandy angepingt?«

»Wir haben mehr als das getan. Wir haben das Handy aufgeweckt und dann den Standort durch die Nutzung der Polizei- und Feuerwehr-Notrufnummern durch Triangulation im Netz geortet.«

»Ich wusste gar nicht, dass du dich so gut mit Technik auskennst.«

»Tu ich auch nicht«, sagte PT. »Ich habe es wortwörtlich aus einem Bericht vorgelesen, der auf meinem Schreibtisch liegt. Muss ich dir den Rest erklären?«

»Gib mir eine Stunde«, sagte Myron.

»Das soll ein Witz sein, oder?«

»Das Handy ist in Emily Downings Wohnung. Ich weiß.«

»Du willst mich also belügen?«

»Ich lüge nicht …«

»Das Handy ist nicht mehr in der Wohnung«, sagte PT. »Genau wie du.«

»Was?«

»Das Handy ist mitten im Central Park. Und soll ich dir noch was sagen? Wir haben auch dein Handy geortet, sodass wir wissen, dass du damit den Park durchquerst.«

Myrons Augen weiteten sich. Er blieb nicht stehen. Er sah sich nicht um.

»Du hast meinen exakten Standort?«

»Ich seh ihn auf dem Monitor. Du gehst in Richtung Südwesten durch den Central Park.«

Myron schluckte. »Und das Wegwerfhandy?«

»Das weißt du nicht?«

»Ich weiß es nicht.«

»Willst du mir erzählen, dass du es nicht bei dir hast?«

»Habe ich nicht.«

»Scheiße.«

»Wie exakt ist die Ortung?«

»Vielleicht so auf hundert Meter genau.«

Also verfolgte ihn jemand. Es gab nur zwei Möglichkeiten: Greg oder Emily.

»Hör zu, wir haben ein paar von unseren Leuten losgeschickt«, sagte PT. »Die müssten bald da sein. Erzähl mir von dem Handy.«

Myron überlegte, ob er sich unauffällig umdrehen sollte, um zu sehen, ob ihm jemand folgte. Aber was dann? Angenommen, es wäre Greg. Was wollte er von ihm? Myron erreichte den Fußweg nach Strawberry Fields. Zwischen den Bäumen vor sich konnte er das burgähnliche Äußere des Dakota ausmachen. Fast am Ziel. Das war gut. Er würde den Weg hinaufeilen. Er würde ihn bis zum Ende gehen und sich hinter einem Baum verstecken. Dort würde er abwarten und nachsehen, wer ihm folgte.

»Myron?«, sagte PT. »Was ist mit dem Handy?«

»Das ist eine lange Geschichte.«

Myron eilte den Pfad entlang und sah sich um. Eine vierköpfige Familie. Zwei Eltern und zwei Mädchen, die aussahen wie Zwillinge. Hinter ihnen war eine Reisegruppe von vielleicht dreißig Personen, angeführt von einer Frau, die eine französische Flagge hochhielt, damit alle sie sahen.

Kein Greg. Keine Emily.

Auf der Bank vor sich entdeckte Myron einen bärtigen Straßenmusiker mit einer Gitarre, einem Mikrofon und einem Verstärker sowie QR-Codes, mit denen man ihm über *Venmo* oder *Zelle* ein paar Dollar zukommen lassen konnte. Auch die Straßenmusiker waren im Hightech-Zeitalter angekommen. Er sang über einen Banker, der im strömenden Regen nie einen Regenmantel trug, was er sehr seltsam fand. Toller Text, bis man richtig darüber nachdachte. Myron hastete an ihm vorbei. Vor ihm stand eine Menschenschlange, die Fotos vom »Imagine«-Mosaik machen wollten. Dave, der Button-Verkäufer, mit dem Win manchmal plauderte und der auch die Terminplanung für die Straßenmusiker auf den Strawberry Fields machte, war nicht an seinem üblichen Platz. In diesem

Moment bog Myron plötzlich scharf ab. Er versteckte sich hinter einem dicken Baum und blickte den Weg zurück. Kein Greg. Keine Emily.

»Wo ist das Handy jetzt?«, fragte Myron PT.

Bevor PT antworten konnte, surrte Myrons Telefon wieder. Es war eine Nachricht von Esperanza in Großbuchstaben. Esperanza verwendete nie Großbuchstaben.

RUF MICH SOFORT AN!!!!

Myron verabschiedete sich nicht erst von PT. Er legte einfach auf und wählte Esperanzas Nummer.

»Was gibt's?«

»Oh Scheiße, du hattest recht.«

»Was?«

»Das geheime Bankkonto«, sagte Esperanza. »Das, das Greg und Grace für das Haus in Pine Bush benutzt haben. Ich sollte es mir ansehen.«

»Und?«

»Sie haben eine Kreditkarte, ausgestellt auf den Namen Parker Stalworth. Vor zwei Tagen hat jemand mit dieser Karte ein Auto in Horsham, Pennsylvania, gemietet.«

*Horsham*, dachte Myron. Ganz in der Nähe von Doylestown und Philadelphia.

Plötzlich fügte sich alles zusammen.

»Wie können wir das zurückverfolgen?«, fragte Myron.

»Schon erledigt«, sagte Esperanza. »Wir beide kriegen gleich einen Screenshot vom Überwachungsvideo der Mietwagenfirma. Check auch deine Nachrichten.«

Myron hörte das Surren, als das Foto ankam. Wieder blickte er den Weg entlang. Kein Greg. Keine Emily. Niemand, den er kannte. Dann stellte er das Telefon auf Lautsprecher und sah aufs Display. Der Screenshot war zu klein, um etwas zu erkennen. Er tippte auf das Foto, um es zu vergrößern. Es dauerte einen Moment, bis es geladen war.

Das Bild war, wie alle Überwachungskamera-Fotos, von oben aufgenommen worden. Myron sah den Hinterkopf des Angestellten der Autovermietung. Die Person, die das Auto mietete, trug eine schwarze Baseballkappe und hielt den Kopf gesenkt.

Aber Myron wusste, wer es war. Plötzlich passte alles zusammen.

Esperanza sagte: »Myron, ist das …?«

Im selben Moment spürte Myron mehr, als dass er es hörte oder gar merkte, dass sich jemand von hinten an ihn angeschlichen hatte.

Er zögerte nicht. Er drehte sich nach rechts, hob im gleichen Moment den Arm und schlug so die Waffe zur Seite, die nur wenige Zentimeter von seinem Hinterkopf entfernt war. In diesem Sekundenbruchteil – weniger als eine Sekunde, vielleicht weniger als eine Zehntelsekunde – sah Myron dieselbe schwarze Baseballkappe wie auf dem Screenshot.

Die Waffe wurde abgefeuert.

Die Kugel traf Myron, und er ging zu Boden.

# VIERZIG

Von deinem Platz an der Tunnelöffnung aus beobachtest du, wie Myron den Weg entlanghastet.

Warum so eilig?, fragst du dich.

Auf Strawberry Fields herrscht reges Treiben. Menschengruppen drängen sich zusammen, während Reiseführer in den verschiedensten Sprachen ihre Vorträge halten. Die Pedicabs – eine Mischung aus Fahrrad und Rikscha – stehen auf der offenbar auf Dauer für Autos gesperrten Rampe der 72nd Street. Die Fahrer buhlen um die Gunst der Touristen und umgarnen die Fußgänger mit einem Lächeln, kleinen Landkarten und Fotos von den Wundern des Central Parks, die sie zu sehen bekommen würden, wenn sie den jeweiligen Fahrer anheuern. Auch ein paar Pferdekutschen warten auf neue Mitfahrer. Dir wird klar, dass die Pferde durchgehen werden, wenn die Schüsse ertönen.

Das ist gut. Es vergrößert das Chaos.

Myron Bolitar geht am »Imagine«-Mosaik vorbei.

Ganz nah.

Du ziehst den Schirm deiner Mütze herunter, mehr aus Gewohnheit als aus Sicherheitsgründen. Du bist im Eingang eines Tunnels hinter Ästen und Zweigen versteckt. Viele Fußgänger gehen an dir vorbei. Hundebesitzer führen ihre Lieblinge aus, damit die sich am Abend noch einmal erleichtern können.

Myron Bolitar hat sein Handy ans Ohr gepresst.

Spielt das eine Rolle – dass er eventuell mit jemandem telefoniert, während du ihn erschießt?

Du wüsstest nicht, wieso.

Dein Plan ist nicht kompliziert. Er geht vorbei. Du hältst ihm den Revolverlauf an den Kopf. Du drückst ab.

Myron ist noch knapp dreißig Meter von dir entfernt.

Jetzt setzt du deinen Mundschutz auf. Vorsicht ist besser als Nachsicht. Man sieht die Masken inzwischen seltener, aber sie sind keineswegs verschwunden. Ein Überbleibsel aus der Covid-Ära.

Handschuhe hast du natürlich schon an.

Zwanzig Meter.

Du ziehst den Ruger LCR heraus. Den Arm lässt du direkt am Körper herabhängen, sodass der schwarze Revolver vor der dunklen Hose kaum zu sehen ist.

Fünfzehn Meter.

Du legst den Finger auf den Abzug.

Nur noch wenige Sekunden.

Ein Rausch erfasst deinen Körper. Die Vorfreude. Nein, dieser Teil ist nicht so befriedigend wie das Töten selbst. Das ist das Beste – der Moment, in dem sich die Augen schließen und das Leben den Körper verlässt. Aber auch dies, das Vorspiel zum Mord, ist berauschend.

Und dann, ohne Vorwarnung, weicht Myron von seinem Weg ab.

Was zum …

Er huscht hinter einen Baum und presst den Rücken dagegen.

Warum, fragst du dich, tut er das?

Will er sich … verstecken?

Es sieht so aus.

Weiß er, dass du hier bist und ihn erwartest?

Du wüsstest nicht, woher. Du beobachtest, wie Myron den Kopf nach rechts und links dreht. Dann beugt er sich vorsichtig ein wenig zur Seite, gerade weit genug, um hinter dem Baum hervorzublicken.

Du duckst dich.

Aber er sieht nicht in deine Richtung.

Er blickt zurück auf den Weg.

Als wüsste er, dass du hinter ihm her bist. Allerdings sieht er in die falsche Richtung.

Ergibt das Sinn?

Er hat immer noch das Handy am Ohr.

Mit wem spricht er?

Das spielt keine Rolle.

Du weißt nicht, was hier vor sich geht oder warum Myron sich hinter dem Baum versteckt. Du überlegst, was du als Nächstes tun sollst. Wartest du, bis er weitergeht? Bis er wieder auf dich zukommt?

Nein.

Das kannst du nicht riskieren. Du musst handeln, und zwar sofort. Angenommen, Myron wird verfolgt. Oder er kehrt um und geht in die entgegengesetzte Richtung, zurück zu Emilys Wohnung. Dann hätte er dich auf dem falschen Fuß erwischt. Vielleicht verlierst du ihn völlig aus den Augen. Dein Plan wäre gefährdet.

*Geh schon!*, sagst du dir.

Also gehst du los.

Du trittst aus der Sicherheit des Tunneleingangs und eilst in seine Richtung. Er wendet dir immer noch den Rücken zu. Während des Telefonats blickt er immer wieder zum »Imagine«-Mosaik. Das ist gut. Es lenkt ihn ab. Er sieht dich nicht an.

Du bist nur noch ein paar Meter entfernt, als Myron plötzlich das Handy vom Ohr nimmt.

Er sieht sich etwas auf dem Display an.

Jetzt geschehen viele Dinge auf einmal.

Du hebst die Waffe, um ihm in den Kopf zu schießen.

Dabei siehst du, was er sich auf seinem Handy anschaut. Du erstarrst.

Das bist du.

*Wie zum …?*

Du verharrst in deiner Erstarrung. Aber nicht lange. Kaum eine Sekunde. Du schiebst die Panik beiseite und reißt dich zusammen. Dann hältst du die Mündung des Revolvers an seinen Hinterkopf.

Du drückst ab – doch während du das tust, wirbelt Myron herum und stößt deinen Arm zur Seite.

Aber es ist zu spät. Der Schuss löst sich.

Und sein Blut spritzt dir ins Gesicht.

## EINUNDVIERZIG

Myron fiel zuerst auf die Knie, dann sank er nach vorne auf seine Hände.

Blut strömte aus ihm heraus. Er blickte nach unten und sah, dass es auf dem Bürgersteig unter ihm eine Pfütze bildete. Menschen schrien und hasteten hin und her.

Myron blinzelte und spürte die Kälte.

Ihm wurde klar, dass er getroffen worden war – und dass er binnen Kurzem einen Schock erleiden würde.

*Beweg dich*, sagte er sich. *Beweg dich oder stirb.*

Er hatte keinen Plan, traf keine bewusste Entscheidung, die über den einfachen Gedanken hinausging, dass er nicht liegen bleiben durfte. Er wusste, dass er eine Kugel abbekommen hatte und schwer verletzt war. Ein unerträglicher Schmerz breitete sich aus. Es fühlte sich an, als hätte ein riesiges Tier einen gewaltigen Bissen aus seinem Nacken gerissen. Er versuchte, sich mit Händen und Knien hochzustemmen. Ging nicht. Stattdessen stieß er sich immer wieder mit einem Bein ab, wie ein verwundeter Sprinter in den Startblöcken.

*»Wir sind nicht kugelsicher …«*

Hatte Win das nicht erst vor ein paar Tagen noch gesagt?

Apropos.

Trotzdem gelang es ihm, Stück für Stück vorwärtszurobben.

## ZWEIUNDVIERZIG

Du bist verblüfft, empfindest aber auch unbändige Freude. Myron Bolitar hat dich überrascht, als er seinen Arm nach hinten geschwungen und den Schuss so abgelenkt hat.

Gut für ihn.

Trotzdem hat ihn die Kugel zwischen Nacken und Schlüsselbein erwischt. Blut schießt heraus und spritzt auf dich. Du fragst dich, ob du eine Arterie getroffen hast.

Wird er einfach verbluten?

Du wolltest Chaos und hast es bekommen. Schreie ertönen. Du siehst, wie die Menschen zum Westausgang des Parks rennen, und schließt dich dem Menschenstrom an. Ein weiterer Lachs, der flussaufwärts schwimmt.

Doch dann fällt es dir wieder ein: Er hatte dein Foto auf seinem Handy.

Irgendwie hat Myron sich die ganze Sache zusammengereimt.

Es reicht nicht, ihn nur zu verletzen. Du musst sicherstellen, dass er tot ist.

Dir fehlt die Zeit, das alles zu durchdenken. Mit ein paar Sekunden mehr wärst du wahrscheinlich darauf gekommen, dass ihm jemand das Bild geschickt haben musste, dass Myron nicht in einem Vakuum arbeitet und dass, wenn Myron dahintergekommen ist, auch andere – wie Win – Bescheid wissen.

Aber im Moment hast du für solche Feinheiten keine Zeit.

Du musst ihn töten. Egal, was auch passiert. Wenn dies dein Ende ist, dein Abschied, wird es auch seiner.

Myron ist schwer verwundet. Er krabbelt von dir weg wie eine betrunkene Krabbe. Der Menschenstrom kommt dir jetzt entgegen und versperrt dir den Weg. Du überlegst, ob du einfach schießen sollst, aber in deinem Revolver sind nur sechs Patronen. Kein Grund, Kugeln zu verschwenden. Als du Myron für einen Moment aus den Augen verlierst, reagierst du panisch. Du kämpfst dich mit aller Macht durch die Menge.

Und da ist er wieder, kriecht immer noch bei den Bänken herum. Er versucht aufzustehen.

Du zielst und schießt. Verfehlst ihn. Zielst und schießt erneut.

Du triffst ihn in den Rücken.

Ein Ruck geht durch Myrons Körper. Er knallt auf den Boden.

## DREIUNDVIERZIG

Nachdem ihn die erste Kugel getroffen hatte, versuchte Myron, sich aufzurichten, aber der Schmerz in seinem Kopf ließ das nicht zu. Er blieb unten, schob sich so weiter vorwärts. Doch selbst so sackte er immer wieder links weg. Sein Kopf dröhnte. Er war nicht stabil, verlor immer wieder das Gleichgewicht.

Menschen stürmten an ihm vorbei, traten ihn, schleuderten ihn herum. Alle schrien. Myron versuchte, sich vom Schützen zu entfernen. Er hörte einen weiteren Schuss. Myron blinzelte, spürte, wie das Blut aus seinem Körper strömte. Er kroch weiter. Wieder ertönte ein Schuss.

Ein heißer, brennender Schmerz bohrte sich in seinen Rücken.

Die Wucht des Aufpralls drückte ihn zu Boden. Seine Arme gaben nach. Seine Wirbelsäule krümmte sich nach hinten, während die Luft aus seiner Lunge entwich. Er konnte nicht mehr atmen. Seine Wange prallte gegen eine Sitzbank.

Er spürte Blut in seinem Mund. Das kam nicht vom Sturz. Auch nicht vom Zusammenprall mit der Bank.

Das Blut floss aus der Brust in seinen Rachen.

Er fürchtete, darin zu ertrinken.

Langsam wurde ihm schwarz vor Augen. Er war dabei, das Bewusstsein zu verlieren.

*Halt durch*, sagte er sich.

Aber sein Körper hörte nicht auf ihn. Selbst der ursprüngliche Überlebensinstinkt wurde schwächer, drohte zu versagen. Er rollte zur Seite unter die Bank. Ein dunkler Schleier legte sich vor seine Augen. Etwas in seinem Inneren schaltete ab.

Er fragte sich, ob er starb.

Mittlerweile lag er auf der Seite, die Wange auf dem Pflaster. Er konnte sich nicht bewegen. Ihm war fast alles egal. Er sah die vorbeilaufenden Füße, die Schreie hörte er jedoch nicht mehr. Das einzige Geräusch war ein hochfrequentes Pfeifen. Warum? Warum hörte er nichts mehr?

Er hatte das Gefühl, als zöge ihn eine mächtige Kraft in die Kälte, in die Schwärze hinab.

Vor ihm erschienen zwei Füße. Sie blieben stehen, und die zugehörige Person beugte sich hinunter.

Das Gesicht vom Screenshot mit der schwarzen Baseballkappe kam ins Blickfeld und starrte ihn direkt an.

Es war Grace Konners.

Er hatte sein Handy noch in der Hand. Sie griff danach und entriss es ihm problemlos aus dem schwachen Griff. Als sie es hatte, richtete Grace ihren Revolver mitten auf sein Gesicht. Myron konnte sich nicht bewegen, konnte nur hilflos zusehen. Er sah das Funkeln in ihren Augen, sah, wie sich ihre Lippen zu einem Lächeln verzogen.

Er hatte die Mörderin gefunden. Zu spät. Aber er hatte sie gefunden.

Myron versuchte, in der letzten Sekunde, die ihm noch blieb, etwas zu tun. Eine letzte Geste. Eine Möglichkeit, das Ganze wehrhaft oder couragiert oder so etwas zu Ende zu bringen. Aber sein Körper gehorchte ihm nicht. Sein Blick blieb auf der Waffe haften, nur auf der Waffe.

Die Zeit verging langsamer.

Dann passierte alles auf einmal.

Eine Männerstimme rief: »*Nein!*«

Grace drückte ab.

Eine Männerhand legte sich auf den Lauf der Waffe, die Handfläche direkt vor der Mündung.

Stimme und Hand gehörten Jeremy.

Myron wollte abwinken, wollte seinem Sohn mitteilen, dass es zu spät war, dass er die Waffe loslassen und sich in Sicherheit bringen sollte.

Die Waffe wurde abgefeuert, und Jeremy schrie vor Schmerz auf.

*Nein …*

Myron wollte etwas rufen, wollte helfen, wollte irgendetwas tun.

Aber er konnte sich nicht bewegen. Ihm war kalt. Eiskalt. Das hochfrequente Pfeifen in seinem Kopf wurde zu einem Todesrauschen.

Grace zielte wieder. Aber nicht auf Myron.

Auf Jeremy.

*Nein …*

Zwei Schüsse ertönten. Die Kugeln trafen Myron nicht. Sie trafen auch Jeremy nicht.

Sie trafen Grace.

Ihr Körper rotierte nach links, blieb noch einen Moment stehen, dann fiel er zu Boden wie eine Marionette, bei der man die Fäden durchtrennt hatte. Und als sie zu Boden fiel, sah Myron jemanden auf der anderen Seite des »Imagine«-Mosaiks stehen.

Greg Downing.

Er stand mit fassungsloser Miene da und hatte die Waffe immer noch auf die Stelle gerichtet, an der Grace gestanden hatte.

Myron konnte nicht mehr. Er spürte, wie seine Hände das

Seil, an das er sich innerlich geklammert hatte, hinuntergeglitten. Seine Augen verdrehten sich und rollten nach hinten.

»Myron?«

Es war Win.

»Ich bin hier«, sagte Win, und Myron hörte die ungewohnte Panik in der Stimme seines Freunds. »Halt durch. Myron, bleib bei mir.«

Aber Myron konnte nicht.

»Myron? Myron, bleib bei mir.«

Er wollte auf Win hören. Das wollte er wirklich. Aber jetzt stürzte er in dieses rauschende Nichts, und alles wurde schwarz.

# VIERUNDVIERZIG

Myron?«, sage ich noch einmal und höre das fremdartige Flehen in meiner Stimme. »Myron, bleib bei mir.«

Aber das tut er nicht. Das sehe ich jetzt. Seine Haut ist grau, seine Lippen sind schon blau angelaufen. Blut sprudelt aus seinem Hals. Ich lege meine Hand auf die Stelle, drücke fest zu. Dann wende ich mich an einen Mann, der neben mir steht und das Ganze filmt.

»Rufen Sie einen Notarzt«, sage ich gebieterisch. So macht man das. Man ruft nicht einfach in die Menge, dass jemand den Anruf tätigen soll. Viele Leute würden nur herumstehen und annehmen, dass das ein anderer macht. Man weist jemandem die Aufgabe zu und achtet darauf, dass er sie auch ausführt. »Jetzt sofort.«

Der Mann nickt und fängt an zu wählen. Ich weiß nicht, ob das wichtig ist, denn ich kann mir vorstellen, dass bereits jemand die Polizei oder die Feuerwehr informiert hat. Es herrscht Chaos. Ich drücke meine Hand auf die blutende Wunde. Myrons Blut sickert zwischen meinen Fingern hindurch.

Er verliert zu viel Blut.

»Halt durch«, sage ich zu Myron, wobei meine Stimme für meine eigenen Ohren seltsam und distanziert klingt. Aber er ist sowieso bewusstlos. Er hört mich nicht.

Aus den Augenwinkeln sehe ich, dass rund um mich herum mehrere Dinge gleichzeitig passieren. Grace Konners liegt auf dem Boden. Sie ist tot. Ihre Augen stehen offen und blinzeln nicht. Ihr Blut rinnt langsam in Richtung »Imagine«-Mosaik. Greg Downing, der sie erschossen hat, rennt auf Jeremy zu. Jeremys Teint ist aschfahl, fast so wie der seines leiblichen Vaters. Klugerweise reckt Jeremy seinen blutigen Handstumpf wie eine Fackel in die Luft und starrt ihn an, als wäre er überrascht, dass er da ist. Greg reißt sich die Jacke herunter und wickelt sie um die Wunde.

Ich weiß nicht, wie lange wir alle dort sind.

Irgendwann kniet sich eine Frau neben mich. Sie ist etwa fünfzig Jahre alt und hat ihr rötliches Haar zu einem Pferdeschwanz zurückgebunden. »Ich bin Ärztin«, sagt sie. »Drücken Sie weiter auf die Wunde.« Später erfahre ich, dass sie Dodi Meyer heißt und in der Notaufnahme des New York Presbyterian Hospital arbeitet. Sie dreht Myron auf den Rücken. Ich wage es nicht, die Hand von seinem Hals zu nehmen, bis die Sanitäter eintreffen und mich ablösen.

Als sie da sind, ziehe ich die Hand weg und steige zu ihm in den Krankenwagen. Nachdem der losgerast ist, starre ich auf meine Hände hinunter. Sie sind mit Myrons Blut getränkt. Später werde ich mich fragen, wann ich es abgewischt habe, denn so oft ich diese Nacht auch in meinem Kopf durchgegangen bin, ich kann mich nicht daran erinnern, das getan zu haben.

Und ja, es ist seltsam, sich darüber Gedanken zu machen.

Myron stirbt zweimal. Einmal im Krankenwagen auf dem Weg ins Krankenhaus. Und ein zweites Mal auf dem OP-Tisch. Wir hören oft, wie zäh Menschen sind, dass wir zum Überleben geschaffen sind, es erschreckt mich aber immer wieder, wie zerbrechlich alles ist und in welchem Maße wir im Endeffekt den Launen des Schicksals ausgeliefert sind. Myron Bolitar ist in vielerlei Hinsicht eins der besten Exemplare der Gattung Mensch, eine empathische Seele von bodenständiger Herkunft, die auch mit bemerkenswerter körperlicher Stärke und Intelligenz ausgestattet ist. Und trotzdem. Obwohl er alles richtig gemacht hat, moralisch einwandfrei, mutig, weise und vorsichtig vorgegangen ist, reichte eine einzelne Verrückte mit einer der vielen, leicht verfügbaren Waffen, um ein solches Juwel auszulöschen. Wir verhalten uns so, als würde es im Universum gerecht oder geordnet zugehen, dabei wissen wir alle, dass das nicht der Fall ist. Es ist grausam und willkürlich. Wir glauben, wir als Spezies hätten uns entwickelt und dass es ums Überleben der Besten geht, dabei wurden die Besten, die Intelligentesten und die Tapfersten schon vor Jahrhunderten in den Kampf geschickt, so wie Myron, und sind dort gestorben, ganz egal wie tapfer und geschickt sie auch gewesen sein mochten, während die Schwachen und

Feigen zu Hause geblieben sind und sich fortgepflanzt haben. Das sind wir. Die Nachfahren der Schwachen und Feiglinge. Sozusagen die fäkalen Überbleibsel der Geschichte. Wir wollen glauben, dass wir einen ethischen Kern haben, dass unsere Welt friedlich und freundlich ist, und doch wird jeder, der sich auch nur fünf Minuten einer Dokumentation über wilde Tiere ansieht, daran erinnert, dass wir töten müssen, um zu überleben. Wir alle. Das ist die Welt, die das höhere Wesen, an das Sie glauben, erschaffen hat – eine Welt des Tötens oder Sterbens. Niemand wird davon verschont, auch ihr selbstzufriedenen Veganer nicht, die ihr Felder pflügt und dabei Lebewesen opfert, damit auch ihr überleben könnt.

Das ist keine angenehme Erkenntnis, aber wollt ihr Annehmlichkeiten oder die Wahrheit?

Und jetzt, da ich zusehe, wie die Lebenskraft des Menschen schwindet, der mir auf dieser Welt das meiste bedeutet, wende ich mich mit meinem Flehen an ein höheres Wesen, an das ich nicht glaube und von dem ich weiß, dass es mir nicht zuhört, während viele von Ihnen dasitzen und mir sagen, dass dies Teil eines höheren Plans ist.

Wie kann man nur so unvorstellbar naiv sein?

Sie wollen nachts ruhig schlafen, also erzählen Sie sich gegenseitig Märchen. Wie Kinder.

Aber ich schweife ab.

Myron liegt noch im Krankenhaus. Er hat immer noch Probleme, sich zu verständigen.

Mit Ihrer Erlaubnis werde ich diese Geschichte daher für ihn beenden.

Er hat noch einen langen und beschwerlichen Weg vor sich. Es gibt keine Garantien. Eine vollständige Genesung, wie auch immer die aussehen mag, scheint unwahrscheinlich. Einen Monat nach der Schießerei liegt er nicht mehr im Koma und wird aus der Intensivstation in ein privates Eckzimmer im Milstein Building des New York Presbyterian Hospital verlegt. Ich ermögliche das durch eine beträchtliche Spende. In die Fensterecke wird eine Liege gestellt. Da schläft Terese. Sie hat sich beurlauben lassen und weicht nur selten von seiner Seite.

Auf die Einzelheiten seiner Verletzungen werde ich nicht näher eingehen, weil ich keinen Sinn darin sehe. Myron verbringt die meiste Zeit in einem Dämmerzustand, der vor allem aus Schmerzen, Medikamenten und Behandlungen zu bestehen scheint. Man kann nur schwer feststellen, was er begreift und was nicht. Ich versuche ihm so viel wie möglich zu erklären. Er hat Schwierigkeiten, sich über einen längeren Zeitraum zu konzentrieren. Ich wiederhole mich oft, weil ich fürchte, dass er etwas entweder gleich wieder vergisst oder es einfach nicht richtig begreift.

Lassen Sie mich also die Fragen beantworten, die ich beantworten kann. Ich habe das alles auch Myron erzählt, wobei ich für Sie jetzt Dutzende Gespräche mit Myron zusammenfasse.

Als Erstes, Myrons größte Sorge: Jeremy.

Als die erste Kugel Myron getroffen hatte, war Esperanza sofort klar, dass etwas Schlimmes passiert war. Sie wählte mich über die Kurzwahltaste an und schaltete mich mit ins Telefonat. Seltsamerweise war ich da schon unterwegs. Ich hatte den Schuss und den darauffolgenden Tumult von meinem Apartement auf der gegenüberliegenden Straßenseite aus gehört. Ich wusste nicht, dass Myron das Opfer war, aber vielleicht hatte etwas in mir instinktiv erkannt, dass dies sehr wahrscheinlich war. Denn ich wusste, dass Myron um diese Zeit durch den Park kommen musste, um sich mit Jeremy zu treffen, der in dem Moment neben mir saß, als Esperanza anrief.

Ich reagierte schnell. Jeremy, der vielleicht etwas von der Begabung seines Vaters geerbt hat, war noch schneller.

So war Jeremy als Erster am Tatort, nicht ich. Die Jugend, nehme ich an. Ich bin schnell, aber Jeremy überholte mich mit Leichtigkeit. Scheinbar ohne sich um seine eigene Sicherheit zu kümmern, gab Jeremy den Helden, der er ja offensichtlich ist. Er stürzte sich direkt auf Grace' Waffe – und bezahlte dafür, als Grace abdrückte.

Jeremy verlor den Ringfinger und den kleinen Finger seiner rechten Hand.

Unten im *Walter Reed National Military Medical Center* arbeiten sie an einer Art Prothese für ihn. Nein, Jeremy war nicht vor drei Jahren entlassen worden, und nein, er hat auch nicht in der IT-Abteilung von Dillard's gearbeitet. Wie Myron vermutet hatte – eine Vermutung, die vielleicht eher der Hoffnung entsprang als einer kühlen Analyse –, waren die Entlassung, die Namensänderung und der IT-Job Teil von Jeremys ausgeklügelter Tarnung. Er hat tatsächlich in einer geheimen Mission gearbeitet, die dazu diente, dieses Land sicherer zu machen. Mehr kann ich nicht sagen, weil ich nicht mehr weiß.

Es ist, in den Worten von Jeremy, eine Geheimsache.

Zweitens: Der Fallen stellende Serienmörder oder, um es genau zu sagen, die Fallen stellende Serienmörderin.

Laut den offiziellen Erklärungen des FBI sind die Ermittlungen noch nicht abgeschlossen. Nach PTs Angaben ist das »inoffizielle offizielle« Endergebnis, dass Grace Konners eines jener seltenen (wenn auch nicht gänzlich unbekannten) Exemplare einer Serienmörder*in* war. Das FBI hat sie bisher mit sechs Morden und anschließenden Fallen in Verbindung gebracht, geht aber in mindestens drei weiteren Fällen davon aus, dass sie sich letztlich als die Täterin herausstellen wird.

PT glaubt – und ich stimme ihm zu –, dass es noch weitere Taten gab und dass die Strafverfolgungsbehörden trotz aller Bemühungen womöglich nie erfahren werden, wie viele Opfer tatsächlich betroffen sind. Schrecklich, ich weiß. Wenn ich daran denke, dass unschuldige Menschen wegen Mordes im Gefängnis sitzen und dort auch höchstwahrscheinlich bleiben werden ...

Verkompliziert werden diese Ermittlungen noch durch die Tatsache, dass Dutzende, vielleicht Hunderte verurteilte Mörder jetzt behaupten, auch sie wären von Grace Konners in die Falle gelockt worden. Sie ist ihre *Du-kommst-aus-dem-Gefängnis-frei*-Karte. Die Täter fordern, dass ihre Urteile für null und nichtig erklärt werden. Sie können sich sicher vorstellen, wem das alles Kopfschmerzen bereitet, oder? Natürlich sind das fast alles Lügen, aber das FBI kann sich keine Fehler mehr leisten. Die Überprüfung dieser Behauptungen kostet viel Zeit und frisst viele Ressourcen, was selbst erfahrene Ermittler überfordert.

Drittens: Warum war Greg Downings DNA am Tatort der Callister-Morde?

In dem Punkt gibt es zwei Theorien. Die erste, die das FBI für die wahrscheinlichste hält, ist, dass Grace Konners, wie die meisten SerienmörderInnen (oder

Süchtige jeglicher Art), mit der Zeit einen stärkeren Dopaminschub brauchte. Kurz gesagt, sie wollte einerseits gewissermaßen »ihren Einsatz erhöhen« und gleichzeitig die einzige Person auf der Welt beseitigen, die sie stoppen konnte.

Greg Downing.

Außerdem hatte Greg die Kontrolle über ihr gemeinsames Vermögen gehabt, über das sie allein verfügen konnte, wenn er im Gefängnis landete. Sie wäre aus dem Schneider, was ihre Taten betrifft, und könnte noch einmal ganz von vorn anfangen. Man stelle sich nur mal vor, man könnte nicht nur ein ehemaliges Supermodel umbringen, sondern die Tat auch noch dem eigenen Partner anhängen – ein grandioser Rausch für eine Psychopathin.

Als ich ihm das erzähle, verzieht Myron das Gesicht. Ich weiß auch nicht, ob mich diese Version vollständig überzeugt, aber sie scheint der Wahrheit ziemlich nahe zu kommen.

Viertens: Wie hat das alles angefangen?

Ich denke, manches ist in der Rückschau offensichtlich, aber ich werde Ihnen erzählen, was das FBI glaubt. Als sie Grace Konners' Vergangenheit untersuchten, fanden sie eine Menge beunruhigende Anzeichen. Als Kind wurde sie von einem gewalttätigen Onkel missbraucht. In ihrer Nachbarschaft verschwanden Haustiere. Ihre Söhne, Spark und Bo, berichteten von körperlichen Verletzungen, die sie ihnen beigebracht hatte, und äußerten die Vermutung, dass ihr Vater, der angeblich infolge eines Sturzes in der Dusche gestorben war, durch die Hand ihrer Mutter umgekommen sein könnte.

Nach dem Tod des Vaters kroch Grace oft nachts zu ihren Söhnen ins Bett. Ich denke, je weniger darüber gesagt wird, desto besser.

Was die Chronologie betrifft, so war Jordan Kravat das erste Opfer der Fallen stellenden Serienmörderin. Als Grace den Beschluss fasste, Kravat umzubringen, tat sie das nicht, weil sie eine angehende Serienmörderin war, sondern aus einem ganz einfachen Grund: Kravat quälte ihren Sohn und zerstörte sein Leben. Doch irgendwann – vielleicht vor dem ersten Mord, vielleicht weil sich hinterher die Gelegenheit ergab – erkannte sie, dass sie zwei Fliegen mit einer Klappe schlagen konnte, indem sie den einen Erzfeind (Jordan Kravat) umbrachte und es dem anderen (Joey Turant) in die Schuhe schob.

Grace' Söhne unterstützen übrigens diese Theorie. Bo Storm hat zugegeben, dass die Staatsanwaltschaft in Las Vegas ihn weder unter Druck gesetzt noch bedroht hatte. Seine Mutter hätte ihm gesagt, dass sie Jordan Kravat getötet hätte, um ihn zu beschützen, und dass er sich deshalb jetzt revanchieren müsse, indem er mit dem Finger auf Joey the Toe zeigt.

Finger – und »the Toe«, die Zehe. Das war ein Witz.

Jedenfalls glauben die Profiler vom FBI, dass Jordan Kravat der *Patient null* war, der zu dem Ausbruch dessen führte, was als »der Fallen stellende Serienmörder« beziehungsweise später als »die Fallen stellende Serienmörderin« bekannt geworden ist.

Nächste Frage (ich habe vergessen, bei welcher Nummer ich bin): Wie ist es ausgegangen?

Wahrscheinlich wissen Sie es längst, aber ich werde es noch einmal darlegen: Greg hat Grace erschossen. Als Myron Emilys Wohnung verließ, um sich bei mir mit Jeremy zu treffen, haben sich Jeremys Eltern – also Greg und Emily – Sorgen gemacht, dass Myron in einem Anfall von Moral das gefundene Handy dem FBI melden könnte. Aus diesem Grund wollte Greg versuchen, sich zu ihnen zu gesellen. Er hatte das Wegwerfhandy eingesteckt, deshalb hatte PT es im Park in Myrons Nähe geortet. Greg hörte die Schüsse, rannte darauf zu ...

... und als er sah, dass Grace die Waffe auf seinen Sohn gerichtet hatte ...

Peng.

Mir stellt sich dabei allerdings folgende Frage: Wenn Greg in diesem Moment gesehen hätte, wie Grace noch einmal auf Myron schießt, hätte er dann auch auf sie geschossen?

Hmm.

Außerdem frage ich mich: Ist Greg vielleicht tatsächlich ein paar Sekunden früher dort gewesen? Hat er einfach beschlossen, nicht zu schießen – bis plötzlich sein eigener Sohn in Gefahr war?

Ich habe darauf keine Antworten, deshalb *frage* ich mich das ja alles.

Letzte Frage: Was ist mit Greg Downing? Er kannte doch sicher die Wahrheit.

Auch hier gibt es mehr als eine Theorie.

Die erste geht davon aus, dass Greg überhaupt nichts wusste. Laut Greg hat das Paar eine eigenartige Beziehung geführt. Er erzählte den Ermittlern, dass Grace und er oft getrennt gereist sind und auch immer wieder monatelang getrennt gelebt hätten. Es gab nur – und ich weiß, dass das »nur« in diesem Satz außerordentlich relativ ist – sechs eindeutig zugeordnete Tötungsdelikte im Laufe von fünf Jahren. Das ist etwas mehr als ein Mord pro Jahr. Wie schwierig wäre es schon, das vor seinem Partner zu verheimlichen? Es gibt sehr viele Fälle, in denen ein männlicher Serienmörder seine Mordlust vor seiner Partnerin geheim gehalten hat. Erst kürzlich hat die Frau von Rex Heuermann, dem Long-Island-Killer, behauptet, nichts von den barbarischen Verbrechen ihres Mannes gewusst zu haben. Die meisten von uns akzeptieren, dass das die Wahrheit ist. Ist es sexistisch zu glauben, dass Grace Konners nicht in der Lage gewesen wäre, das vor ihrem Partner zu verheimlichen?

Gute Frage.

Die zweite Theorie besagt, dass Greg durchaus Verdacht geschöpft hat oder dass Grace fürchtete, er könnte der Wahrheit zu nahe kommen. Das hätte die Entscheidung, seine DNA am Tatort der Callister-Morde zu platzieren, natürlich noch bestärkt.

Alles scheint zu passen.

Es mag Lücken geben, sage ich zu Myron (und damit auch zu Ihnen), die scheinen mir aber doch recht überschaubar zu sein. Ich habe noch keinen Mordfall gesehen, bei dem es nicht zumindest ein paar Unstimmigkeiten gab. Wenn ein Fall zu solide ist, na ja, haben wir alle nicht gerade eine wertvolle Lektion über Morde gelernt, deren Auflösung zu klar und eindeutig erscheint?

Wie auch immer, ich habe Myron gesagt, dass es vorbei ist. Vielleicht erfahren wir noch ein paar Einzelheiten, zum Beispiel, wie sie auf ihre Opfer gestoßen ist oder nach welchen Kriterien sie sie ausgewählt hat. Oder auch, ob es noch weitere Motive gab. Aber ich wüsste nicht, wie sich dadurch etwas Wesentliches ändern sollte. Das FBI scheint eher daran interessiert zu sein, den aufflammenden Flächenbrand zu löschen, den diese Mordserie ausgelöst hat, als Öl ins Feuer zu gießen. Greg ist wieder auf Reisen, er hat ein Ticket nach Cairns am Great Barrier Reef in Australien gekauft. Es gibt Gerüchte, dass er als Trainer zurückkehren und bei den New York Knicks anheuern könnte, aber im Moment ist er noch abgetaucht.

Das ist also das Ende.

Ich habe die persönlichen Gespräche mit Myron aus den letzten Monaten auf diesen wenigen Seiten zusammengefasst. Das meiste hatten Sie sich wahrscheinlich schon zusammengereimt. Ich hoffe, dass ich damit auch die letzten Unklarheiten beseitigen konnte.

Als es Myron dann besser geht, lese ich auch ihm diese Zusammenfassung vor. Er schweigt die ganze Zeit, was ich von ihm noch nicht gewohnt bin. Normalerweise redet Myron gern. Er mischt sich ein, hakt nach, lenkt ab, fragt, beschwichtigt und regt sich auf. Aber das Sprechen strengt ihn jetzt an. Heute sitzt er nur im Bett und hört zu, ohne ein Wort zu sagen.

Als ich fertig bin und zu ihm sage, was ich Ihnen weiter oben schon gesagt habe: »Das ist also das Ende«, ergreift Myron zum ersten Mal das Wort.

»Nein, ist es nicht.«

# FÜNFUNDVIERZIG

Sechs Wochen sind vergangen.

Myron sitzt allein im Dunkeln in Zimmer 982 im Royal Hotel in Marrakesch. Ja, in Marokko. Ich bin nebenan, gemeinsam mit Terese in einem Verbindungszimmer. Wenn Myron mich braucht, bin ich innerhalb von Sekunden bei ihm. Die Kameras und der Ton sind eingerichtet. Myron geht es besser, seine Gesundheit ist aber noch längst nicht zu hundert Prozent wiederhergestellt. Auch nicht zu fünfzig Prozent. Wir hätten dies noch etwas hinauszögern können – Myrons Arzt bestand eigentlich darauf –, aber ich weiß, dass es Myron den Schlaf raubt, wenn wir es nicht tun. Ich verabscheue die Phrase »einen Abschluss finden«, aber es besteht kaum ein Zweifel daran, dass Myron ihn braucht, um gesund zu werden.

Einer meiner Männer beobachtet den Fahrstuhl. Er schickt mir und Myron eine Nachricht, die aus einem einzigen Wort besteht:

HIER

Terese liest über meine Schulter mit. »Mir gefällt das nicht.«

»Er ist sicher«, sage ich zu ihr.

Die Antwort scheint sie nicht zu beruhigen. Ich verstehe das.

Zimmer 982 ist seit sechs Nächten auf den Namen Arthur Caldwell gebucht. Das ist nicht sein richtiger Name. Er hält seine Schlüsselkarte vors Schloss und öffnet die Tür. Das Licht ist aus. Er tritt ein und schließt die Tür hinter sich. Dann drückt er auf den Lichtschalter, dreht sich um und geht weiter ins Zimmer.

Als er Myron sieht, bleibt er wie angewurzelt stehen.

»Hey, Greg.«

Greg Downing erschrickt für eine Sekunde, man muss ihm aber zugutehalten, dass es wirklich nur eine Sekunde ist. »Darf ich fragen, wie du mich gefunden hast?«

Das war gar nicht so schwierig, denke ich. Als das FBI mit ihm fertig war, begann Greg seine Reise, wie ich bereits erwähnte, in Cairns, Australien. Ich habe mir schon gedacht, dass Greg so schnell wie möglich eine andere Identität annehmen würde. Meine Leute haben in Cairns drei Leute gefunden, die falsche Identitäten anbieten. Ich habe dem ersten, der mir Gregs neue Identität nennt, eine Viertelmillion Dollar geboten. Einer meldete sich sofort, nahm das Geld und gab mir Kopien sämtlicher Unterlagen von Arthur Caldwell.

Es gibt keine Ehre unter Dieben.

»Du bist dünn geworden«, sagt Greg.

Das ist eine Untertreibung. Myron hat fünfzehn Kilo abgenommen. Seine Wangen sind eingefallen. Manchmal fällt es sogar mir schwer, nicht zusammenzuzucken, wenn ich ihn ansehe.

Als Myron nicht antwortet, fragt Greg: »Und? Was willst du?«

»Wusstest du, dass Grace mich umbringen wollte?«

»Würdest du mir glauben, wenn ich Nein sage?«

»Möglich«, sagt Myron. »Sie könnte abtrünnig geworden sein.«

»Sie war eine Mörderin, Myron.«

»Und du bist ein Mörder.«

Greg lächelt. »Aber nicht so wie sie.«

»Erzählst du mir davon?«

Greg setzt sich auf den Bettrand. »Eigentlich habe ich keine Wahl, oder? Ich nehme an, dass Win in der Nähe ist. Ohne ihn wärst du wohl kaum hergekommen.«

Myron antwortet nicht.

»Ich will nicht den Rest des Lebens über die Schulter gucken müssen«, sagt Greg und schlägt die Beine übereinander. »Also lass uns weitermachen, ja? Für den Anfang: Was habe ich falsch gemacht?«

»Kleinigkeiten«, sagt Myron.

»Zum Beispiel?«

»Zum Beispiel, dass Grace Ronald Prine umgebracht hat. Wenn Grace deine DNA am Tatort der Callister-Morde platziert hätte, um dir einen Mord anzuhängen, warum sollte sie dann so dumm sein, Prine zu töten, während du hinter Gittern sitzt und es daher nicht getan haben kannst? Das würde doch dafür sprechen, dich zu entlassen.«

»Weil sie verrückt war?«, versucht Greg es.

Myron runzelt die Stirn. »Wollen wir das wirklich so spielen?«

»Ist wohl eine alte Angewohnheit. Was noch?«

»Deine Erklärung dafür, wie deine DNA an den Tatort der Callister-Morde gekommen ist.«

»Du meinst das Pick-up-Basketballspiel? Ich fand das ziemlich genial.«

»Schon ...«, gesteht Myron zu, »... aber nur oberflächlich betrachtet. Ein Kerl trifft dich beim Spiel auf die Nase. Du blutest. Sie sammeln dein Blut ein und platzieren es am Tatort.«

»Die Idee habe ich aus einem Roman. Oder vielleicht einer Kurzgeschichte.«

»Jedenfalls haben wir es überprüft. In Wallkill kann sich niemand an dich oder eine gebrochene Nase erinnern. Die gebrochene Nase war mir egal, aber dass sich an *dich* niemand erinnert, Greg, das fand ich seltsam. Win hat sich nicht daran gestört. Und auch sonst keiner. Aber wir beide ...«

Greg nickt. »Du hast recht. Irgendjemandem würde es auffallen.«

»Greg Downing bei einem Pick-up-Spiel? Da kannst du dich noch so gut verkleiden oder beim Spielen zurückhalten.«

»Ein echter Basketballer hätte es gemerkt«, sagt Greg. »Das war dumm von mir.«

»Und noch etwas«, sagt Myron.

Er grinst. »Du klingst wie Columbo. Was denn?«

»Ich habe Grace und dich zusammen in eurem Haus in Pine Bush gesehen. Das war zugegebenermaßen eine ziemlich kurze Begegnung, und es könnte auch gespielt gewesen sein, aber das glaube ich nicht. Ich glaube, du hast sie wirklich geliebt.«

»Das habe ich.« Er schließt einen Moment die Augen und fährt leiser fort: »Ich liebe sie immer noch.«

»Du hast es mir sogar gesagt – ›Ist es zu kitschig, sie als meine Seelenverwandte zu bezeichnen?‹«

»Das habe ich ernst gemeint.«

»Das glaube ich dir. Deshalb waren all die Geschichten, dass du nichts über die Morde wusstest, weil ihr getrennt gelebt habt oder euch nicht besonders nahe standet ...«

»Ja, das war gelogen.«

Greg sieht zu Myron auf. Diesmal gibt es keinen Rückfall in ihre Jugendzeit auf dem Platz. Sie sind nur zwei Männer, erwachsene Männer, die ihre besten Jahre hinter sich haben und die das Schicksal zu oft auf Kollisionskurs gebracht hat.

»Warst du jemals so verliebt, Myron?«

»Ich glaube, ich bin es jetzt.«

»Nein, nein. Du bist verliebt und auch verheiratet, und das ist auch alles wunderbar. Aber ihr seid nicht die ganze Zeit zusammen. Ihr führt getrennte Leben. Wahrscheinlich ist das auch klüger so. Gesünder. Bevor ich Grace kennenlernte, fand ich das auch angenehmer. Aber – und ja, ich weiß, wie kitschig das klingt – ich erinnere mich noch, wie ich eines Nachts mit ihr im Bett lag. Ich habe sie von hinten gehalten. Ich hatte meinen Arm um ihre Taille geschlungen. Ich habe ihren Herzschlag gespürt und plötzlich fing mein Herz an, im Einklang mit ihrem zu schlagen. Unwillkürlich. Sie schlugen im gleichen Rhythmus, und ich schwöre, dass das nicht wieder aufgehört hat. Es war, als hätten sich unsere Herzen zu einem vereint.«

»Wow«, sagt Myron.

»Ich meine jedes Wort ernst.«

»Und trotzdem hast du sie getötet.«

»Ich hatte keine Wahl.«

»Weil sie Jeremy umbringen wollte.«

»Ja.« Er schüttelt den Kopf. »Ich habe die Frau, die ich geliebt habe, für unseren Sohn geopfert.«

»Oh, für *unseren Sohn*«, wiederholt Myron. »Diese Karte wirst du mir gegenüber aber jetzt nicht noch ausspielen, oder?«

»Ich werde jede Karte ausspielen, die mir zur Verfügung steht«, sagt Greg. »Aber seltsamerweise glaube ich, dass es am besten ist, wenn ich dir die Wahrheit sage.«

»Bei den Callisters ist alles schiefgelaufen, oder?«

Greg schüttelt erneut den Kopf. »Das Chaos fing schon an, als Grace zu diesem Spiel der Bucks gegen die Suns in Phoenix gekommen ist«, sagt er. »So läuft das in dieser Welt, oder? Das sind alles chemische Reaktionen. Wie wahrscheinlich war es, dass wir beide uns begegnen, auf dem Platz zu Konkurrenten werden, uns in dasselbe Mädchen verlieben und uns am Ende gegenseitig unsere Leben zerfetzen? Wir waren wie zwei harmlose Komponenten, die erst toxisch wurden, als sie kombiniert wurden. So war es auch bei Grace und mir, nur viel explosiver. Im Leben gibt es viele Was-wäre-wenns. Zum Beispiel, was wäre passiert, wenn ich Spark nicht als Assistenztrainer eingestellt hätte? Das hätte ich beinahe nicht getan. Dann hätte ich Grace nie kennengelernt, und wenn du glaubst, dass wir beide, du und ich, eine explosive Mischung waren, als wir aufeinandertrafen ...«

»Was ist passiert, Greg?«

Er zuckt die Achseln. »Ich habe mich verliebt. Mehr war es am Anfang nicht. So wie ich es dir gesagt habe – ich war ausgebrannt. Ich wollte raus aus dem Spiel, mit Grace ausbrechen, mit ihr die Welt ansehen. Aber erst brauchte ihr Sohn noch Hilfe.«

»Bo.«

»Du kennst die ganze schmutzige Geschichte. Jordan Kravat hat ihn mit Drogen zugedröhnt und auf den Strich geschickt. Der Kerl hat Bo jeden Tag ein kleines bisschen umgebracht. Grace und ich haben besprochen, was wir tun können. Wir haben keinen Weg gefunden, um Bo aus der Situation rauszuholen. Und dann hat Grace plötzlich die naheliegende und doch verbotene Lösung vorgeschlagen.«

»Jordan Kravat umzubringen.«

Greg nickt. »Und als das einmal laut ausgesprochen worden war, als wir das Wort ›Mord‹ in den Mund genommen hatten ... war es, als hätten wir eine Grenze überschritten. Es gab kein Zurück mehr. Ich habe angefangen zu planen – wie für ein wichtiges Play-off-Spiel. Ich habe gewissermaßen gescoutet. Die Stärken und Schwächen des Gegners herausgearbeitet. Zu erraten versucht, was sie tun und lassen würden. Dabei bin ich auf die Idee gekommen, dass ich Jordans Mafiaboss etwas anhängen könnte.«

»Joey the Toe.«

»Genau. Wir hätten die größte Bedrohung ausgeschaltet und die Aufmerksamkeit von uns abgelenkt. Kravat, Turant. Das waren böse Menschen, Myron. Und es schien unsere einzige Möglichkeit zu sein.«

»Das war also euer erster Mord als Team?«

»Ja.«

»Und was dann? Es hat euch gefallen?«

Er gluckst. »Mehr als das. Viel mehr. Wie soll ich das erklären?«

»Lass mich helfen. Ihr beide seid Psychopathen. Wenn ein Psychopath seinen Lebensweg alleine geht, tja, das ist schlecht. Aber als ihr beide – wie hast du es bezeichnet? – miteinander kombiniert wurdet ...«

»Das trifft es ganz gut«, sagt Greg. »Es war, tja, es war natürlich ein Hochgefühl, klar. Ein Rausch, wie ich ihn nie zuvor erlebt habe. Aber es war noch mehr als das. Es war, als hätten wir beide eine komplette Verwandlung durchgemacht. Alles war intensiver. Das Essen schmeckte besser. Der Sex war leidenschaftlicher. Wir haben etwas erlebt, das Normalsterbliche niemals verstehen werden.«

»Um es auf den Punkt zu bringen«, sagt Myron, »ihr habt dann so weitergemacht.«

»Ja.«

»Und es anderen in die Schuhe geschoben.«

»Ja.«

»Als Team. Ihr beide zusammen.«

Er nickt. »Grace war die Gewalttätigere von uns beiden. Sie liebte es zuzusehen, wenn das Leben aus dem Gesicht eines Menschen wich. Und das Leben anderer Menschen zu beenden – sie hat es beschrieben als etwas, das dem am nächsten kommt, ein Gott zu sein. Ich konnte das nachvollziehen, war aber eher der Planer. Ich habe es geliebt, ein Komplott auszuhecken, jemanden für ein

Verbrechen ins Gefängnis zu schicken, das er nicht begangen hat. Aber wir haben beide beides gemacht. Ich habe ein paarmal getötet, und sie hat ein paarmal getötet. Den Großteil der Planung habe ich gemacht, aber sie hat auch etliches dazu beigetragen. Wir waren im wahrsten Sinne des Wortes ein Team. Ich will damit sagen, dass viele von uns das Potenzial haben, Killer zu werden, aber als Grace und ich es einmal probiert hatten ...«

»Ja, Greg, ich glaube, ich habe es begriffen. Ihr habt einfach weiter gemordet.«

»Genau.«

»Wie viele, Greg?«

»Mehr, als das FBI weiß. Ansonsten werde ich im Moment nichts dazu sagen.«

Myron erkennt, dass es sich im Moment nicht lohnt, diesen Punkt zu vertiefen. »Du hast alles sorgfältig geplant.«

»Ja.«

»Du hast immer sichergestellt, dass jemand anderes die Schuld bekommt. Du hast dir Zeit gelassen. Die Wahrscheinlichkeit, dass ihr erwischt werdet, war gleich null, bis ihr bei den Callisters Mist gebaut habt. Ich versteh das nicht. Warum hast du jemanden aufs Korn genommen, den du kanntest, wenn auch nur flüchtig?«

»Vermutlich, um den Einsatz zu erhöhen. Außerdem gefiel mir der Gedanke, Cecelias schmierigen Ehemann Lou Himble zur Strecke zu bringen. Weißt du, er hat viele Leute um ihr Erspartes gebracht. Das soll aber nicht klingen, als wären wir Robin Hoods gewesen. Meistens haben wir unsere Opfer kaltblütig ausgewählt – überlegt, wie leicht es wäre, sie umzubringen, und ob es jemanden gab, der sie gern tot sehen würde.«

»Damit das in euer System passte?«

»Ja. Wir sind viel herumgezogen. Oft haben wir an mehr als einem Opfer zur gleichen Zeit gearbeitet, und meistens haben wir es abgebrochen, wenn wir gemerkt haben, dass wir nicht in der Lage sind, sowohl den Mord als auch das Komplott hinzukriegen.«

»Also hattet ihr keine Verbindung zu den Opfern?«

»Nein. Bis auf Cecelia. Aber die hatte es sowas von verdient, weil sie gegen ihren Mann ausgesagt hatte. Oh, außerdem kannte ich Cecelias ersten Mann.«

»Ben Staples.«

»Ja, ich mochte Ben.« Greg stützt seine Hände auf die Knie und lässt sich einen Moment Zeit. Er senkt die Stimme, weil er Myrons volle Aufmerksamkeit sucht. »Weißt du, Myron, Cecelia hat Ben so richtig verarscht. Sie hat sich von einem anderen Mann schwängern lassen. Kannst du dir etwas Schlimmeres vorstellen, was eine Frau ihrem Mann antun kann?«

Greg hält inne und grinst Myron an.

»Subtil«, sagt Myron.

»Subtil zu sein, ist nicht meine Absicht.«

»Und Cecelia ist nicht fremdgegangen. Sie wurde vergewaltigt.«

Greg zuckt die Achseln. »Das wusste ich nicht.«

»Du wolltest sie also umbringen und es ihrem Mann anhängen.«

»Ja. Aber dann ist Cecelias Sohn Clay aufgetaucht. Er sollte eigentlich auf einer einwöchigen Kreuzfahrt in der Karibik sein, hat aber eine Lebensmittelvergiftung bekommen und ist daher zwei Tage früher nach Haus gekommen.« Greg schluckt, wendet den Blick ab. »Er hat Grace und mich auf frischer Tat ertappt, als wir seine Mutter umgebracht haben. Es ist zu einem Kampf gekommen. Ich habe beide getötet.«

»Und deine DNA zurückgelassen.«

»Ließ sich nicht ändern«, sagt er. »Ich habe mir aber keine allzu großen Sorgen gemacht. Schließlich war ich ja tot, weißt du noch? Das war einer der Gründe, warum ich meinen Tod vorgetäuscht habe. Um unter dem Radar zu bleiben. Wenn die Leute also gelegentlich ›meinten‹, sie hätten jemanden gesehen, der wie Greg Downing aussah, tja, das konnte dann nicht sein, der war ja tot. Das wäre eine Sackgasse. Und dann dachte ich mir, selbst wenn sie irgendwie die DNA eines toten Mannes aufspüren, habe ich mich ja unter einer anderen Identität versteckt. Auf meiner kleinen Farm in Pine Bush werden sie mich niemals finden.« Er beugt sich vor. »Wie hast du mich gefunden?«

»Über das Bankkonto in North Carolina.«

»Aha.«

»Trotzdem«, sagt Myron, »du bist ein Planer.«

»Das ist richtig.«

»Also hast du dir auch einen Plan bereitgelegt für den Fall, dass du erwischt wirst.«

Wieder lächelt Greg. »Du machst das gut.«

»Nein, eigentlich nicht. Aber ich kann mich ein bisschen in deine Gedanken einfühlen.«

»Genau deshalb warst du auf dem Platz immer so ein starker Gegenspieler.«

»Du wurdest verhaftet, direkt nachdem ich dich in Pine Bush aufgestöbert habe«, fährt Myron fort. »Deine DNA war am Tatort. Es war klar, dass du verurteilt werden würdest. Das alles wusstest du. Deine einzige Möglichkeit bestand also darin, das zu tun, was du immer getan hast – es einem anderen anzuhängen. Grace hat das FBI angerufen und sich als anonyme Quelle ausgegeben. Sie hat auf die anderen Morde hingewiesen. Sie sagte, das alles sei das Werk eines Serienmörders, der die Taten dann Unschuldigen anhängen würde – und dass du das jüngste Opfer dieses Serienmörders seist. Grace ist sogar noch einen Schritt weiter gegangen und hat Ronald Prine umgebracht, weil dadurch klar zu sein schien, dass du, weil du ja im Gefängnis saßt, nicht der Serienmörder sein konntest.«

»Es hat ja auch funktioniert.«

»Allerdings war Grace' Planung nicht so gut wie deine.«

»Nein, das war meine Stärke.«

»Sie beschloss, Jeremy die Sache in die Schuhe zu schieben. Sie wollte ihn als den Serienmörder hinstellen.«

»Dumm.«

»Sie hat auch das Handy in seinem Zimmer versteckt.«

»Grace dachte wohl, dass ich das gutheißen würde.«

Myron verzieht das Gesicht. »Sie dachte, du würdest es gutheißen, deinen eigenen Sohn ins Gefängnis zu bringen?«

»Grace hatte mitgekriegt, dass Jeremy eigentlich nicht von mir ist, Myron.«

Wieder bedenkt er Myron mit diesem Lächeln und wartet darauf, dass Myron den Köder schluckt. Als Myron das nicht tut, fährt Greg fort. »Wahrscheinlich hat

Grace das als ausgleichende Gerechtigkeit angesehen. In ihren Augen war Jeremy die böse Ausgeburt meines fremdgehenden Feindes. Warum sollte sie diesen Feind nicht töten und es seiner bösen Brut anhängen?«

Die beiden Männer sitzen lange Zeit schweigend da. Die Stille ist seltsam angenehm. Beide wissen, dass sie sich im Endspiel befinden, aber keiner hat das Bedürfnis, es zu überstürzen.

Schließlich klopft Greg sich mit beiden Händen auf die Oberschenkel und sagt: »Jetzt weißt du also Bescheid.«

»Jetzt weiß ich Bescheid.«

»Außerdem kennst du mich«, sagt Greg. »Du kennst mich wie kein anderer.«

»Was heißt das?«

»Du weißt, dass ich keine Gefahr mehr bin.«

Myron scheint das zu verstehen, trotzdem fragt er nach: »Woher sollte ich das wissen?«

»Weil wir beide Liebe und Verlust verstehen.«

Myron schweigt.

»Weißt du, was das Problem ist, wenn zwei Herzen zu einem verschmelzen?«, fragt Greg.

Myron schüttelt den Kopf. Greg steht auf und durchquert den Raum.

»Es bedeutet, wenn einer stirbt, stirbt auch der andere. Was auch immer in mir war, das mich zum Töten gebracht hat – es ist verschwunden. Das weißt du so gut wie ich.«

Er geht zum Fenster und blickt hinaus.

»Du glaubst also, dass ich das Ganze einfach auf sich beruhen lassen kann?«, fragt Myron.

»Du?« Greg starrt nur aus dem Fenster. Dann sagt er: »Wohl kaum.«

Myron wartet. Greg wendet ihm immer noch den Rücken zu.

»Wir haben uns gegenseitig großen Schaden zugefügt«, sagt Greg. »Grace dachte, dass alles, was in mir kaputt ist, von dir in der Nacht, als du mit Emily zusammen warst, zerbrochen wurde.«

»Greg?«

»Was ist?«

»Du kannst das nicht alles auf mich abwälzen«, sagt Myron.

»Vielleicht hast du recht.«

Dann tritt Greg zwei Schritte vom Fenster zurück.

»Greg?«

»Es ist okay.«

»Was ist okay?«

»Es endet jetzt.«

»Greg?«

Aber er hört nicht zu. Greg Downing schenkt Myron ein letztes Lächeln, bevor er sich wieder dem Fenster zuwendet. Dann nimmt er die zwei Schritte Anlauf und wirft sich gegen die Scheibe. Myron versucht aufzuspringen und ihn zu stoppen, aber seine schmerzenden Knochen lassen es nicht zu. Er kann sowieso nichts mehr tun. Im ersten Moment sieht es aus, als würde das Fenster nicht nachgeben, doch dann zerbirst es. Und Greg verschwindet für immer.

# SECHSUNDVIERZIG

Soll ich das Ganze mit einer positiven Note beenden?

Drei Tage sind vergangen. Wir haben alle Fragen beantwortet, die uns die marokkanischen Behörden gestellt haben. Der amerikanische Botschafter in Marokko ist ein alter Freund. Er hilft uns, die rechtlichen Verwicklungen zu bewältigen.

Wir gehen jetzt zu dritt das Rollfeld entlang auf mein Flugzeug zu. Ich links von Myron, Terese rechts von ihm. Wir haben ihn eingehakt, um ihn zu stützen. Er geht langsam, aber gleichmäßig. Die Tage in Marokko haben ihren Tribut gefordert. Er ist schwach und erschöpft, doch wie ich es vorhergesagt habe, hat der Abschluss ihm eine Last von den Schultern genommen.

Myron zuckt zusammen, stolpert.

Terese drückt ihn fester an sich. »Alles in Ordnung?«

Es gelingt Myron zu nicken.

»Kann ich etwas für dich tun?«, fragt sie.

Myron deutet mit dem Kinn auf das Flugzeug. »Du kannst mir dabei helfen, in den Mile High Club zu kommen?«

Ich lache laut auf.

Ich liebe diesen Mann.

Terese verdreht die Augen. »Du änderst dich nie.«

»Ist das ein Ja?«

»Das ist ein hundertprozentiges Nein.«

»Du warst viel lockerer, bevor ich angeschossen wurde.«

Wir fliegen von Marrakesch nach Fort Lauderdale. Myron schläft die ganze Zeit. Ich habe einen Wagen bestellt, der auf uns wartet. Wir fahren nach Boca Raton zur Wohnsiedlung seiner Eltern. Sie haben ihren Sohn seit der Schießerei nicht mehr gesehen. Natürlich wollten sie nach New York kommen, aber mithilfe von Myrons Geschwistern konnten Terese und ich sie davon überzeugen, sich zu gedulden.

Wir nehmen den Fahrstuhl in ihr Stockwerk. Terese hat Ellen und Al Fotos geschickt, damit sie auf Myrons ausgemergeltes Äußeres vorbereitet sind. Als sich die Fahrstuhltür öffnet, steht Myrons Vater davor. Er hat schon Tränen in den Augen. Myron auch. So ist das eben in dieser Familie. Jede Menge Tränen. Aus den Herzen werden keine Mördergruben gemacht. Einen zynischen Blaublüter wie mich sollte das eigentlich verdrießen, aber seltsamerweise komme ich gut damit klar. Myrons Vater wartet nicht, bis wir draußen sind. Er springt in die Fahrstuhlkabine und umarmt seinen Sohn. Al Bolitar fängt an zu weinen, dieser Mann, der sich und seine Familie fast achtzig Jahre lang durch die Mühsal des Irdischen gesteuert hat, dieser Vater bedeckt dann den Hinterkopf seines Sohnes mit seiner Handfläche. Diese Geste raubt mir fast den Verstand. Ich habe Fotos von Myrons Bar Mitzwa gesehen. Auf einem steht der dreizehnjährige Myron mit seinem Vater auf der Bima. In diesem Moment, erklärte mir Myron, segnet der Vater den Sohn. Myron sagte, er wisse nicht mehr genau, was sein Vater ihm an diesem Tag ins Ohr geflüstert habe – irgendetwas von wegen, dass er ihn liebe und für seine Gesundheit und sein Glück bete –, aber er erinnert sich an den Geruch des Old-Spice-Rasierwassers seines Vaters und an die Art und Weise, wie sein Vater Myrons Hinterkopf mit der Handfläche umschloss, genau so, wie ich es jetzt sehe, ein fernes Echo, das über die Jahre gereist ist, ein Zeichen dafür, dass ein Mann immer noch der Vater und der andere Mann immer noch sein Sohn ist.

Myron schließt die Augen und stützt sich auf seinen Vater.

»Alles ist gut«, flüstert Myrons Vater ihm ins Ohr. »Ganz ruhig, ich bin ja da.«

Ich halte den Fahrstuhlknopf gedrückt, damit sich die Tür nicht schließt.

Jeder hat hier seine Rolle.

Schließlich lässt Myrons Vater seinen Sohn los. Er dreht sich um und umarmt Terese. Dann dreht er sich noch einmal um und umarmt mich. Ich lasse die Umarmung über mich ergehen, während ich mit dem Finger weiter den Fahrstuhlknopf drücke und so die Tür offen halte. Multitasking.

Als Myron aus dem Fahrstuhl heraustritt, stößt Ellen Bolitar, Myrons Mutter, einen Schrei aus. Sie ist hinten im Flur auf der rechten Seite. Hinter ihr ist Myrons Schwester. Sein Bruder ist auch da. Terese und ich lassen ihnen Zeit. Es gibt weitere Umarmungen, Tränen und Bemerkungen, vor allem, dass Myron dringend wieder anständig essen muss. Terese und ich werden dann wie durch eine ungeheure Schwerkraft in die Familie hineingesogen.

Alle vergießen die eine oder andere Träne. Alle heben die Hände und wischen sich über die Augen.

Alle außer mir. Ich beobachte das Ganze trockenen Auges, wie es meine Art ist.

Ellen Bolitar flüstert Myron zu: »Wir haben eine Überraschung für dich.«

Ich wappne mich, denn ich weiß, was jetzt kommt.

Myrons Mutter dreht sich langsam um und blickt den Flur hinunter. Alle Köpfe drehen sich mit, nur meiner nicht. Ich behalte Myron im Auge. Ich will seine Reaktion sehen. Myron wirkt einen Moment lang verwirrt. Dann folgt er dem Blick seiner Mutter zur Tür ihres Appartements. Ich beobachte ihn weiter, ein schwaches Lächeln umspielt meine Lippen.

Jeremy tritt ins Blickfeld. »Hey, Myron.«

Ich sehe, wie sich Myrons Augen weiten und seine Miene entgleist. Jeremy rennt auf ihn zu.

Und ich? Ich hebe die Hände und wische mir über die Augen.

# DANKSAGUNG

Es ist schon eine Weile her, dass ich eine vollständige Danksagung geschrieben habe, also haben Sie Nachsicht mit mir.

Der Autor (ich verwende hier gerne die dritte Person) dankt folgenden Personen:

Allen, die an der Veröffentlichung beteiligt waren, einschließlich des Teams in den Vereinigten Staaten: Ben Sevier, Michael Pietsch, Lyssa Keusch, Lauren Bello, Beth deGuzman, Karen Kosztolnyik, Jonathan Valuckas, Matthew Ballast, Staci Burt, Andrew Duncan, Taylor Parker-Means, Alexis Gilbert, Janine Perez, Tiffany Porcelli, Joseph Benincase, Albert Tang, Liz Connor, Rena Kornbluh, Rebecca Holland, Mari Okuda, Jennifer Tordy, Ana Maria Allessi, Nita Basu, Michele McGonigle und Rick Ball. Wie immer danke ich auch Diane Discepolo und Lisa Erbach Vance.

Dem britischen Team: Selina Walker, Venetia Butterfield, Rachel Imrie, Charlotte Bush, Claire Bush, Glenn O'Neill, Alice Gomer und Anna Curvis.

Dem französischen Team: Diane Du Périer, Valérie Maréchal, Caroline Ast und natürlich Eliane Benisti.

Letícia Rodrigues und Flávia Silva haben durch ihre Unterstützung und Forschungskapazitäten einen maßgeblichen Anteil an der Entstehung. Vielen Dank für alles, was Sie getan haben.

Sämtliche Fehler gehen auf das Konto dieser Personen. Schließlich sind sie die Experten, nicht ich.

Ich möchte auch kurz Judy Becker, Allen Castner, Grace Conte, Carol DeChant, Kelly Gallagher, Mike Grenley, Rick Legrand, Ellen Nakhnikian, Ed Newton, Edward Pascoe, Ben Staples und Stan Ulanoff erwähnen. Diese Menschen (oder ihre Angehörigen) haben großzügige Spenden an Wohltätigkeitsorganisationen meiner Wahl getätigt, damit ihr Name in diesem Roman erscheint. Wenn Sie sich in der Zukunft an dieser Aktion beteiligen möchten, schicken Sie eine E-Mail an giving@harlancoben.com.

# Der Autor

Harlan Coben wurde 1962 in New Jersey geboren. Seine Thriller wurden bisher in 46 Sprachen übersetzt und erobern regelmäßig die internationalen Bestsellerlisten. Harlan Coben, der als erster Autor mit den drei bedeutendsten amerikanischen Krimipreisen ausgezeichnet wurde – dem Edgar Award, dem Shamus Award und dem Anthony Award –, gilt als einer der wichtigsten und erfolgreichsten Thrillerautoren seiner Generation. Er lebt mit seiner Familie in New Jersey.
Mehr zum Autor und seinen Büchern unter www. harlancoben. com.

*Harlan Coben im Goldmann-Verlag:*

Honeymoon. Thriller · Totgesagt. Thriller · Kein Sterbenswort. Thriller · Kein Lebenszeichen. Thriller · Keine zweite Chance. Thriller · Kein böser Traum. Thriller · Kein Friede den Toten. Thriller · Das Grab im Wald. Thriller · Sie sehen dich. Thriller · In seinen Händen. Thriller · Wer einmal lügt. Thriller · Ich vermisse dich. Thriller · Ich finde dich. Thriller · Ich schweige für dich. Thriller · In ewiger Schuld. Thriller · In deinem Namen. Thriller · Suche mich nicht. Thriller · Der Junge aus dem Wald. Thriller · Nichts bleibt begraben. Thriller · Was im Dunkeln liegt. Thriller · Was im Dunkeln liegt. Thriller · Nur für dein Leben. Thriller · In tiefster Nacht. Thriller

*Die Thriller mit Myron Bolitar:*
Das Spiel seines Lebens · Schlag auf Schlag · Der Insider · Preisgeld · Abgeblockt · Böses Spiel · Seine dunkelste Stunde · Ein verhängnisvolles Versprechen · Von meinem Blut · Sein letzter Wille · Der Preis der Lüge · Nichts ruht für immer